ハヤカワ・ミステリ

SIMON BECKETT

出口のない農場

STONE BRUISES

サイモン・ベケット
坂本あおい訳

TOKYO
HAYAKAWA
BOOKS

A HAYAKAWA
POCKET MYSTERY BOOK

Translated by
AOI SAKAMOTO
First published 2015 in Japan by
HAYAKAWA PUBLISHING, INC.
This book is published in Japan by
arrangement with
HUNTER PUBLICATIONS LTD
c/o THE MARSH AGENCY LTD.
through TUTTLE-MORI AGENCY, INC., TOKYO.

装幀／水戸部 功

フリーデリケ・コメレルを偲んで

出口のない農場

主な登場人物

ショーン……………………逃亡してきたイギリス人
マティルド………………アルノー農場の長女
グレートヒェン…………アルノー農場の次女
ミシェル……………………マティルドの息子
ジャック・アルノー……アルノー農場の主
ジョルジュ…………………アルノー農場の使用人
ジャン＝クロード………建築資材店店主

クロエ………………………画家志望の女性
ヤスミン……………………クロエの親友
ジェズ………………………ショーンの友人。ヤスミンの恋人
ジュール
レニー　}…………………クロエの知人

1

車はガス欠寸前だった。ここ数時間ガソリンスタンドはあらわれず、燃料計の針は赤いところを差している。道からはずれたいのに、両側には果てしなく畑がつづいて、エンジンが最後の息を吐くところまで僕を追い込もうとしている。まだ朝のうちだが、早くも空気は乾いて暑い。あけた窓からはいる風は空気をかき混ぜるだけで、なかはちっとも涼しくならない。

いつとまるかとハンドルにおおいかぶさるように運転していると、緑の壁にようやく切れ目が見えてきた。左にまがる小道があって、小麦畑のあいだを抜けて見えない場所へつづいている。ハンドルを切り、そのでこぼこの道にはいった。どこへ行き着くのでもかまわない。人目につかない場所ならそれでいい。道は雑木林に向かってくだっていった。窓を枝でこすられながらアウディごと林の奥まで乗り入れ、エンジンを切る。木陰はいくらか涼しかった。静寂のなか、せせらぎの音がする。目を閉じて、シートに頭をあずけてもたれた。けれども、休んでいるひまはない。

僕は進みつづけなければならない。

ダッシュボードのグローブボックスを調べる。身元を示すものは何もない。雑なものと、封をあけたばかりのたばこが一箱あるだけだ。キャメル。僕が定番にしていた銘柄だ。たばこを取ろうと助手席に身をのりだしたとき、あるにおいが鼻をかすめた。陽のあたる場所に出しっぱなしにした肉のような、かすかではあるが不快なにおい。

助手席の贅沢《ぜいたく》な革には汚れがつき、のびて床に垂れたシートベルトもやはり汚れている。丈夫な素材は、ある一か所が切れかかり、ふれると、べっとりした黒いものが手についた。

　こんなあからさまな状態でずっと車を走らせていたと思うと、めまいがした。できるかぎりこの車から遠ざかりたいけれど、このまま去るわけにはいかない。枝を押し返してドアをあけ、外に出る。林には小川が流れていて、僕は自分の手がふるえているのを意識しながら、グローブボックスにあった布を水にひたした。シートの汚れは簡単に取れたものの、シートベルトのほうは、織り目に血がはいり込んでしまっている。拭けるところまで拭いて、布を小川ですすいだ。両手をなかですり合わせると、水面がガラスの手錠のような波紋をつくって手首のまわりで揺れた。川底の砂で手の汚れをこすり落とした。それでも、きれいになった気はしない。

　頬の傷に染みるのを我慢して水で顔を洗い、車にもどった。黒い塗装には道路の土埃がついて、いいカモフラージュになっている。イギリスのナンバープレートを石でたたいてはずし、トランクからバックパックを出した。持ちあげた拍子に、スペアタイヤにかぶせたマットが引っかかってめくれた。下に白いものがある。マットをどけ、ビニールでくるんだ包みを見て、胃が差し込んだ。

　ふいに脚から力が抜けて、僕は車にもたれた。

　大きさは砂糖袋ほどでも、中身の白い粉はそんなかわいいものじゃない。人目があるはずもないのに、慌ててあたりを見まわした。けれど、見えるのは木ばかりで、あとはどこからともなく虫の声がするだけだ。包みを見る。この新たな問題に対処するには、疲れすぎていた。持ち歩きたくはない。かといっておいていくわけにもいかない。僕は包みをひっつかんでバックパックの一番底に押し込み、トランクを閉め、その場をあとにした。

雑木林から出ても、小麦畑にはやはり人っ子ひとりいなかった。車のナンバープレートとキーを、高くのびた小麦のなかに投げ捨て、それから携帯電話を出した。修理できないほど壊れている。歩きながらＳＩＭカードを抜き取って半分に割り、それを片側の畑に、携帯電話を反対側の畑に捨てた。

どうせ、連絡を取る相手はいない。

日が高くなってきて、路面の灰色のアスファルトは波打ち、うねっている。熱せられた路上に数台いる車は、一見ほとんど動いていないようだが、それが突然まぶしい色となって目の前にあらわれて、走り過ぎる。僕はバックパックを背中の上のほうにかついだ。僕の手飼いのお荷物猿だ。一時間ほど歩いたところで、ここまで車から離れれば十分だろうと思えた。そこで、親指を立て、ヒッチハイクを開始した。

僕の赤毛には、いい面も悪い面もある。よく目立ち、外国人であることが一目で相手に知れる。最初に乗せてくれたのは、古いプジョーに乗った若いカップルだった。

「ウ・アレ・ヴ？」男がくわえたたばこをほとんど動かさずに聞いた。

僕はなんとか頭のなかで言語を切り替えた。このごろはフランス語を話すより聞くほうが慣れている。けれど、返答につまったのは、それが理由ではなかった――〝どこへいくんですか？〟

まるであてがない。

「どこでもいいんだ。ただの旅だから」

女が何も言わずに後部座席に移ったので、僕は助手席に乗り込んだ。運転手がサングラスをかけているのがありがたかった。おかげでこっちもはずさずにすむ。サングラスは顔の一番ひどい傷を隠してくれている。

男が僕の赤毛に目をやった。「イギリス人？」

「ああ」

「フランス語が上手だ。こっちに長くいるんでしょう」

一瞬、答えに困った。感覚としては、もう一生は経っている。「長いというほどじゃ」

「じゃあ、話せるようになったのは、なぜ？」女がシートのあいだから身をのりだして聞いてきた。焦げ茶色の髪をした肉付きのいい娘で、愛嬌《あいきょう》のある屈託のない顔つきをしている。

「今よりもっと若いころ、よく旅行で来てた。それに……フランス映画が好きなんだ」

そこで口を閉じた。うっかりしゃべりすぎた。ありがたいことに、ふたりの興味を引くことはなかったらしい。「おれはアメリカ映画のほうが好きだな」男が肩をすくめる。「で、ここにはいつまで？」

「わからない」僕はこたえた。

降ろされたのは、小さな町のはずれだった。手持ちのわずかなユーロをかき集め、パンとチーズ、水、使い捨てのライターを買った。広場の露天のマーケットで野球帽も手に入れた。安っぽいナイキのコピーだが、日除けになるし、傷を隠すのにも役に立つ。気にしすぎだとわかっていても、自分を抑えられなかった。不必要に人目を引きたくはない。

僕はほっとする思いで町を出て、ふたたびだだっぴろい田園地帯を歩きだした。陽射しが首の露出した肌をじりじりと焦がす。一キロほど歩いて、ポプラ並木の木陰で休憩を取り、バゲットとチーズを腹に入れようとした。やっとのことで数口かじったものの、結局、すべてを吐きもどし、胃が空になって痛くなるまで嘔《おう》吐《と》した。吐き気がおさまると、ぐったりと木にもたれた。くたくたで、このまま横になって、あきらめてしまいたかった。

でも、それはできない。ふるえる手で使い捨てのライターに火をつけ、たばこを近づける。二年ぶりに吸う一本だが、故郷に帰るような気分がした。煙とともに緊張のいくらかを吐きだして、頭が無になる感覚を、つかの間、ありがたく味わった。

　吸い終えると、ふたたび立って歩きだした。ここがどこかは、大まかにしか把握していないけれど、この先なんの計画があるわけでもないので、どうでもよかった。車を見かけるたびに親指を立てて前に出したが、通る車はわずかだった。交通量の少ないのどかな一帯で、主要な道路が走っているわけでもない。午後の半ばまでにシトロエンとルノーにひろわれ、かせいだ距離は二十キロ足らずだった。どちらも隣町や隣村にいく地元の車で、移動距離も短かったが、ここへ来てそうした車さえなくなった。世界は僕を忘れてしまったのかと思えるほど、道は静かだ。聞こえるのは自分が足を引きずる音と、絶え間ない虫の羽音のみ。近くには日陰もなく、帽子のありがたみが身に染みた。

　果てしなく歩いたころ、ひらけた畑に変わって、鬱蒼とした栗の森があらわれた。古い有刺鉄線の柵で隔てられてはいるが、広葉の枝はいくらかの日陰を提供してくれた。

　痛む肩からそっとバックパックをおろし、水を取りだした。残りはあと五センチほどもない。生あたたかくて、喉の渇きをほとんど癒やさないまま空になった。もう一本買わなかったことが悔やまれる。だが、やらずに悔やまれることなら、それ以外にいくらでもある。今さら何ひとつ変えられない。

　僕は道の先に目を凝らした。矢のように一直線にのびる道路は、熱でちらちらと揺らめき、肉眼では路上になんの影も確認できない。ボトルに蓋をし、車が通ることを祈った。でも一台も通らない。それにしても暑かった。早くも喉がからからだ。帽子を脱いで、汗で湿った髪をかきあげる。たしか、少し前に通ったところに農場のゲートがあった。唇を噛んだ。せっかく歩いた距離をもどるのは気が進まない。けれど、渇ききった喉が自分に代わって決断をくだした。つぎの町までどれだけかかるかわからないし、水なしで歩くには暑すぎる。

僕はバックパックをかついで、もと来た方向に歩きだした。

入り口のゲートには、森に張りめぐらしたのと同じような錆びた有刺鉄線が上に巻きつけてあった。ゲートの向こうの道は、栗の森の奥までつづいている。門柱に郵便受けが取りつけてあり、消えかけの白い字で〝アルノー〟とだけ書いてあった。古いが頑丈そうな南京錠が金具に引っかけてあるものの、錠は閉じられていなかった。

もう一度道路の先を見たが、やはり何も見えない。僕は有刺鉄線に注意しながら、ゲートを押しあけてなかにはいった。道はゆるやかな上り坂になっていた。やがて折れて下りに転じ、木々のあいだに屋根が見えてくる。そのまま道をたどっていくと、埃っぽい中庭に出た。奥にはくずれそうな足場で半分がおおわれた、古いぼろぼろの母屋があった。その向かいには大きな納屋があり、横の厩舎には、針が一本しかない大むかしの時計がかかっている。馬はいないが、壁のないアーチ天井の下には、埃をかぶった、いずれも古そうな車が数台あった。

人の姿はなかった。近くのどこかでヤギが鳴き、数羽の鶏が餌をさがして土をつついている。それをのぞけば、まったく打ち捨てられたような場所だ。これ以上はいっていくのは気が引けて、僕は中庭の端で足をとめた。見ると、母屋の玄関の扉があいている。そこまでいって、塗装していない木のドアをノックした。

しばらく間があってから、女の声がした。

「どなた？」

扉を押しあけた。これまで明るい場所にいたので、家のなかはどこまでも真っ暗に見える。一、二秒してやっと、キッチンのテーブルにいる女性が見え、さらに少しして、赤ん坊を抱いているのがわかった。

空のボトルを高くあげ、頭のなかでフランス語の疑問文を練る。「水を、もらえませんか？」

知らない人間がいきなりやってきて驚いたとしても、女性はそれを顔には出さなかった。「どうやって、ここまではいってきたんですか」声は穏やかで、慌ててもいない。

「門があいていたので」

相手の視線を受けて、いけない侵入者になった気分がした。彼女は赤ん坊を木のハイチェアにすわらせた。

「コップの水もあげましょうか」

「助かります」

女性はボトルを持って流しへいき、まずはそっちを満たし、つぎに大きなグラスに水を注いだ。僕はありがたく飲んだ。水は冷たくて土の鉄くさい味がした。

「ありがとう」そう言って空になったグラスを返した。

「出るついでに、門の南京錠を閉めていってもらえませんか」女性が言う。「閉めておかないといけないのに」

「わかりました。とにかく、どうもありがとう」

陽光の降りそそぐ庭を横切るあいだも、背中に彼女の視線が感じられた。

森を抜ける道を歩いていって、道路のところまでもどった。相変わらず車はない。門を施錠し、さらに歩きつづける。車が来ないかときどきうしろをふり返ったが、見えるのは太陽で焼かれたアスファルトだけだった。バックパックのストラップの下に親指を入れて、重さをまぎらわせる。中身を思うと一段と重く感じられる気がしたので、僕は頭を空にし、一歩一歩足を前に出すことに意識を集中した。

めらめらと焼けた静けさのなかから、少しずつエンジン音があらわれてくる。ふり返って、はるか先からやってくる、熱でゆがんだ黒いかたまりに目を凝らした。最初は、地面に映る自分の影の上に浮いて、とまっているように見えた。やがて、タイヤが下にのびて道路につき、速度をあげて近づいてくる青い車の姿に変わった。

僕はさっそく木の陰から出かけたが、そのとき屋根に何かがのっているのが見えた。正体に気づいたのは、さらに一瞬あとだ。僕は有刺鉄線をとびこえた。ジーンズが引っかかり、背負った荷物のせいで無様によろけながら着地する。大きくなるエンジン音を聞きながら、足をとめずに森のなかに駆け込んだ。音が再接近すると同時に木の裏に身を隠し、道路をふり返った。

警察車輌のぼやけた姿が通り過ぎていく。速度を落とそうとしていないか、存在に気づかれた気配はないか、耳を澄ました。けれど、エンジン音は着実に小さくなって、ついに聞こえなくなった。頭を木にあずけた。過剰反応しているのはわかっている。フランスの警察は僕なんかに興味はないだろう。だが、僕はびくびくしていて、どんな危険も遠ざけたかった。それに、何かあってバックパックを調べられても困る。

苦い味がした。血だ。切れるほど強く唇を嚙《か》んでいたらしい。口のなかのものを吐きだして、バックパックから水を出す。ふるえる手でボトルを持って口をゆすぎ、それから今いる場所をじっくりながめた。

森はなだらかな傾斜地にあって、木々のあいだから遠くに光る湖が見える。その横のほうに農家の建物群の屋根が見えるが、ここからだととてもちっぽけで、ただのおまけのようだ。あれはたぶん、さっき水をもらった場所で、きっと僕は、まだあの家の土地にいるのだろう。

立って、ジーンズについた枝や土をはらった。Tシャツが汗で肌に張りついている。火であぶられたように、空気が暑かった。もう一度湖に目をやる。あそこで泳げたら、どんなにいいだろう。でもどうせかなわないし、僕は進みつづけなければならない。水をもう一口飲み、木から離れようとしたとき、何かに足をつかまれて悲鳴をあげた。

痛みが脚を這《は》いあがって、僕は膝から地面にくずれた。黒い半円形のものが左足を嚙んでいる。どうにか足を抜こうとしたが、そのせいであらためて脚のつけ根まで激痛が走った。

「くそ!」

動くのをやめ、むさぼるように息を吸った。もつれた木の根に隠してあった、狩猟用の鉄の罠を踏んだのだ。甲の真ん中から足首の上までがっちりと挟まれ、ぎざぎざの歯はブーツの丈夫な革を突き破っている。肉に深く食い込んでいて、骨にごりごりとふれている恐ろしい感覚があった。

見ているものを否定したくて、目を固く閉じた。

「くそ! くそ!」

だが、こうしていても仕方がない。バックパックを肩から落とし、やりやすいように体勢を変えて、仕掛けの歯の部分をつかんだ。びくともしない。自由なほうの足で木の根に踏んばり、もう一度試した。今度はわずかに口があいた気がしたが、十分というにはほど遠い。力んで腕が痙攣し、金属の歯が手に食い込んだ。ゆっくりそっと仕掛けをもどし、激しくあえぎながら、僕は地面に尻をついた。

痛む両手をすり合わせながら、もう少し詳しく罠を観察した。雑なつくりで少し錆びているが、長いことほったらかしだったようには見えない。少なくとも蝶番に差した油は新しそうだ。不安をあおるほどに。それが何を意味するのか考えないようにして、仕掛けをつないでいる鎖に目を移した。長さは短く、反対側の端は、根のあいだに打ち込んだ木の杭に固定してある。数度引っぱっただけで、引き抜こうとしても時間の無駄だとわかった。

罠に挟まれた脚を前に投げだしてすわり、上体を支えようと地面に手をついたとき、濡れたものが指にふれた。落とした水のボトルが倒れて、中身のほぼすべてが乾いた土に吸い込まれていた。すでにこぼれるだけこぼれていたが、急いでボトルをつかんだ。慎重に一口飲み、残りに蓋をして、必死に頭を働かせる。

とにかく、落ち着け――。最初の激痛は、今では歯痛のようなずきずきする痛みに変わり、それが脛（すね）にまで響いてくる。血がブーツの革の外まで染みてきた。虫の声がするだけで、木漏（こも）れ日の射す森は静まり返っている。遠くの農家の屋根に目をやった。遠すぎて叫んでも聞こえないだろうが、どっちみち叫びたくはない。必要に迫られるまでは。

バックパックをかきまわして、ポケットナイフをさがした。どこかにあるのは、わかっている。けれど、さがしているうちに、別のものが手にふれた。外に出した瞬間に、身体に衝撃の波が走った。

写真は角が折れて、色褪（いろあ）せていた。なかにはいっているとは知らなかった。その写真を持っていたことさえ忘れていた。折れ目がついて、写っている彼女の顔はかすれ、笑顔はゆがんでいる。背景には、青い空にくっきりと映える、白いブライトンの桟橋（さんばし）がある。日焼けした淡い金髪をして、顔は褐色に焼けて、健康そうだ。そして、幸せそうだ。

くらくらした。木が傾きだしたような気がして、僕は写真をしまった。息があがらないように、何度も深呼吸をくり返す。過ぎたことだ。もう何も変えようはないし、僕は現状だけで手いっぱいだ。ポケットナイフをさがしあて、それをひらいた。三インチのナイフ、栓抜き、コルク抜きはついていても、鉄の罠を分解するような道具はない。蝶番のあいだに刃をねじ込んでこじあけようとしたが、刃が折れて、僕はうしろに倒れた。

壊れたナイフを捨て、ほかに使えるものはないか周囲を見まわした。すぐ先に、折れた枝が落ちている。手はとどかないが、小さな枝を使って引き寄せ、枝の太いほうの端を蝶番のあいだに嚙ませた。鉄が木にめり込みながらも、罠が少しずつひらきはじめる。さらに力を加え、鉄の歯が肉から抜けはじめたのを感じて、自分の歯を食いしばった。

「その調子だ！ いけ！」

木の棒が折れた。ばねの力でふたたび蝶番が閉じる。

僕は悲鳴をあげた。

地面に背中をつけて仰向けになり、痛みが引くのを待った。身を起こして、木の枝を罠に向かってやみくもにふりまわした。「ちくしょう！」

たいした事故じゃないと自分を騙すことは、もはやできない。罠から自由になれたとしても、この足で遠くまで歩けるとも思えない。それでも、そっちの問題のほうは喜んで我慢するつもりだ。自由になれないことのほうが、はるかに恐ろしかった。

さあ、満足か？ 何もかも、自分で招いたことだ――――。そうした考えを頭から閉めだして、目の前の問題にどうにか意識を集中させる。ナイフに付属したコルク抜きで、罠をつないだ杭の周囲を掘りはじめた。無駄な試みでも、土や木の根を突き刺すのは感情のいいはけ口になった。やがてとうとうナイフを捨て、僕は木の幹にどっさりと寄りかかった。

太陽は目に見えて傾いてきている。暗くなるにはまだ数時間あるとはいえ、一晩ここで寝るのかと思うと恐ろしかった。必死になって考えを練ったが、残された手は、あとはひとつしかない。

僕は胸いっぱいに息を吸い込んで、大声をあげた。

叫び声は反響することもなく消えた。さっきいった農家にとどくかさえ疑問だ。声が嗄れて喉が痛くなるまで、さらに大声をあげて英語とフランス語の両方を叫んだ。

「だれか！」半泣きしながら叫び、小さな声でつづける。「助けて」言葉は午後の熱気のなかにとけて、木々のあいだに消えていった。その後、静寂がふたたびあたりをつつんだ。

そして僕は、ここが自分の終着点なのだと悟った。

朝を迎えるころには熱が出ていた。夜のあいだは、バックパックにあった寝袋を出して身体にかけていたが、ほぼ一晩じゅう、思いだしたようにふるえが襲った。足は脈拍に合わせて、ずきずきと不快な痛みを放っている。腫れが足首の上まで広がってきた。ブーツのひもをできるだけゆるめたものの、黒く汚れた革はぱんぱんになっている。まるで今にも破裂しそうな巨大な腫れ物だった。

空が明るくなって、もう一度大声をあげようとしたが、喉がからからで、かすれたしわがれ声にしかならなかった。やがて、声を出すことさえつらくなった。注意を引くほかの方法がないか考え、頭上の木に火をつけるという案にいっとき夢中になった。ポケットのライターを手でさぐるところまでいって、ようやく正気を取りもどした。

そんなことを本気で考えていた自分が恐ろしかった。けれども、正気は長くはつづかなかった。昇ってきた太陽が午前に向けて自身を燃やし、熱を発しはじめると、僕は寝袋をはいだ。身体が火照り、発熱した者の正しい反応で、激しくふるえながら汗をびっしょりかいていた。忌々しい思いで足に目をやり、罠にかかった動物のように、そこから先を自分で噛み切ることができればいいのにと思った。ほんの少しのあいだそれになりきり、自分の足に食いついたときの肌と血と骨の味を、口に感じていた。やがて気づくと、僕はふたたび木にもたれていて、足に食いついている唯一のものは半円の鉄だった。

熱で朦朧として、妄想の世界に沈み、僕は意識と無意識のあいだをさまよった。あるとき、目をあけると、こっちをのぞき込んでいる顔があった。聖母マリアのような美しい少女だ。その像は写真の彼女ととけてひとつになり、罪悪感と悲しみで僕を苛んだ。

「ごめん」と僕は言った。少なくとも、言ったつもりだった。「ごめん」

相手の顔にじっと見入り、許しのしるしをさがした。けれど、そうしているうちに、頭のうしろから光が染み入ってきて、表面の美しさがはがれ、朽ちて崩壊した姿がその下にあらわれた。

新たな痛みが内側に広がって、僕はあらためて苦悩の絶頂へ運ばれた。どこか遠くで、だれかが叫んでいる。それが消えていくのと同時に、認識はできるが意味のわからない言語で話す声が聞こえてきた。何もかもが消えていくその間際に、いくつかの単語が教会の鐘の音のように明瞭に鳴り響いた。

「そっとよ(ドゥスモン)。なるべく静かに(エセイエ・デトル・カルム)」

そっと、というのは理解できる。でも、なぜその人は静かにしないといけないのだろう。

やがて痛みが襲い、僕は自分の存在を放棄した。

ロンドン

天窓は湿気でくもっていた。雨がドラムのような音をたてて、窓にたたきつけている。ベッドに横たわるふたりのにじんだ姿が、そこに映っている。ガラスのなかに閉じ込められた、かすんだドッペルゲンガーだ。

クロエの心はまたしても遠くへいってしまった。こういう気分のときには、無理にどうこうしないほうがいい。自分からもどってくるまで放っておくほうがいいのだ。天窓を見つめるクロエの金髪が、蚤(のみ)の市で彼女が買ってきた貝殻のランプの明かりで光っている。青い瞳は、瞬(まばた)きさえしない。目の前に手をかざしても気づかれないかもしれないと、僕はいつもながらに思う。何を考えているのかと聞きたいが、聞かなかった。

彼女が何を言いだすか、怖かった。

裸の胸に感じる空気は、ひんやりとして湿っている。部屋の向こうにあるクロエのイーゼルの白いキャンバスは、手をふれられていない。もう数週間も、まっさらのままだった。油絵具とテレビン油のにおいは、この狭いフラットとはセットのように長らく思っていたが、それすら消えて感じられなくなっていた。

横でクロエが身じろぎする。

「死ぬことについて、考えたことある？」彼女が聞いた。

2

見おろしている目が、ひとつあった。目は黒いが、点々と影のついた灰色の霞(かすみ)がかかって、真ん中のほうが白くにごっている。そこから何本ものしわが波のように広がっている。やがてある時点で、それは木目となった。目は節(ふし)となり、霞は、埃っぽい毛布のように節をおおう蜘蛛(くも)の巣となった。ところどころに古い虫の死骸がついている。けれど、蜘蛛の姿はない。

それが年月を経て黒ずんだ荒削りの木の梁(はり)だとわかるまで、いつからこうして見あげていたのだろう。さらにしばらくして、自分が目を覚ましているのだと気づいた。ここから動きたいという衝動はない——あたたかで心地がよく、今の僕にはそれで十分だった。頭のなかは空っぽで、蜘蛛の巣を見あげているだけで満足だった。けれど、そう考えたそばから、やはりちがうと思った。意識がもどるとともに、疑問の数々と、パニックの波が押し寄せた――だれが、何を、いつ？　どこ？

頭をあげて、まわりを見る。

僕はどこか知らない場所のベッドに寝ていた。病院でも警察の留置場でもない。ひとつだけある小さな窓からは、陽の光が射し込んでいる。さっき見あげていた梁は、正確には垂木だった。天井から床の両端におりてくる、三角形に組んだ骨組みの一部だ。板を重ねた屋根の隙間からは、日光が細くもれている。なるほど、ここは屋根裏なのだ。ようすからすると、納屋のような建物にちがいない。細長い形、塗装していない床板、両側にある破風。ベッドはその一方に寄せてある。漆喰を塗っていないむきだしの壁の前には、がらくたや家具が積んであって、ほとんどは壊れているように見える。古い木材や石材の、長い年月を経たかび臭いにおいがした。なかは暑いが、不快というほどじゃない。

埃っぽい窓ガラスから射す光には、朝の清々しさがあった。腕にはめたままの時計を見ると、時刻は七時だ。朝だとあらためて教えてくれるように、外で雄鶏がかすれた声で時をつくった。

自分がどこで何をしているのか、見当もつかない。けれど、身体を動かした途端に脚の先のほうから痛みが這いあがり、直近の記憶を効率的によみがえらせた。かけてあるシーツをはぎ、足がくっついたままなのを見て、僕は胸をなでおろした。白い包帯が巻いてあって、足の指がその端から根菜のようにのぞいている。おそるおそる指を動かしてみた。痛みは感じるが、前ほどひどくはない。

そのとき、遅ればせながら自分が裸でいることに気づいた。ジーンズとTシャツは、ベッドの横の、木の椅子の背にかけてあった。たたまれていて、洗ってあるように見える。ブーツがその椅子の横においてあり、ぼろぼろになった片方には、きれいにしようとした痕跡が見られた。それでも、革は血で黒く汚れ、罠の歯が刺さってあいた穴は、もうどうすることもできない。

僕はシーツをはいで、罠を踏んでからここで目を覚ますにいたるまでに何が起こったのか、思いだそうとした。何ひとつ憶えていないが、別の記憶が頭のなかにあらわれてきた。森で捕らえられたこと、ヒッチハイクをしたこと、車を乗り捨てたこと。それから、そもそも自分をここへ導いた出来事がつらつらと思いだされた。

最悪だ――。記憶のすべてがよみがえり、僕は手で顔をこすった。

古びた黒い揺り木馬にたてかけたバックパックが目にはいって、頭が切り替わった。中身を思いだして、とび起きた。だが、いきなりすぎた。部屋が回転し、目を閉じて吐き気の波をこらえる。ようやくおさまりかけたころ、下のほうから近づいてくる足音が聞こえてきた。やがて床の一部がギイという派手な音をあげてひらいた。

出てきた腕が落とし戸を裏返し、そのあとで、ひとりの女性が屋根裏にあがってきた。前に見た顔だと気づいた。農場の家に赤ん坊といた彼女だ。〝なぜ〟という疑問はそのままでも、自分がどこにいるかは、これでわかった。彼女はこっちを見て動きをとめた。

「目を覚ましたのね」

英語で言っていると気づくのに一瞬かかった。訛り（なま）が強く、ゆっくり話したが、十分に上手だ。ごつごつした石を背中に感じて、僕は壁に背中を押しつけていたことに気づいた。片手は、汗でじっとりするほどシーツを固くにぎりしめている。

それをはなした。彼女はベッドからいくらか距離をおいたところで立ちどまった。すでに気づいたことだが、ベッドといっても、床板にマットレスを敷いただけの寝床だ。

「具合はどう？」彼女の声は低く静かだった。袖なしのシャツに、はき古したジーンズという格好をしている。そのようすには何も恐ろしいところはないのに、僕の緩慢な脳のコンピューターは動きを停止してしまったようだった。しゃべろうとすると喉が痛んだ。唾を飲み込み、もう一度試した。

「足が……」

「深い傷を負っています。でも大丈夫。心配ないわ」

心配ない？　まわりを見まわした。「ここはどこだろう」

すぐには答えはない。質問を理解するのに時間がかかっているか、答えを言葉に変換するのに手間取っているのかもしれない。もう一度、フランス語で同じことを質問した。

「ここは農場よ。前にあなたが水をもらいに来た、あの場所」母国語に切り替えると話し方はなめらかにはなったものの、言葉にする前に考えているのか、なおもためらうような間があった。

「ここは……納屋みたいだけど」

「家には空いた部屋がなくて」灰色の目は穏やかだった。「妹が森であなたを見つけたの。それでわたしが呼ばれて、ふたりでここまで運んできたのよ」

一瞬、少女の顔が頭にうかんで、消えた。何もかも、よくわからない。今も頭がぼんやりしていて、憶えているうちのどれだけが事実で、どれだけが譫妄なのか、うまく判断がつかなかった。

「僕はいつからここに？」

「あなたを見つけたのは三日前のことです」

三日？

痛みと汗、それに冷たい手と、大丈夫だと励ます言葉が、なんとなく記憶に残っているけれど、ただの夢だったかもしれない。ふたたびパニックがわいてくる。

彼女がひねったティッシュをポケットから出した。なかからあらわれた大きな白い錠剤を、僕は不安の目で見つめた。

「それは？」

「ただの抗生物質よ。意識を失っているあいだ、ずっとこれをのませていたの。熱があったし、傷が化膿していたから」

ほかのすべての不安がわきに追いやられ、僕はシーツをテントのように押しあげている自分の足に目をやった。

「どのくらい悪いの？」

彼女はベッドの横から瓶を取って、グラスに水を注いだ。「回復はしてきているわ。でも、しばらくは歩けないでしょうね」

それが本当かどうかは、僕には判断がつかない。

「何があったんだ？　あそこに罠があって……」

「またにしましょう。あなたは休まないと。さあ」

錠剤とグラスを差しだされ、僕はそれを受け取った。混乱していて、うまく考えられない。それでも、彼女の抑えた静かな雰囲気には、妙に人を安心させるものがあった。年齢はたぶん三十前後で、細いが胸と腰にはしっかり肉がついている。茶色い髪はうなじの上で真っすぐに切りそろえられ、何かにつけて片側の髪を耳にかける仕草をしたが、気取っているのではなくて、ただの癖なのだろう。顔のなかで特徴的なのは、暗くどんよりした灰色の目だけだった。その下には、くたびれたような黒いくまができている。

その目が今、僕に向けられている。真剣で、何を考えているのかは読めない。僕は薬を口に入れた。水で流し込み、小さな一口のつもりが、喉の渇きに気づいてごくごくと飲んだ。

「お代わりは？」空になったのを見て、彼女が言う。

僕はうなずいて、グラスを差しだした。「ベッドの横においてある瓶には、飲み水がはいっています。できるだけ多く……

るだけ水分を摂って。それから、痛みがひどくなったら、これを二錠のんで」

彼女は薬の容器を持ちあげた。それを見て、足がずきずきいいだした。全盛のときにくらべればずいぶんかわいいものにはなったけれど、依然として痛い。顔に出さないようにこらえたが、彼女の穏やかな灰色の瞳にある何かが、すべてお見通しだと言っている気がした。

「僕がイギリス人だとよくわかったね」

彼女は少しの躊躇もなくこたえた。「パスポートを見せてもらったから」

水を飲んだにもかかわらず、口が急にからからになった。「バックパックを調べたのか」

「あなたがだれか知るために」

表情は真剣で、弁解がましいところはなかった。僕はバックパックに目をやりたいのを我慢したが、胸の内では心臓が激しく打っていた。

「もういかないと」彼女は言った。「できるだけ休んで。もう少ししたら、何か食べるものを持ってきます」

早く立ち去ってくれという思いが急にわいて、僕は無言でうなずいた。姿が消え、落とし戸が閉じられると、バックパックを自分に引き寄せた。重さから解放された木馬が、前へうしろへと揺れる。バックパックをあけて、手を突っ込んだ。ふれるのは服ばかりだ。やがて、なくなったと確信したちょうどそのとき、指がビニールのひだにふれた。

ほっとしたのか、がっかりしたのか、自分でもわからない。

包みには手をつけられた形跡はなかった。手にのせるとずっしりと重く、その重みが僕を非難するようだった。できるうちに処分すべきだった。今となっては、もう遅い。僕はそれをTシャツでくるんで、バックパックの一番底にもどし、上から服をつめて隠した。パスポートと金があるかも確認した。ちゃんとあったが、それをもどすとき、手が四角いつるつるした紙にふれた。

　そうしたくないのに、自分をとめることができず、僕は例の写真をふたたび出した。太陽の下で微笑む彼女の顔を見た瞬間に、胸に痛みが突き刺さり、衝動的に写真の端を持って破こうとした。でも、できない。結局、しわをのばして、またなかにもどした。

　急にどっと疲れが出た。そして、ますますわけがわからなくなった。あの女性は、実際には何も教えてくれなかった。とくに、なぜ僕は病院ではなく納屋にいるのか、ということについて。さらに、今さらながら、あることに気づいた。彼女が落とし戸を閉じたあと、何か別の音がしたのだ。金属が木にあたる、コンという音。

　閂を奥まで閉じた音だ。

　両脚をマットレスからふりおろすと、包帯をした足に痛みが走った。かまわずに立ちあがり、その途端に転びかけた。石の壁にもたれて、屋根裏の回転がやむまでやりすごしてから、おそるおそる一歩前に踏みだしてみる。体重を受けた足が悲鳴をあげ、僕は前によろけて椅子につかまり、と同時に座面のなかから空っぽの音が響いた。これは室内用の便器だ。そう気づいたとき、はじめて膀胱が張っていることを意識した。

　でも、それはあとまわしだ。遠くまで歩けないのはわかっていても、確かめるまではベッドにはもどれない。壁ぎわに積んである埃をかぶった家具につかまりながら、落とし戸の上によろよろとかがみ込んだ。鉄の輪がついている。古い書き物机につかまって、輪に手をかけて、引っぱった。わずかに動いたが、そこからはびくともしない。

　閂がかかっている。

　僕は新たに込みあげたパニックを必死にこらえた。この場所に閉じ込められなくてはならない理由は、何ひとつ思いつかない。少なくとも、いい理由は。それでも、閂を力ずくであけることはとても無理だ。こじあける道具を見つけられたとしても、ここまで移動するだけで体力を使いきってしまった。僕は便器で用を足し、わずかな救いに満足して、ふたたびマットレスに倒れ込んだ。脂っぽい汗が肌にうき、頭と足の両方がずきずき痛んだ。

　鎮痛剤を二錠のんで横になったものの、落ち着かなくて眠れなかった。足の痛みがおさまってきたころ、落とし戸のほうから小さな物音がした。そっと閂がはずされ、軋みをあげて戸がひらいた。

　今度来たのは、さっきの女性ではなく、もっと若い女の子だった。会ったことはないはずなのに、彼女が扉を返したとき、その顔にあたった光のいたずらで、記憶の何かがざわついた。手にはトレイを持っていて、起きてすわっている僕を見て、恥ずかしそうに笑った。僕は慌てて腰にシーツをかけ、ルネサンスの裸体画程度の慎みを確保した。彼女は笑いをこらえて、目を伏せた。

「食べるものを持ってきたの」

　年はおそらく十代後半で、色褪せたTシャツとジーンズという格好をしていても、かわいさが際立っている。はいているピンク色のビーチサンダルは、場ちがいな感じもするが、妙に安心感を与えてくれる。

「パンとミルクだけだけど」彼女はそう言いながらトレイをベッドの横においた。「きっとまだそんなに食べないだろうって、マティルドが言うから」

「マティルド？」

「姉よ」

　そうにきまっている。さっきの女性のことだ。ふたりに似ているところはあまりない。髪も妹のほうが金髪に近い明るい色をしていて、背中まで長くのばしている。瞳は姉と同じ灰色でももっと淡く、鼻筋は、折れた痕がわずかにこぶになっている。ささやかな欠点のおかげで、なぜかかえって全体がよく見えた。

相手は表情をくずしたまま、ちらちらとこっちをうかがっている。愛嬌のある笑くぼが、左右の頬にうかんでいる。

「グレートヒェンよ」彼女が言う。フランスの名前ではないけれど、聞いた瞬間に、似合っていると思った。

「目が覚めてよかった。何日も寝込んでいたから」

どこか見憶えのある気がした理由が、やっとわかった――混濁した意識のなかで見た聖母マリアのような顔は、結局、幻覚ではなかったのだ。「きみが見つけてくれたんだね」

「そう」照れくさそうだが、嬉しそうでもあった。

「正確にはルルだけど」

「ルル？」

「うちの犬。ルルが吠えだしたの。ウサギか何かを見つけたのかと思ったら、あなただった。最初は、死んでいるように見えたの。全然動かないから。まわりを蠅がたくさん飛んでいたしね。そのうち、音をたてたから、死んでないんだってわかった」僕の顔を素早く見る。「罠から助けだすのは大変だったんだから。バールでこじあけないといけなかったの。あなたはもがいて、いろんなことを叫んでいたし」

僕はできるだけ冷静な声で言った。「どんなことを？」

「たいしたことじゃないわ」グレートヒェンはベッドとは反対のほうへ歩いていって、木馬にもたれた。

「うなされていたし、ほとんど英語だったから、意味はわからなかった。でも、わたしたちで罠から解放してあげたら、あなたは静かになった」

話し方からすると、そこまで特殊な出来事ではないのかもしれない。「わたしたち、というのは？」

「わたしとマティルド」

「ふたりだけで？　たったふたりで、僕をここまで運ぶなんて無理だろう」

「そんなことはないわ」ふざけて怒ったように口をとがらせた。「あなたはそこまで重くないもの」

「だとしても……どうして病院じゃなく、ここに？　救急車を呼んでもよかっただろうに」

「うちには電話がないの」それを変わったことだとは思っていないらしい。「それに、どっちみち必要なかった。マティルドは傷の手当ての仕方とか、そういうことをいろいろ知っているし。パパはジョルジュと外に出て、家にいなかったから、マティルドはあえて——

——とにかく、ふたりでなんとかしたの」

　何を言いかけたのかも、ジョルジュがだれかもわからないが、考えることがほかにたくさんありすぎた。

「マティルドは看護師なのか」

「まさか、ちがうわ。でも、ママンが死ぬまで看病してた。それに、怪我(けが)した動物を手当てするのにも慣れてるの。猪豚(サングロション)はしょっちゅう喧嘩(けんか)したり、柵で自分を切ったりするから」

　サングロションがなんだか見当もつかないけれど、どうでもよかった。「じゃあ、医者を呼ぶこともしなかったんだね」

「だから言ったでしょう、その必要はなかったって」いらついた口調だった。「何が気に入らないのか、わからないわ。世話をしたわたしたちに感謝をしてもいいのに」

　この成り行きがいっそう現実離れしたものに思えてきたが、とにかく、今の僕はだれかを敵にまわしていい立場にはなかった。「ありがたいとは思っているよ。ただ……ちょっと混乱していて」

　彼女は機嫌をなおして、木馬に腰かけた。視線が僕の顔にとまる。「頬はどうしたの？　罠に足を取られて、転んだの？」

「ああ……きっと、そうだろう」傷のことを忘れていた。手でふれ、痛みが呼び起こす記憶に、心が重くしずんだ。僕は手をおろして、どうにか今のことに意識を集中させた。「あの罠は、あまり古そうには見えなかった。なんであんなところにあったのか、何か知ってるかい」

グレートヒェンはうなずいた。「パパがあちこちに仕掛けてるの」

平然と認めたことと、罠がもっとあるという事実とでは、どっちのほうが衝撃的だろう。

「つまり罠のことを知ってたんだな」

「もちろん。たくさんおいてあるわ。正確な場所はパパしか知らないけど、森のどのへんで注意しないといけないか、ちゃんと教えられてるの」

彼女は唇でやわらかく空気を二度破裂させ、〝パパー〟と発音した。その小さな音は、子供っぽいというよりはむしろ恭しい響きがあったが、僕はそんなことよりもっと別のことに気を取られていた。

「何を捕まえるつもりで？　熊か？」

たしか、ピレネー山脈には今もヒグマがいると聞いた気もするけれど、そうだとしてもこの近くじゃない。考えるだけ無駄なのはわかっているが、無難な理由としては、そのくらいしか思いつかなかった。

グレートヒェンの笑いが、淡い期待をもかき消した。

「まさか、あり得ない！　罠を仕掛けるのは、侵入者を防ぐためよ」

彼女はごくあたりまえのことのように言った。僕は自分の足に目をやった。今でさえ、これが現実だとは信じたくない。「まさか、嘘だろう？」

「森はうちの土地よ。勝手に入った人は、当然の罰を受けるの」彼女の態度は、冷ややかで尊大なものに変わっていた。「ところで、あなたはうちの敷地で何をしていたの？」

警察の車から隠れていた――。そっちに捕まったほうがましだったようにも思えてきた。「用を足したかった」

グレートヒェンは怒るのを忘れて、おかしそうに笑った。「もう少し我慢すればよかったと思ってるでしょう」僕はどうにか弱々しく笑った。彼女は木馬の粗いたてがみをなでながら、僕をじろじろと見ている。

「マティルドから聞いたけど、バックパッカーなんですってね。こっちには休暇で？」

「そんなとこだ」

「フランス語がすごく上手ね。フランス人の恋人がいるんでしょう」

僕は首をふった。

「じゃあ、イギリス人の恋人は？」

「いない。僕はいつ、ここを出られるかな」

グレートヒェンはたてがみをなでる手をとめた。

「なぜ？ 急いでいるの？」

「僕を待ってる人がいるんだ。心配をかけたくない」

その嘘は自分で聞いても説得力がなかった。彼女は木馬に手をついてうしろにもたれた。胸がTシャツを押しあげる。僕は目をそらした。

「まだ無理よ。そこまで回復していないから。だって、死にかけたのよ。感謝すべきでしょう」

それを言うのは二度目だ——脅しのようにさえ聞こえる。彼女のうしろの落とし戸はあいたままになっていて、僕は一瞬、逃げることを考えた。でも、すぐに現実がもどった——この足では走れない。

「わたしはそろそろいくわ」

立ちあがった勢いで、木馬が激しく揺れた。重い落とし戸を持ちあげようとしてかがんだとき、ジーンズが身体の線をくっきりとうきあがらせた。グレートヒェンは必要以上に長くその光景を見せつけたが、立つときにこっちを横目でうかがったところからすると、偶然ではなかったらしい。

「扉をあけたままにしておいてくれないかな」僕は言った。「ここは空気がはいってこなくてね」

グレートヒェンは少女らしい軽やかな笑い声をあげた。「そんなわけないでしょう。だって、空気がなかったら、息ができないじゃない。あなたは死んじゃうわ」

彼女は去り、扉が閉まった。予想はしていたが、閂がかけられる音がして、ぞっとした。


いつから眠っていたのだろう。目を覚ますと、屋根裏部屋は薄暗く、そこかしこに影ができていた。腕時計を傾けて光をとらえると、時刻は九時をまわっていた。何かの活動する音が外から聞こえてこないか耳をすませてみるが、なんの音もしない。鳥や虫のささやき声さえしない。

地球最後の人間になった気分だった。

グレートヒェンがトレイで運んできた食べ物は、今もそのままベッドの横にある。水のはいったワインボトル、ミルクのカップ、自家製と思しきパンがふたつ。自分でも驚いたが、気づいてみると腹がぺこぺこだった。ミルクは冷たく濃厚で、ヤギのものと思われる強い風味があった。これっぽっちの量では空腹のくの字もおさまらないと思いながら、パンをミルクにひたして食べたが、これを用意しただれかは本人よりよくわかっていたようだ。数口も食べると、食欲はおさまって、消えた。僕は残りを押しやり、うしろに寄りかかった。

つかの間の満足をおぼえ、足のメトロノームのような疼きを感じつつ、暗くなってきた屋根の梁をながめた。自分が監禁された人間なのか、病人なのか、考えてもよくわからなかった。手厚い世話を受けていたのはまちがいないし、農場の森が不法な罠であふれているのだとすれば、病院に連れていきたがらなかった理由も理解できる。

それでも、考えはそこから不穏な方向へ進んでいった。僕は今なお屋根裏に閉じ込められていて、ここにいることはだれにも知られていない。もし容態が悪化したら、どうなるのだろう？　体調がもどったあとは？　ここからすんなり出してもらえるのだろうか？

僕は汗をかき、落ち着かず、寝やすさを求めてでこぼこのマットレスの上で何度も寝返りを打った。やがて、いつしかまた眠りに落ちた。僕はふたたびあの雑木林にいて、シートベルトの血の汚れをこすっていた。汚れはきれいにならず、シートベルトが重い音をたてて座席にぶつかった。音は大きくなり、もう一度目を覚ますとそこは屋根裏で、音は床の下から聞こえてくるのだとわかった。少しして、だれかが階段をのぼってくることに気づき、その後、閂をはずす音がして、落とし戸がひらいた。

返された戸が床にあたって、大きな音が響いた。見知らぬ男がランプとライフルを手に、最後の数段をあがってやってきた。がっちりした樽のような体形をした五十代くらいの男で、髪は灰色で、日に焼けたしわ深い顔をしている。その顔は、今は怒りの表情でゆがんでいた。ライフルは僕を狙ってはいないが、それを考えていることを示す持ち方をしている。

男が床板の上を乱暴に歩いてきて、僕は壁に背を押しつけた。マティルドが慌ててあとからあがってくる。

「やめて！　お願い！」

男は聞く耳を持たなかった。ベッドの裾まで来て、僕を上からにらみつける。ランプの黄色い明かりが僕らのまわりに光の洞窟をつくりだし、それ以外の場所が暗闇にしずんだ。

「出てけ」男がすごんだ。抑えた怒りが外にまでにじみでている。僕をベッドから引きずりおろしたがっていることは、ほぼ明らかだ。

マティルドが腕にすがった。「朝まではいさせてあげて――」

男は僕をにらんだまま、彼女の手をふりほどいた。

「出てけ」もう一度くり返した。

選択の余地はあまりない。僕は自分が裸だということを気にしていないふりをして、シーツをはいだ。簡易トイレまで足を引きずっていって、腰かけて服を着る。ジーンズが包帯の足に引っかかっても、痛くない顔で平然としていた。ブーツははけるわけもないので、ぼろぼろになった片方をほかの所持品とまとめてバックパックに詰め込んだ。それが終わると、僕は危なっかしく立ちあがった。

男が――これが例の父親なのだろう――銃床で落とし戸を指した。「さあ」

「わかった、今いくところだ」僕はなけなしの威厳を保って言い返した。

それに、出ていくのは自分でも望むところだ。ただし、屋根裏を歩いていく自信がない。いったんとまって、部屋の向こうまでの長い道のりに備えて力を集めた。マティルドは今起こっていることから距離をおこうとしているように、無表情な顔をしている。

男が一歩迫った。「いけ」

何かを言い返す余裕は、僕にはなかった。バックパックのアルミフレームを両手でつかんで身体の前に押しだし、それを支えにする。落とし戸までは、時間をかけて、痛みをこらえてジャンプして進んだ。マティルドと父親がうしろからついてくる。彼が手にしたランプの明かりで、赤ん坊を抱いたグレートヒェンが階段の途中にいるのが見えた。驚くことに、赤ん坊はこんな状況でも彼女の肩に完全に身体をあずけて、すやすや眠っている。だが、僕に道をあけたグレートヒェンは、目を大きく見ひらいて、怯（おび）えた表情をうかべていた。

僕はバックパックを落とし戸のきわに押しやった。怒りと悔しさが自分をここまで導いたが、これ以上どうやって進んでいいのかわからない。洗った服が早くも肌に張りついている。自分のにおいが自分でもわかった。汗くささと、病気のにおいだ。おそるおそる身をかがめ、落とし戸のふちにすわり、バックパックのストラップに両腕を通した。それから、身体を前にすべらせて、いいほうの足で階段をさぐり、体重をのせた。扉のふちにつかまって、ひとつ下の段にとびおりたときには、勝利の快感があった。背後でせっかちな足音がしたが、それに気づいたときには背中に何かが強くあたって、僕は闇に向かって放りだされていた。

階段の下まで転げ落ち、肺からどっと息がもれた。僕は瓶のなかに突っ込んで、何本ものそれがけたたましい不協和音とともに床の上に散乱した。僕はその場にのびた。驚きに呑まれ、息もつけない。重たいバックパックが身体を上から押さえつけている。どうにか身を起こそうとすると、だれかが手を貸してくれた。

「大丈夫?」

マティルドだ。僕が応じるより前に、父親が階段をおりてきて、ランプの明かりが、散乱した瓶にちらちらと反射した。そのうしろには、陰にたたずむグレートヒェンが見える。赤ん坊が目を覚まして泣きだしたが、だれも気にするようすはなかった。僕らがいるのは板を張った回廊のような場所で、屋根裏と、おそらく下の暗がりにある地面とのあいだの、中二階だと思われた。僕はマティルドの手をふりほどいて、近くの瓶の首をつかみ、男と対峙するために必死に立ちあがった。

「近寄るな!」英語で叫んだ。フランス語はどこかへ消えていた。僕は警告するように瓶を高くあげたが、踏んばろうとすると足が抗議の痛みを発した。

男が階段の一番下までおりてきて、ランプが放つ黄色い光の真ん中に堂々と立った。馬鹿にするように瓶に目をやり、ライフルをにぎりなおすと、ふたたび僕に向かってきた。マティルドがあいだに立った。

「やめて。お願い」

だれに言っているのかわからない。けれど、父親のほうが足をとめ、敵意をむきだしにして僕を無言でにらんだ。

「今出ていくところじゃないか!」僕は叫んだ。

声が揺れていた。アドレナリンが放出されて、力が抜けて身体がふるえる。ふいに、手にした瓶の冷たい重みが意識された。胸がむかついて身体がよろめき、ほんの一瞬、僕は暗い通りに引きもどされた。これとは別の、血と暴力の場面が今にも目の前に再現されそうになる。

僕は瓶を手から落とした。瓶は埃っぽい床をゆっくり転がっていって、コンと小さな音をたててほかの瓶にぶつかった。赤ん坊は今もグレートヒェンの腕のなかでもがいて、泣き喚いているが、全員が無言で、階段の降り口へよろよろ歩きだした僕を見ていた。ほぼ一瞬にして脚の力が萎えて、膝から床にくずれた。涙が出るほど悔しかったが、立ちあがる力がどうしても出ない。すると、ふたたびマティルドがそばに来て、僕の腕の下に腕を差し入れた。

「ひとりでなんとかなる」僕はいらいらして言った。

彼女は気にしなかった。僕を木の柱に寄りかからせると、父親をふり返った。

「この人は、出ていけるような状態じゃないわ」

父親の顔は、ランプで照らされてさらに恐ろしい形相に見えた。「知ったこっちゃない。ここにおいておくのは、許さん」

あんたの罠さえなければ、僕はここにはいなかった。そう言いたいのに、口からは何も出てこない。くらくらした。目を閉じて柱に頭をあずけ、僕のまわりで投げ交わされるふたりの声をやりすごした。

「よその土地の人で、知るはずもなかったのよ」

「ともかく、泊めるのは許さんぞ」

「だったら、警察に迎えにきてもらう？」

警察という言葉に思わず顔をあげたが、その警告は僕とは無関係らしかった。朦朧とした僕の頭には、彼らが内輪の何かの話を持ちだしてやり合っているように思えた。もののわからない子供の頭上で、大人たちが会話するように。たぶん、罠のことを警察に知られたくないのだろう。けれど、僕はあまりにくたくたで、深く考えることができなかった。

「あと数日だけでもいさせてあげて」マティルドの訴える声。「体力が回復するまで」

しばらく返事はなかった。男は僕をにらみつけ、やがて侮蔑するように鼻を鳴らした。「好きにしろ。とにかくおれの視界には入れるな」

男が階段のほうへ歩いていく。その前まで来たとき、マティルドが「ランプを」と声をかけた。父親は動きをとめた。このままランプを持っていって、僕らを真っ暗ななかに残してやろうかと考えているのだ。だが、やがてランプを床におき、あとは無言で暗闇へおりていった。

マティルドがそれを持って、僕の横にしゃがんだ。

「立てる?」

こたえずにいると、彼女は英語で問いをくり返した。それでも僕は黙っていたが、とにかくゆっくり立ちあがりはじめた。彼女は何も聞かずに僕の肩からバックパックを取った。

「わたしに寄りかかって」

嫌でもそうするしかない。薄手のコットンごしに感じるマティルドの肩は、がっちりとして、あたたかかった。彼女は腕をまわして僕の腰を支えた。頭が僕のあごの下に来た。

階段の下までたどりつくと、グレートヒェンが陰から出てきた。赤ん坊はなおも顔を真っ赤にしてべそをかいているが、今はもう不機嫌ではなく、好奇心をのぞかせている。

「ミシェルと家にいてと言ったでしょう」マティルドが言う。声にわずかに険があった。

「助けになりたかったの」

「わたしひとりで平気よ。その子を家にもどして」

「なんでいつもわたしが面倒を見ないといけないのよ。自分の子でしょう」

「とにかく、言われたとおりにしてちょうだい」
グレートヒェンの表情が険しくなった。彼女は僕らのそばをすり抜けていった。階段をたたくビーチサンダルが怒りの音を響かせる。僕はマティルドのため息を、耳よりも肌で感じた。

「さあ、いきましょう」彼女はくたびれた声で言った。

体重のほとんどを支えてもらい、階段を一段ずつあがって、ベッドまで歩いた。果てしなく時間がかかった。マットレスに倒れ込んだ僕は、マティルドがふたたび出ていったことにもほとんど気づかなかった。すぐに彼女はバックパックとランプを持ってもどってきて、両方をベッドのそばにおいた。

「僕がここにいることを、お父さんは知らなかったようだね。話してなかったんだろう」

マティルドはランプの光の輪の外にいる。顔は見えず、こっちを向いているのかもわからない。

「話は明日にしましょう」彼女は言い、僕をひとり屋根裏部屋に残して去っていった。

ロンドン

僕は背中のバックパックを上下にはずませながら、アイドリングして進入路で待っている車のところへ走っていった。黄色いフォルクスワーゲンのビートルだ。ぼろぼろで錆が出ているが、今の僕にとっては、世界一美しい車だった。あたりは暗くなりはじめ、ずっと寒いなかに立っていたせいで、身体の感覚がなくなっている。僕に目もくれずに高速道路を走り去る車に文句を言いつづけて、はや二時間が経っていた。

助手席のドアをあけると、驚いたことに、なかにいたのはひとりで運転している若い女性だった。

「どこまで？」その女性が聞いた。

「目的地はロンドンだけど、つぎのサービスエリアまででも、もちろんかまわない」冷たい風から逃れたくて、僕は必死だった。

「わたしはアールズコートまでいくの。目的地に近いかしら？」

「ありがとう。すごく助かるよ」そこからは地下鉄に乗ることができる。僕はキルバーンに滞在する予定だった。持ち主が留守のあいだの一か月間、フラットの空き部屋を借りることになっている。そのあとどうするかは、なんのあてもない。

でも、それについてはまた別の日に悩めばいい。僕はおいてある大きな作品集を注意深くよけてバックパックを後部座席に放り、助手席にすわった。女性は自分の側の窓を少しだけあけていたが、寒くないようにヒーターを全開にした。

「窓はあけておかないといけないの。排気がなかにもれてくるから」彼女が説明する。「修理しないとって思ってはいるんだけど……」

肩をすくめたその仕草は、〝修理しようがないでしょう〟と〝面倒くさくて〟という答えの両方を雄弁に語っていた。

「ショーンだ」あけた窓とヒーターの風が競い合うようにうなるなかで、僕は負けないように声を張りあげなくてはならなかった。

彼女は小さく笑った。「クロエよ」

僕より一、二歳年下といったところだろう。細身で、淡いブロンドのショートヘアに、深い青色の瞳をしている。かわいい子だ。

「もう、あったかくなった？　長く全開にしていると、オーバーヒートしてしまうの」

僕は大丈夫だとこたえた。クロエはダッシュボードに手をのばし、温度を調節した。指のすらりと長い、華奢（きゃしゃ）な手だ。手首には細い銀の腕輪をはめている。

「とまってくれたのがきみで驚いたよ。ヒッチハイカーをひろおうとする若い女性には、あまり出会わないからね。文句を言ってるんじゃないよ」僕はあとから言い足した。

「たまには冒険もしないと。それに、あなたはまったく危険そうには見えなかったから」

「それはありがとう」僕は笑った。

クロエも微笑んだ。「ロンドンには何しに？」

「仕事をさがそうと思って」

「じゃあ、この先ずっと、こっちに住む予定なのね」

「仕事が見つかれば」そうこたえたものの、〝この先ずっと〟という言葉で、心が落ち着かなくなった。

「さがしているのは、どんな仕事？」

「どんなのでもいいんだ。飲み屋、肉体労働。金がはいるなら、なんでも」

彼女の目がこっちに向く。「大学を出たの？」

「ああ、だいぶ前にね。でも旅行がしたくて、しばらくのあいだぶらぶらしてた」〝しばらくのあいだ〟というのは、あえてぼかした表現だ――認めたくはないけれど、時間はあっという間に過ぎてしまった。同年代のほとんどは、今ごろはすでに自分のキャリアを築いているのに、僕はとくにきまった目標も持たないまま、仕事から仕事へと渡り歩いている。

「それはよかったわね」クロエは言った。「わたしは半年間、タイでバックパッカーをしたわ。最高の経験だった！　あなたはどこに？」

「ええと……すぐそこのフランスだ」

「そう」

「また、もどるつもりでいる」僕は弁解するようにつけくわえた。「まとまった金を貯めたら」

近いうちには実現しそうになかった。禁煙はしたものの、僕がしているような臨時仕事は給料が安い。彼女はうなずいたが、あまり聞いていなかった。バンを抜くために急にレーンを変えたので、僕はシートにつかまった。加速してきたジャガーの前に割り込んで、その車にブレーキを踏ませた。ジャガーは僕らのリアバンパーのうしろにぴたりとつけて、怒ってライトを明滅させている。フォルクスワーゲンのエンジンはうなりをあげたが、バンの横にならぶのが精いっぱいで、追い越せるほどスピードがあがらない。

「気を利かせてくれたっていいじゃない」クロエはつぶやき、僕を通り越してバンの運転手をにらんだ。不安な目で見ている僕をよそに、彼女はアクセルをいっぱいに踏みつづけ、ようやく少し先に出たところで、いきなりまた元のレーンにもどった。バンはクラクションを鳴らして速度を落とし、フォルクスワーゲンを運転するいかれた小娘から十分に距離をとった。僕はシートから手をはなしたが、強くつかんでいたせいで痛くなっていた。

「それで、大学ではなんの勉強をしたの？」彼女は何事もなかったようにつづけた。

「映画だ」

「制作、それとも理論？」

「理論のほうだ」言い訳がましい口調になっていた。

クロエはにやりと笑った。「ああ、そういうこと。だからフランスにいったのね。だめ、言わないで——トリュフォーを敬愛しているんでしょう。ゴダールじゃなくて」

「ああ」僕は傷ついて言った。「じつは……」

「やっぱり！」

つられて笑わずにはいられなかった。議論できる相手が見つかったことが嬉しかった。「フランス映画は好きじゃないみたいだね」

「嫌いというわけじゃないわ。ただ、ヌーベルバーグというのは全体として高く評価されすぎていると思うの。退屈なだけじゃない。やっぱりアメリカよ。スコセッシ。『タクシードライバー』」片方の手のひらを上に向けて、〝わたしの言うとおりでしょう〟という仕草をする。「しかも、スコセッシは表現を強調するのに白黒の技法に頼る必要もなかった」

「『レイジング・ブル』はどうなんだ」

「あれは四〇から五〇年代のボクシングのシーンをあえて表現しているから。それに、白黒にしたことで試合のシーンの血を効果的に見せているわ。それにくらべて、トリュフォーはどんなことをした？」

「おい、ずいぶんだな」

議論はさらにつづき、ふたりとも夢中になったが、必要に迫られて途中のガソリンスタンドで車をとめた。案内標識を見ると、驚いたことにロンドンまであとたった三十キロしかない。ずいぶんあっという間に時間が過ぎてしまった。ガソリン代をいくらか負担すると僕が言うと、クロエは手をふって断ったが、ふたたび車を出したときには、彼女は何か別のことを考えているようだった。

「それで、きみは？」しばらくして、僕はたずねた。

後部座席の作品集を身ぶりで示した。「画家をしてるの？」

「自分にはそうだと言い聞かせてるわ」クロエは微笑んだが、どこか悲しげだった。「ウェイトレスをして働きながら、適当なイラストを広告会社に売り込んでる。今も営業の帰りよ。キャットフード会社用の、大きな目をした子猫の絵」

なんと言っていいのかわからなかった。「おめでとう」

「気に入ってもらえなかった」彼女は肩をすくめた。「どっちみち、たいした作品じゃなかったから」

その後、会話は途絶えた。突然、郊外の風景があらわれ、それから間もなくロンドンの端にさしかかった。クロエはなかなか進まない車の列にいらいらして、指でハンドルをたたいた。アールズコートに着くと、地下鉄の駅で車をとめた。エンジンはかけたままだ。僕は時間稼ぎの口実をさがしたが、彼女は僕が去るのを待っている。

「ええと……乗せてくれてありがとう」

「どういたしまして」

電話番号を聞こうと心に決めていたのに、クロエの心はすでにどこか遠くにあるようだった。僕は車を降り、後部座席からバックパックを引っぱりだした。

「小さな語学学校で働いている知り合いが何人かいて」彼女が唐突に言いだした。「英語の教師が足りないらしいの。よかったら、口利きするわ」

その申し出には驚いた。「教える資格は持ってないよ」

彼女は肩をすくめて受け流した。「TEFL(テフル)の講座なんて簡単よ。フランス語は話せるの?」

「話せることは話せるけど……」

「ほら、いけるじゃない。フランス人の生徒は大勢いるわ」

僕は人生で人にものを教えた経験はなかったし、その選択肢を考えたことさえなかった。とはいえ、ほかに何か計画があるわけでもない。

「ありがとう、助かるよ」僕は大きく息を吸い込んだ。

「ところで、どうだろう……そのうち、飲みにいかないかい」

3

僕は車を乗り捨てた小川のところにいた。水は澄み、流れは速かったが、手をひたしても何も感じなかった。水は体温と同じくらい生ぬるい。爪のなかにはいって固まった血をきれいにしようとしているのに、洗えば洗うほど血が増えていくようだった。水は血でにごり、どろどろした赤い水が、今では手首の上まであがってきている。自分の血がなぜだか水に染みだしているのだとわかったが、僕はかえって手を強くこすった。水から出すと、腕は肘の上まで赤く染まっていた。

もう一度手を水に入れようとしたとき、足が引きつれた。

身体をひねってそっちを見ると、僕はベッドの上に寝ていた。屋根裏部屋は太陽の光であふれている。今回は記憶の途切れも混乱もなかった。すぐに自分の居場所がわかった。僕は寝ながら屋根を見あげ、夢の残滓が消えて動悸がおさまるのを待った。

夢は去ったかもしれないが、足がまだ痛かった。さらに、今度は別の痛みが身体じゅうで主張をはじめ、順繰りに僕を苦しめた。ふと思いだして、バックパックに目をやった。

靴底のあとがくっきりと残っている。

それを見て、感情がどっとあふれだした。いったいあれはなんだったんだ——？ 怒りと屈辱を感じ、ますます混乱したものの、一番根底にあるのは安堵の気持ちだった。

少なくとも、監禁されていたのではなかった。

黒い木馬の意地悪そうな大きな目に見張られながら、僕は朝の鎮痛剤を口にし、ベッドわきのワインボトルの生ぬるい水で喉に流し込んだ。腕時計を見ると時刻は八時だが、朝食を運んでくる気配はない。また腹が減っている。きっといい徴候なのだろう。力はまだはいらないものの、昨日とはちがい、気力が吸いだされるような疲労感はなかった。軽い擦り傷と、頭を打ってできたこぶをのぞけば、階段から落ちて怪我を負ったところも、とくにはなさそうだ。僕の自尊心以外は。

遠くの音が朝の静寂をやぶった——銃を放った音がし、立てつづけに二発目の銃声があがった。きっとマティルドの父親が、森の野生動物を相手に憂さ晴らしをしているのだろうと、僕はあのろくでもない男が持っていたライフルを思いだして想像した。蜘蛛の巣のかかった天井を見あげ、これまでに起こったすべてを頭のなかで整理しようとした。ここを出なければ。それだけはたしかだ。けれども、その近い未来よりも先のことを考えはじめた途端に、絶望に押しつぶされた。罠を踏む前から、僕は十分に厄介な立場にいた。ここで何が起ころうと、それは変わらない。

それでも、悩んでいてもはじまらない。まずは目先のことからだ。試しに体重をかけると、包帯を巻いた足に痛みが走って、歩くという希望は絶たれた。足を宙に浮かせ、反対の足で跳びはねながら窓辺にいった。ガラスは汚れて、朽ちたモスリン生地のような蜘蛛の巣がいくつもかかっている。垂木から垂れたまた別の巣が、ついているのかいないのかわからないような感触で、目のあたりにふれた。手でそれをはらい、外を見る。下には、ぶどうの木が何列も植わった、陽の燦々と降りそそぐ畑が広がっている。木の列は森のほうまでつづいていて、森の先には小さな湖があった。罠を踏む直前に見たのと同じ湖にちがいないが、ここから見ると湖面は鏡のようで、空を映して淡い青色をしていた。

ふたたび小さく銃声が響き、今度は興奮した犬の吠え声がつづいた。姿は見えなくても、昨日の男を思いだしただけで胃のあたりに嫌な緊張が走った。今回は注意して写真をよけてバックパックに手を入れ、車から持ってきたキャメルを出した。たばこはまずかったけれど、神経をしずめるものがほしかった。脚を前にのばしてベッドにすわり、ごつごつした壁にもたれて煙を肺に入れる。パックはすでに半分空だ。残りは節約しなければ。

いつまでもたせればいいのかは、わからない。

たばこを吸い終えると、ボクサーショーツを出した。またいつ〝パパー〟がひょっこりやってくるかわからないので、用心のためだ。ちょうどはき終えたとき、だれかが階段にいる音がした。一瞬緊張したが、あの男にしては足音が軽い。

落とし戸がひらいて、マティルドが顔を出した。僕は彼女のうしろに目をやり、ひとりなのを見て胸をなでおろした。彼女は何を考えているのかわからない無表情な顔でベッドに近づいてきた。

「おはよう」

手にしたトレイには、僕の朝食と水を入れたボウルがのっている。包帯と古いブリキの救急箱も持っていて、腕には古いタオルをかけていた。

「足に巻く新しい包帯を持ってきたわ。そろそろ取り替えないと」

彼女はトレイをマットレスにおいて、近くの角に腰かけた。髪を耳にかけ、僕の足に目を向ける。

「調子はどうかしら」包帯をほどきながら言った。

「階段から蹴り落とされて、よくなるはずはない」

嫌みを言うつもりはなかったのに、自分を抑えられなかった。マティルドが手をとめずに汚れた包帯をはずすのを、僕は緊張しながら見ていた。包帯が取れると、傷にあてた、ぱりぱりになった医療用のガーゼが出てきた。血が乾いて皮膚に貼りついている。はがそうとしたがはがれず、僕は思わず息を呑んだ。

「ごめんなさい」

マティルドは缶から小さな脱脂綿を出して水にひたし、ガーゼを湿らせはじめた。少しだけ引っぱられる感覚があったが、一枚ずつガーゼがはがされていった。彼女の肩がじゃまで、手もとの作業はよく見えない。

「少し前に銃を撃っている音がした」僕は言った。

「父よ。狩りにいくの」

「ゆうべのあの人が、そのお父さんなんだろうね」

「ええ」髪を耳のうしろにかけた。そういえば、いつも同じ側だ。顔の左側。「悪かったわ。父は社交的な人じゃないの。よその人間が嫌いなの」

「そのようだね」あたっても仕方がない。父親のしたことはマティルドのせいではないし、しかも、彼女は僕を助けることで自分の問題を増やしているらしかった。「どうして僕を病院に連れていかなかったんだ。罠のことでお父さんがまずい立場になるのを心配したから？」

マティルドは僕を見あげた。灰色の目は真剣だった。

「わたしが手当てするのが一番だと思ったからよ。でも、緊急の治療が必要な状況だったら、もちろん病院で手当てを受けさせたわ」

妙かもしれないが、僕はその言葉を信じた。彼女はしばらく僕をじっと見て、それからまたガーゼをはがしはじめた。

「じゃあ、好きなときにここを出ていっていいんだね」

「もちろんよ」

「だったら、落とし戸に鍵をしたのはどうして？」

「朦朧としていたから。階段から落ちて怪我をしたらいけないと思って」

その言葉の皮肉に、思わず笑いそうになった。「それに、お父さんの目から隠しておけるように？」

黙っているということは、図星なのだろう。どうやって僕の存在を隠し通すつもりだったのかはわからないものの、あの男と会った今では、知らせたくなかった理由は僕にもわかる。森で発見してくれたのが娘たちのほうでよかった。

「ここまでこっそり運ぶのは大変だったろうね」僕は言った。

「父は腰痛持ちで、午後はたいてい寝ているから。あなたのことは、毛布を使って森から運んできたの。何度も休みながらね」ガーゼの最後の一枚をそっと持ちあげたが、なかなかはがれようとしない。「納屋は最低限の場所だけど、雨もはいらないし居心地も悪くないわ。どうぞ、好きなだけここにいて。少なくとも、体力がつくまでは」

「ここでの出来事を、僕が警察に通報するとは心配してないのかい」

「それはあなたが決めることよ」

ふたたび、彼女を信じたいと思っている自分がいた。だがそれも、バックパックに隠したビニールの包みを思いだすまでのことだった。たぶん彼女には、僕が警察にいかないと信じる根拠があるのだろう、とふいに冷静になって思った。けれどそのとき、マティルドが最後のガーゼを取り除き、下から出てきたものを見て、ほかのいっさいが頭から忘れ去られた。

「うわっ！」

足全体が腫れて変色していた。紫色の肌に生えた爪は、小さな真珠貝のボタンのように見え、足首の少し上から甲にかけて、刺し傷の痕がそろいの弧を描くように点々とつづいている。傷は腫れて炎症を起こし、醜い小さな口には、乾いた血と黄色い膿がついていた。その傷口からは、縫った黒い太い糸が、死んだ蜘蛛の脚のようにのびている。

「大丈夫なのか？」僕は不安になってたずねた。

マティルドは無表情のまま、また別の脱脂綿を水にひたして、刺し傷の洗浄に取りかかった。「治ってきているわ」

「治ってきてる？」自分の足を見た。傷が目で見えると、ずきずきする痛みがさらに勢いを増すようだった。

「医者に見てもらったほうがいいんじゃないかな」

マティルドは引きつづき落ち着いて汚れを拭き取った。「前も言ったけど、傷が化膿していたの。抗生物質はそのためよ。でも、医者を呼んでほしいというなら……」

脚の先のほうにある、醜く変わり果てたものを見ていると、僕はその誘惑に駆られた。けれど医者に見せるということは、あれこれ質問を受けるということだ。この家の人たちだけでなく、当然、僕も。それに、マティルドには信頼を寄せたくなる何かがある。

「このままで問題ないと思うのなら……」

彼女はうなずいた。きれいな脱脂綿を取り、ふたたびそっと拭きはじめた。手の肌はざらざらして、爪は四角く短く切ってある。指輪はしていない。僕はそのことに目を留めた。

最後の傷の洗浄を終えると、脱脂綿を軟膏のチューブに持ち替えた。「染みるわよ」

そのとおりだった。けれど、手当てが終わると、僕の足はそこまでひどくは見えなくなっていた。切り刻まれた肉というよりも、人の足らしくなった。マティルドは新しいガーゼをあてて、その上から新しい包帯を巻いた。手際がよく、無駄がない。茶色い髪から白い耳の先が突きでている。目の下のくまは、前に気づいたときより一段と濃くなったように見えた。どこかはかなげで、それでいて、人を寄せつけない雰囲気がある。簡単にはやぶることのできない殻で身を守っているという感じだ。今回の出来事について、僕はちゃんとした謝罪もまだ受けていないが、なぜだか良識がないのは自分のほうだという気になった。

包帯が巻き終わると、僕は咳ばらいをした。「ありがとう」

マティルドは救急道具を缶にしまいはじめた。「あとで身体を洗うお湯を持ってきます。何か読むものをあげましょうか？　よければ本を見つくろってくるわ」

落ち着いて読書をする気分ではない。「いや、いいんだ。あとどのくらいしたら、ここを出られるだろう」

「いつ歩けるようになるかによるでしょうね」壁ぎわに積んだがらくたの山に目をやる。「どこかに松葉杖があるはずよ。あとでさがしてみましょう」

「だれが使ってた杖？」ここに閉じ込められたのは僕が最初ではないのかもしれないと、ふいに不安になってたずねた。

「母よ」

マティルドはトレイを持って、落とし戸のほうへ歩いていった。そこを通っておりていく彼女を見送り、僕はつぎに扉が閉められることを予測した。ところが、彼女はあけっぱなしにして去っていった。

この日の朝食はもっと充実していた。バターと黒胡(くろこ)

椒で味付けした半熟卵、それに、パンとミルクだ。かなり腹が減っていたが、なるべく食事が長く続くようにゆっくり食べた。そのあとで時計を見た。さっき確認したときからほとんど経っていない感じだ。屋根裏はすでに暑く、熱せられた材木と埃の、独特のにおいがする。早くも汗が出てきた。あごのひげ――数日分はのびているだろう――がだんだん痒くなってきているし、自分が病気と暑さからくる嫌なにおいを発しているのがわかる。マティルドが僕を洗いたがっているのも無理はない。歯に舌を這わせる。口のなかも嫌な味がする。ゆうべは、ワインボトルを手にする必要はなかった――息を吹きかけただけで、〝パパー〟をノックアウトできたにちがいない。

バックパックから歯ブラシと歯磨き粉を出し、歯茎が痛くなるまでこすった。それがすむと、ふたたびベッドに横になった。けれど、そわそわして寝つけず、何かで気をまぎらわせていないと頭が変になりそうだった。

僕はさっき聞いた松葉杖をさがそうと思いたち、壁に手をつきながら、古い家具を積み重ねた場所まで片足でジャンプした。マティルドがさがしてくれると言ったけれど、別にそれを待たなくてはならない理由もないだろう。積んであるものは、どれも壊れるか一部が欠けているようで、何もかもが灰色の埃でおおわれている。三本脚の椅子、白かびの生えたスーツケース、歯が抜けたような、引き出しのない食器棚。鏡のない鏡台の裏側をさがしていると、古い額縁が五、六枚出てきた。凝った装飾だが、キャンバスもガラスもない。僕は無意識に品定めをしていたが、考えてみればだれが使ったものかもわからない。それに気づいて、ふと罪悪感をおぼえた。

額縁を見えない場所に押しやって、松葉杖さがしを再開した。

壊れた椅子が折り重なった下から一本が出てきたが、

どこをさがしてもも片方が見あたらなかった。それでも、ないよりましだ。傷がついて、ぼこぼこになったアルミ製の松葉杖だった。蜘蛛の巣をはらって、高さを調整し、屋根裏をいったり来たりしながら歩く練習をした。すぐ疲れたが、ふたたび動きまわれるのは気分がよかった。

汗をかき、息が切れ、僕は戦利品とともにマットレスにもどった。けれど、横になった途端に、さまざまな思考が頭のなかで渦を巻きはじめた。気分をまぎらわすものが必要だ。音楽はだいたい携帯電話に保存してあったが、古いＭＰ３プレーヤーがバックパックに入れっぱなしになっていた。まずまずの曲目がそろっていて、ありがたいことに、バッテリーもまだ生きていた。イヤフォンをつけ、シャッフル再生し、目を閉じて頭ごと音楽につつまれた。

空気の圧力の変化を裸の肌に感じたのか、窓から射す光がさえぎられたせいか、僕は屋根裏にだれかがいることに気づいた。その瞬間に、何かがベッドにぶつかってきた。僕ははっとしてとび起き、目をあけて横に立っている人物を見た。

「いやだ、びっくり！」

グレートヒェンは驚いて、持っていたバケツを落としそうになった。彼女は慌ててバケツを床におき、僕は音楽を切ってイヤフォンをはずした。急に音が消えるのは、映画の最中に照明がつくのと似た気分だった。

「ごめんなさい。てっきり、眠っているのかと思って」グレートヒェンは口ごもった。

「いつからいたんだ？」相手のぽかんとした顔を見て、英語で質問したことに気づいた。フランス語でもう一度言った。

「ついさっきから」ほとんど聞き取れないほどの小声だった。「マティルドに言われて、身体を洗うお湯を持ってきたの」

顔を見るのが照れくさいのか、グレートヒェンは頭を垂れたままだ。バケツを屋根裏まで運んできたせいで顔が赤く火照り、汗をたっぷりかいて綿のワンピースが肌に張りついている。視線が僕の首から垂れているイヤフォンに移った。

「何を聴いているの？」

ヨーロッパでも人気のイギリスのバンドだが、名前を告げてもぴんと来ない顔をしている。僕はイヤフォンを差しだした。「ほら、聴いてごらん」

表情が明るくなったが、彼女は首をふった。「やめておくわ。あなたとしゃべっちゃいけないことになっているから」

「お父さんに言われたんだな」彼女の表情が質問の答えになっていた。「こうしてしゃべってるじゃないか」

「これは別よ。マティルドはミシェルのことで手がはなせないの。父はジョルジュといるわ」

つまり、父親は彼女がここに来ていることを知らないということだ。僕はイヤフォンをおろした。これ以上問題を起こしたくはない。グレートヒェンのためにも、自分のためにも。「ジョルジュというのは？　マティルドの結婚相手？」

前もグレートヒェンからその名が出た。けれど、僕の質問を彼女はおかしがった。「まさか。ジョルジュは年取ったお爺さんよ！　パパを手伝っているの」笑ったまま、ふたたびイヤフォンに視線を向ける。「たぶん、ちょっとなら……」

グレートヒェンはマットレスの角に腰かけて、イヤフォンを耳に入れた。僕が音楽をつけると、目がまんまるになった。

「すごい音！」彼女は叫んだ。

音量をさげてやると、彼女は首をふった。

「いいの。このままがいい！」

僕は相手の声の大きさにひるみ、唇に指をつけた。

「ご――ごめんなさい」

彼女は音楽に聴き入り、子供のような楽しそうな顔でリズムに合わせて首をふった。鼻のかすかなでっぱり以外は、非の打ちどころのない顔立ちをしているが、それがなければ、ただの個性のない美人だっただろう。つぎの曲に変わっても、僕はそのまま流していた。曲が終わると、グレートヒェンの顔に残念そうな表情がうかんだ。彼女はふたたびはにかんで、イヤフォンをはずした。

「ありがとう」

「よかったらアルバムをコピーしてあげるよ」

彼女は膝に目を落とした。「無理よ。うちにはコンピューターがないから。CDプレーヤーも今はないの。むかし壊れて、それきり」

まるで別の時代を生きているようだ。それがグレートヒェンらしい生き方だとは思えない。姉にしても同じだが。たとえそうでも、僕の心の一部は、この農場が世間から孤立していることを喜んでいた。「じゃあ、きみにとっての楽しみといったら？」

片方の肩をあげる。「テレビがあるわ。あとは、ミシェルを連れて散歩に出たり」

「年はいくつ？」

「十八」

思っていたより年齢がいっていた。十八に見えないわけじゃないが、もっと若い子のような子供っぽさがある。「友達は？」

「近くに何人か男の子が住んでいて……」イヤフォンのコードを指に巻きつけながら、口もとに笑みをうかべる。けれども、その顔はすぐに悲しげなふくれ面に変わった。「でも、パパはわたしが町のだれかと会うのを嫌がるの。みんな馬鹿ばっかりだから、時間を無駄にするのはやめろって」

なぜかそれを聞いても驚かなかった。「退屈だろうに」

「ときどきは。でも、ここはパパの農場だから。ここに住む以上、パパのルールに従わないと。たいていのときはね」

そう言いながら、いたずらっぽい目でこっちを見た。どういうことかと聞いてほしそうだが、僕はそれを避けた。「ゆうべ、お父さんが怒ったのも、それが理由かい？　きみたちがルールをやぶったから？」

かわいい顔にふてくされた表情がうかんだ。「あれはマティルドがいけなかったの。あなたのことを、ちゃんと言うべきだったのよ。勝手に隠しごとをするなんて、許されるはずないでしょう」

「それで、きみがお父さんに話すことにしたのか」

「どうしていけないの？」彼女は反抗的に顔をあげ、一瞬、父親と同じような、人を不安にさせる目で僕を見た。「マティルドはいつも威張って、ああしなさい、あれはダメってわたしに指図するの。でも、あなたが目を覚ましたら、パパに話すのが当然でしょう。だって、ここはマティルドじゃなくてパパの農場なんだから」

僕は反論するつもりはなかった。一家の喧嘩に巻き込まれるまでもなく、僕には手に負えないほどの問題がある。そのとき、グレートヒェンのすわる位置がさっきより近くなった感じがすることに、ふと気づいた。腕の素肌から熱が伝わってくるほど、そばにいる。

「どこへいったかと心配されないうちに、もどったほうがいい」僕は彼女の手からイヤフォンを取り返して、それを横におきながらさりげなく距離をとった。グレートヒェンは意外そうな顔をしたものの、素直に腰をあげた。

「またそのうち聴かせてくれる？」

「お父さんのことは？」

肩をすくめた。「どうせばれないわ」

パパのルールに従う話は、どこへいってしまったのか。もっとも、印象からいって、グレートヒェンは従いたいルールにだけ従うタイプなのだろう。彼女は自意識過剰に腰を揺らしながら、立って落とし戸まで歩いていった。僕はイヤフォンに気を取られているふりをして、そっちを見なかった。足音が階段の下に消えていくと、ため息をついてイヤフォンをおいた。かわいそうだとは思うけれど、僕にもっとも必要ないのは、面倒を起こすのが得意そうな、退屈した十八歳だ。あんな異常な父を持つ娘は、とくにご免こうむりたい。とにかく、ここを出たかった。それもなるべく早くに。

それからどうする？

屋根裏がいつもより暑く息苦しく感じられた。たばこに火をつけて石壁にもたれ、天井に向かって煙を吐いた。青い煙が広がるのを見ながら、マティルドとグレートヒェンがこれまでに話したことについて考えた。この農場に関する話のなかで、一度も話題にされなかった人物がひとりいる。

マティルドの赤ん坊の父親だ。

4

翌朝、僕ははじめて外に出た。

前の日は、グレートヒェンが帰ってから、ほぼずっと寝て過ごし、あるときふと目覚めると、ベッドの横に食べ物を盛ったトレイがあった。澄んだチキンスープとパンを平らげるまではどうにか起きていたが、あとでベッドを出て松葉杖で歩く練習をしようと思いながらも、またすぐに眠りに落ちた。

けれども、朝になって目を覚ますと、食事と睡眠の効果があらわれていた。だいぶ気分がよくなった。屋根裏には明るい陽が射し込んでいるが、まだ暑くはなく、朝のうちにしか味わえない、今だけの気持ちのいい清々しさがあった。昨日の夕飯のトレイは、朝食を盛ったものと交換されていた——この日も卵とバターだ。人の気配には気づかなかったが、寝ているあいだにだれかがはいってくることにも、もう慣れてきていた。

朝食をむさぼり食い、卵の黄身をパンできれいにぬぐった。本当はもう少し食べたかった。グレートヒェンが持ってきたバケツの水がマットレスの横においたままになっていたので、乾いた汗をできるだけ肌から洗い流し、それからひげを剃ろうと思って剃刀を出した。ほぼ一週間分のひげがのびている計算だけれど、剃る寸前に思いなおした。屋根裏には割れた鏡さえないが、手で確かめてみると、ひげはいつもと勝手がちがう。自分のひげのように思えないし、それどころか自分の顔だとも感じられない。もはや自分だとは思えなかった。

それも悪くない、僕はそう思った。

数分のあいだはさっぱりして気分爽快だったものの、すぐにまた汗が出はじめた。屋根裏部屋の小窓はあけていても、空気が移動するだけで涼しくはならない。早くも暑さがつのってきて、それとともに気分が落ち着かなくなった。起きて松葉杖の練習をしようと思ったが、ふと見ると、落とし戸があいたままになっている。僕は足を引きずっていって、そこから下の納屋をのぞき込んだ。

屋根裏から出ていけないとは、だれにも言われていない。

今度は前回よりはるかに楽に階段をおりることができた。杖を脇にかかえ、梯子のように後ろ向きにくだった。ときどき足が嫌な痛みを発したが、一段ごとに膝をついてそこに体重をあずけ、足に負担がかからないように工夫した。

マティルドの父親に突き落とされた、階段の下の狭い場所まで来たところで、いったん息をついた。僕がなぎ倒した空き瓶はふたたび立ててあったが、日のある時間帯でも、納屋のなかは湿気ていて薄暗い。石の壁に窓はなく、入り口の広い開口部から明かりがはいってくるだけだった。空気が上よりもひんやりしていて、階段の最後の数段をおりていくと、石と木の古いにおいにまじって、かび臭いワインのにおいが感じられた。この納屋は、過去のいつかの時点で小規模なワイン醸造所として使われていたらしい。金属製の空のタンクがひとつあって、以前機材が設置されていた場所は、床の敷石が荒れている。一画は掘り起こしてコンクリートでならしてあるが、古そうに見えないのに早くもひび割れが生じている。

壁に蛇口があった。栓をひねると床に向かって水が噴きだし、僕は手ですくって何口か飲んだ。歯に染みるほど冷たいけれど、とても新鮮な味がした。顔にも浴びせかけ、それから、そばの背の高いワイン棚のところにいってみた。ラベルを貼っていない瓶が棚の半分ほどを埋めているが、そのうちのかなり多くは、中身が染みだして、コルクの栓が変色している。一本に顔を近づけ、酸っぱいにおいに鼻にしわを寄せ、それから、納屋の入り口のほうに歩いていった。

外から陽が射し込んでくる。しばしその場にたたずんで、あけはなたれた扉のあいだから景色をながめた。切り取られた外の世界。黒い壁の額縁のなかに、色あざやかな映像がおさまっている。まるで映画のスクリーンのように。

明るさに目を細め、松葉杖にもたれ、僕はそのなかへ踏みだした。

テクニカラーの世界にはいる気分だ。胸いっぱいに空気を吸い込み、野の花や草のにおいを楽しんだ。脚がふらつくが、息苦しい屋根裏から出てきたあとだけに、顔に降りそそぐ太陽が心地よかった。包帯を巻いた足をかばいながら、埃っぽい地面に腰をおろして、あたりをながめた。

納屋の真正面には、屋根裏の窓から見えたぶどう畑が広がっている。まわりを森がかこみ、さらにその先のほうを見ると、木々のあいだに湖の青い色がかすかに見える。その向こうには淡い黄金色の畑が広がり、それが見わたすかぎりどこまでもつづいていた。この農場がどんな場所かは知らないが、とにかく平和だった。コオロギの声があたりに満ち、ときおりどこかでヤギの鳴く声がするけれど、それ以外には、静寂を乱すものは何もない。車も、機械も、人間も存在しない。僕は目を閉じて、その静寂にひたった。

そのうちに別の音が聞こえてきた。金属が軋むリズミカルな音。目をあげると、年配の男がぶどう畑のあいだの小道をやってくるのが見えた。がに股の痩せた老人で、キーキー鳴っていた正体は、老人が柄を持って軽く揺すっている亜鉛めっきのバケツだった。薄い頭髪はほぼ真っ白で、顔は樫の古木のような色に焼けている。すわっている僕と比較しても、ほとんど変わらないほどの背丈に見えた。それでも、身体は発達してたくましそうで、まくったシャツの袖からは、筋肉の盛りあがった太い腕がのぞいている。

グレートヒェンの言っていたジョルジュだろう。僕は会釈して声をかけた。「おはようございます」

反応はなかった。そのままのんびり納屋まで近づいてきて、僕が見えないかのように、すぐ横をすり抜けた。僕は不安になり、納屋のなかで何をするつもりなのかと、首だけでうしろをふり返った。バケツを床におく音がし、それにつづいて蛇口から水を注ぐ、金属をたたく音が響いてくる。少しすると水の音がやんで、彼がふたたび外に出てきた。僕には文字通り目もくれずに、バケツを持った腕に胡桃でも詰まっているのかというような力こぶをうきあがらせ、もと来た道をもどっていった。

「こちらこそ、どうぞよろしく」僕は背中に向かって言った。

ずっと目で追っていると、男はぶどう畑をとぼとぼと進んでいって、奥の森にはいった。すぐに姿が見えなくなり、僕は森でバケツの水を何に使うのだろうと不思議に思った。農場には鶏と鳴き声の聞こえるヤギがいるだけで、ほかに家畜を飼っているようには思えないし、ぶどう以外に作物をつくっているようにも見えない。酸っぱいにおいを発するコルクと、納屋のワイン造りの機材を撤去した、空いたスペースのことを考えると、ワイン農園として繁盛(はんじょう)しているともとても思えない。

彼らはどうやって生きているのだろう。

十分休憩したし、肌の出ているところがひりひりして赤くなってきた。僕はぎこちなく立ちあがって、松葉杖を脇にはさみ、歩いていって納屋の角をまがった。地面に穴を掘った古い屋根なしの屋外トイレがあり、その先に見憶えのある中庭が広がっていた。そこに出るとさらに暑かった。石畳から熱気が立ちのぼり、足場でおおわれた母屋は太陽の光を浴びて、飲み水をもらいに来たときよりも白っぽく見えた。たわんだ屋根の上には傾いた風見鶏が危なっかしくのっていて、風が動くのを待っている。

数羽の雌鳥(めんどり)が地面をのんびりつついているだけで、人の姿はなかった。飲み水のことを思いだしたせいで、またも喉が渇いてきた。納屋にもどれば水が出るが、老人に無視された僕は、少しでいいからだれかの顔を拝みたい気分だった。丸い敷石の上で松葉杖をすべらせながら、僕は足を引きずって家に近づいていった。

別の方向を見ると、厩舎の壊れた時計が、一本の針で何時かわからない時間の二十分前を指したまま、今もとまっている。その下にある農場用の自動車は、前に来たときから動かされた形跡はなかった。埃まみれのバンとトレーラーは、そこで息絶えたかのように厩舎の外にほったらかしにされ、古いトラクターは犬が寝そべって鼻面を突きだしているように、アーチ屋根の馬房からラジエーターの部分をのぞかせている。別の馬房は、古い鍛冶の炉が占領していた。細長い鉄のかたまりがいくつも立てかけてあったが、ある一本に雑な三角形の歯がついているのを見て、ようやく目にしているものの正体に気づいた。

思いだして足が痛み、僕は母屋のほうに移動した。記憶にあった以上に家は荒れていた。足場が建物の半分をおおっていて、ペンキを塗っていない鎧戸が死んだ蛾の翅のように窓からさがっている。壁に近い地面には、はがれ落ちたモルタル片が散らばっているが、固まる力を失って砂のようになっていた。くずれかけの石積みをおざなりに補修したあとが見られるものの、途中で放棄されたのが一目でわかる。それも最近のことではなさそうだ——足場はところどころが錆びて、地面に放ってあるのみもまた錆びていた。杖でつつくと、石の地面にのみの形がきれいについていた。

キッチンの扉はあいていた。目の汗をぬぐい、扉をノックする。「だれかいるかな」

答えはなかった。うしろを向こうとしたとき、少し先にも入り口があるのが見えた。扉は塗装はされていなくて、ゆがんでいる。松葉杖でそこまで移動して、あらためてノックし、そっと押してみた。油を差していない蝶番が軋みをあげ、奥に向かって扉がひらいた。内部は暗く、戸口にいても、なかの冷たい湿った空気が這いだしてくるのが感じられる。

「何をしてる」

僕はうしろをふり返り、バランスを保とうとして、松葉杖といいほうの脚でこんがらがったダンスを踊った。マティルドの父親が厩舎の裏から出てきたところだった。肩にキャンバス地の袋をさげ、血のついたウサギの足がそこからとびだしている。それよりぞっとするのは手にしたライフルで、銃口は真っすぐに僕に向いていた。

「聞こえないのか？　何してるのかと聞いたんだ」

太陽の下で見ると、思っていたより老けていた。五十よりも六十に近く、日焼けと老化による茶色い染みが、額に点々と散っている。手足が短く胴長で、背もとくに高いほうではないが、いかにもがっちりした身体つきをしている。

僕はライフルを見ないようにして、時間をかけて、松葉杖につかまって体勢を整えた。「とくに何も」

相手は僕のうしろのあいた扉に目をやった。「なぜ、こそこそ歩きまわってる？」

「水が飲みたくて」

「納屋に水道があるだろう」

「そうですけど、新鮮な空気を吸いたかった」

「今、水が飲みたかったと言わなかったか？」日焼けした顔からのぞく薄い灰色の目は、汚れた氷の欠片(かけら)のようだ。視線が松葉杖へ流れ、一段と目つきが険しくなった。「どっからそいつを持ってきた」

「屋根裏にあったのを見つけました」

「だれが使っていいと言った」

「だれも」

マティルドをかばう理由が自分でもよくわからなかったが、彼女に責任を押しつけるのはまちがっている気がした。マティルドの父親はあごを攻撃的に突きだし、僕は銃を強く意識した。

「じゃあ、勝手に持ちだしたんだな？　ほかには何を盗むつもりだった？」

「僕は何も……」急に疲れて反論する気が失せた。太陽が上から重くのしかかり、残るわずかな力さえ奪っていくようだ。「だれも気にしないと思ったんだ。すぐにもどします」

横をすり抜けて納屋にもどろうとしたが、行く手をふさがれた。相手はまったく動こうとせず、ライフルは相変わらず僕を狙っている。これまではただの脅しだと思っていたが、凶暴な目を見ているうちに、急に不安になった。でも、もうどうでもよかった。僕は相手をにらみ返し、そのまま時間が流れたが、キーキーというリズミカルな音が徐々に静けさのなかにはいり込んできた。中庭の向こうを見ると、片手に錆びたバケツを垂らし、のんびりとこっちへ向かって歩いてくるジョルジュの姿があった。

雇い主が人に銃を向けているのを見て驚いたとしても、彼はそれを顔には出さなかった。「柵はできるところまで修理しておきましたよ、ムッシュー・アルノー。間に合わせにゃなるが、いずれにせよ、交換が必要だ」

ここまで注意を引けないのなら、僕は透明人間も同然だ。アルノーは――今の今まで、門の郵便受けにあった名前を忘れていた――ますます赤い顔をしている。

「わかった」

去ってよしという合図だが、老人はそれに気づかない。「ちょっと来て、見てもらえませんかね」

アルノーはいらいらして怒鳴った。「ああ、あとでいく」

ジョルジュは満足げにうなずき、やはり僕の存在にはなんの反応も示さないまま、中庭をつっきってもどっていった。ふたたびアルノーにじっとにらまれ、僕は松葉杖にもたれるしかなかった。言葉を嚙みしめているように、あごが動いている。

けれども、その言葉を吐きだす前に、厩舎のうしろから犬がとびだしてきた。舌を長く垂らし、耳をはためかせたスプリンガー・スパニエルの子犬だ。われわれふたりを見ると、犬はアルノーを追い越して、僕のそばに来て跳ねまわった。僕はふるえているのを見られないようにして、手をおろして頭をなでた。

「もどれ！」アルノーの声が響く。犬は服従すべきか、このままかわいがられるかで迷って、おろおろしている。「こっちに来い！」

服従が勝った。スパニエルは縮こまり、ちぎれそうに尻尾（しっぽ）をふりながら腰を低くして歩いていった。できるものなら尻尾に白旗をつけたい気分だったろう。だが、アルノーがたたこうとして手をあげたとき、突然その顔がゆがんだ。アルノーは身をこわばらせ、痛む腰に手をあてて背中をのばした。

「マティルド！　マティルド！」アルノーは怒鳴った。

マティルドが慌てて母屋の横をまわってやってきた。片腕に赤ん坊を抱き、反対の腕には、土のついた野菜を入れたかごを持っている。僕らを見た瞬間、動揺のような表情が顔をよぎったが、すぐにいっさいの感情が消えた。

「この男はここで何をしてるんだ」アルノーが頭ごなしに言った。「おれの視界に入れるなと言っただろう！」

マティルドは祖父の大声に泣きだした赤ん坊を必死にあやした。「ごめんなさい、わたしが——」

「彼女が悪いんじゃありません」僕は言った。

アルノーがふたたび真っ赤な顔をこっちに向ける。

「おまえに話してるんじゃない！」

「ただ、新鮮な空気を吸いに出てきただけじゃないか」僕はうんざりして言った。「今から屋根裏にもどります。それでいいでしょう」

アルノーは鼻を鳴らした。なおも泣き喚いている赤ん坊に目をやり、手を差しのべた。

「こっちによこせ」

彼は大きな手でマティルドから子供を受け取り、目の高さにあげて優しく左右に揺すった。ライフルは脇にかかえたままだ。

「そら、どうした、ミシェル？　立派な男の子だってとこを、おじいちゃんに見せてくれ」

荒っぽいが愛情のこもった声だった。赤ん坊はしゃくりあげ、やがて歯のない顔で笑った。アルノーは目は孫に向けたまま、肩ごしに僕をふり返って言った。

「失せろ」

そのあとは、僕はずっと眠っていた。もっと正確に言えば、うつらうつらしていた――風の通らない屋根裏で、覚醒と夢のあいだをさまよっていた。あるとき目を覚ますと、食べ物を盛ったトレイと新しい水を入れたバケツがベッドの横にあった。持ってきたのはマティルドだ、と思った。本はいらないと言ったのに、厚紙で装丁した古い『ボヴァリー夫人』がいっしょにのっていた。父親とのいざこざに対する謝罪のつもりなのかもしれない。

暑さと汗で朦朧としながら夕方が過ぎた。シガーボックスのような屋根裏の木のにおいにむかむかしながら、ボクサーショーツ一枚でマットレスに横になった。ほかにやることもないので、『ボヴァリー夫人』に挑戦してみた。けれど、古いフランス語は理解不能で、集中することができない。単語がぼやけ、本が何度も手からすべり落ち、ついにあきらめて、僕は本を横においた。暑すぎて眠れないと思っていたのに、目を閉じると、溺れるように深い場所に落ちていった。

僕は叫び声とともに起きた。暗い通りに血が流れている映像が、くっきりと頭に残っていた。少しのあいだ、自分がどこにいるのか思いだせなかった。屋根裏は闇につつまれていたが、あいた窓から光がぼんやりはいってきている。手が熱く湿り、悪夢がなおも生々しく残っていたために、血で濡れているのかもしれないとさえ思った。けれど、ただの汗だった。

月の光で、ランプなしでも時計を読むことができた。真夜中をちょうど過ぎたところだ。ふるえる手でたばこを取った。あと三本しかない。このごろは一度に半分ずつ吸うようにしている。途中まで吸ったたばこの焦げた先に火をつけ、肺に煙を入れる。絶望の重みは頑固に消えようとしない。ぎりぎりまで長くもたせてフィルターの根元まで吸ったあとは、どう考えてももう一度眠りにつくことはできそうになかった。

月明かりに照らされた屋根裏は、湿気があって息苦しかった。光の筋が床を通って、ベッドの端にかかっている。僕は起きあがって、銀色の道に沿って片足跳びで窓辺にいった。夜が景色を白黒に変えていた。黒い森の向こうには、鏡のような湖のなかで月の双子が輝いている。空気には金臭い湿り気が感じられる。胸いっぱいに息を吸い込んで、湖にもぐる自分を想像し、冷たい水で頭の毛が浮きあがる感覚を思いうかべた。

梟が鳴いた。自分が息をとめていたのに気づいて、吐きだした。ここは空気が足りない。急に閉所恐怖症のような感覚に陥って、僕は松葉杖とランプをつかんで、落とし戸まで歩いていった。あけたままにしておいた扉は、無へと通じる穴のようだ。ランプの薄暗い光を頼りに、僕は階段をおりていった。

とくに何をしようとは考えていなかった。納屋の一階は真っ暗だが、外に出るとランプがいらないほど満月が明るく照っていた。スイッチを切って、入り口においた。草木の香る夜の空気が、素肌に心地いい。もはやまったく疲れは感じず、ただ、湖へいきたいという衝動的な欲求があるのみだった。

ジョルジュが通った道をたどって、僕は何列にも植わったぶどうの木のあいだをよたよたと進んでいった。あたりは光と影しかない、白黒の世界と化している。森の手前で足をとめ、息を整えた。木々が黒い大きな壁となって、ぶどう畑の端に立ちはだかっている。ここまで来ると空気が一段とひんやりし、どんな音も闇に呑み込まれた。月の光が、枝葉のあいだから気まぐれに射し込んでいる。身ぶるいがした。僕は何をしているのだろう。もどるべきだとわかっているのに、湖の誘惑がとにかく大きかった。

松葉杖でこんなに距離を歩くのははじめてで、森を進むうちに息が切れてきた。頭をうな垂れて足を引きずり、歩くことに必死に集中していたため、真ん前に来るまで、そこにある白い人影に気づかなかった。

「なんだ！」

思わずあとずさった。目を凝らすと、同じように動きをとめた人影が木々のあいだにいくつも見える。心臓を激しく鳴らしながら待ったが、どの姿も動こうとしない。目にしたショックがおさまるとともに、その理由が見えてきた。

森は彫像であふれていた。

月明かりを浴びてまだら模様になった男女の石の像が、道の両側にいくつもならんでいる。僕はほっと胸をなでおろしたが、本物のように見える手足が、じつは本物の人間の手足だったという落ちがつかないことを確かめずにはいられなかった。手でふれると、苔のざらざらした感じと、なめらかで硬い石の感触がしただけだった。

僕はひとりで恥ずかしくなって笑い、とそのとき、森の静寂のなかに悲鳴が響いた。甲高い、人のものとは思えない叫び声がえんえんとつづき、やがてふっつり途絶えた。暗闇に目を凝らして、頼りない杖をにぎりしめる。ただの狐か梟だ、と自分に言い聞かせた。それでも、ぞくぞくしてうなじの毛が逆立ってくる。ふり返って、彫像を見た。動きはないが、見えない目でじっと見張られているのは気味が悪かった。そのとき、ふたたび叫び声がして、僕の勇気はくじけた。

湖のことなどすっかり忘れ、暗い道をもどった。荒い息を耳に響かせ、破裂しそうな心臓をかかえて、一本の松葉杖を頼りに一心不乱に歩いた。森を抜けた先に月明かりに照る畑が見えるが、それは果てしなく遠かった。いつの間に、こんな遠くまで来ていたのだろう。やがてとうとう視界がひらけ、暗い森は整然と列をつくるぶどう畑に変わった。僕は肩で息をしながらさらに歩きつづけ、納屋という安全な場所にふたたびたどりつくまで一度もとまらなかった。そこでむさぼるように空気を吸い、ランプをひろって、森をふり返った。道にはなんの姿もなかったが、ふたたび屋根裏にあがり、落とし戸を閉めるまで安心できなかった。

脚から力が抜けて、僕は胸を激しく上下させながらマットレスに倒れ込んだ。実際に湖にはいったように、全身が汗でぐっしょり濡れている。包帯をした足で泳げるわけもないのに、湖にいこうと考えたことが、今ではばかばかしく思えた。いったい何を考えていたのか、自分でもわからない。いや、じつはわかっているのかもしれない。

とにかく眠りたかった。けれどその前に、もう一度落とし戸のところへもどり、何段も引き出しのあるチェストを引きずってきて、上においた。

ようやく安心し、僕はベッドにはいって死んだように眠った。

ロンドン

カウンターからもどってきても、まだカラムの熱弁がつづいていた。

「おい、嘘だろ！　本当に同じ映画を観てたのかよ。なあ、言ってみろ。おれが見たのは『さらば冬のかもめ』だ。おまえはなんだ？」

「とにかく言いたいのは、登場人物がステレオタイプに描かれすぎだってことだ。面の皮の厚い毒舌家に、新兵に、いかにもって感じの――」

「あれはステレオタイプじゃなくて、アーキタイプって言うんだ！　信じられないね。おまえは大事な点を見落として――」

「何も見落としてない。ただ、あの映画は、まあ、なんと言っていいかわからないけど――」

「ほらみろ！」

「カラム、ちょっとは黙って、ジェズに最後まで話をさせてあげたらどう？」ヤスミンが割ってはいる。

「こいつが的外れなことばっかり言ってるんじゃなきゃ、そうするところだ」

僕はドリンクをテーブルにおいた。カラムとヤスミンと自分のビールと、クロエのオレンジジュース、それにジェズのウォッカだ。席に着くと、クロエが僕を見て明るく笑った。

ヤスミンがこっちを向いた。「ねえ、ショーン、言ってやってよ。ジャック・ニコルソンの映画の一面をけなしたからといって、異端として火あぶりにする必要はないって」

「ショーンとは意見が合うんだ」カラムが横から割り込んだ。痩せたスキンヘッドの男で、顔のピアスが本人の期待どおり、どこか異教徒風の雰囲気をかもしだしている。「ニコルソンはあの世代のなかじゃ、文句なしに一番の名優だろう」

「ニコルソンは運にめぐまれただけの職業俳優よ」クロエが言う。僕の顔を素早く見て、あえて挑発していることを伝えた。いつもながら、カラムは嚙みついた。

「ばか言え！　ひとことだけ言うぞ、クロエ。『カッコーの巣の上で』。さあどうだ」カラムは議論に勝利したといわんばかりに、腕を組んでうしろにもたれた。

「あれは役がいいの。それなりの役者なら、だれだって賞を取れたわよ」ヤスミンが言って、うんざりしたように天井を見た。今夜は髪をひっつめにし、黒っぽいルーズな服を着ている。前にクロエが言っていたが、その服装は体重を気にしている証拠らしい。

「おいおい！　じゃあ、『チャイナタウン』は？『ディパーテッド』は？」

「それが何か？」クロエは指を折りながら例を挙げはじめた。「『イーストウィックの魔女たち』、『マーズ

・アタック』、『バットマン』。あの世代で一番の役者だって？　ま、そうでしょうね」
ジェズが眉間にしわを寄せた。「『バットマン』はまあまあじゃないか。『ダークナイト』ほどじゃなかったけど」

だれも耳を貸さなかった。ジェズは一晩じゅう飲んでいて、驚くべきことに、いつも以上によれて見えた。カラムもジェズもフラムの語学学校で教師をしていて、僕もそこで数か月前から働いている。ジェズのガールフレンドで、クロエの美術学校時代からの親友ヤスミンも、以前はそこで働いていたが、今はもっと給料のいい仕事を大学に見つけてそっちに移った。

僕は金曜の夜が好きだった。クラスが早めに終わるので、いつもみんなで一杯やって、その後、学校から地下鉄で数駅のインディペンデント映画館にくりだすのだ。カラムは熱心な映画ファンだが、お気に入りの俳優や脚本家や監督のこととなると、褒めたりけなしたりと、いつも忙しい。つい何週間か前は、テレンス・マリックに夢中だった。だが最近みんなで『愛の狩人』を観る機会があり、ここ数週間は、ジャック・ニコルソンこそ最高だと宣伝している。

僕はビールを飲んで、テーブルの下でクロエの太ももをなでた。彼女は手をにぎり返して微笑み、のびをして椅子を引いた。

「そろそろ、もどらないと」

腰をかがめ、短い髪で僕の顔をそっとこすりながらキスをし、カウンターのほうに去っていった。〈ドミノ〉はキングスロードのはずれにあり、みんなでよくいく映画館からも近かったが、仲間内でここに集まる最大の理由は、クロエが働いていることだ。暗くモダンな店で、黒い石のカウンターの背後にならぶボトルには洒落た青い照明があてられている。クロエが飲み物を安く出してくれるのでなければ、金がかかりすぎて、とても僕らが来られるような場所ではなかった。

店長は知っているというので、別に問題はないのだろう。それでも、その店長は自分がどれだけ太っ腹なことをしているのかわかっているのだろうかと、僕はときどき心配になった。

クロエはカウンターの裏にはいり、同僚のターニャが酒を注ぎながら何か言うのを聞いて、笑った。

「クロエは順調にやっているみたいね」ヤスミンが言った。

ふり向くと、彼女もクロエのことを見ていた。「ああ。順調にやれない理由なんかないだろう」

ヤスミンは微笑み、肩をすくめて言葉をにごした。

「とくに理由はないけど。ただ、言っただけ」

妙な発言だと思った。けれど、カラムがクロサワの非難をしだしたのを聞きつけ、僕はそっちに気を取られた。

「まさか、本気じゃないよな」僕はビールをおいて言った。

五分後には、ヤスミンの言ったことは忘れていた。

だが、夜遅くになって、ふたたび思いだすことになる。僕は最後の客が帰るまで待っていなければならなかった。クロエがカウンターを拭き、すべてのグラスを片づけたあと、ようやく僕たちは家に帰ることができた。

店の外では、ターニャが恋人の迎えの車を待っていた。別れの挨拶を交わし、僕たちはフラットに向かって歩きだした。地下鉄に乗るには遅いし、タクシーはたまにしか利用しない贅沢だが、アールズコートまでは歩いてもそこまで遠くない。ただ寒かった。満月の夜で、舗道におりはじめた霜がダイヤモンドの欠片のように光っている。

僕はコートの前をあけて、それでふたりをくるんだ。腕で胸にしがみつくクロエの身体が、湯たんぽのようにあたたかかった。通りの店はどこも閉店してシャッターがおり、〈イブニング・スタンダード〉のワイヤーで留めた昨日の見出し広告は、もう過去のニュースになっている。夜のこんな時間にこの界隈を歩くときには、もっと不安をおぼえるべきだと思うが、そうした気持ちになったことは一度もなかった。もう慣れてしまったし、クロエがバーで働いていることもあって、僕にとって恐怖を感じなくてはいけないような見知らぬ場所ではなかった。

僕たちは人を起こさないように声を抑えて笑いながら、フラットのある方向に道をわたっていった。通りには駐車した車がずらりと列をなし、黒っぽい金属の影が冷気を発している。暗い場所から人影があらわれて、こっちに向かってくるのを、僕は目の端にとらえた。

クロエを守るようにして腕をまわし、そのまま歩きつづける。男は分厚いダウンコートを着ていて、身体が上にも横にも大きかった。ニットキャップを目のぎりぎりまで深くかぶっている。

「今、何時かわかるか?」男が聞いてきた。

両手をポケットに入れているが、片方の手首に腕時計が光っているのが見える。心臓の鼓動が激しく打ちだした。やはりタクシーに乗るべきだった。

「三時十分だ」僕は自分の腕時計をろくに見もせずにこたえた。クロエに誕生日プレゼントにもらった、新しい時計だ。相手が近づいてきて、僕はさりげなくクロエの前に出た。男は片手をポケットから出しかけ、何かの金属が月明かりで光った。

「レニー?」

男は足をとめた。身体がふらついているところを見ると、酒か何かで酔っているのだろう。クロエが前に出る。

「レニー、わたしよ。クロエ」

男はクロエを一瞬ながめ、ほんのわずかにうなずいた。あごが僕のほうにあがった。「こいつは?」

「友達」

クロエは隠そうとしているものの、声の緊張が伝わってくる。どこのだれだか知らないが、クロエはこの男を怖がっている。

「友達ね」男はくり返した。

何かを迷っているのか、手は今もポケットから出す途中でとまっている。僕は胸に息を吸い込んで、この男は何者で、何がどうなっているのかと質問しようとした。だが、クロエが僕の腕をつかみ、強くにぎって黙っているようにうながした。

「じゃあ……またね、レニー」

クロエが僕を引っぱった。レニーはその場から動かなかったが、視線が追いかけてくるのを背中に感じた。僕の脚はきびきび動いた。通りをわたりきったところで、うしろをふり返った。

だれもいなかった。

「今の男はだれだったんだ」

自分が小声で話しているのに気づいて、腹が立った。

クロエはふるえている。顔が小さく青白く見えたが、それが寒さのせいなのか、ほかに理由があるのか、僕にはわからなかった。

「別にだれでもないわ。凍えそうよ。家にはいりましょう」

僕らのフラットは、コンクリートのブロックのような低層の建物の最上階にあった。つねに小便くさい吹き抜けの階段をあがっていって、ドアの鍵をあける。部屋にはいるや、テレビン油と油絵具の揮発性のにおいが喉の奥にまとわりついた。画家のスタジオとして理想的な場所とはとてもいえないけれど、家賃もそこそこで、屋根にあいた天窓のおかげで、寒いのはともかくとして明るかった。クロエの作品はリビングの壁に重ねて立てかけてある。白い四角のなかの絵は、今は暗すぎて見えない。はじめて見たときには、具象的な作風に驚いた。彼女のスタイルはもっと大胆で抽象画風だと思っていたのだ。でも実際には、クロエの描く絵には印象派の要素があって、明暗法を用いたような光の処理の仕方がフィルム・ノワールを連想させた。僕は好きだった。ただし、窓辺のイーゼルにある、僕を描いた未完成の肖像画には、密かに疑いをいだいている。技術的にはクロエの最高傑作かもしれないが、あんな表情は見たことがない。もしかしたら、自分で自分をよく知らないだけかもしれない。

ふたりとも、あえて明かりをつけようとはしなかった。僕は寝室の入り口に立ち、クロエが電気式の暖炉のスイッチを入れるのを見ていた。機械がかすかにうなり、発熱体がパチパチと音をたてて黄色く光った。

「それで、さっきの件について、話してくれる気はあるんだろうね」

クロエはこっちに背中を向けたまま着替えをはじめた。「別に話すほどのことじゃない。むかしの知り合いっていうだけ」

胸と喉のなかで何かがふくらんだ。それが嫉妬《しっと》だと気づくのに一瞬かかった。

「つまり、付き合ってたってことか」

「レニーと?」驚き方は本物だった。「まさか」

「じゃあ、なんだ」

クロエが下着姿で歩いてくる。「ショーン……」

僕は巻きつけられた彼女の手をほどいた。自分が怒っている理由がよくわからなかった。のけ者にされたように感じたからか、急にクロエが他人のように思えたからか。クロエがため息をつく。

「むかし働いていたバーの常連だったの。それでい い? いろんな人が来るでしょう。ただそれだけのことよ」

彼女は率直な大きな目で僕を見あげた。慣れ親しんだフラットにいると、さっきの出会いの記憶は早くも薄れてきた。それに、彼女を疑うべき理由もない。

「わかった」僕は言った。

それから服を脱いでベッドにはいった。暗いなかでいっしょに横になったが、おたがいにふれることはしなかった。暖炉をつけていても、寝室の空気は冷えきっている。クロエが身じろぎし、そばに来て、僕の名前をささやきながらキスをした。ふたりは愛を交わしたが、そのあと、僕は眠らずに天窓を見あげていた。

「今夜、ヤスミンが妙なことを言った」彼女に話しかけた。「きみは〝順調にやってる〟ってね。なぜあんなことを言ったんだろう」

「さあね。だって相手はヤスミンよ」

「じゃあ、僕が知っておくべきようなことは、とくにないんだね」

暗くて顔は見えない。それでも光が反射して、彼女が目をあけていることはわかった。

「もちろん、ないわ」彼女は言った。「あたりまえじゃない」

5

翌朝、荷造りをすませて、出発の準備がととのったころに、マティルドが屋根裏にあがってきた。僕は姿を見るよりも前に、来たのがだれだかわかった。彼女のしっかりとした足取りと、グレートヒェンの軽いサンダルの音は、すでに聞き分けられるようになった。彼女の視線がベッドのわきの、留め具を閉じたバックパックに流れたが、そこから何かの推測を導きだしたとしても、マティルドはそれについてふれなかった。手にはトレイを持っていて、上には食べ物と新しい包帯がのっている。さらに、今朝は嬉しいおまけがあった。湯気のたつコーヒーだ。

「朝食を持ってきたわ」マティルドはトレイをおいて

言った。「包帯を交換してもいいかしら」

僕はマットレスにすわり、ジーンズをまくった。目的を果たせずに終わった夜の遠足のおかげで、包帯は汚れてぼろぼろになっている。これさえなければ、すべては夢だったと信じることもできたかもしれない。明るくなってから思い返すと、押し黙った彫像がぞろぞろ立っていた光景は現実のものとは思えず、聞こえた叫び声のほうも、結局ただの狐の鳴き声だったにちがいないと、今では確信していた。たぶん、アルノーの罠にはまった狐の悲鳴だ。

僕には同情できる。

「あとで公道まで送ってもらえないかな」包帯をほどきはじめたマティルドに、僕はたずねた。彼女は汚れについては、何も言わなかった。

「出ていくの？」

「朝食がすんだらすぐに。早いうちに行動を開始したいと思ってるんだ」

朝、目覚めた瞬間に、決心がかたまった。森までいって帰ってこられるくらいなら、旅をつづけることもできるにちがいない。道路まで自力で歩いていってもいいが、出発前から疲れても意味がない。この先どうするか、どこへいくのか、まだなんの案もないけれど、アルノーとの昨日の衝突を受けて、これ以上とどまるより、思いきって出ていくほうがいいと確信した。

マティルドはまだ包帯をほどいていた。「大丈夫なの？」

「道路まで送ってもらえれば、あとはヒッチハイクできる」

「あなたのいいようにして」

理由はないが、彼女の反応のなさに僕はがっかりした。マティルドは包帯をほどき、ガーゼをはがした。傷をおおっていた最後の一枚が取り除かれ、足の怪我が悪化していないのを見て、僕はほっとした。むしろ、よくなっている。腫れは引いているし、傷口の色もましになった。

「前ほど悪くなさそうだな」僕は同意を得たくて言った。

マティルドは何もこたえない。足を右へ左へ優しくひねり、それから傷口のひとつにそっと指でふれた。

「痛みは？」

「ない」僕は傷を観察する彼女をじっと見た。「よくなったかな」

答えはなかった。何を思っているのかわからない顔つきで、僕の額に手をあてる。「火照ってない？ 熱っぽさは？」

「いや。どうして？」

「ちょっと顔が赤いから」

彼女はふたたび足に顔を近づけた。僕は額に手をあてた。いつもより熱いかどうかは、なんともいえない。

「感染症が悪化しているんだろうか？」

こたえるまでに一瞬の間があった。「それはないと思うわ」

傷のまわりの黄ばんだ痣の色が、不吉なものに見えてくる。僕は不安な思いで、マティルドが足を消毒して、新しい包帯を巻きはじめるのをじっと見ていた。

「何かまずいことでも？」

「大丈夫、心配ないでしょう」頭を垂れたままで、顔をこっちに向けようとしない。「こういう傷は経過を見たほうがいい場合もあるわ。でも、早くここを出たいのなら仕方ないでしょう」

ふたたび真っ白い包帯でくるまれた自分の足を見おろした。僕は急に筋肉の痛みを感じはじめた。ゆうべ身体を酷使したせいにちがいないが、もしかして……

「もう一日、ようすを見たほうがいいかな」僕は言った。

「あなたがそうしたいなら。ここには好きなだけいてかまわないのよ」

マティルドの表情は何も語らず、彼女は道具を片づけて、ふたたび階段をおりていった。ひとりになると、僕は試しに足を動かしてみた。熱が出ているような感じはしないが、フランスの人気（ひとけ）のない道路で病に倒れるのは、絶対に避けたい。それにとくにいくあてもないし、大急ぎでどこかにたどりつかないといけないわけでもない。今はもう。一日のばしたところで、何ひとつ状況は変わらない。

それこそマティルドの思う壺（つぼ）かもしれないという気がふとしたが、すぐに打ち消した。僕がここにいても、彼女には厄介なだけだ。マティルドにしたって、長居を望む理由はあまりないはずだ。

ともかく、そう心に言い聞かせた。けれど、抗生剤をのみ、朝食に手をのばしながら、自分が何よりも強く感じているのは安堵の気持ちだということに、僕は気づいた。

昼になるころには、屋根裏は耐えがたいほど暑くなり、古い木の家具が発するかび臭いにおいで、肌がむず痒くなった。音楽を聴いてうとうとし、目を覚ますと、あいた落とし戸の横に昼食が用意されていた。僕は目をこすりながら、外で食べようと考えた。アルノーは自分の視界にはいってくるなと警告したが、さすがに一日じゅう屋根裏に閉じこもっていろとは要求しないだろう。

食事を持って階段をくだるのは厄介だが、そのつどトレイを階段において一段ずつおり、どうにか下までたどりついた。食べる前に外のトイレを使い、ジョルジュがバケツに水をくんだ納屋の水道で、顔や手を洗った。自分で自分の世話をするこのささやかな行為のおかげで元気が出て、納屋の壁にもたれてすわったときには、明るい気分にさえなりかけた。日陰にいても、息苦しいほど暑かった。パンとチーズを食べながら、ぶどう畑から湖のほうまでをながめた。すわっている今の場所からは、木のあいだに水がちらちら光るのが見えるだけだ。あそこをめざしたゆうべの愚かな挑戦が、とくに何か悪い影響を残した感じはしない。熱があがったわけでもなく、新たに感染症を起こして傷が痛むわけでもない。足とは無関係な緊張感が高まっているだけだ。明日の今ごろ、自分がどこにいるかはまったくの未知数だが、ここを発つ前に、一日、湖を見ておくのも悪くないだろう。

食事を終え、僕は松葉杖で身体を支えて道を歩きだした。日中の光で見ると、ぶどうが枯れかかっているのがわかった。葉は茶色い斑点ができてふちが丸まり、まばらに生ったぶどうの実は、しぼんだ小さな風船のようになって垂れさがっている。ワインが悪いにおいを放つのも無理はない。

陽射しは容赦がなかった。自分のしていることが見える今のほうが進むのは楽かと思ったが、この暑さのなかでは、道のりが昨日よりも長く感じられた。地面はでこぼこしていて、コンクリートの型のようにタイヤのあとがくっきり残っている。松葉杖はすべりやすく、畑の奥までたどりついたころには、僕は汗だくになっていた。森の木陰にはいるとほっとした。昼の光で見ると、森は恐ろしくもなんともない。公道に近い場所の森もそうだが、ここに生えているのもほとんどが栗の木だった。頭の上に緑の屋根があるのは、ありがたいことだ。

森のなかを道に沿って進んでいくうちに、ゆうべの悲鳴と同じものを耳にしていることにふと気づいた。けれど、コオロギの声と同じで、まったく無気味には感じない。あの彫像の群れにさえ、もはや恐ろしさはなかった。十かそれ以上の石の像が道の横に立っていたが、いかにも森の木の密集したところに適当においたという感じがした。風化した古いものばかりで、こうして見ると、ほとんどが壊れていた。蹄(ひづめ)の折れた牧神(パン)が顔のないニンフのそばで跳びはね、その近くでは鼻のもげた修道僧が、驚きに打たれたように天を見あげている。ほかと少し離れたところには、ヴェールをかぶった女性の像があって、顔をおおう布のひだのようすが、石を彫って器用に再現されていた。胸でにぎりしめた手の片方には油の黒い染みがつき、血で汚れているように見える。

木のなかに隠してある理由は想像がつかないが、効果としては悪くないと思った。ゆっくりと朽ちてゆく彫像をあとにし、僕はさらに道を進んでいった。

湖まではそこからいくらもなかった。太陽が水面に反射して、目もくらむほどの輝きを放っている。ほとりには葦が茂り、すくったら湖に穴ができそうなほど、水はぴたりと静止していた。鴨やガチョウといった水鳥が浮かび、V字の波紋をうしろに引いて進んでいく。僕は肩から緊張が流れていくのを感じながら、いいにおいのする空気を深く吸い込んだ。今朝の僕は現実的で、ここで泳ごうとは思わないけれど、それがとても魅力的に感じられることに変わりはなかった。

湖を見おろす崖の上まで歩いていった。栗の木が一本生えていて、水の上に枝を広げている。ここから飛び込んでも問題ないくらいの深さがありそうだが、よく見ると、ほんの数メートル先に、鮫が身を潜めているような暗い影があった。岩が沈んでいて、崖から飛び込もうという軽率な人間を待ち構えている。油断は禁物だ、と僕は思った。湖にだって罠は潜んでいるのだ。

地面に腰をおろし、木にもたれて湖をながめる。ここまで来るのは大変だったが、がんばってよかったと思った。これが最後のチャンスだろうし、足も悪化したようには感じない。巻いてもらったばかりの包帯がさっそく汚れてしまったけれども、新たに血が染みだしてくることもないし、痛みはむず痒さに変わってきている。心配したせいで一日を無駄にしたが、明日になれば、出発を遅らせる理由はもう何もない。そして、出発したあとはどうする？

わからない。

罠を踏んだ災難にいい面があるとすれば、それは、ほかのすべてをいったん忘れられたことだろう。ここにいたあいだは過去や未来のことで気をもむ余裕はなかったが、その状況ももう終わる。あと一晩眠れば、僕はまたスタート地点にもどる。なんのあてもないまま、外国で逃亡をつづけるのだ。

ふるえる手でたばこを取った。けれども、火をつける前にスプリンガー・スパニエルが森からとびだしてきた。犬に追われて、湖のほとりにいた鴨がばたばたと散っていく。アルノーが来たと思って身構えたが、つづいてあらわれたのは父親ではなかった。グレートヒェンと赤ん坊だった。

最初に僕に気づいたのは犬のほうだった。短い尻尾をふりまわしながら、木の下にいる僕に向かって一直線に駆けてきた。

「いい子だ」

僕は気がまぎれてほっとしながら犬をなで、踏まれないように足をよけた。グレートヒェンも僕に気づいて立ちどまった。彼女は肌と髪の色によく合っている、淡い水色をした袖なしの綿のワンピースを着ていた。生地は薄くて色も褪せ、丸出しにした素足にはビーチサンダルをつっかけているだけだった。そんな格好でも、どんな街を歩いても何人もがふり返ったにちがいない。

グレートヒェンはミシェルを抱いていて、一心同体の分身のように、その赤ん坊を腰にのせていた。角どうしを結んで袋状にした色褪せた赤い布を、あいた手にさげている。

「驚かせてしまったかな」僕は言った。

彼女はもどるべきか考えているように、来た道に目をやった。やがて、顔にふと笑くぼがうかんだ。

「驚かないわ」彼女はおさまりのいい場所に赤ん坊を引きあげた。この暑いなかで抱いているせいで、顔を火照らせている。赤い布をあげて言った。「鴨に餌をやりにきたの」

「そういうことをするのは、都会の人間だけだと思っていたよ」

「ミシェルがこれが好きなの。それに、餌をもらえると知っていれば、鴨もここから逃げないから、ときどき一羽、連れて帰れるでしょう」

〝連れて帰る〟というのは、もちろん〝殺す〟の婉曲表現だろう。いちいち感傷的になっても意味はないが。

グレートヒェンが布をほどいて、中身のパンをあけると、鳥は水を跳ねあげての大興奮に陥った。鴨のつぶれた鳴き声に、ほとりを跳ねまわる犬の吠え声が加わった。

「ルル！　ほら！」

グレートヒェンはスパニエルのために石を放った。犬がそれを追って走っていくと、彼女は崖にあがってきてそばに腰をおろし、横に赤ん坊をすわらせた。ミシェルは枝を見つけ、それで遊びはじめた。

僕はアルノーが銃をかついでやってくる気がして、道をふり返った。けれど、森にはだれの姿もない。だんだん気が落ち着かなくなってきたが、父親のことが心配だからなのか、単にグレートヒェンが近くにいるせいなのか、自分でもよくわからなかった。彼女にはとくに急いでもどろうという気はないらしい。あたりに響くのは、犬が石をかじる音と、ミシェルが口からあぶくを出す音だけだった。鴨とガチョウをのぞけば、ここには僕らしかいない。

グレートヒェンは大げさにため息をついて、服の前を揺すってあおいだ。

「それにしても暑いわ」彼女はそう言って、僕が見ているか横目で確認した。「湖のほとりは、少しは涼しいと思ったのに」

僕はじっと湖に目を据えていた。「ここで泳いだりはしないのかい」

彼女は自分をあおぐのをやめた。「しないわ。パパが危ないって言うの。どっちみち、わたしは泳げないし」

グレートヒェンは草のあいだに生えた小さな黄色い花を摘(つ)んで、鎖を編みはじめた。沈黙は苦じゃないらしいが、僕も同じだとは言いきれない。とそのとき、ゆうべ聞いたのと同じ叫び声が、突然、静寂を切り裂いた。出所はうしろの森だ。昼だとそこまで恐ろしくは聞こえないものの、悲痛そうであることにちがいはなかった。

「今のはなんだ?」僕は木々の奥に目を凝らしてたずねた。

グレートヒェンもミシェルも、気にするようすはない。犬でさえ耳を動かしただけで、すぐにまた石をかじりだした。「ただのサングロションよ」

「なんだって?」そういえば、彼女の口から前もその単語を聞いた。

「猪豚(サングロション)」馬鹿を相手にするようにくり返す。「猪と豚の掛け合わせ。パパが育ててるんだけど、獣のにおいがひどいから、森のなかで飼育しているの。餌の取り合いでいっつも喧嘩してる」

それだけのことだとわかって、僕はほっとした。

「じゃあここは養豚農家なのか」

「ちがうにきまってるでしょう！ サングロションはパパのただの趣味。ここは農場じゃなくて、城館(シャトー)よ。湖も、このまわりの森も、全部うちのもの。百ヘクタールもの栗の森があって、毎年秋に収穫をするの」

誇らしげな言い方からすると、さぞ大量の栗が採れるにちがいない。「ワインもつくっているようだね」

「むかしはね。パパは〝シャトー・アルノー〟という銘柄にするつもりだった。ぶどうの木を安く買ってきて、ビート畑をつぶしたんだけど、ぶどうはここの土には全然合わなかった。何かの病気にかかって、結局、ワイン造りは一年しかしなかったの。でも、瓶がまだ何百本か残っていて、熟成したら売れるってパパは言ってるわ」

僕は納屋の酸っぱいにおいのワインのことを考えた。近いうちに売ろうと当て込んでいなければいいのだが。グレートヒェンはもう一本花を摘んで、鎖に足して編み込んだ。手にした作品ごしに、上目遣いに僕を見る。

「あまり自分のことを話さないのね」

「話すことがあまりないから」

「嘘にきまってる。謎めいていたいだけよ」グレートヒェンは笑って笑くぼを見せた。「いいじゃない、何か話して。あなたはどこから来たの？」

「イギリス」

彼女はふざけて僕の腕をたたいた。痛かった。「だからイギリスのどこかと聞いてるの」

「ロンドンに住んでた」

「そこでは何をしてたの？　仕事をしてたんでしょう？」

「定職はなかった。バーとか、建設現場とか」僕は肩をすくめた。「英語教師も少しやった」

雷鳴が轟(とどろ)くことも、地面が割れることもなかった。グレートヒェンはもう一本花を摘んで、何か別の質問をしようとしたが、ちょうどそこへ犬がやってきて、噛んでいた石を僕の膝においた。

「これはこれは、ありがとう」

僕は涎(よだれ)まみれの捧げ物を用心深くつかんで、遠くへ投げた。犬は崖を駆けおりていき、石がしぶきをあげて湖に落ちると、訳がわからなくなって足をとめた。しばらく石の方向を見ていたが、やがて悲しげな顔で僕をふり向いた。

グレートヒェンは笑った。「あの子はお馬鹿さんなの」

僕は別の石を見つけて、犬に呼びかけた。どうやら最初の石がお気に入りだったらしく、まだ意識はそっちに向いていたが、代わりの石を森に向かって投げてやると、注意がそれた。そしてふたたび上機嫌で石を追いかけていった。

「グレートヒェンというのはドイツ語の名前だね」僕は話題を変える機会に喜んでとびついた。

彼女は花をもう一本、鎖に足した。「パパの家はアルザスの出身なの。わたしは祖母の名前をもらった。この子のミシェルというのは、パパのミドルネームから来ているの。家族の伝統を受け継いでいくのは大事なことだから」

「マティルドという名前は？」

グレートヒェンの顔つきが険しくなった。「わたしが知るわけないでしょう」

花を無理に引っこ抜いたので、茎に根がついてきた。グレートヒェンはそれを捨てて、別の花を摘んだ。僕はどうにか気楽な雰囲気にもっていこうとした。「ミシェルはいくつ？」

「秋に一歳になるわ」

「父親を見かけないね。相手はこのあたりの人？」

ただの話題づくりで言ったつもりだったが、グレートヒェンの顔がますます険しくなった。「あの人の話はしないの」

「悪かった。立ち入ったことを聞くつもりじゃなかった」

少しして、彼女は肩をすくめた。「別に秘密ってわけじゃない。ミシェルが生まれる前に出ていったの。あいつはわたしたちみんなをがっかりさせた。せっかく家族に迎え入れたのに、裏切ったのよ」

父親が話すのを聞いているようだったが、僕は意見を差し挟むことはいっさい控えた。グレートヒェンは最後の一本を編み込み、両端をつないで輪にしてミシェルの首にかけた。ミシェルはにっこり笑い、それを小さなこぶしで引きちぎった。

だれかがうしろから皮膚を引っぱったように、グレートヒェンの顔から表情が消えた。彼女は僕をたたいたときよりも強く赤ん坊の腕をひっぱたいた。

「悪い子！」甥っ子は大声で泣きだした。それも当然だ――ミシェルの肉付きのいい小さな腕には、彼女の手のあとが赤く残っている。「なんて悪い子なの！」

「わざとやったわけじゃないだろう」グレートヒェンがまたたたくのではないかと心配になって、僕はつい言った。

一瞬、僕が代わりにたたかれるかもしれないと思った。やがて、またしても気分がくるりと変わり、急に癇癪がおさまった。「いつもこういうことをするの」グレートヒェンはちぎれた花の首飾りをわきに放った。甥を抱きあげて、あやしはじめる。「ほらミシェル、泣かないで。グレートヒェンは本気で怒ったんじゃないから」

僕にはそうは思えなかったけれど、赤ん坊は簡単に騙された。大泣きは、しゃくりあげる程度にまでおさまり、またすぐにミシェルは笑っていた。グレートヒェンが目と鼻をぬぐってやると、今の出来事はきれいに忘れ去られた。

「そろそろ連れて帰らないと」グレートヒェンは立ちあがりながら言った。「いっしょにいく？」

僕は迷った。どちらかというとまだ湖にいたいし、それに父親のこともある。「いや、やめておくよ」

「どうして。パパが怖いんでしょう？」彼女がにやりと笑う。

その質問にどうこたえていいのかわからなかった。あの男にはライフルで脅されて、階段から蹴落とされているし、これ以上あえて刺激したいとは思わない。それでも、挑発には腹が立った。

「あまり関わりたくないというだけだ」

「大丈夫よ。パパは腰が悪くて、お昼を食べたあとはベッドで横になるの。それに、ジョルジュは食事をしに家に帰るから、父に言いつける人はだれもいないわ」

　グレートヒェンはいっしょに来るのを待っている。選択の余地はあまり残されていないようで、僕は最後にもう一度湖をながめたあと、優雅とはいえない物腰で立ちあがった。グレートヒェンは僕がついてこられるように、森のなかをゆっくり歩いた。赤ん坊の体重を受けるために腰を突きだし、水色の服からは、日焼けした脚をのびやかにさらけだしている。彼女がビーチサンダルで土をこする音と、僕が松葉杖を引きずる音とが、対になって響いた。あたりは遅い午後の静けさにつつまれている。彫像のところに来ると、石の像が教会の身廊のような雰囲気をかもし、静寂がいっそう深まったように感じられた。

「この像はなんのためにここにあるんだ?」僕はいったんとまって息を整えた。

　グレートヒェンはほとんど見もせずにこたえた。

「パパがそのうちに売るつもりよ。何年か前から集めてるの。古いシャトーにいくと、びっくりするくらい庭にいろんなものがあるんだから」

「盗んできたってことか」

「まさか！　パパは泥棒じゃない！」彼女は反論した。「たかが彫刻だし、これがあった場所はどこも空っぽだった。人が住んでない場所なんだから、盗んだとは言えないでしょう」

　所有者が同じように考えるかは疑問だけれど、今日はもうこれ以上グレートヒェンを怒らせたくはない。それに、長く歩いて、僕は想像以上に疲れていた。前を走っていた犬は、森を出ると乾いたぶどう畑を駆け抜けていった。陽射しはまだ強いが、今では太陽が傾いて、ふたりの前にはひょろ長い巨人のような影がのびている。僕はくたびれて会話をする気も起きず、歩くあいだもうな垂れていた。納屋にたどりついたころには汗をびっしょりかいていて、酷使された脚の筋肉は痙攣していた。

　入り口に立ったグレートヒェンは、無意識に姉の癖を真似て髪を耳のうしろにかけた。「全身汗だくね」笑くぼをうかべて笑った。「もっと松葉杖で歩く練習をしないと。わたしはほとんど毎日、ミシェルを連れて午後の散歩にいくの。よかったら、明日も湖のところで会いましょう」

「僕はもういないよ」僕は彼女に告げた。「朝にはここを出発する予定なんだ」

口にするといっそうその実感がわいた。想像するだけで崖から飛び降りるような気分がした。

グレートヒェンは目を見ひらいた。「出てくなんてだめよ！ 足はどうするの？」

「なんとかなる」

表情が険しくなった。「マティルドのせいね。そうでしょう？」

「マティルド？ そんなわけないだろう」

「マティルドはいつも台無しにするの。あんな女、大っ嫌い！」

突然の悪態に僕は驚いた。「マティルドとは関係ないよ。もう出発しないといけないっていうだけだ」

「そう。なら、いけばいいわ」

グレートヒェンは僕をそこに残して立ち去った。僕はため息をついて、納屋の暗い内部をじっと見つめた。息がおさまるのを待ってから、木の階段をのぼって屋根裏にもどるという苦難の旅にのりだした。

数時間ほど眠り、目が覚めると屋根裏から太陽は消えていた。まだ暑くてむっとしたが、ほの暗い光はすでにいい時間だということを示している。時計を見ると、八時をまわっていた。夕食の気配はない。ただ遅れているのか、それとも、食事をもらえないほどアルノーかグレートヒェンを怒らせてしまったのだろうか。

だがどっちみち、食べられるかわからなかった。

下へおりて、納屋の水道で身体を洗った。氷のような水に息がとまりそうになったが、おかげでいくらか気分がよくなった。それから外に出て、夕日がゆっくりと沈むのをながめた。栗の森のうしろに隠れようとする太陽を見ながら、たばこに火をつける。最後の一本だが、明日、スーパーかたばこ屋を見つけるのを、一日の最初の目的にしてもいい。そのあとは……まったくわからない。

たばこの赤く燃える先が指のそばまで迫ってきたとき、中庭のほうから足音が聞こえてきた。マティルドだ。手にしたトレイに、湯気のたつ料理のほかにワインの瓶がのっているのを見て、僕は驚いた。

僕はぎこちなく地面から立ちあがろうとした。「そのままで」彼女は言って、トレイを僕の横においた。

「食事が遅くなって、ごめんなさい。ミシェルがむずかって、泣きやまなかったの」

気にすることじゃないと自分を安心させたつもりだったが、ちゃんとした理由があって僕はほっとした。ミシェルには悪いが。

「美味(おい)しそうなにおいだ」僕はマティルドに言った。実際、美味しかった。豚肉と栗の料理に、炒(いた)めたじゃが芋とグリーンサラダが添えてある。空腹でないのが残念だった。

「今夜はワインを飲みたいかもしれないと思って。自家製で悪いけど、食べ物といっしょに飲めば、それほど悪くないわ」

「今夜に何か特別な意味でも？」もしかして、餞(はなむけ)の酒のつもりなのだろうか。

「そうじゃないわ。ただのワインよ」彼女は暗い色の液体をコップのなかほどまで注いだ。「やっぱり明日発つつもり？」

グレートヒェンが何かを言ったのだろうか。たぶん、ちがう。ただの僕の自意識過剰だ。「そう思ってる」

「どんな計画があるの？」

「具体的には何も考えてない」

口にしてみると、それほど悪いことじゃないという気がした。マティルドは髪を耳にかけた。

「ここにいるのは、まったくかまわないのよ。農場の手伝いに雇ってもいいのだし」

思いもよらないことだったので、聞きまちがえたかと思った。「なんだって？」

「すぐに発たなくてはならないのでなければ、ここには片づけなくてはいけない仕事があるわ。もし興味があるなら」

「僕を雇うといってるのかい」

「ジョルジュ以外に、わたしたち三人しかいないでしょう。あとひとりくらい働き手がいたっていいし、あなたは建設現場で働いていたとグレートヒェンから聞いたわ」ここでも髪を耳にかける仕草をした。「家を見たでしょう。もう修理しないとどうしようもない状況よ」

「建設現場で働いたことがあるのはたしかだけど、それとこれとは話がちがう。地元の業者に頼めばいいだろうに」

「その余裕がないの」彼女はあっさり言った。「あなたにも多くは出せないけど、ここでの生活はただよ。食事もついてるわ。それに、今すぐにはじめてほしいというわけじゃないの。体力が出るのを待って、それから自分のペースで仕事をすればいい。自分でできると思うことを」

僕は手で顔をこすり、どうにか考えた。「お父さんは？」

「父のことは心配いらないわ」

なるほど。「じゃあ、この件は了承済みなんだろうね」

灰色の瞳からは、表情は読み取れなかった。「そうじゃなければ、こうして聞いたりしないわ。父は頑固者だけど、現実的なの。ここにはやらないといけない仕事があって、何かの縁で、せっかくあなたが来たのだから……。だれにとってもいい話だと思うわ」

何かの縁。父親の罠は無関係というわけか。「どうかな……」

「今すぐ決める必要はないわ。ゆっくりでいいの。なにも明日発つことはないと伝えたかっただけだから」

マティルドは優雅に立ちあがった。黄昏(たそがれ)のなかで見ると、彼女の表情は真剣で、いつも以上に内心が読めなかった。

「お休みなさい。また明日の朝に」

彼女が納屋の角をまわって見えなくなるまで、僕はうしろ姿を目で追った。驚きでぼうっとしたままワインを口にし、顔をしかめた。

「ひどいな……」

賞を取ることは絶対になくとも、とにかく酒は強かった。おそるおそるもう一口飲み、考えを整理しようとした。この先何をして、どこへいくのか、なんの案もないものの、ほかに選択肢があるとは思っていなかったので、僕はここを発つ覚悟を決めた。今、その選択肢が与えられた。ここに残ったところで何かが解決されるわけではないけれど、じっくりいろんなことを考える時間を得ることができる。少なくとも、大きな決断をするのは、足の回復を待ってからでもいいのではないか。

一番避けたいのは、先を急いで、また別の何かにぶちあたることだ。

太陽の姿はほとんど隠れ、黄金色の残照が地平線を染めている。豚肉を口に運んだ。風味の強い獣くさい肉は、にんにくを使って煮込んであり、ほろほろとくずれるほどやわらかだった。もう一口ワインを飲んで、お代わりを注ぐ。マティルドの言ったとおりだった。食べ物といっしょのほうが、ましに感じられる。美味しいとまでは言えないにしても。それでもアルコールと濃い風味が、僕を気持ちのいい酔い心地に導いてくれた。

やがて、ずっと心をおおっていた重苦しい気持ちがいつの間にか消えていることに、ふと気づいた。もう一杯ワインを注いで、森と遠くの畑をながめる。聞こえてくるのはコオロギの夜の合唱だけだった。車もない。人もいない。平和そのもの。

身を隠すには最適の場所だ。

ロンドン

僕たちはクロエが絵を売った金でブライトンにいった。買い手は、ノッティングヒルに画廊をひらく予定の美術商だった。その人物がほしがったのは青と紫の冷たい静物画で、僕はちょっと陰気すぎる絵だとひそかに思っていたけれど、彼はそれを自分用に購入し、新しくオープンする画廊に飾るために、さらに六枚の絵を注文した。

「とうとう来たわ!」クロエはその相手からの電話を受けたあと、喜びの声をあげた。僕の胸にとび込んで、両手両足をからめて抱きついた。「とうとう、この日が来た!」

その夜、僕たちは〈ドミノ〉で祝った。クロエは仕事があったが早くあがり、店長からの差し入れだと言って、スペイン産のスパークリングワインを数本持ってきた。

「ケチなやつ」ヤスミンが文句をつけた。「シャンパンを出してくれたっていいのに」

クロエは酒がなくてもハイになっていて、今後の計画や覚めやらぬ興奮で盛りあがっていた。

「まったく嘘みたい！　彼はパリやニューヨークにもコネがあって、その人たちもオープニングに来るんだって！　それに、〈デイリー・メール〉の美術批評家も呼ばれてるの！」

「〈デイリー・メール〉に美術批評家がいたとは知らなかったな」ジェズがつぶやく。ヤスミンが肘でつついて、顔をにらみつけた。

本人は聞こえてないか、気にしていないようだった。

クロエは酒を水のようにがぶがぶ飲んだ。「ああ、これでやっとここをやめられる！　フルタイムで絵を描いて、広告代理店には、どいつもこいつもクソ食らえって言ってやるわ」

カラムは祝いの手土産に、一グラムのコカインを持参していた。僕らのいる暗いブース席のテーブルで、雑誌の裏にクレジットカードで白いラインをつくった。

「あんた、何やってるの」ヤスミンが非難の声をあげる。

「問題ないって。ちょっとだけだ。だれからも見えないよ。ショーン、少しやるか？」

「遠慮しとくよ」

僕はコカインに興味を持ったことはない。知るかぎりではクロエも同じで、当然彼女も断るものと思ったけれども、驚いたことにちがった。

「本気かい」僕は聞いた。

「いいじゃない」彼女は笑った。「お祝いなんだから。そうでしょ？」

「クロエ……」ヤスミンがたしなめる。

「大丈夫だって。心配しないで」クロエはそう言って、カラムが差しだした二本目のラインを吸いだした。「この一度きりにするから」

ボトルからお代わりを注ぐ僕のほうに、ヤスミンが身をのりだしてきた。「あれ以上やらせちゃだめよ」

「楽しんでるんだ」僕は言った。ヤスミンはいいやつだが、熱くなりすぎるところがある。「いいだろう。せっかくなんだから」

「でも、もし順調にいかなかったら？　クロエは失望にうまく対処できないの」

「おい、ヤスミン。暗く考えるなって」

彼女は僕をにらみつけた。「あなたって、そんな馬鹿だったの？」

僕は驚き、傷つき、ヤスミンが椅子を引いて去っていくのをうしろから見つめた。だれかさんは嫉妬しているのだ、そう思った。

ブライトン行きはクロエの発案だった。画廊がオープンする前の週は、彼女は嚙んで手の爪がなくなるほど、神経が張りつめていた。一日じゅう絵と向き合い、〈ドミノ〉の仕事の時間に間に合うように、文字通り玄関をとびだして駆けていくような日々だった。

「どこか遠くに出かけたいの」ようやく絵が画廊に運ばれると、彼女は言った。

「いいよ。オープニングがすんだら、そのあとで──」

「そうじゃなくて、今よ。待っていると気が変になる。今すぐ、どこかにいきたいの」

リゾートの町はまぶしいほどの白さだった。だらだらと広い陰気なロンドンからやってきた僕たちにとっては、太陽と光そのものだった。進める距離がだんだん短くなってきたクロエの車をあてにするより、僕たちは目的地までヒッチハイクをするほうを選んだ。絵の件がすべて順調にいけば、最優先で新しい車を買う予定だ。クロエはついに自分のキャリアに転機がおとずれたのだと信じ、頭のなかは計画やアイディアでいっぱいだった。僕は大変なときにはヤスミンの警告を思いだしたりもしたが、クロエの今の楽観につられ、不安もどこかへ消えてしまった。

海に面したパブに立ち寄り、クロエの成功の予感と休暇で気が大きくなっていた僕たちは、馬鹿高い値段を払ってビールを買った。その後は慈善中古屋や古物店をめぐって、クロエの作品に再利用できそうな額縁を物色した。収穫はなかったが、剝離(はくり)方式のフィルムが六枚おまけについた、古いインスタントカメラを買った。海辺で全部撮りきり、ふたりで声に出して数をかぞえて画があらわれるのを待ったが、結局、紙をめくって出てきたのは、ただの真っ白い四角だった。写ったのが一枚だけあった。クロエがモデルのようなポーズで桟橋の前に立ち、おかしそうに笑っている写真だ。本人は気に入らなかったが、笑いながらそれを奪おうとするのを、僕は手のとどかない高さにあげて阻止した。クロエのたっての希望で、僕たちは予算を軽く超過するB&Bに宿泊の予約を入れ、イタリア料理のレストランでガーリックの効いたディナーを食べた。宿に帰ってきたときには、ふたりともかなり酔っていて、部屋の鍵をあけるときも、たがいに静かにと注意し合いながら発作のように笑い転げ、そのあと、さらに騒々しい音をあげて愛を交わした。

三日後、クロエが今ではこのくらいは払えると豪語するので、僕たちは贅沢をして列車でロンドンにもどった。午後遅くに家に帰りつくと、画廊のオーナーが破産宣言をしたとの知らせが待っていた。画廊の開設は中止となり、そこにあったすべての資産は差し押さえられた。それにはクロエの絵も含まれていた。

「嘘よ！　そんなはずないわ！」

いつかきっと取りもどせると言って励まそうとしたが、絵だけの問題でないことは、僕にもわかっていた。

問題は、その絵が切りひらくはずだった成功のチャンスだ。

「ほっといて」慰めようとする僕に、彼女はそっけなく言った。

「クロエ……」

「いいから、ほっといてよ！」

言われたとおりにした。外に出る口実ができて嬉しかった。僕自身も、このことに対する気持ちを整理するのに時間がほしかった。知らせを聞いて、恥ずべきことに、落胆よりもほっとした気持ちのほうが大きかった。結局、これまでどおり何も変わらない。


カラムに電話しようかとも思ったが、だれとも話したくないというのが本音だった。カムデンのアートシアターで、古いフランス映画の特集をしていた。僕は五、六人の観客といっしょに席にすわり、アラン・レネ監督の二本立て、『ヒロシマ・モナムール』と『ミュリエル』を最後まで観た。やがて照明がつき、僕は現在の現地点にもどった。その場所は今まで見ていたモノクロの世界よりもよっぽど彩りを欠いていた。

外は雨で、バスは仕事帰りの乗客でいっぱいだった。家に帰ると、フラットは真っ暗だった。明かりをつけた。クロエは床にすわっていて、そのまわりには引き裂かれ、破壊された彼女の作品が散らばっていた。油絵具のチューブは中身をしぼりだして、捨てられ、何もかもがめちゃくちゃな虹色で汚れている。未完成の僕の肖像画がのっていたイーゼルは倒され、絵も上から踏みつけられていた。


クロエは僕に反応しなかった。顔には、絵具まみれの手でこすったところに筋がついている。僕は、絵具を踏んでいくらかすべりながらも、慎重に足の踏み場を選んで、散乱した絵のあいだを進んだ。横にすわって抱き寄せても、クロエは抵抗しなかった。

「またなんとかなるさ」僕は虚しい言葉をかけた。

「ええ」彼女は言った。絵具にまみれたこの部屋のなかで、彼女の声だけが灰色だった。「もちろん、またなんとかなるわ」

6

足場はおんぼろの船のように軋んで、揺れた。僕は怪我した足は使わずに、横木に膝をおきながら一段ずつ梯子をのぼった。屋根裏にあがるのとたいしてちがいはない。梯子をあがりきると、壊れそうな作業床が安全かどうか確かめてから、慎重に上にあがって、水平に組んだ木につかまった。

足場は目が眩むほど高かった。けれど、ここからの眺望は、屋根裏の窓から見る景色よりもっといい。一休みして息を整えながら遠くをながめると、森のなかの湖や、その向こうに広がる畑や丘が一望できた。この農場がどれだけほかから離れた場所にあるかが、実感としてよくわかる。もうしばらくその事実を楽しんだあと、僕は気持ちを切り替え、自分がどんなことに着手してしまったのか、確認をはじめた。

　足場は母屋の前面と一方の片側をおおうように組まれていた。石のブロックとブロックのあいだのモルタルは、削り取ったあとがあり、場所によっては完全に石を抜きだして床に転がしてあった。近くにはハンマーとのみがおいてある。ふたつとも錆びていて、ハンマーはレンガくらいの重さがあり、使い込まれて木の持ち手がつるつるになっていた。のみは下の地面に転がっていたような刃の平たいものではなく、先がナイフのように斜めになっている。それで壁を突くと、モルタルがぼろぼろとこぼれ落ちた。家全体がこの調子なら、くずれずに立っているのが奇跡といえる。

　自分がまちがった決断をしたことを、僕はたちまち確信した。モルタルをまぜるやり方も知っているし、レンガ積みに挑戦したこともあるけれど、それはもう何年も前のことだ。建設現場で数か月働いたくらいでは、これだけの状況に太刀打ちできるはずがない。

　無意識に壁から離れ、作業床に転がっていた石に松葉杖が引っかかった。僕は柵の役割もかねた足場の横木に倒れかかり、一瞬、外へ投げだされて、十メートル先の地面を真下に見ていた。慌てて体重を揺りもどすと、足場が抗議して軋んで揺れた。

　徐々に揺れがおさまってくる。僕は足場に頭をあずけた。

「どうかしたの？」

　下を見た。家から出てきたグレートヒェンが、ミシェルを抱いて中庭に立っている。

「なんでもない。ちょっと……足場を点検しているだけだ」

　彼女は手を目にかざして、顔をあげてこっちを見た。

「くずれそうな音がしたけど」

　湿った手をジーンズでぬぐう。「まだこれからだ」

　グレートヒェンは微笑んだ。ここを発つと話したあの午後から口もろくに利いてくれなかったが、ようやく許す気になったらしい。彼女が家のなかにもどるのを待って、ふらつく脚で作業床にしゃがみ込んだ。まったく、僕は何をしているのだろう？

マティルドから仕事の提案をされてから、今で二日が経つ。最初のうちは、思いがけず隠れ家が見つかったことが嬉しくて、ただ身体を休めて体力の回復をはかっているだけで満足だった。昨日は一日の大半を湖のほとりで過ごし、崖の栗の木の下で、『ボヴァリー夫人』に手を出してみたりもした。自分がここにいる理由を忘れることさえ、ときどきあった。そしてまたふと思いだすのだが、そのたびに崖から落下するような感覚に襲われた。やがて、いくらもしないうちにふたたび思考に苦しめられるようになった。ゆうべは最悪だった。何度かようやく眠りかけたかと思うと、そのたびに心臓をばくばくいわせ、はっとして目を覚ました。今朝になり、屋根裏の小さな窓が灰色に変わって、しだいに明るくなるのをながめながら、何もせずに過ごすのは、もう一日たりとも耐えられないと思った。

働いて身体を動かせばましになるかと期待していた。けれども、今こうして足場のてっぺんにあがった僕は、仕事のあまりの大きさに恐れをなしている。どこから手をつけていいのか、わからなかった。大丈夫、おまえならできる。ただの壁じゃないか――。

立ってふたたび家と向き合った。近いところに、足場に面した窓がふたつある。ひとつは木の鎧戸で閉ざされているが、もうひとつには何もおおうものはなかった。埃っぽいガラスの先は、使われていない寝室だった。板張りの裸の床に、はがれかけの壁紙、古い箪笥、それに、古いマットレスののった鉄のベッドの枠が見える。奥の壁には鏡台があり、額入りの写真が飾ってあった。結婚式の写真らしい――黒い服の男に、白い服の女。遠すぎてよく見えないけれど、想像するにアルノーとその妻だろう。年代的にそのくらいだし、結婚式の写真を使っていない寝室に放置するというのは、いかにもあの男のやりそうなことだ。

僕は杖をつく場所に気をつけながら、足場沿いに移動していって、家の横にまわってみた。家の前面と同じで、やはり途中で放棄されたようなやりかけの印象がある。作業床の真ん中には、大きなカップがたたんだタブロイド紙の上においてあり、なかは空で、茶色く干からびた蠅の死骸が底に沈んでいた。ひろうと、新聞は羊皮紙のようにぱりぱりになっていた。一年半前の日付のものだ。謎の働き手はコーヒーを飲み干して新聞の上においたきり、もどることはなかったが、それ以降ここまであがってきた人は、ほかにいるのだろうか。まだ残っている仕事の多さからして、放棄した働き手の判断は正しかったにちがいない。

家の裏手で何やら音がする。足場の端まで歩いていくと、下に菜園が見えた。きれいに列に植えた野菜と、支柱に育つ豆の、整然とした緑のオアシスがそこにあり、奥のほうにはヤギ数頭のいる小さな放牧地と、果物の木と、鶏小屋が見えた。

マティルドが鶏に餌をやっている。見ていると、彼女は残りの種を全部ばらまき、そこへ鶏が騒々しく鳴きたてて我先に群がった。彼女は空になったバケツを地面において、菜園の隅へ歩いていったが、見られているとは知らない無防備な顔は、疲れていて悲しげだった。奥まった場所には小さな花壇があり、食用の野菜にまじって、あざやかな色彩がはじけている。マティルドはしゃがんで、花のあいだに生えた雑草をむしりはじめた。耳にやわらかな音が聞こえてきて、鼻歌を歌っているのだと気づいた。ゆっくりとした美しい旋律。聞いたことのない歌だ。

僕は静かにその場から離れた。ふたたび家の前側に出ると、目が眩むほどのまぶしい太陽が照っていた。この時間帯には足場に日陰はなく、肌の露出したところが早くもひりひりしてきている。時計を見ると、正午をまわったところだ。これ以上ここにいたら、丸焦げになる。足場の鉄パイプはにぎると焼けるように熱かったが、僕は梯子にのり移って、ゆっくりとおりていった。ちょうど下までたどり着いたとき、マティルドが布で手を拭きながら家の角をまわってやってきた。

「あがって見てみたのね」菜園にいたときの悲しげな顔つきは、いつもの冷静な表情の下に隠された。「どう思う？」

「思っていたより大変そうな仕事だな」

彼女は足場を見あげ、さっきグレートヒェンがしたように手を目にかざした。太陽の下では、彼女の髪は妹とくらべてそこまで暗い色には見えなかった。光をすべて奪われたといった感じだ。

「すぐにはじめる必要はないのよ。まだ無理なようなら」

不安なのは身体のことじゃない。体重をかけないようにずっと足をかばっているのは大変だし、足場をおりてきたせいで、また傷がずきずきしはじめた。でも、それは耐えられるし、どんなことでも何もしないでいるよりはましだ。

肩をすくめた。「無理かどうかは、やってみないとなんとも言えないな」

「道具や材料のあるところを教えるわ」

彼女はこの前僕がアルノーと対峙した、あの扉のほうに歩いていった。ゆがんだドアをあけると、蝶番が音をたてた。奥に光が射し込んで、そこが窓のない狭い物置だとわかった。冷たい湿った空気がなかから這いだし、目が慣れてくるにつれ、建設用の道具が、砂やセメントの袋とともに乱雑に床に散らかっているのが見えてくる。足場の最上段もそうだったが、こうして何もかもがそのままになっているようすは、幽霊船を連想させた。紙袋の裂け目からセメントが筋になってこぼれ、その袋のなかには金(かな)ごてが挿したままになっている。かちかちになったモルタルの山には、建築人の魔法の剣(エクスカリバー)といった感じに鋤(すき)が突き刺さっていた。どこもかしこも蜘蛛の巣だらけなところを見ると、ここにあるものはすべて、何か月ものあいだ、手をふれられていないのだろう。

うしろの扉が蝶番を軋ませながら閉まりだし、光がさえぎられた。扉を押さえようとしてふり返り、そこに人が立っているのを見てぎょっとした。けれど、つなぎの作業着が鉤(かぎ)にかけてあるだけだった。幸い、マティルドには動揺に気づかれずにすんだ。彼女はなかにはいるのは気が進まないらしく、戸口のわきに立っている。

「全部そこにそろっているはずよ。セメントと砂はあるし、水も出るわ。なんでも必要なものを使って」

僕は乱雑な狭い空間を見た。「以前はお父さんがこの仕事をしていたのかな」

「いいえ、地元の人にやってもらっていたの」

だれだか知らないが、その人物は急いでここを去った。鋤の柄をつかんで引っぱってみた。揺れはしたが、固まったモルタルにしっかりと刺さっていて、びくともしない。

「どうして最後までやらなかった？」

「意見の対立があって」

詳しい説明をしようとはしない。僕はセメントを調べた。湿気のせいで、やぶけた袋にはいった灰色の粉はかたまりになっていて、未開封の袋をつついてみると、こっちは石のように硬かった。

「セメントを買い足さないといけないな」

マティルドは胸の前で腕をしっかり組んで立っていた。「すぐに必要かしら？　ほかに、まずはできることはない？」

時間稼ぎにしかならないのは承知のうえで、僕は積みあげられた袋を調べた。「たぶん、古いモルタルをもっときれいに掻きだすことなら……」

「じゃあ、そうして」彼女は言って、ふたたび中庭にもどっていった。

僕は道具の放りだされた暗い物置を最後にもう一度見てから、あとを追って太陽の下に出た。マティルドは中庭で待っていて、顔はいつもながらの無表情だが、血の気がひいて真っ青だった。

「大丈夫かい」僕はたずねた。

「もちろんよ」手が頭にあがり、無意識に髪を耳にかける。「ほかにすぐに必要なものはある？」

「じつは、たばこが切れてしまったんだ。近くに買える場所はないかな」

彼女はこの新たな問題について考えた。「ガソリンスタンドのところにたばこ屋があるけど、けっこう遠いから——」

家の正面のドアがひらいてグレートヒェンが出てきた。腰にミシェルをのせていて、僕らを見ると口を引き結んだ。僕を無視し、不機嫌な目で姉を見た。

「パパがこの人に会いたがってるわ」あごをあげて、意地悪な満足感をにじませた。「ひとりで来いって」

家にはいるのは、飲み水をもらいに来て以来はじめてだった。天井が低くて薄暗いキッチンは、暑い夏でも涼しいように壁は分厚く、窓は小さくつくられていた。蜜蠟と、煮込んだ肉とコーヒーのにおいがする。旧式のレンジが壁面を占拠し、どっしりとした木の家具は、何代も前からずっとそこにあるように見えた。このなかにあると、引っかき傷のついた白い四角い冷蔵庫と冷凍庫が、現代的すぎて浮いて見える。

アルノーは傷だらけの木のテーブルでライフルの掃除をしていた。鼻先に半月形の眼鏡をのせた姿は妙に文学肌風で、僕を階段から蹴落としたのと同じ人物だとは、にわかには信じがたい。アルノーは目をあげず、僕がいないかのように銃の手入れをつづけた。ミニチュアの煙突掃除よろしく長いワイヤーブラシを銃身に通すと、ガンオイルと火薬のものと思われるにおいが漂った。ブラシを引き抜くときには、笛のような小さな音がした。

僕は松葉杖につかまって、重心を変えた。「僕に用があるそうですが」

アルノーは急ぐふうもなく、銃身の端から端までを目を細めて調べてから、下においた。眼鏡をたたんで胸のポケットにしまい、椅子の背にもたれた。ここでようやく、僕を見た。

「仕事をさがしているとマティルドから聞いた」

僕の記憶していることとはちがうものの、訂正はしなかった。「仕事があるなら」

「そこが問題だ。ちがうか？」胡桃を割ろうとしているようにアルノーのあごが動いた。その下の肉は、年取った重量挙げの選手のように、年齢なりにゆるんでいる。「娘がどんなことを言おうと、ここでだれを働かせるのか決めるのはおれだ。農場で働いた経験はあるのか？」

「ありません」

「建設現場の経験は？」

「あまり多くは」

「なら、何ができるかわからないおまえを雇う理由がどこにある？」

僕自身、ひとつも理由を思いつかない。だから、なるべく銃のほうを見ないようにして、口を閉じていた。

アルノーが鼻を鳴らした。

「なぜここに来た？」

あんたの罠のせいだと舌の先まで出かかったが、そう言っても相手を無駄に刺激するだけだ。ライフルで撃たれるとはもうそこまで心配していないけれど、この男に気に入られるかどうかで、仕事をもらえるかが決まることを、僕は不愉快ながら理解している。

「どういうことです？」

「よその国に来て、放浪者みたいなことをしているのは、どういうわけかと聞いてるんだ。学生というほど若くもない。仕事は何をしてる？」

話の感じからして、きっとグレートヒェンからいろいろ聞いているにちがいない。「あれやこれや。いくつかの仕事をしました」

「あれやこれや、か」アルノーは真似をした。「あまり多くを語りたくないようだな。何か隠してるのか？」

一瞬、重力が消えたような感じがした。血が一気に頬に集まって顔が火照るのがわかったが、僕はどうにか相手を見つめ返した。

「なぜ隠さないといけないんですか」

反芻（はんすう）しているのか、歯に挟まった食べ物を見つけたのか、アルノーの口が動いている。「おれは自分のプライバシーが侵されるのは望まない」とうとう言った。「おまえには納屋にいてもらう。食事はここでしていい。必要以上におれの前にあらわれるな。それだけの働きがあったと認めたら、週五十ユーロ払う。それがこっちの条件だ。あとはおまえが決めろ」

「いいでしょう」

わずかな額だが、金のことはどうでもいい。けれど、アルノーの目の光には、あっさり承諾したことを後悔させるものがあった。この男にはどんな弱みも見せてはいけないのだ。

アルノーが僕を上から下までながめて、品定めをする。「これはおれじゃなく、マティルドが言いだしたことだ。おれは気に食わないが、片づけなきゃならん仕事もあるし、娘はどこの馬の骨とも知れない、なまくらなイギリス人を雇うべきだという考えらしいから、好きにさせることにする。だが、ちゃんと見ているぞ。おれを怒らせるようなことをしたら、おまえは後悔する。意味はわかるな？」

わかる。アルノーは言葉が理解されるまで、もうしばらく僕をにらみつけてから、ライフルに手をのばした。

「さあ、いけ」油の染みた布で拭きはじめる。僕は怒りと屈辱を胸に、扉へ歩いていった。「それからもうひとつ」

ライフルの向こうから僕をにらむ目は、氷のように冷たかった。

「娘たちには近づくな」

7

アルノーに呼びつけられたあとは、暑すぎて、足場にもう一度あがることは考えられなかった。それにもう昼時で、マティルドがもどってくると、僕は料理ができるまでキッチンの外で待ち、皿を納屋の日陰まで運んでいった。あらゆる意味で自分を冷やす必要があった。僕はまだ悩んでいて、路上に立って運に賭けたほうがいいのではないかと早くも自問をはじめた。けれども、それを想像したときの気の重さが、十分な答えになっている。農場の境界を出た先には、不確実しかない。僕には、今後どうするのか考えをまとめる時間が必要で、それがアルノーのルールに従うということなら、我慢するしかないだろう。

僕はもっと悪いことにも耐えてきたのだ。

今日の昼食はパンとトマトと、自家製と思われる、香辛料をたっぷり効かせた黒っぽいソーセージだった。ほかにも、食べるまでなんだかわからなかったが、栗の酢漬けが添えられていて、デザートの黄色い小さなアプリコットもついている。考えてみると、農場で採れる以外のものを食べたことは、ここに来てから一度もない気がする。

アプリコットの種と茎だけを残して全部平らげ、それから、すわってくつろぎ、たばこに思いを馳せた。スパイスの効いた料理を食べて喉が渇いたので、納屋のなかに水を飲みにいくことにした。使われていない酒樽から漂うほのかな甘い香りは、ワインそのものより美味しそうだ。石敷きのなかの四角いコンクリートの一画を横切ろうとしたとき、松葉杖が表面にできた深いひび割れに引っかかった。僕は杖でくずれた箇所をつつき、セメントの量が足りないのだと思った。これをやったのが家の補修をしたのと同一人物なら、ここでも同様にいいかげんなやっつけ仕事をしたということだ。

蛇口をあけ、手ですくって水を飲んだ。ひんやりしていて気持ちよく、顔にも浴びせ、首筋にもかけた。目の水をぬぐいながら納屋を出ていくと、グレートヒェンと正面からぶつかりそうになった。

「ごめん」

彼女はにっこり笑った。アルノーが見逃しているのが不思議だが、短いTシャツに、カットオフしたデニムのショートパンツという格好をしている。バケツを持っているが、ジョルジュが使っているような金物ではなく、プラスチック製のものだった。いっしょにいるスプリンガー・スパニエルが尻尾をふって僕のまわりではしゃいだ。僕は耳のうしろを掻いてやった。

「サングロションに残飯を持っていくの。だけどバケツに入れすぎたみたいで」彼女はさも大変そうに、それを両手で持っている。「もしひまなら、手伝ってもらえないかと思って」

言い訳を考えた。父親からの警告はまだ記憶に新しいし、どっちみち、バケツを持って松葉杖でそんな遠くまでいけるとも思えない。グレートヒェンは笑くぼをつくってさらににっこり笑った。

「いいでしょう？　だってすごく重いの」

彼女がどうしても聞かないので、僕らはふたりのあいだにバケツをさげ、それぞれ片手で柄を持って歩きだした。グレートヒェンは笑いどおしで、数メートルほどどうにか苦労して進んだものの、僕はもどかしくなって結局ひとりで運ぶことにした。彼女は重そうに見せていたけれど、じつはそこまでではなかった。でも断るにはもう遅い。彼の豚の餌やりを手伝っているのだから、さすがのアルノーも怒らないことを祈るしかない。

「ひげをのばしてるの？」ぶどう畑を歩きながら、グレートヒェンが聞いてきた。

僕は照れくさくなって、あごの無精ひげをさわった。

「そういうわけじゃないよ。ただ、剃ってないだけだ」

グレートヒェンは首をかしげて、笑顔で僕を観察した。「さわってみてもいい？」

こたえる間もなく、彼女は手をのばしてきて頬をなでた。陽であたためられた肌の、焦がしたキャラメルのような香りが、腕から漂ってくる。いつもよりも深く笑くぼをうかべて、手をおろした。

「似合ってるわ。わたしは好きよ」

森を抜けるふたりの前を、犬が跳びはねながら走っている。グレートヒェンはいつもの道から枝分かれしている、泥の脇道にはいっていった。木々のあいだを通っていくとひらけた場所に出たが、そこにはワイヤーと雑な板でつくった大きな囲いがあった。それとは別に、コンクリートブロックを積んだ味気ない小屋があったが、グレートヒェンは何も言わずに横を素通りし、囲いを目指して歩いていった。

空気は蝿のざわめきに満ちていた。鼻の奥が痛いほどの、強烈なアンモニア臭がする。十頭かそれ以上の獣が、掘り返された土の上につぶれたように寝そべっていて、ときどき低い声でうなったり耳を動かしたりするので、生きているのがかろうじてわかった。これまで見てきた豚とはまるでちがった。巨大で、黒っぽい斑点があり、硬そうな毛でびっしりおおわれている。トタン板の豚小屋の陰で休んでいる姿は、泥の上に落とされた不発弾のようだ。

グレートヒェンが囲いのゲートをあけて、はいっていった。「ジョルジュはどこにいるんだろう？」僕は日向ぼっこをしている豚に不安の目を向けた。豚飼いの老人の姿はどこにもない。

「午後は家にご飯を食べに帰るの」彼女はゲートを僕のために押さえている。「来ないの？」

「ここで待ってようかと思って」

グレートヒェンは笑った。「襲ったりしないわ」

「そうだとしても、待ってる」

ここにいるだけでも落ち着かないが、バケツを持って長い距離を歩いてきて、へとへとだった。道をもどる前に一息つく必要がある。グレートヒェンはバケツを持ちあげ——今ではそれほど重く感じないらしい——駆けてきてゲートからはいろうとする犬を押しもどし、飼い葉桶のほうに歩いていった。バケツの中身をあけると、何頭かが頭をあげて興味を持ったように鼻を鳴らしたが、わざわざ立ちあがってやってきたのは、ほんの一、二頭だけだった。僕はその大きさにあらためて驚かされた。とんでもなく華奢な足で肉の袋を危なっかしく支えている。楊枝の上に馬の胴体がのっているようなものだった。

グレートヒェンがゲートを閉めて、外に出てきた。

「なんと呼ばれているんだっけ」僕はたずねた。

「サングロション。猪と黒豚の掛け合わせ。パパは何年も前から飼育していて、ジョルジュが町に肉を売りにいってくれるの。すごく人気よ。ふつうの豚よりずっと美味しいから」

一頭がのんびり近づいてくる。グレートヒェンは柵の下に落ちていたしなびた蕪《かぶ》をひろって、向こう側に落とした。豚は簡単にそれをあごで噛みつぶした。僕は見ているだけで足がまた痛くなった。

けれど、グレートヒェンは平気らしい。もっと食べ物にありつけないかと鼻をうごめかしているサングロションの耳のうしろをなでている。口のカーブが、かわいらしく笑っているように見えなくもない。

「かわいそうだと思わないかい」僕は質問した。「そのうち殺すわけだろう」

「どうして」本当に戸惑っている口調だった。頭をなでると、びっしり生えた硬い毛がざらざらと音をたてた。「よかったら、なでてみて」

「遠慮するよ」

「噛まないから」

「それは信じる」僕は大きな囲いの横に、ひとまわり小さな囲いがあるのに気づいていた。なかにはトタンの小屋がひとつあるだけで、あとは空っぽのようだ。

「あのなかには何が？」

グレートヒェンは身体を起こし、手をこすり合わせながらそっちへ歩いていった。柵のところどころは、板が新しそうだった。古い場所にくらべて木の色が薄いのがわかる。

「パパはここにオス豚を飼っているの」

「ペットの話をしているみたいだな」

グレートヒェンが顔をしかめる。「ペットなんかじゃない。最悪なんだから。わたしは大っ嫌い」

「なぜ？」

「性格が悪いから。これをどうにかできるのはジョルジュだけよ。わたしは一度噛まれたわ」彼女は日焼けした脚をのばし、少しひねって、ふくらはぎのなめらかな肌に残る白い傷痕を見せた。笑顔をうかべる。

「さわってみて。ぼこぼこしているでしょう」

「見てわかる」僕は手を引っ込めたままでいた。そんな戯れには興味はない。グレートヒェンがアルノーの末娘でなかったとしても、距離をおきたいと思わせる何かが彼女にはあった。「そんな悪い豚なら、お父さんはなぜ殺さないんだ」

脚をおろした。「繁殖のために必要だから」

「別の一頭を買えばいいだろう」

「この種類は高いの。それに、パパはこれを気に入ってる。やるべき仕事をしてくれるって」

そのとき、囲いから急に音がした。グレートヒェンがそっちをふり返る。

「聞いてたみたいね」

一瞬、豚ではなく、アルノーのことを言っているのかと思った。小屋のなかで動きがあって、影が動いた。鼻の先が外に出てくる。グレートヒェンが土をつかんで投げ、トタンの屋根の上からばらばらと降らせた。

「ほら！　出てきなさいよ！」

性格が悪いのも当然だと僕は思った。さらにもう一度土を投げた。なかで怒って鼻を鳴らす音がし、すぐに豚がとびだしてきた。

サングロションよりさらに大きかった。それに醜かった。下あごから小さな牙を生やし、葉っぱのように大きな耳が目の上にかかっている。その見えない目で、僕らの居場所を見定めようとしている。そして、突進してきた。

「おい、よせ！」僕は叫び、豚が柵に体当たりすると同時にうしろにとびのいた。松葉杖がすべって、僕は乾いた土の上に勢いよく尻をついた。揺れる柵を前にし、慌てて立って松葉杖を脇にはさんだ。グレートヒェンはちっとも動じていない。彼女は長い棒を見つけて、柵を乱暴に押そうとする豚を上からつついた。

「やれ！　ほら！　もっと！」

逆上した豚が金切り声をあげる。グレートヒェンはさらに豚の背を棒でたたき、スパニエルもいっしょになって興奮しだした。ずっしりした痛そうな音が響いたが、あの巨体には響かない。

「やめたほうがいいんじゃないか」僕は声をかけた。

「からかってるだけよ」

「相手はたぶん冗談だとは思ってないよ」吠える犬に襲いかかろうとして、豚が何度も柵に身体を打ちつけ、板が軋んで揺れている。なるほど、ジョルジュが柵を修理しなくてはいけなかったわけだ。「さあ、もうそっとしてやろう」

グレートヒェンが息を切らし、傲慢（ごうまん）な顔つきで僕を見た。「あなたが口出しすること？　あなたの豚じゃないわ」

「そうだとしても、お父さんだって、自慢の豚を怒らせたら喜ばないだろう」

彼女は手に棒を持ったまま、目をぎらつかせた。一瞬、今度はそれで僕をたたくのかと思ったが、そのとき、錆びた古い2CV（ドウシュヴォ）が車体を揺らしながら敷地にはいってきた。囲いのそばで車をとめて、ジョルジュが降りてくる。そうして立っていても、車にいたときと背丈があまり変わらないように見えた。老人は咎（とが）めるような厳しい顔で歩いてきた。

ジョルジュはなおも柵に体当たりしている豚を見た。グレートヒェンに話しかける前に、今回はようやく僕におざなりに目をくれた。「いったいなんの騒ぎだね？」

グレートヒェンが不機嫌そうに地面に目を落とす。

「別に」

「じゃあ、なぜ豚が興奮してる？　柵のそばで、犬は何をしてたんだ？」

彼女は肩をすくめた。「遊んでただけ」

ジョルジュは不満げに口を結んだ。「犬をここに連れてきたらいけない」

「わたしたちが連れてきたんじゃない。勝手に逃げてきたの」

ジョルジュはグレートヒェンだけを見ている。嘘に付き合わされるのは嬉しくないけれど、僕は彼女を否定することはしなかった。どっちみち、ジョルジュは僕には興味はないらしい。

「犬をここに連れてきたらいけない」ジョルジュはもう一度言った。それから、僕らのそばを抜けて囲いの前に立った。柵から手を出すとオス豚は嚙みつこうとしたが、すぐにおとなしくなって頭をなでられた。ジョルジュはなだめるように豚に話しかけているが、中身は聞き取れない。

グレートヒェンはジョルジュの背中に向かって嫌な顔をした。「さあ、いきましょ。ジョルジュの大事な豚を怒らせたらいけないから」

彼女は腹立ちまぎれに棒をふりまわしながら、敷地をあとにした。「こうるさいやつ！ジョルジュの頭のなかには豚のことしかないの。においまで豚に似てきたわ。気づいた？」

「あまり気づかなかった」じつはわかっていたが、彼女の味方はしたくない。そもそもここに来たのはまちがいだった。とにかく今は、ふたりいっしょにいる姿をアルノーに見られないうちに帰れることを祈るばかりだ。

「ジョルジュはお酢を豚にこすりつけるの」グレートヒェンは何も気にせずに話をつづけた。「肌が日焼けに強くなるって言うんだけど、そのせいでジョルジュもいつも嫌なにおいをさせてる」

ジョルジュだけじゃない。納屋が近づいてきたころ、サングロションの何かがあの囲いからついてきたことが明らかになってきた。

「なんのにおい？」グレートヒェンが鼻をひくつかせて言う。

僕はジーンズと手についた泥のような汚れに目を落とした。「ああ、くそ……」

「ジョルジュよりくさい！」グレートヒェンは笑い声をあげてあとずさった。

そのとおりだ。けれども、このおかげで彼女は僕にまとわりつくのをやめてくれた。グレートヒェンの姿が見えなくなるのを待って、僕はTシャツを脱いだ。顔をしかめ、身体を洗いに納屋にはいっていった。

中庭をつっきって足場に向かったが、鼻にはまだサングロションのにおいが残っていた。グレートヒェンともどってきたときとくらべれば、照りつける陽射しは多少はましになったものの、地面の石は今も熱で揺らめいている。けれども、じめじめした物置の内部は、外の影響を受けないらしい。まばゆい中庭からやってくると、地下納骨堂に足を踏み入れるような感じがした。砂袋で扉を押さえ、陰のなかから個々の形が見えてくるのを待ってから、僕はなかにはいった。

ものが放置されているようすが、妙に無気味だった。石化したモルタルに刺さった鋤、散らかしたままの道具や材料。そうしたすべてが、保存された考古学の発掘現場を連想させる。目が慣れてくると、ドアのうしろ側を手さぐりして、目的のものを上から取った。

つなぎは赤かった。より正確に言うと、かつては赤い色をしていた。今は乾いたモルタルと土と油でぱりぱりになっている。僕はここで見たのを憶えていて、マティルドはなんでも必要なものを使っていいと言っていた。これを着ると思うと鳥肌が立つが、陽射しから身を守ってくれる。それに、いくら汚かろうが、豚の糞のにおいはしない。

松葉杖を壁に立てかけ、半ズボンの上からつなぎを着た。湿った綿はじめじめして気持ちが悪く、古い汗の悪臭がふっとにおった。それでも、サイズはまずまずで、壁を補修した人物が着ていたものだと思われた。

アルノーには足が長すぎるし、ジョルジュならポケットにおさまりそうだ。

外に出る前に、ポケットのひとつずつに手を入れてみた。左右のサイドポケットには革の作業用手袋がはいっていたが、硬くなって丸まり、切断した手のように見える。それを放り、短くなった鉛筆と、汚い字で寸法をびっしり書き込んだ小さなメモ帳も外に出した。なかにあるのはそのくらいかと思ったが、最後にもう一度ポケットを上からたたいて確認すると、まだ何かがはいっていた。

封を切っていないコンドームだ。

作業着のなかに、まさかそんなものがはいっているとは思わなかった。ある考えがわいて、物置をふり返った。これまで深く考えることはなかったけれど、ひょっとしたら作業が途中でとまっている家と、ミシェルの父親の不在には、何か関連があるのかもしれない。そうだとすれば、さっきのマティルドの奇妙な態度も、湖でのグレートヒェンの反応も納得がいく。グレートヒェンは、ミシェルの父親は一家を裏切って、がっかりさせたと言っていた。

きっと、ひとつではなく、いろんなことでがっかりさせたのだろう。

コンドームを物置の隅に残し、僕は松葉杖を脇にかかえて、足場をのぼった。梯子の段は手が焼けるほど熱くなっていて、足場の一番上は窯のようだった。少しの日陰もなく、さっそくつなぎの長袖がありがたく思えた。くずれかけの壁を調べているうちに、またしても自信がなくなってきたので、僕は自分に考えるひまを与えずにハンマーとのみを手に取った。

「さあ、やるか」心のなかで言い、ハンマーの最初の一撃を振るった。

古いモルタルを削り取る作業には、禅のようなところがあった。きつい作業で単調だが、無心になれる。金属と金属があたるたびに、澄んだ小気味いい音色が響く。ちょうどいいリズムでたたくと、最初の音が消える前につぎの音が響いて、のみが歌うようだった。実際、気持ちをリラックスさせる効果があった。

最初は何度も手をとめて休まなくてはならなかったが、そのうちに自分なりのペースがつかめてきた。怪我した足の問題は、作業床に転がっていた大きな長方形の石を二つ三つ重ね、上に膝をおくことでどうにかした。ときどき気分を変えるため、そこに腰をおろして、すわった体勢で作業をした。そのやり方でも包帯が汚れるのは避けられないが、それは仕方がない。

初日から長く働くつもりはなかったのに、いつしか時間の感覚を失っていた。モルタルの欠片が目にはいり、作業をやめて瞬きしたとき、太陽が低い場所にあるのにはじめて気づいた。僕の知らぬ間に、午後が過ぎていた。

いったん手をとめると、さまざまな不快症状が自分の存在を主張しだした。腕と肩が凝り固まって痛み、ハンマーをにぎっていたため、手にはみごとに水ぶくれがならんでいた。手の甲にも青黒い痣があらわれてきたが、その数だけのみを打ちそこなったということだ。

別にかまわない――それは真っ当な痛みだという感じがした。けれど、腕時計までたたいたらしく、文字盤にひびがはいっていた。それを見て、平手打ちされたように僕は正気にもどった。時計はとまってはいなかったけれど、はずしてポケットにしまった。これ以上だめにしたくはないし、この時計を見ていると、できれば忘れたい嫌なことが思いだされる。

しかも、ここにいれば、時間を知る必要はなかった。農場は独自のリズムで動いている。汗をかいた頭から帽子を取り、自分の進み具合を確かめた。新しくモルタルを削り取った場所は、もとのままのところより白く見えるが、残りの壁の大きさとくらべて、気力がくじけそうなほどささやかな面積だった。それでも、とにかくスタートは切ったし、そのことで驚くほど気分が晴れ晴れしていた。

ハンマーとのみを作業床に残して、僕はゆっくり梯子をおりていった。熱くなった梯子が水ぶくれの手に痛くて、一段一段が闘いだった。死ぬほどビールが飲みたい。そんなことを考えながら、物置に服を取りにもどった。瓶、いやグラスがいい。大きくて、琥珀色で、冷えて表面のくもったジョッキ。味さえ感じられそうだ。

想像で自分を悩ませながら、ふたたび中庭に出た。皿が割れる音がして、そこにマティルドがいたことにはじめて気づいた。ふり返ると、彼女は片腕にミシェルを抱いて、戸口に立っていた。卵を入れていたボウルが落ちて割れ、色あざやかな黄身が地面にべったりついている。

彼女は真っ青な顔で僕を見ていた。

「ごめん。驚かすつもりはなかった」僕は言った。

「ええ、ただ……そこにいたとは知らなかったものだから」

視線が僕の着ている赤いつなぎに落ち、それでふとわかった気がした。「上には日陰がないから、これを着ることにしたんだ。いけなかったかな」

「全然」返事のタイミングが早すぎた。

ショックを与えて申し訳ない気分になったものの、作業着を着ることで彼女が動揺するとは知らなかった。今の反応からして、ミシェルの父親がだれかという僕の想像はあたっていたようだが、彼女はすでに表面上の落ち着きを取りもどしていた。満足そうにパンをかじっている赤ん坊を、安定する位置に抱きなおした。

「仕事の調子はどう?」

「いいよ。いや、まずまずってとこかな」僕は肩をすくめ、モルタルを掻きだしたあたりに目を凝らした。ここからだと、ほとんどわからない。「とにかく、はじめることははじめた」

マティルドは何かを迷っているように、家を一瞬ふり返った。髪を耳にかける。

「三十分待って」

マティルドは丸めた僕の服に手をのばした。「洗ってあげましょうか?」

「助かるよ」僕は遠慮しなかった。納屋の氷のような水ではサングロションのにおいは取れないし、そんな冷たい水で自分で洗う気もしない。ついでにシャワーか風呂を使わせてもらえないか聞きたい衝動に駆られたが、そんなことをしたらアルノーがなんと言うことか。でも、熱い風呂や冷たいビールが無理でも、僕にはひとつだけどうしてもほしいものがあった。

「どこかでたばこが買えると言っていたね。ここからどのくらいの距離なんだろう」

「二、三キロよ。その足で歩くには遠すぎるわ」

「大丈夫だ。時間ならある」

ほかにとくにすることもない。仕事を終えた今、エンドルフィンによる高揚が薄れてきて、早くも神経がぴりぴりしてきた。たばこで鎮めることができないと思うと、それがますますひどくなる。

8

バンは黄色い土埃を巻きあげて、穴ぼこだらけの道を弾むように進んだ。マティルドは窓を全開にし、日中に蓄えられた熱を少しでも追いだそうとした。シートのビニール地は裂け、ところどころから白い詰め物が出ている。僕のシートは、これを補修と呼んでいいかはわからないが、黒い絶縁テープでふさいであった。窓をあけていても、車内はディーゼルと犬と、染みついたパイプのにおいがする。

　水で身体を洗って着替えてからふたたび母屋にいくと、入り口でマティルドとグレートヒェンが言い争いをしていた。じゃましたくなかったので、僕は中庭の隅で待った。

「だけど、やる必要はないじゃない！」グレートヒェンが言い張っていた。

「いいえ、あります」

「ジョルジュが昨日、掃除したばっかりなのに。たかが豚でしょう。自分たちが何を食べてるかなんて気にしないわ！」

「お願いだから、言われたとおりにしてちょうだい」

「パパはやれと言わなかった。どうして、いつもわたしに指図するの？　追いはらいたいだけでしょう。そうすれば、彼とふたりで町にいけるから――」

「いいから、やりなさい！」

　マティルドが大声をあげるのを聞くのははじめてだった。グレートヒェンがとびだしてきたが、僕が中庭の隅にいるのを見ても足をとめなかった。

「どうぞふたりで楽しんで！」彼女は言い放ち、ビーチサンダルで地面をたたきながら、勢いよくそばを通り過ぎていった。

僕は森に向かって荒っぽい足取りで歩いていくグレートヒェンを見送り、それからマティルドをふり返った。彼女はくたびれたようすで石敷きの地面を見つめていた。それから僕がいるのに気がついて、姿勢を正した。彼女は無言でバンのほうに歩いていき、僕はあとからついていった。

道路に出るまで、彼女はひとことも発しなかった。閉まっているゲートの前で車をとめ、エンジンをかけたまま降りようとした。

「僕がいこう」僕は申しでた。

「いいの」

南京錠は見るからに固そうだったが、彼女は苦労してそれをあけた。ゲートをひらくとき、最後の一メートルほどは地面に引きずらないように持ちあげる必要があった。もどってくると、道路に車を出し、ふたたびゲートを閉めにいった。僕は車のサイドミラーで、彼女が南京錠をかけて、しっかりと農場の戸締まりをするのを見とどけた。

「わざわざ鍵をかけなくてもいいだろうに」前に水をもらいにきたときにはあいていたことを思いだして、僕はもどってきた彼女に言った。

「父の考えよ」

それで説明はすんだと考えているらしい。そうかもしれないが、農場を出発しながら、僕はこの前はだれがゲートをあけたままにしたのだろうかと、なおも考えていた。

ふたたび外に出るのは、存在することを忘れていた世界にあらためて足を踏み入れるような心地だった。こんなにも心細い思いがするとは覚悟していなかった。農場の隔絶した世界に、こんなにも慣れきっていたとは。それでも、夕方の気持ちよさと、バンのエンジンの一定の音を感じているうちに、すぐに心が静まってきた。しだいに元気がもどり、僕はあけた窓に腕をかけ、たたきつける風を顔に受けた。風は生あたたかくて、花粉とアスファルトのにおいがする。一方マティルドは、それほどリラックスしてはいないようだった。それに、やけにスピードを出しているので、なるべく早く帰りたいと思っているのだろう。

古いバンはスピードを保ちながら、がたがた揺れた。灰色の道路が細く先までのびている。道のすぐそばまで小麦畑が迫り、道端には細長い羽根のようなポプラの木や、ブロッコリーの房のような姿をした太い木がところどころに植わっている。

ギアを落としたとき、マティルドの手が僕の腕に軽くふれた。バンは坂にさしかかって、低いうなりを発しはじめた。手がふれたのは偶然だったが、急にまわりの風景より彼女のことが気になりだした。白いコットンのシャツの袖を、肘の下までまくっている。ハンドルをにぎる手は、がさがさしているように見えた。褐色の肌に生える爪は、欠けてはいても健康そうなピンク色をしている。

それまで気づかなかった沈黙が、だんだん気づまりになってきた。

「英語はどこで習ったの？」沈黙をやぶるために、僕は質問した。

意識がどこか遠くへいっていたのか、彼女は戸惑って瞬きした。「今、なんて？」

「僕が屋根裏で最初に目を覚ましたとき、英語をしゃべっただろう。習ったのは学校で？」

「母から教わったの。母は結婚前は教師をしていたから。外国語の。英語にドイツ語にイタリア語に」

「じゃあ、きみも全部話せるのか」

「話せるというほどじゃないわ。イタリア語は少しできるけど、もう今ではほとんど忘れてしまった」

「グレートヒェンは？」うっかり英語で話しかけたときの、彼女のぽかんとした顔つきを思いだして聞いた。

「あの子は全然。学ぶような年齢になる前に、母が死んだから」そっけなく言い、すぐにつけたした。「さあ、着いたわ」

薄汚れた白い建物の前の敷地に、マティルドは車を入れた。掘っ立て小屋をいくらかましにした程度の建物で、片側がガソリンスタンドで、反対側がたばこを売るバーになっている。〈ステラ・アルトワ〉のビールの錆びた看板が外にかかげられ、色の褪せた日除けの下には、ぼろぼろのテーブルと椅子が出ていた。

マティルドは給油機の横に車をとめた。十分落ち着いているようには見えるものの、シャツのあいた襟からのぞく首の小さな血管が、せっかちな速度で脈打っている。僕はなぜだか申し訳ない気持ちになり、つい口にした言葉に、彼女のみならず、自分自身も驚いた。

「なかで一杯どうかな」

マティルドは僕を見つめ、一瞬、警戒心のような感情が顔にあらわれた。それはすぐに消えた。「遠慮するわ。でも、どうせガソリンを入れるから、飲みたいなら時間はあるわよ」

僕は顔を赤くしてシートベルトをはずした。それが身体の上をすべっていったとき、アウディの血のついたシートベルトの記憶がふいによみがえり、僕は慌てて外に出た。背後からポンプのうなりが聞こえてくるのを耳にしながら、松葉杖を腕の下にあてて、乾いたコンクリートの上を歩いてバーに向かった。

窓とあけた入り口から光がはいるだけで、照明はついておらず、店内は暗かった。客は多くない――テーブル席に男が三、四人いて、ひとりで来ている年配者がカウンターに陣取っている。はいっていくと、バーの店員はビールを注いでいるところで、慣れた手つきでタップをあげて、木製のカッターでグラスの上の泡を切った。前におかれても、年配の客は新聞から目もあげなかった。杖で歩いていくと、何人かの目がこっちに向いたが、久々にバーにはいるのは、ふたたび社会にもどるようでとても気分がよく、僕は笑顔をうかべるという許しがたい罪を犯しそうになった。

だがどうにかこらえて、無愛想にならない程度の無表情をつくり、歩いていって高いスツールに腰かけた。

「キャメル六パックとビールをお願いします」あごをあげて問いかけてきた店員に、僕は言った。

五十代くらいの痩せた男で、淋しくなった毛を横にとかしつけて禿げたてっぺんを隠している。僕は映画『恐怖の砂』のジョン・ミルズに自分の気持ちを重ねながら、バーの店員が泡が立ちすぎないよう脚つきのグラスを傾けてビールを注ぐようすをながめた。僕自身もそれなりにバーで働いたので、彼の手際の良さに関心することはできたけれど、その当時の経験が思い出させるのは、歓迎したい記憶ではなかった。ビールが前におかれ、僕は頭のなかのものを追いだした。

グラスは冷えてくもっている。ゆっくり口に運んで、飲んだ。ビールは凍るほど冷たくて、すっきりした味わいで、ほのかにホップが香った。全部あけてしまう前に、いったんグラスを下におろし、ため息をついた。

店員が見ていた。「うまいか」

「とても」

「お代わりは？」

そそられたが、マティルドを待たせたくはない。今いる場所からは窓ごしにバンが見えるが、彼女は反対側にいて姿が隠れている。「やめておきます」

男はカウンターを拭いた。「遠くから来たのかい」

「近くに泊まってます」

「どのへんだ？」

僕は話したことをすでに後悔しはじめていた。けれども、相手はこっちを見て待っている。「道路をいった先の農場です」

「デュブリュイユのとこか」

「そうじゃない」話しても害はないはずだ、と自分に言い聞かせた。ここではだれも僕のことを知らないのだ。「アルノーという家です」

店員は拭く手をとめて、僕をまじまじと見た。それから、僕の背後のテーブルにいるだれかに話しかけた。

「おい、ジャン゠クロード、こちらさんはアルノーの農場に泊まってるんだとさ！」

会話がやんだ。かさかさと音がし、老人が顔をあげて読んでいた新聞をおいた。僕は戸惑って、うしろをふり返った。全員の目が、埃っぽい胸当てつきのオーバーオールを着た、体格のいい男に向いている。年齢は四十前後で、のびたひげが黒々と顔をおおい、黒い眉は鼻のつけ根を横切って、一本につながっている。

その人物はビールグラスをおいてこっちを見、僕の赤毛と、包帯を巻いた足と松葉杖に目をやった。

「イギリス人か？」声はぶっきらぼうでも、敵意は感じられなかった。

「ええ」

「アルノーのところで働いてるのか？」

何気ないふうを演出したくて、僕は肩をすくめた。

「ただの旅の途中だ」

「旅の途中に娘たちとお楽しみってわけか」別のテーブルにいただれかが横から言った。僕より若い男で、油のついたジーンズをはき、下品な笑いをうかべている。いっしょにいた仲間たちからは笑いが起こったが、体格のいい男はそれには加わらなかった。

「言葉に気をつけろ、ディディエ」

笑いが消えた。僕は味わわずにビールを飲み干した。マティルドの給油が終わったかどうか、外に目をやった。姿は見えない。

「足はどうしたんだ」男が聞いた。

「釘を踏んだ」とっさに思いついた答えが、それだった。

「ずいぶんでかい釘だったようだな」

「ああ」

店員が僕のたばこをおいた。僕は顔を熱く火照らせながらそれをあちこちのポケットに押し込み、なかをまさぐって小銭を集めた。手から落としかけながら下においたので、コインがカウンターを転がっていった。それをかき集めようとしたとき、ドアがあいた。

マティルドだった。

しんとなった店内に足音を響かせて、カウンターのほうにやってくる。表情は落ち着いていたが、首と頬が赤かった。

「ガソリン代を払いにきました」

店員はオーバーオール姿の体格のいい男に目をやり、それから代金をレジに打ち込んだ。マティルドはそこでようやくもうひとりの男の存在を認めたが、顔を向けたときのようすからして、最初から彼がいることを知っていたにちがいない。

「こんにちは、ジャン＝クロード」

「やあ、マティルド」

やけに堅苦しい。店員が釣りをわたすときも、なんの会話もなかった。しかも、僕のときより丁重だ。釣りを受け取る彼女に、店員は軽く会釈することまでした。

「ありがとう」

出口に歩いていく僕らに全員の視線が集まっているのを感じた。マティルドを先に通したので、ディディエと呼ばれた男が豚の鳴き真似をして、抑えた笑いがあがったのが、彼女にも聞こえたかはわからない。僕はうしろをふり返らずに扉を閉め、なるべく急いで彼女を追いかけた。おたがい言葉を交わすことなくバンに乗り込んだ。僕はマティルドが何かを言うのを待ったが、彼女は無言でエンジンをかけ、車を出した。

「素敵なご近所さんたちだ」僕は言った。

マティルドは虫のついたフロントガラスの先を見つめている。「よそから来た人に慣れてないの」

思うに、僕がよそ者だということが問題なのではない。アルノーの名前がなぜあんな反応を呼んだのか、ジャン＝クロードとは何者なのか、聞きたかった。けれども、彼女がその話をしたがっていないことは、態度からして明らかだ。

農場へもどる無言の車のなかで、もしかしたら僕は、たった今、ミシェルの父親に会ったのかもしれないと思った。

農場の境界の内側にもどって感じたのは、安堵だった。マティルドがゲートを閉めて南京錠をおろすと、はかない安心感のようなものがもどってきた。彼女は車の燃料タンクだけでなく、缶のタンクにもガソリンを入れてきたが、おろすのを手伝おうと僕が申し出ても断った。「あとで夕食を持っていくわ」彼女が話したのは、それだけだった。

僕は納屋にもどっていったが、僕の目には美しい晩も魅力を失っていた。この農場に一生隠れていることができないのはわかっているが、マティルドにバーに連れていってもらったことがとても悔やまれた。たかがビール一杯とたばこ数箱のために、不必要に人の注意を引いてしまった。しかも、その理由もはっきりとはわからない。アルノーと隣人のあいだに悪感情があることは、ちっとも驚くにあたいしない——あの男が人とうまくやっていくところは、むしろ想像しがたかった。そうだとしても、さっきのバーの雰囲気には、小さな町によくある確執よりももっと根深いものが感じられた。

アルノーはだれかを徹底的に怒らせたにちがいない。たばこを持って屋根裏にあがった。階段をのぼるのももうだいぶお手のもので、僕が中二階で足をとめたのは、息が切れたからではなかった。

落とし戸があいている。

出るときに閉めた記憶はあった。じっとして耳を澄ましたが、なかからはなんの音も聞こえてこない。上にいるだれかは、すでに音を聞きつけただろうが、僕はできるだけ静かに残りの階段をあがっていった。そして、あいた落とし戸からなかをのぞいた。

ベッドにグレートヒェンが腰かけていた。こっちに背を向け、横には僕のバックパックがおいてあり、中身の半分がマットレスの上に散らばっている。ビニールの包みは見えないが、あれはバックパックの一番奥に隠してあった。そこまであさる前に、彼女は目当てのものを見つけたのだろう。頭をリズミカルに揺すっていて、イヤフォンは豊かな髪に隠れてほとんど見えない。そこから音楽がかすかにもれ聞こえ、僕はもはや足音を抑える努力を放棄して、最後の数段をあがっていって、彼女のすぐうしろに立った。

身をのりだして上からMP3プレーヤーのスイッチを切ると、彼女は驚いて目を見ひらいた。「あっ! 足音に気づかなかった」

「何をしてるんだ」

怒った口調にならないように気をつけたつもりなのに、責めているように響いた。グレートヒェンは一瞬、疚(やま)しそうな顔をした。

「別に。ただ、音楽を聴いてただけ」

僕は服をつかんで、バックパックにもどしはじめた。そうしながら、例の袋がちゃんとあることを確かめる。ビニールの包みが手にふれると緊張のいくらかは解けたものの、なおも両手のふるえがとまらなかった。

「ひとこと、僕に聞くべきだろう」

「聞いたじゃない! あなたはいいって言った!」

そう言われて、そんな会話をぼんやりと思いだした。ここを発とうと思いたった日よりも前のことで、もうすっかり忘れていた。でもグレートヒェンは憶えていたらしい。「僕がいるときにかぎっての話だ」あまり怒らないようにして言った。

「ここはうちの納屋よ。あなたの許可なんて必要ないわ」

「だからといって、僕のものを勝手にあさっていいわけはないだろう」

「わたしがあなたの古い靴下やTシャツに興味がある

とても思ってるの？」彼女のほうが怒りだす。「どっちみち、こんなつまらない音楽、趣味じゃないわ！　それにわたしがここに来たことをパパが知ったら、あなたはただじゃすまないから！」

論理として欠陥がある気がしたが、反論する気力は僕にはなかった。「きつい言い方をして悪かったよ。ここにだれかがいるとは想像もしてなかったから」

グレートヒェンは機嫌をなおしたようだった。帰る気はなさそうで、木馬にもたれて、たてがみをなではじめた。僕はたばことライターをポケットから出して、マットレスの上に落とした。

「吸ってみてもいい？」

「たばこを吸うのか？」

「ううん」

「なら、手を出さないほうがいい」

偽善的だと思いつつ、僕はつい言った。グレートヒェンはふくれ面をした。「どうしてそんないらいらしてるの？」

「疲れてるだけだ。一日働いてた」

彼女はそれについて考えながら、馬の黒い毛のかたまりを指でもてあそんだ。「ねえ、いつまでここにいる予定？　家全部が終わるまで？」

「わからない」そういう先のことは、できるかぎり考えないようにしている。

「あなたは何かから逃げてるんだって、パパが言ってた」

「パパはすべてを知ってるわけじゃない」

「あなたより知ってる。あなたを気に入ってるとも思えない。だけど、わたしによくしてくれたら、うまく取り持ってあげる」

僕は何も言わなかった。彼女が察して帰ってくれることを期待しつつ、また別のTシャツをベッドからひろいあげた。何かがそこから落ちた。

写真だった。

「それはだれ？」

「だれでもない」

ひろってしまおうとしたが、グレートヒェンのほうが早かった。彼女はからかうように、僕の手のとどかないところに写真を引っ込めた。

「ガールフレンドはいないはずじゃなかった？」

「いないよ」

「じゃあ、どうして写真を持ち歩いてるの」

「捨てるのを忘れてた」

「なら、この写真がどうなっても気にしないわね」グレートヒェンはにやりと笑って、マットレスのライターを取って写真の下にあてた。

「やめるんだ」僕は手をのばした。

彼女はライターの上に写真を持ったまま、身体を横に向けた。「あら、気にしないはずじゃなかったの？」

「いいから、返してくれ」

「だれだか教えてくれるまで、返さない」ライターの火をつける。「ほら、早く言わないと」

僕は写真を取り返そうとした。グレートヒェンははしゃいだ笑い声をあげて手を引っ込め、その拍子に炎のなかに写真の角がはいった。光沢紙に引火して、ぱっと黄色い炎があがる。彼女は悲鳴をあげて取り落とした。僕はマットレスの上からそれをはらい、焦げて丸まってゆく写真の火を消そうとした。けれど、すでに炎がまわっていたし、屋根裏は乾いた木材でできていて危険極まりない。僕はベッドの横にあった瓶をひったくって、急いで上からかけた。

ジュッという音とともに、火が消えた。

焦げたにおいが部屋に充満する。僕は床にできた、灰の浮いた水たまりを、じっと見つめた。

「あなたのせいで指を火傷（やけど）したじゃない」グレートヒェンが口をとがらせる。

僕は瓶を下においた。「帰ったほうがいい」

「わたしのせいじゃないから。あなたが無理にひったくろうとしたのがいけないのよ」

「どこにいったかと、お父さんが心配しだすぞ」

最初はぐずぐずしていたものの、アルノーを持ちだしたのには効果があった。彼女は落とし戸を通っておりていったが、僕はそっちを見なかった。足音が聞こえなくなると、床にかがんで濡れた灰のなかに指を入れた。写真のうちで残ったのは、角が黒くなった白いふちどりの一部だけだった。

僕はそれをふたたび床に落とし、掃除に使えそうな道具がないかさがしにいった。

ロンドン

ある晩、クロエが仕事を終えたあとで行方知れずになった。僕はその日最後の授業を終えて、カラムと数人の学生といっしょに遊びに出かけた。といっても、行き先は〈ドミノ〉ではなかった――あそこへは、もういくことはない。かつては、目をあげればカウンターのなかで働くクロエが見えて、店がすいてきて彼女が合流するのを楽しみに待っていたが、あの場所にもはや喜びはない。

「わたしを見張ってないといけないと思ってるの？」ある日の夜、僕があとで店に会いにいくと言うと、彼女はそうこたえた。

「まさか」僕は驚いた。「来てほしくないなら、はっきり言えばいい」

彼女は背を向けて肩をすくめた。「来たければ来れば」

カラムと別れて、徒歩でフラットに帰ってきたころには、すでに一時近くになっていた。油絵具とテレビン油のにおいは、今では前ほど強烈ではなくなった。クロエはブライトンにいったときから一枚も絵を描いていないが、僕たちがそれを話題にすることはなかった。

彼女のバーの仕事終わりは早くても二時なので、僕はコーヒーをいれ、DVDを選んだ。結局『殺意の夏』に決めた。持っているDVDはどれもそうだが、この作品もすでに何度も観ている。僕がそれを気に入っているのは、イザベル・アジャーニが作品の最初から最後までほぼ裸でいるせいだ、とクロエは言い張った。たしかにあたっているけれど、それを抜きにしても、撮影技術の美しい作品だ。

僕は激情と悲劇のもつれが避けがたい道筋をたどっていくのを鑑賞した。映画が終わったとき、クロエの帰りが遅いことにようやく気づいた——一時間前には帰っていていいはずだった。

バーに電話したが、だれも出ない。もう三十分待ってから、念のために彼女に宛てて書き置きを残し、〈ドミノ〉に向かった。通りは空っぽだった。キングスロードまでは、以前いつもふたりで歩いていたルートをたどった。僕がバーで落ち合うのをやめてからは、彼女はだれかに車に乗せてもらうか、タクシーで帰ってくる。バーの入り口は鍵がかかっていて、もれてくる光もないが、とにかく僕はドアを手でたたいた。反響が消えたあとも、建物は暗く静かなままだった。

何をしていいのかわからなかった。舗道に突っ立って、クロエがこっちへ歩いてくるのではないかと、人の消えた通りを先から手前まで何度も目で確認した。バーのスタッフがどこに住んでいるかはほとんど知らないが、一度クロエとターニャの家のパーティに出かけたことがあった。今夜彼女が仕事に出ていたかすら定かではないけれど、僕はほかに思いつかなかった。

急ぎ足で歩いたが、シェパーズブッシュの彼女のフラットに着いたのは五時近くだった。建物の玄関の明かりは消えていて、自分の携帯電話の光を頼りに、インターホンの上の名前を読んだ。彼女の家の呼び鈴を押して、待った。寒かったが、ふるえが出るのはそのせいではない。応答がないので、もう一度試し、今度はそのままボタンを押しつづけた。

「はい、はい、だれ？」インターホンから聞こえる割れた声は、怒ってひずんでいた。

「ターニャ、ショーンだ」スピーカーの格子に口を近づける。「知ってたら教えてほしいんだが――」

「どこのショーン？」

「クロエのボーイフレンドだ。彼女が――」

「ねえ、今何時だと思ってるの？」

「わかってる。すまない。でもクロエが仕事から帰ってこないんだ。どこにいるか知らないかい」

「どうしてわたしが。知るわけないでしょう」疲れていらいらした声だった。

心がずっしりと重くなった。クロエはあそこにいるとか、パーティにいったとか、どんなことでもいいから、何かをターニャの口から聞きたかった。

「帰るところは見た？」

「ええ、クロエは……あ、ちがう。今夜はわたしのほうが先に帰ったんだった。クロエは店に来た男とまだ話がつづいていて、先に帰っていいって言うから」

「男？　どんな？　そいつはだれだ？」

「ただのそのへんの男よ。ねえ、明日、早く起きないといけないから、もう――」

「前に見たことあるやつか？」

「だから、ただのそのへんの男よ！　派手っぽいやつだけど、クロエは相手を知っているようだった。ねえ、そろそろベッドにもどりたいんだけど」

僕が徒歩でフラットに帰り着くころには、仕事の早い人たちがぼちぼち通りに出はじめていた。書き置きは、キッチンテーブルにそのままになっている。念のため寝室をのぞいたが、ベッドは空だった。

八時になり、ヤスミンに電話した。クロエがそこにいるとは実際あまり期待していなかったが、やはりそのとおりだった。

「警察に連絡した？」一瞬にして冷静になったヤスミンが言った。

「いや、まだだ」それは最後の手だと思って先延ばしにしていた。「したほうがいいかな」

「昼まで待ってみて」彼女はしばらくしてからこたえた。

十一時近くになって、ドアの鍵があく音がした。僕はキッチンテーブルにいた。コーヒーと疲れで、口のなかが嫌な味がした。クロエがはいってきたとき、僕はほんのつかの間、息を殺して安堵にひたった。彼女は僕を見て一瞬動きをとめ、ドアを閉じた。

「いったいどこにいってたんだ。大丈夫か？」

「ええ」彼女は曖昧(あいまい)なジェスチャーをした。「友達のところに泊まってたの」

「死ぬほど心配したじゃないか！　なんで電話しなかった？」

「時間がすっかり遅くなっちゃって。起こしちゃ悪いと思ったの」

クロエはこっちを見ようとしない。顔は蒼白で、目の下には青い影がういていた。僕の最初の安堵は早くも別のものに置き換わった。

「どこの友達だ？」

「あなたの知らない人」彼女はバスルームのほうへ歩きだした。「今からわたし――」

「どこの友達だ？」

背を向けたまま足をとめる。「前に知っていた人。

ただそれだけ」

「ターニャから聞いたけど、ゆうべバーでだれかと会ってたそうじゃないか。その男か？」

驚いたらしく、彼女の頭が揺れた。それから、短くうなずいた。

「むかし付き合っていた男か？」

ふたたびうなずいた。肺から空気がしぼりだされるようだった。「そいつと寝たのか？」

「まさか！」クロエはいきなり逆上して叫んだ。「何もなかった。それでいいでしょう。もうほっといてよ！」

「ほっとけだ？　ほかの男と一夜を過ごしておきながら、ほっとけだと？」

「そうよ！　あなたには関係ないでしょう！」

僕は啞然（あぜん）としてクロエを見つめた。なおも怒りは消えないが、その感情に呑まれたらおしまいだ。「本気で言ってるのか」


「わからない。わからないわ」今度は泣きだした。

「ごめんなさい。それでいいでしょう？」

クロエはバスルームに駆け込み、ドアに鍵をかけた。

僕は感覚を失って、そこにすわっていた。まったく何も感じなかった。

9

マティルドが朝食を持ってきたとき、僕はすでに起きだしていた。二日酔いと、外から何度も響いてくる鶏の声に眠りをじゃまされたのだ。夕食のときにまたワインを飲んだのだが、〝シャトー・アルノー〟についての評価は控えるとして、とにかく度数が高かった。僕は下へおりていって外のトイレを使い、蛇口の下に頭をおいて眠気を洗い流した。髪から水を垂らしながら、ジーンズ一枚で納屋の外にすわり、素肌に感じる早朝の冷たい空気を楽しんだ。

ここに来てからずっとそうだが、今日もうららかな朝だった。少しすると暑さで白んでくるが、今はまだ、空はどこまでも青い。地平線に黒い雲が細くうかんでいるけれど、それははるか遠くにあって、天気がくずれるおそれはまずなかった。

僕は地面をつつくのに夢中になっている錆び色の鶏を足で追いはらっていたが、マティルドがやってきた気配がして顔をあげた。

「おはよう」彼女は言った。

いつもながら、顔には何も書いてない。朝食のトレイを僕の横の地面においた。コーヒーからあがる湯気がうっすらと渦を巻き、パンは焼きたてのにおいがする。皿の上に二個ならんだゆで卵は、白い尻のように見えた。

「こんなものをつくったの」マティルドが脇にはさんでいたものを差しだした。「あなたの足のために」

踵(かかと)のまわりを残して甲の部分を大胆に切り取った、ゴム長靴の底だった。両サイドにあけた穴から、ひもが垂れている。

「ああ」どう応じていいのかわからなかった。「ありがとう」

「包帯を保護するためよ。仕事のときに役に立つかと思って」髪を耳にかけた。これまでで一番そわそわしているように見える。「お願いがあるの。グレートヒェンから聞いたけど、英語教師をしていたんですってね」

「個人経営の学校だよ」僕は警戒して言った。「ちゃんとした学校で教えた経験はない」

「グレートヒェンに教えてもらえない？」

「たぶん、あまり――」

「レッスン代はわたしから払うわ」マティルドは慌てて先をつづけた。「多くは出せないけど。でも、きっちりしたレッスンじゃなくていいの。ただ……あの子と会話をするときに英語で話してもらえれば」

　断りたかった。ゆうべのことがあって、できるだけ妹のほうとは関わるのはよそうと心に決めたのだ。

「きみだって教えられるだろうに」

「教えるほど英語は上手じゃないから」マティルドは申し訳なさそうに肩をすくめた。「それに、わたしが命令すると妹は嫌がるの」

「お父さんはなんて？」

「父のことは大丈夫よ」

　それは承認を得たというのとはまったく同義ではないけれど、アルノーのことは娘のほうがよく知っている。彼女は答えを待っていて、僕はどんなに頭をひねってもうまい断りの口実を見つけることができなかった。

「まあ、ちょっとくらいなら……」

　マティルドの笑顔は妹よりずっとひかえめだったが、その表情でいるあいだは、何歳も若く見えた。「ありがとう」

　中庭へもどっていく彼女を見送ってから、僕はもらった靴をよく見てみた。古いゴムのにおいがしたし、つくるのに何分もかからなかったにちがいない。それでも胸にじんと来た――だれかに何かをしてもらったのは、いつが最後だろう。それに、たしかにこれでやりやすくなりそうだ。朝食後に試してみると、実際、足を地面につけても大丈夫で、いくらか体重をのせてひょこひょこ二、三歩、進むこともできた。

それは足場の上でも、今までにない安定感と自信を与えてくれた。僕はハンマーを手に取って、打つごとに半拍遅れで響いてくる頭痛をどうにかこらえ、身体を酷使すれば、きっと流れる汗とともに二日酔いが消えていくだろうと期待した。手にできた水ぶくれが痛かったけれど、つなぎのポケットにあった汗が染みになった手袋は、どうしてもはめる気になれない。

しだいに筋肉の硬さがほぐれてくる。ひとつの区画を終え、つぎに鎧戸のない寝室の窓のまわりに手をつけた。樋の下は、ぐらぐらになっている石がいくつかあって、いったんまとめて全部抜くしかなかった。あっという間に、壁に身体をねじ込めるほどの大きな穴があいて、内側の雑な石積み構造が露出してしまった。僕は自分の手による被害の大きさに少々驚き、この仕事をじつはよく理解していないことを自覚させられ、落ち着かない気分になった。

それでも、力を込めてハンマーとのみを一心にたたきつける作業は、どこか爽快だった。モルタルの破片を榴散弾のように顔にあびながら、何度もハンマーをたたいた。自分の手を打っても、今ではさほど痛く感じない。くり返し打って麻痺し、肉と骨の感覚がなくなっていた。手をとめたときだけ、麻痺が和いできて痛みを感じる。

僕はじきにハンマーのリズムに合わせて無心になった。自分の世界が寝室の窓の上の、壁の細長い一画に集約されていたため、目が寝室のなかの何かをとらえても、すぐには反応できなかった。少ししてそれがふたたびあらわれ、視界の端で動いた。目をそっちに向けると、埃で汚れたガラスの向こうに顔があった。

「うわ!」

のみが床板の端から転がって、壁と足場のあいだで弾みながら下の地面に落ちていった。グレートヒェンが笑いながら窓をあける。

「驚かせちゃった?」

「いや」僕はそうはこたえたが、心臓がまだどきどきいっている。「まあ、ちょっとだけ」

「コーヒーを持ってきたの」グレートヒェンが大きなカップを僕にくれた。彼女は満足げだった。「ここからわたせば、あなたも苦労して下までおりずにすむでしょう」

「ありがとう」

どっちみち、のみを下までひろいにいかないとならないが、そのことは黙っていた。昨日の夕方に写真に火をつけられて以来、グレートヒェンと顔を合わせるのははじめてだが、あの一件はもう気にしていないらしい。彼女は寝室のあいた窓から身をのりだし、僕は桟に腰かけた。

「マティルドから聞いたけど、英語のレッスンをしてくれるんですって?」意味ありげな口調だった。

「きみが望むのなら」

「マティルドが勝手に考えたことよ」一瞬、顔がくもった。そしてまた晴れた。「今日の午後でもいいわ。パパは昼寝するし、ミシェルの面倒はマティルドが見るから。わたしたち、だれにもじゃまされない」

彼女はにっこり笑って、僕の反応を待った。僕は内心穏やかではなかったけれど、無関心を装ってコーヒーを飲んだ。濃いブラックのコーヒーで、舌が火傷しそうなほど熱い。

「足につけてるそれは何?」グレートヒェンが即席のゴムの靴に気づいて、言った。

「マティルドがつくってくれた」

「マティルド?」笑顔が消える。「なんだか変」

僕は聞き流した。嫌なにおいではないが、かび臭いにおいがあいた窓から漂ってくる。汚れたガラスがないと、寝室のはがれかけた壁紙と、ひび割れた石膏（せっこう）がよりはっきり見える。ぼこぼこしたマットレスと枕ののった鉄製のベッドは、今にも裸の床板の上にくずれそうだ。

「ここはだれが使ってた部屋？」僕はたずねた。

「ママンよ」

その言い方からすると、夫婦ふたりで使っていたのではなさそうだ。鏡台の上の写真を指した。「あれはお父さんと写っている写真かな」

彼女はうなずいた。「ふたりの結婚式のときの」

「お母さんが亡くなったとき、きみは何歳だった？」

「まだほんの赤ちゃんだった。母の記憶はほとんどないの」退屈そうな口調だった。「死んだあと、母の車椅子でよく遊んだわ。でも、あるとき転んで怪我をして、パパに壊されちゃった」

彼女はポニーも与えてもらえなかったのだろう、と僕は思った。けれど、その考えも胸にしまった。グレートヒェンに対する感想は、なるべく言わずに黙っておくつもりだ。彼女は黙り込んだ。僕には、つぎに何を言おうとしているのか、はっきり想像がついた。

「ねえ、なかに来たら？」

「遠慮しとく」

僕がはいれるように場所をあけている。「大丈夫よ。二階のこの部屋にはだれも来ないから」

コーヒーはまだ熱すぎたが、とにかく飲んだ。「僕はここでいいよ」

「どうしたの？」

「別に、どうもしない」

「じゃあ、こっちに来ればいいじゃない。来たくないの？」

「仕事をしてる」

「ちがう。コーヒーを飲んでる」

その笑顔には、からかいと自信の両方がうかんでいる。グレートヒェンには猫を連想させるところがあった——しなやかで、なでられたくてゴロゴロいうが、気分次第ではその爪で相手を引っかくこともある。

僕はむかしから猫があまり得意じゃない。

「まだ仕事の途中だ」激しい二日酔いがすっかりもどってきて、頭が痛みだした。

彼女はベッドにいってすわり、片足をぶらぶらさせた。「ゲイなの？」

「ちがうよ」

「本当に？　かわいい女の子の誘いを断るなんて、やっぱりゲイなのよ」

「ああ、わかったよ、僕はゲイだ」

グレートヒェンはあの写真の一件をまるきり忘れているらしいが、向こうが何も言わないなら、こっちから思いださせることもない。彼女は片膝を立てて、うしろに両肘をついてベッドに横たわり、いたずらっぽく笑っている。

「信じない。あなたは恥ずかしがってるだけで、緊張をほぐしたほうがいいわ」グレートヒェンはさらに身体をうしろに倒した。笑顔のまま片方の眉をあげる。

「さあ」

「おい！　上のおまえ！」

中庭からアルノーの叫び声があがり、グレートヒェンの笑顔が消えた。彼女に黙っているだけの知恵があることを祈りつつ、僕は足場の下をのぞき込んだ。アルノーが地面からこっちをにらんでいる。スパニエルが足もとにいて、耳をそばだて、同じように僕を見あげている。

「何をしてる」

あの場所からどこまで見えて、聞こえるのか、想像もつかない。僕はうしろをふり返りたい衝動をこらえた。

「休憩中です」

「はじめたばかりじゃないか」アルノーは無愛想な目

でじっと見て、首で合図した。「おりてこい」

「なぜ?」

「ほかの仕事がある」

ほっとすべきなのか、その逆なのかはわからない。

「仕事って?」

「豚をつぶす。それとも、肝の小さいおまえには無理か?」

冗談であることを願った。だが眼光鋭い目は僕をじっと見すえ、断れるなら断ってみろと挑発している。それに、僕はこの場所にこれ以上長くとどまっていたくもなかった――グレートヒェンが馬鹿な行動に出ない保証はないのだ。

「あとから追いかけます」

相手に何かを言う間を与えず、僕は顔をそむけた。寝室を見る直前、なおもベッドに横たわるグレートヒェンの姿が目にうかんだ。あまりに鮮明で、マットレスの褪せた青い縞模様の上にある、小麦色の肌までが見えるようだった。

ベッドは空だった。部屋も空だった。床板には、グレートヒェンの足が乱していった埃のあとが、ドアとのあいだを行き来するようにかすかに残っている。

僕はできるだけきっちり窓を閉め、梯子のほうに歩いていった。

アルノーとジョルジュはすでに一頭の猪豚(サングロシヨン)を選びだしていた。飼育場に向かって道をいくあいだにも、甲高い叫びや、鼻息の荒い鳴き声が聞こえてくる。森を切りひらいた敷地に到着すると、アルノーがメス豚の囲いのゲートをあけて押さえ、ジョルジュが選んだ一頭をそこへ移動させているところだった。残りの豚は、賢いことに、そっちには寄りつかないでいる。ふたりの男からできるだけ離れて、囲いの奥でうごめいていた。となりの小さいほうの囲いでは、オス豚の黒い体が、興奮した声をあげながら柵のそばを行ったり来たりしている。

　ジョルジュが出そうとしている一頭はわりと小さめで、ラブラドール犬ほどのサイズだが、それでも老人を押し倒してしまいそうに見えた。慣れた仕事であることは一目瞭然だ。ジョルジュは手に持った細い棒でたたいて豚を歩かせながら、頭に四角い板をあてて目的の方向に進ませる。ジョルジュもアルノーも、豚を囲いから出すまでは、僕には見向きもしなかった。ジョルジュは少し離れた場所の、コンクリートブロックでできた小さな作業小屋のほうへと豚を誘導し、そのすぐあとにアルノーがつづいた。

「そいつを閉じてくれ」アルノーが僕に言い、身ぶりであいたゲートを示した。

　僕がそれに従うか確認もしないまま、アルノーは先へ進んでいった。残った豚がゲートのほうに出てきだしたので、僕は慌てて閉めにいって、柵の柱にかけてあったワイヤーの輪で固定した。アルノーの罵倒が聞こえる。ふり返ると、足にまとわりつくスパニエルを蹴飛ばすところだった。犬はキャンキャン吠えて、道を駆けていった。

　彼らはサングロションを作業小屋の入り口まで追いたてたが、そこで豚は尻込みした。その場所に恐れをなしたのか、しきりに鳴き声をあげはじめる。ジョルジュが全体重をかけて動こうとしない豚を板で押し、アルノーが足で逃げ道をふさいだ。

「突っ立って見てるつもりか」アルノーが僕に怒鳴った。

　僕は歩いていってアルノーの反対側についた。うしろにはジョルジュがいるので、これで豚は逃げ道を完全に失った。豚の背に手をおいて、強く押す。皮はざらざらした硬い毛でおおわれていた。革のサンドバッグのような、ずっしりした感触がする。ジョルジュが棒で強くたたくと、メス豚は慌てて入り口をくぐった。なかにはいると、頑丈な壁とコンクリートの床に反響して、甲高い鳴き声がさらに大きく響いた。僕はそれ以上は奥へはいかずに、入り口に残った。

「はいって扉を閉めろ」アルノーが言った。「上はあけとけ」

言われたとおりにした。扉は上下で分かれたダッチ・ドアになっている。狭い小屋に窓はなく、あけた上半分からしか光がはいらない。なかでは蝿が飛びまわり、僕はあとずさりしたくなるのをこらえた。中央には腰の高さの石の作業台があった。その真上には、天井にレールが取りつけてあり、チェーンとフックのついた滑車がさがっている。僕が入り口のそばで見ていると、ジョルジュが台にあった柄の長いハンマーを取りあげた。僕が使っているハンマーよりも大きいのに、老人は筋と血管のういた異様に太い腕で、それを軽々と持ちあげた。

サングロションは出口がないのはわかっているらしいが、右へ左へと逃げ惑っている。ジョルジュが近づいていって、ポケットから何かを出した。野菜くずだ。耳のうしろを掻いて、安心させるように話しかけながら、それを豚の前の床にまいた。少しすると豚はいくらか落ち着きを取りもどして、においに気づいた。まだ気もそぞろながら、においに向かって鼻をうごめかせる。ジョルジュはじっと待ち、豚が食べようと頭を垂れたとき、ハンマーを眉間にたたき込んだ。

ずっしりした音が響き、僕はひるんだ。豚は倒れ、夢のなかでウサギを追いかける犬のように、床の上でぴくぴくと痙攣した。ジョルジュが後ろ足をつかみ、アルノーが大きな音を響かせて滑車のチェーンを素早く引っぱる。慣れた作業は、決められた動きをなぞっているようで、これまでふたりで何度も同じことをやってきたことをうかがわせた。アルノーは豚の足にチェーンを巻きつけ、フックをひとつ上のチェーンの輪に引っかけて、しっかり固定した。腰をのばし、顔をしかめて背中をさすった。

「手を貸してくれ」

僕は動かなかった。

「ぼさっとしてないで、来い!」

しぶしぶ前に出た。アルノーが僕の手にチェーンを押しつける。ジョルジュが来て、いっしょにそれをつかんだ。僕の腕の下にはまだ松葉杖がある。どうするか迷ったが、とりあえず壁に立てかけた。アルノーが場所をあけて、よろよろとうしろにさがる。

「引け」

チェーンは冷たくてざらざらしていた。十センチほどは軽く動いたが、そこで豚の体重を受けてとまった。豚が糞をもらし、悪臭が広がる。ジョルジュが引いたので、僕の腕の下のチェーンが引っぱられた。僕も同じように引いた。もはや自分の意思は存在しなかった。ジョルジュが引き、僕も引く。背中と腕が痛かった。豚の下半身が持ちあがり、やがて完全に地面からういた。豚はまだ生きていて、痙攣している。われわれはさらに高く引きあげた。

「よし」

チェーンが巻きもどらないように、アルノーがストッパーをかける。僕らは手をはなした。アルノーは吊られた豚が石の台の真上に来るまで、レールの滑車を引っぱった。豚が振り子のように揺れる。ジョルジュは壁にかけた革のエプロンをつけにいった。ひもを結んでいるあいだに、アルノーが隅から大きなアルミのバケツを持ってきた。揺れる豚を手で押さえ、バケツを頭の下におく。ジョルジュは今度は刃の長い解体ナイフを手にして、ふたたび台の前に立った。僕はそうした一部始終を、その場にいない第三者のように見ていたが、ジョルジュが豚に近づいたとき、アルノーが意地の悪い笑いをうかべて、こっちをふり返った。

「やりたいか?」

ジョルジュが豚の喉にナイフをあてると同時に、僕は松葉杖をつかんだ。うしろからアルミのバケツに何かがどっと流れ落ちる音が聞こえ、その直後、僕は外に出ていた。さらに数メートルいったところで、僕は身体をふたつに折った。耳鳴りがして、明るい敷地が真っ暗になる。頭のなかでハンマーをふるう鈍い音がくり返され、豚の頭から血が飛び散るのが見えた。ほかのいくつもの場面がそこに重なり、だれかの倒れた身体が別の身体で見えなくなる——叫ぶ声がして、街灯の青白い光の下には黒々と光る血が……

頭のなかの混乱が、ただの蠅の羽音に変わった。あたりの景色がふたたび姿を取りもどし、今のこの場所へと僕を連れもどした。だれかが小屋から出てくる音がした。

「耐えられないんだろう」

アルノーの声は嬉しそうだった。僕は自分を落ち着かせるために最後にもう一度深呼吸して、身体を起こした。「平気だ」

「そうは見えない。どうした？　ちょっとの血が怖いのか？」

アルノーが両手をあげる。それがぬらぬらと光っているのを見て、ふたたびパニックがわきおこった。僕はそれを無理やり封じた。「たしか、動物を殺すには免許がいると聞いたことがある。EUの規定だとか、なんとか」

「うちの農場でやることに対し、だれもああしろこうしろとは言わん。とくに、スーツを着た役人どもはお呼びじゃない」アルノーは陰険な顔で僕をじっと見ながら、ポケットから雑巾を出して手を拭いた。「それで思いだしたが、おまえはなぜここにいる？」

二日酔いがもどってきた。血のついた布をしまうアルノーを見ながら、僕はどうにか頭をはっきりさせた。

「どういうことですか」

「おまえみたいな都会者が身を隠すのには、相応の理由があるはずだ。あいつはどこにいったかと、だれからも不思議に思われないのか」

「とくには」

「友達くらい、いるだろうが」

「僕の行方が気になって、夜も眠れないような友人はいない」

「じゃあ家族は？」

「母は子供のころ出ていって、父は死にました」

「どうして？　恥じて死んだのか？」アルノーは残忍な笑みをうかべた。「こんな人里離れた場所に身を隠したがる理由を、まだ聞かせてもらってないぞ」

「それは僕個人の問題でしょう」

「こっちが我が家の問題だと考えたらどうする？　警察に一本電話してやるか？」

妙なことに、僕はその脅しをなんとも思わなかった。

「そうしたら、警察は森の彫像と罠に興味を持つでしょうね」

笑顔が消える。薄い灰色の目が険しくなり、やがてふたたび笑った。「なるほど、あんたにも肝っ玉はあるんじゃないか。そのことを疑いはじめてたとこだった」

作業小屋の向こうの囲いから、何かがぶつかる音が聞こえてきた。アルノーが顔に笑いをうかべたまま、そっちへ首を傾ける。

「バイヤールのやつが血のにおいを嗅ぎつけた」愛情のこもったような言い方だった。

「バイヤール？」

「オス豚だ」木の割れる音がする。アルノーの顔つきが一変した。「外に出ようとしている」

アルノーは腰痛持ちかもしれないが、僕よりも速く歩いていって小屋をまわり、豚の囲いに向かった。豚は逆上したように鳴いて喚き、体当たりするたびに柵が目に見えてたわんだ。厚板の一枚は、すでにぎざぎざにひび割れている。われわれが近づいていくとともに、さらに割れる音がして、亀裂が大きくなって木の白い部分がのぞいた。

柵まで来たアルノーは、手をたたきながら豚に向かって声をあげた。豚は甲高い鳴き声でそれに応え、攻撃を激化させた。アルノーが棒をつかみ、板の隙間から突き入れる。

「よせ、こいつめ！　もどるんだ！」

オス豚は怒った。身体の大きさからして信じがたいほど俊敏に動いて、その棒に食らいついた。アルノーが棒を引っ込めて、ふたたび押しだすと、バリバリと音がして棒が折れた。

アルノーはそれを投げ捨てた。「ジョルジュ！」肩ごしに叫ぶ。「外に出そうだ！　板を持ってこい！」

ジョルジュはすでにエプロンを脱ぎ捨てながら、小屋から慌てて出てくるところだった。だが、ジョルジュについた新鮮な血のにおいを嗅ぎつけた豚は、さらに狂暴になった。割れた円材が完全に折れ、豚が隙間から頭を突っ込んできて、アルノーはうしろにとびのいた。巨大な肩の肉が上の円材にめり込み、木が外に向かって折れた。

「板だ！　早く！」アルノーは指をさして僕に言った。

ジョルジュがこれより小さい豚に使ったのと同じような厚板が、そばにあった。それをわたそうとすると、アルノーは僕を追いはらうように手をふった。

「松葉杖をよこせ！」

「なんだって？」

「だから松葉杖だ！」手をのばして急かした。「早く！」

僕はためらったが、ふたたび柵のほうから割れる音がして、心が決まった。杖をわたすと、アルノーはクッションのついたほうで豚の顔を突いた。豚が鳴き声をあげて嚙みつき、牙でクッションを引き裂く。アルノーは今度は松葉杖を逆にして、棒のほうで突いた。ゴムの先端が豚の鼻にぴったり合わさった。アルノーは全体重をかけて、うしろから一突きした。

「板を持って構えろ！」豚がうしろにさがった隙にア

ルノーが言った。もう一度突く。「急げ！」

僕は柵の隙間に板を押しあてた。つぎの瞬間、豚がそこに突進してきて、僕はうしろにひっくり返りそうになった。どうにか踏んばったが、それでも押されぎみで、そこへアルノーが来て横にならんだ。僕の脚の横に脚をおいて板を押さえながら、柵の上から松葉杖で突く。それでもまだ、ブルドーザーをとめようとしているようだった。

ジョルジュが片手に長い板を、反対の手に湯気の立つバケツを持って、ふたたびあらわれた。彼は歩きながら地面に板を落としていって、われわれから一、二メートル離れたところに立った。上から身をのりだして柵をたたき、舌を鳴らして豚を呼ぶ。気が立った豚は一瞬それに気づかないが、やがて新たな邪魔者に向かっていった。ジョルジュは豚が来る前に、バケツを傾けて中身の一部を囲いのなかに落とした。内臓の甘く不快なにおいが漂ってくる。豚は足をゆるめ、迷っているように鼻を動かして供え物のにおいをかいだ。やがて、なおも不機嫌そうなうなり声をあげつつ、それに鼻を埋めた。

アルノーはほっと息をつき、板からどいた。僕もそうしようとした。

「そのまま押さえてろ！」

アルノーはジョルジュのいるところまで足を引きずっていった。老人は豚に注意を向けたまま、ズボンのポケットからハンマーと釘数本を出し、アルノーにわたした。

「新しい柵が必要だ」ジョルジュが言う。

「今のところは大丈夫だろう」

かねてから意見の対立している話題のように聞こえる。ジョルジュはこたえず、彼の不満は明らかだった。

「離れたとこまで誘導してくれ」アルノーが言った。

ジョルジュはバケツをひろい、ふたたび舌を打ち鳴らした。柵に沿って歩く彼のあとを、豚が犬のようにちょこちょことついていく。反対側へまわると、ジョルジュはバケツの中身をさらにあけた。豚は夢中になって食べはじめた。

アルノーは見るからにつらそうに腰をまげて、ジョルジュが落としていった板をひろいあげた。「さあ、もうどいていいぞ」

脚がふるえていた。僕は気づかれないことを祈りつつ、片足で横に跳んで、柵にもたれた。松葉杖は地面に転がっている。アルノーはそれを足で蹴り、にやりと笑った。

「もうあまり役に立たんだろう」

そのとおりだ。クッションはぼろぼろに裂け、金属製のシャフトは折れ曲がっている。試しにもたれてみた。使い物にならない。ここまで途方に暮れた気分になるとは、自分でも驚いたが、アルノーにそれを感づかれるのは癪《しゃく》だ。

「アルミニウムを食わせてもらえないときは、ほかにどんなものを食べるんですか」僕は聞いた。

アルノーは笑った。今の出来事で、機嫌がよくなったらしい。「豚はなんだって食う。しかも、あのバイヤールのやつは、あごのあいだにおさまるものなら、なんだって嚙み砕く。足を踏み入れたのがあいつの口じゃなくて、あんたもよかったな。もしそうなら、片っぽ、足がなくなってただろう」

アルノーは板を押さえて釘を打ち込み、僕はおそるおそる豚に目をやった。だが豚はなおも食事の最中で、ジョルジュに長い柄のブラシでこすられて、だいぶ穏やかになっていた。もう落ち着いたようには見えるが、老人はまだ柵の外にいる。見ていると、ジョルジュは豚の背に何かを瓶から注いで、ふたたびこすりはじめた。グレートヒェンが言っていたことを思いだし、たぶん酢だろうと僕は思った。

「この豚は、別の豚を殺すといつも狂暴化するんですか」僕は聞いた。

アルノーは、釘を口にくわえたまま話した。「風向きで血のにおいが伝わるとな」

「もっと気性の荒くない豚を買えばいいのに」

アルノーは僕に不快そうな目を向け、打ちかけの釘を奥までたたき込んで、板の反対側に移動した。

「あれはいいオスだ。たいていメスに一、二度のっかるだけで、ちゃんと自分の仕事をやり遂げる」誇らしげな声だった。口から釘を取り、三度で奥まで打ち込んだ。「ちょっとばかり気性が荒いからといって、最高の種豚を手放すやつはいない」

「さっき殺した豚は？」

「あのメスは妊娠しない。バイヤールに何度か試させたから、妊娠するならしていたはずだ。産まない豚には用はない」

「自分のメスを殺されるんだから、逆上するのも無理もないな」

アルノーは笑った。「バイヤールはそんなことは気にせんよ。内臓をもらいたくて短気になるだけだ」

アルノーは顔をしかめて立ちあがった。腰をもみながら、僕にハンマーと釘をよこす。「さあ。好きに使え」

あとの仕上げを僕に任せ、アルノーはうしろをふり返ることなく敷地から出ていった。

ロンドン

　クロエが一晩行方知れずになったあとは、しばらくはまたふつうの日々がもどった。事実は消えてなくなりはしないが、ふたりともそれを直視するのを避けた。僕は何もなかったという彼女の言葉を信じることにし、クロエは自分の一時（いっとき）の過ちを済んだことにしようと努力しているようだった。深く考えなければ、ふたりの関係は何も変わっていないと思い込むこともできそうだった。

　だが、変化は確実におとずれていた。

　僕はクロエのバーの仕事が終わるころに、またときどき店に顔を出すようになった。どちらもその裏の意味にふれることはしなかったけれど、要するに、僕はもう彼女を信頼していないのだ。そのことも、ふたりのあいだにできた暗黙の了解のひとつだった。

　ある晩バーに着くと、クロエは男といっしょにカウンターにいた。男は高いスツールに腰かけ、彼女は横に立っていたので、最初はただの客かと思った。それから、ふたりが顔を近づけるようすや、相手の話を聞くときのクロエの真剣な顔つきが目にはいった。僕は心を落ち着けるのに一瞬待ってから、そっちへ歩いていった。

　クロエは顔をあげて、やってくる僕を見た。驚きだか不安だかわからないが、目がわずかに大きくなった。男も今ではふり返って僕を見ているが、僕はそっちは眼中に入れなかった。どうにかうわべだけつくろって、口に笑みをうかべた。

「やあ。そろそろ帰れるかい」

　クロエの顔には緊張があふれている。「早かったのね」

目が男のほうに流れた。僕はようやく、さっきからじっとこっちを見ている相手に顔を向けた。クロエはさらにあたふたしだした。

「ジョーン……こちらはジュールよ」

「こんにちは、ジョーン」彼は言った。

年齢は三十くらいだ。見てくれのいい男だが、無精ひげをのばしたあごと、ジムで鍛え抜いた身体つきから察するに、まつ毛の長い女みたいな目が、じつはコンプレックスなのだろう。ストリート風の格好をめざしているらしいが、革のジャケットと、念入りにユーズド加工をほどこしたジーンズは、高価なものであるのが一目で知れた。

何者かは、すぐにぴんと来た。相手も、僕がだれだかわかっているような、あえて下手に出たような笑いをうかべて、こっちを見ている。

僕はクロエに顔を向けた。「あとどのくらいかかる？」

クロエは僕の顔が見られなかった。「十分くらい」彼女は顔を伏せて、ほかの客の相手をするために、そそくさと去っていった。ジュールだという男がこっちを見ているのが感じられた。このときだけは禁煙したことが悔やまれた――たばこがあれば、手持ち無沙汰にならずにすむ。

「先生をしてるんだって？」ジュールが言った。

「今のところは」クロエが僕のことを話したと思うと不快だった。

彼はウォッカを見つめて、うっすら笑った。「今のところ？　何かでかいことでも計画してるみたいな言い方だな」

僕はあえて反応しなかった。ジュールは高価なジャケットと身なりが語るのに任せて、自分は高いスツールに悠然とすわっている。僕は相手の職業を聞かなかった――知りたくもなかった。

「なるほど、きみとクロエがね」彼は言った。

「僕らが何か？」

「いや別に」またも面白がっているようだった。「しばらく前のことだが、わたしの友人に会ったらしいね」

「初耳だ」

「レニーという男だ」

一瞬、わからなかった。だが、思いだした。あの晩、通りで僕らを呼びとめた気味の悪い男だ。クロエはあいつをレニーと呼んでいた。

ジュールはバースツールからすべりおりた。「そろそろいこう。また来るとクロエに伝えておいてくれ」

僕は何かをこたえる自信がなかった。にぎっていた両手をひらいて、クロエの仕事が終わるのを待った。

僕たちは外に出て、通りを歩いた。自分から何かを言うのを待ったが、クロエは無言だった。ひとことも話さなかった。

「あれはだれだ？」とうとう僕からたずねた。

「あれって？」

「ジュールだ」

「ああ、ただのお客さん」

僕は足をとめた。クロエはハイヒールの音を舗道に響かせながらそのまま進み、数歩いったところでとまってふり返った。僕がバーにいってから、はじめて目と目が合った。

「やめてくれよ、クロエ」

「なんのこと？」

「僕を馬鹿扱いするな。相手はあの男だったんだろう」

「わかってるなら、どうしてわざわざ聞くの」

「あいつの目的はなんだ？」

「別に何も」

「じゃあ、どうして店に来た？」

「飲みにきたんじゃない。ふつうのことでしょう」

「今後も会うつもりか？」

「会わないわ！　でもバーに来る客を、わたしが選り好みできる？」

　彼女は早足でそばを離れた。僕は追いかけていって、前にまわった。街灯の下で、ふたりの息が白くうかびあがる。

「クロエ……」言葉が喉につかえた。「いったい、何がどうなってるんだ。頼むから、話してくれ」

「別に話すことなんてないわ」

「じゃあ、どうしてそんな態度をするんだ」

「どんな態度もしてない。いいかげん、ほっといて。わたしはあなたのものじゃないんだから！」

「あなたのもの？　それどころか、きみが知らない人のように思えるよ」

「たぶん、そうなんでしょう」

　涙か怒りで、クロエの目がぎらぎらしている。僕もそれにあおられて、感情的になった。「そうか、わかったよ。もういい。荷物をまとめて、僕は出ていく」

　今度は僕が彼女から歩き去った。いくらもいかないうちに、駆け足で追いかけてくる彼女の足音が聞こえた。「ショーン！」

　僕はとまって、ふり返った。クロエが抱きついて、僕の胸に頭をつける。「いかないで」

　ほっとした気持ちの大きさに、自分でも恐ろしくなった。「きみがほかの男と会うのは、僕には耐えられない。もしそのつもりでいるなら、今、言うんだ。ともかく、小賢しい芝居はやめてくれ」

「わかったわ」彼女はくぐもった声で言った。「ごめんなさい。もう芝居はしない。約束する」

　押しつけられた彼女の身体はあたたかくて、僕にしっくりなじんだ。通りにつらなるわびしい黄色い灯りの列を、彼女の頭の先にながめた。冷たい空気が見えない川から独特のにおいを運んでくる。よく知っているクロエの背中の輪郭をなでながら、僕は彼女が嘘を言っていることを確信し、寒さと隔たりを感じていた。

10

「セメントが必要なんだ」

マティルドが顔をあげる。朝食のトレイを返しにいったが、キッチンが空だったので、きっとここだろうと思って、僕は菜園に来た。収穫した豆を入れたプラスチック容器を横においているが、マティルドは今は小さな花壇の前でしゃがんでいた。そっちへ顔をもどし、植木のあいだのあちこちから生えている雑草を一本、引き抜いた。

「それ以外の仕事で、できることはないの？」

「あまりないね。手のとどくところはモルタルを削りだしたし、ほかの場所に移る前に、できれば目地を埋めておきたいんだ」

この一週間は、仕事が調子よくはかどった。ただ、ゆるんだ石をかなり大量に抜きださなければならなかったので、家の上の階は今にもくずれそうに見える。見えるだけだと信じたいし、実際、仕事を丁寧にやるつもりなら、そうする以外に方法はない。だとしても、あまり長く壁を今のままにしておくのは心許ない。

こうなることは何日か前からわかっていたが、マティルドに告げるのを先延ばしにしていた。道路沿いのバーでの一件のあとでは、ふたたび農場を出るのは僕には楽しみなことではなかったし、それはマティルドにとっても同じにちがいない。

どんな思いでいるにしても、彼女はそれを胸に留めた。雑草をもう一本引き抜く。「いつ、出発したい？」

予想外に話がすんなり進んだ。僕は肩をすくめた。

「必要なものを書きださないといけない。長くはかからないけど」

彼女は花壇から目をあげなかった。「準備ができたら、家に来て」

僕はどうやら、マティルドが出かけない口実を見つけることを内心期待していたらしい。でも、もう何も言えない。雑草むしりをする彼女のそばを離れ、豚に食われた松葉杖の代わりにもらった古い杖を頼りに、家をまわって中庭にもどった。濃い色の木の部分には、ルルの前にいた飼い犬の歯形がついているが、太くて丈夫な杖で、柄には変色した銀の輪がついている。

僕はなかなかの伊達男に見えた。

不安を胸にしまい、調達すべきものを一目で確認できるように、物置の扉をあけて押さえた。まずはセメントがいるが、砂は十分に足りそうだ。だが、バケツと金ごては錆びているので、新しいものがほしい。それから鋤だ――モルタルの山に刺さったまま固まった一本をたたいて、そう思った。鋤は巨大な音叉のように響いて振動した。どこかにおいたはずの、つなぎのポケットにあった汚いメモ帳とちびた鉛筆をようやく見つけると、買うものを書き留めるため、新しいページが出てくるまで紙をめくっていった。メモ帳にはむかしの作業に使った寸法が山ほど走り書きしてあったが、あるページが僕の目をとらえた。裸の女性のデッサンで、この描き手には才能はないかもしれないけれど、ひとつ、印象的な特徴をとらえていた。

髪が耳のうしろにかけてある。

まず思ったのは、これはマティルドを描いたもので、ミシェルの父親がだれかをより明らかに示している、ということだ。それからもう一度見てみて、自信がなくなった。片方の頬には笑くぼに見えなくもない点がついているし、グレートヒェンが無意識に姉を真似て髪を耳にかけるのを、すでに何度か見かけた。もっとも、こんなまずい絵から描かれた人物を特定するのは、無理というものだ。それにモデルがいたともかぎらない。ただの気ままな落書きだという可能性だって十分にある。

外から物音が聞こえてきて、僕は疚しさをおぼえて、慌ててメモ帳を閉じた。だが、相手はただのジョルジュだった。老人は両手にさげたバケツをガチャガチャと鳴らしながら、中庭の奥を横切っている。僕は自分の情けない反応を笑った。いい教訓だ。新しいページをめくって、必要なもののメモを取りはじめた。

すべて書き終えると、ふたたび母屋を訪ねた。扉はあいていて、マティルドは忙しそうに皮をはいだウサギをさばいていた。収穫した豆を入れたボウルの横で、ナイフを入れたりねじったりしながら、手際よく関節のところで足を切り分けている。

「こっちはいつでも出発できるよ」僕は言った。

あけた扉が目隠しになって見えないが、部屋の反対側から鼻を鳴らす音がした。「やっとか。えらく時間がかかったな」

アルノーがいたとは知らなかった。姿が見えるように扉を奥まで押しあける。アルノーは大き[illegible]のカップを持って、傷だらけのテーブルにすわっ[illegible]た。膝の上にはミシェルがいて、パンの皮をかじっている。

「広い家だから」僕はついむっとして言い返した。

「そこまで広かないだろう。足場の上でも、一日じゅう何をしているのかわかったもんじゃない」

「きまってるでしょう。日光浴をしたり、読書したり。あとは、テレビを見るとか」

「そうだとしても驚かんな。たいして仕事をしてないのは、まちがいない」

熱を帯びたやり取りではなかった。僕らの言い合いは、ほとんど日課のようになっている。だからといって、たがいに好意を持っているわけではなかった。

アルノーがコーヒーにひたしたパンの皮をミシェルに与える。「そんなものあげちゃだめよ」マティルドが言った。

ぐちゃぐちゃの皮を口に押し込む孫を見て、アルノーは満足そうに笑った。「こいつはこれが好きなんだ。自分にいいものは自分でわかってる」

「まだ早いわ」

アルノーはすでにつぎの皮をコーヒーにひたしていた。「たかがコーヒーだろう」

「わたしがやめてと言っているのだから――」

アルノーの手のひらがテーブルをたたいた。

「耳が聞こえないのか?」

ミシェルは怒鳴り声に驚いて、顔をくしゃくしゃにしはじめた。アルノーは長々とマティルドをにらみつけた。

「ほら、みろ。泣かせたじゃないか!」膝を上下に動かして赤ん坊をあやす。孫の顔をのぞき込んだ途端に、声と顔つきが優しくなった。「しぃ、男の子だろう。ほら、まだたくさんあるぞ」

ミシェルは差しだされた濡れたかたまりを手でつかみ、口のまわりにすりつけた。マティルドは黙ってウサギの解体を最後まで終えた。彼女の抗議を示すものは、こわばった背中と、首筋の赤い火照りだけだった。

キッチンの奥の扉がひらいて、グレートヒェンがはいってきた。僕を見て笑いかけたが、アルノーの機嫌を損なうには、それで十分だった。

「何を嬉しそうに笑ってる?」部屋を歩いてくるグレートヒェンに、アルノーがからんだ。

「別になんでもない」

「なんでもないようには見えないぞ」

「笑いたいときに笑ったっていいでしょう」

「笑う対象による」

アルノーの眼光鋭い疑いの目が、下の娘から僕に移る。さっきのつくった不機嫌な態度と、今見せている敵意は、まったく別次元のものだった。たちまち室内の緊張が高まっていく。ミシェルでさえ静かになって、祖父を見あげている。

するとマティルドがやってきて、僕らの真ん中に立った。あまりに何気ない態度だったので、偶然かもしれなかった。

「鍵を取ってくるから、バンで待ってて」彼女は言った。

拒む理由はない。僕は外へ出てドアを閉めたが、数歩もいかないうちに、扉の向こうから食器の割れる音が響いてきて、それにつづいて火がついたようにミシェルが泣きだした。僕はそのまま中庭をつっきって、車に向かった。

アルノー家のよくある一日だ。

マティルドが家から出てきたが、何を思っているのかは顔を見てもわからなかった。近づいてきて、鍵の束を僕に差しだした。

「大きなのはゲートの南京錠の鍵よ。出たら必ず閉めておいて」

「いっしょにいくんじゃないのか」

「ええ」いつもながらの無表情だが、緊張しているように見えた。「運転できる?」

「できるけど……」予想外の展開だ。外出を楽しみにしていたわけではないものの、少なくともマティルドがいっしょだと思っていた。「どこにいってもいいか、わからない」

「建築資材屋はガソリンスタンドから遠くない場所にあるわ。町の広場に出るまで、真っすぐ道路をいって。そこを過ぎたら、すぐ右側に見えてくるから」

彼女はずっと鍵を差しだしたまま持っている。僕はなおも反対する理由をさがしながら、しぶしぶ鍵を受け取った。「足は大丈夫かな」

「ペダルどうしは十分離れているから。たぶん、問題はないと思うわ」財布のような小さなバッグをひらいて、紙幣を数枚取りだした。「セメントとほかの必要なものを買うには、これで足りるでしょう。できれば働いたぶんを前払いしてあげたいのだけど、父が……

キーをまわした。

三度目でエンジンがかかった。がたがたと揺れて、うなりがあがり、僕は回転がとまらないようにアクセルを吹かしつづけた。音が安定すると、窓をおろして、ゆっくりと中庭から出た。ギアは固かった。二速に入れ、でこぼこの地面を進む。ゲートまで来ると、それをあけ、車を前に出し、ふたたび車を降りて南京錠をかけるという、無駄な手順をくり返した。僕はバンにもどって、エンジンをかけたままシートにもたれ、道路をながめた。さっさと出発しろ、そう自分に命じた。

走っている車はあったが、多くはなかった。古いルノーは、なかなか二速から脱しようとしない。ギアのレバーはダッシュボードから突きでた扱いにくいやつで、無理やりに三速、そして四速に入れると、エンジンがうなりをあげた。五速はなかったが、いったんスピードになじんでくると、古いバンは快調に道をすべりだした。アスファルトの灰色の線の先へ、車を真っ

…」

「それはかまわない」

僕はこの新たな展開にひどく戸惑っていた。マティルドも居心地が悪そうに見える。彼女はふり返って、耳に髪をかけた。一瞬、あの絵が思いだされたが、今の僕にはマティルドの私生活より心配すべきことがある。

まだ朝早かったが、バンのなかはすでにむっとして、暑かった。杖を助手席においてから、運転席に身体をすべり込ませ、包帯を巻いた足をペダルにのせてみる。手作りの靴を引っかけさえしなければ、大丈夫そうだ。シートベルトを締めると同時に忌まわしい記憶がよみがえりそうになったので、ギアやほかの装置を確認して気をまぎらわせた。もう一度、各ペダルを試し、そのつぎに、無駄に時間をかけてシートの位置を調整し、そこでようやく、ただ先延ばしにしているだけだという事実を自分に認めた。

すぐに走らせる。陽炎に向かって突き進むと、それが同じ速度でうしろへ遠のいていく。何がそんなに不安だったのか、早くもわからなくなってきた。だんだん楽しくなって、シートにもたれて肩の力を抜いた。

サングラスを通すと、両側に広がる乾いた田園風景はいくらか青みがかり、空はあり得ないような濃いサファイア色に見える。僕は片腕を窓にかけて、揺れる小麦のあいだを走り抜けながら風を楽しんだが、気づくとスピードが出すぎていた。しぶしぶ、速度を落とした――スピード違反でとめられるようなどじは、絶対に踏みたくない。

前にマティルドと訪れたガソリンスタンドが近づいてくると、わずかに緊張がもどった。けれど、外にはだれの姿もなく、店は一瞬にしてうしろに消えた。アルノーと土地の人間との明らかな不和を思うと、彼女が僕といっしょに町へ出るのを嫌がったのも理解できる。もっとも、車から見るかぎり、町と呼ぶほどの場所ではなかった。どちらかというと村だ。狭い舗道に直接面した家や店が何軒か見えてきたと思ったら、車はあっという間に町の中心の広場に着いていた。大きくはないけれど気持ちよさそうな広場で、ふんだんに植えられた木々が木陰をつくり、ブール場の前には噴水もあった。コートには早くもふたりの老人がいて、小さな目標に鉄球を投げて遊んでいる。

建築資材屋は横道をはいっていった先にあったが、前面がオープンになった店構えが、道路からも見えた。トタンでできた格納庫のような建物の外の、山積みになった砂やレンガや材木のそばに駐車して、店内にはいった。セメントと石膏の袋が、壁に沿って頭の高さまで積んであった。僕は必要なものを購入し、よたよたと歩いてバンのうしろに重たいセメント袋を運び込んだ。杖が使えないのでとてもやりにくく、しかも店の人たちは進んで手を貸す気はないらしい。でも、別にかまわない。僕のさっきまでの不安はすでに消えていた。そして、何よりほっとしたせいで、代わりに自信と満足感がわいてきた。広場のほうへ引き返すころには、このまま農場に帰るのが残念にさえ思えた。少し先にパーキングスペースが見えたとき、何ももどることはないと思った。

衝動的にそこに車を入れて、駐車した。

資材を買いそろえているあいだに、町は目を覚ましていた。僕は広場をかこむうちの、ある一軒のカフェの外にすわり、自由な気分を満喫した。杖をふちに引っかけると、舗装が平らでないせいで、鉄のテーブルが少々ぐらついた。少しすると、メモを手にしたウェイターが出てきた。

「コーヒーとクロワッサンを」

僕は椅子にもたれ、満足して待っていた。通りは早朝の水撒《みずま》きのあとでまだ濡れている。アルミの椅子の脚にも、水滴がついている。一時間後には消えてなくなる朝の清々しさが、今はまだあたりに残っていた。

その時間に間に合ったことを嬉しく思いながら、僕はここから細い道で隔てられた広場をながめた。一番目立っているのが噴水で、立派な装飾は今は過去となった戦前の豊かな時代を想像させた。ブール場から聞こえる球どうしのぶつかる音は、ときおり通るモペットの軽いエンジン音や、もっと低い自動車のうなりのなかでもよく響いた。愛好家の老人二人組には三人目が加わったが、同じような年配者で、今はまだ見物している。彼らは笑い、たばこを吸い、悪いショットに嘆き、いいショットが出ると肩をたたきあった。見ている僕にひとりが気づいて、手をあげて軽く挨拶してきた。僕は受け入れられたことに異常なほどの喜びを感じ、会釈してうなずき返した。

卵ばかりの朝食が何週もつづいたあとだけに、クロワッサンは素晴らしく美味しかった。コーヒーは濃厚で、色も濃く、表面に茶色い泡がうかんでいる。僕は両方を時間をかけて楽しみ、やがて皿は、落ちたぱりぱりの皮を残して空になった。大きく息を吐いて椅子にもたれ、コーヒーのお代わりを注文し、たばこに火をつけた。

たばこを吸っていると、ふたりの若者がそばを通り過ぎた。十代後半か二十代前半くらいで、ふたりともジーンズにスニーカーという格好をしている。僕はとくに気に留めなかったが、どうもひとりがこっちを見ているような気がした。目をあげると、相手は顔をそらしたが、去りぎわにふたりしてあらためて僕をふり返ったのを見て、小さな不安が胸に燃え広がった。

気にするようなことじゃない、と自分に言い聞かせた。僕はこの小さな町ではよそ者だし、外国人だということが赤毛で一目でわかる。それでも気分は台無しになり、通り過ぎる黄色いフォルクスワーゲンのビートルを見ながら、このカフェにも長居は無用だと思った。皿に勘定をおいて席を立ち、たばこを買いだめするために、広場の反対のタバにいった。となりのパン屋があいていて、タバから出てきたとき、焼きたての甘い香りに僕はつい誘惑された。高いガラスのカウンターの向こうには豊満な女性がいて、片目が軽い斜視だった。けれども、その店員は老婦人の相手を終えると、パンの香りにも負けないあたたかな笑顔で僕に向き合った。

「クロワッサンを六つ、お願いします」

彼女はうしろのトレイから三日月形のペストリーを取って、紙袋に入れた。僕は自分の金で代金を支払った。マティルドもグレートヒェンも、いつもの卵の朝食から気分が変わって喜ぶだろう。アルノーは自分で買えばいい。

「話し方からして外国の人ね」女性が釣りをわたすついでに話しかけてきた。

僕は少々居心地が悪くなったが、相手にはまったく悪気はないのだ。「イギリス人です」

「このあたりにいるの?」

「旅をしています」それ以上何かを聞かれる前に店を出た。

そろそろ帰らなくては。僕は広場を横切って、車をとめたほうにもどりはじめた。今では老人の三人ともがブール競技に興じ、銀色の球を逆手に持って下から放っている。球は砂の地面に落下し、ほとんど転がりもしない。最後に加わったひとりが、小さな木製の的に迫っていたほかの球に球を命中させて、笑いと非難があがった。僕はそっちをながめていたので、大声で呼ばれるまで、足音が追いかけてきていることに気づかなかった。

「おい、待てよ！」

ふり返った。三人の男が広場を突っ切って近づいてくる。ふたりはさっきテーブルのそばを通っていった若者だ。三番目の男も見憶えがある。思いだして胃が差し込んだ。

道路沿いのバーにいたおしゃべり男だ。

車に目をやりたいが、こらえた。どうせ、間に合うはずはない。杖をにぎり、噴水の前で足をとめる。冷たいしぶきが首に跳ねかかるのを感じながら、僕はやってきた三人に向き合った。おしゃべり男がふたりよりわずかに前に出る。

「調子はどうだ？　まだアルノーのとこにいるのか？」

笑みをうかべているが、つくったような笑いだった。僕はうなずくにとどめた。やっと名前を思いだした──ディディエだ。二十歳そこそこで、筋肉が発達し、油の染みのついたジーンズとTシャツという格好をしている。ワークブーツを引きずっているが、あれは先端に鋼鉄がはいったタイプかもしれない。

「で、なんの用で町に来たんだ？」

「必要なものを買いに」

「お使いかよ」相手は僕を品定めしている──力量は未知数だが、片足を怪我している。それに、自分たちのほうが数で勝る、そんなことを思っているのだろう。ディディエはパン屋の袋を指差した。「何を買った？」

「クロワッサンだ」

にやりと笑う。「アルノーの娘は安上がりだよな。グレートヒェンは、おれには無料でもやらせてくれるけどよ」

あとのふたりから笑いがあがった。僕は向きを変えようとしたが、ディディエが前に立った。

「どうした、ジョークがわからないか？」

「仕事が待ってる」

「アルノーの手伝いか」ディディエは笑顔を装うことをやめた。「どんな仕事だ？　豚の糞掃除か？　それとも娘たちとやるのに、忙しいのか？」

ひとりが豚の鳴き真似をはじめた。僕は三人の向こうを見たが、広場は閑散としている。ブールの老人たち以外、だれの姿もない。急に光がまぶしく感じられた。噴水のやわらかなしぶきは水晶のように澄み、陽を浴びて水滴がきらきらと光っている。

「どうした？　豚に舌をもってかれたか」ディディエは醜い表情をうかべた。「町で買いたいものがあるなら、イギリス人のお使い坊やをよこすんじゃなくて、自分で来いとアルノーに言っとけ。おまえは臆病者だとよ。人里離れた有刺鉄線のなかにいれば、安全だと思ってるのか」

「僕は――」

「てめえの話なんか聞いてない！」

ディディエは僕の手からクロワッサンの袋を水のなかにたたき落とした。僕は杖をきつくにぎりなおした。あとのふたりも両側に立って、僕を噴水に追いつめようとする。ブールの老人たちがようやく事態に気づいた。「おい、おい！」とか「やめなさい！」といった声が彼らからあがったが、いずれも無視された。

「あんたのことは知っとるぞ、ディディエ・マルシャ黒くねっとりとした血を見ていた。僕はそこで躊躇したが、ディディエはちがった。

やつは僕の顔を殴った。

光が散った。僕は横によろめきながら、やみくもに杖をふりまわした。だが手からたたき落とされた。杖がカラカラと音をたてて地面に転がると同時に、何かが腹にめり込んで息がどっと外にもれた。僕は無駄ながら必死に頭を両手で守り、身体を丸めた。

「何をしてる？」

低い貫禄（かんろく）のある声がする。あえぎながら目をあげると、その何者かが連中を乱暴に押しのけた。身体を丸めているので、胸当てつきのオーバーオールだけしか見えない。もう少し頭をあげ、それが道路沿いのバーにいたたくましい人物だとわかった。マティルドがジャン＝クロードと呼んでいた、あの男だ。うしろにはブール愛好者のうちの、電話で話していた老人がいた。新たに登場した男に若者三人の相手を任せて、自分は

ン。どこのどいつか、わかってるんだ！」ひとりが叫び、もうひとりが電話に向かってしゃべった。

「こっから消えて、くたばりやがれ！」ディディエはふり返らずに言い返した。

ディディエが自分に気合いを入れて、身構える。いきなり殴るふりをしてパンチをくりだし、ぎりぎりのところでこぶしを引っ込めた。噴水のふちまであとずさった僕を見て、笑いがあがった。僕はとっさに杖をあげたが、腕が重くて言うことを聞かない。

「どうした」ディディエが言った。「そいつで殴ろうってのか？　なら、やれよ！」

相手は僕が本気でやるとは思っておらず、この一瞬がチャンスだった。杖の先は重く、太くて、それで頭を殴ったときの衝撃が想像できた。ジョルジュが豚の頭にハンマーをたたきつけたときの骨の割れる音と、豚がドサッと倒れる音が耳に聞こえる。一瞬、僕はまたしても暗い通りに引きもどされ、街灯に照らされた

距離をおいたところに立っている。

「何をしてるのかと聞いているんだ」

ディディエはむっつりとこたえた。「何も」

「何もしてなくて、これか？　それに、自分のとこの修理工が、町の広場で何もしないでいることを、フィリップは知ってるのか？」

「引っ込んでろよ、ジャン＝クロード」

「どうして？　おまえら馬鹿な連中は、町のど真ん中で懲りずに人を殴るつもりか？」

「あんたには関係ないだろう」

「関係ない？　おれに関係ないなら、だれに関係があるってんだ。おまえか？」

「こいつはアルノーの仕事をしてるんだ。ここに来ていい権利はない」

「おまえにはあるのか、おい？」無精ひげののびた男の形相が一段と恐ろしくなった。「いいだろう、だれかを殴りたいなら、おれからやれよ」

「ジャン＝クロード――」

「何を待ってる？」彼は両手を広げた。自分より若い男を三人まとめてへし折れそうに見える。「さあ、来いよ、大将。こっちは待ってるんだ」

ディディエは自分の足もとに目を落とした。

「やらないのか？　やる気が失せたか」男はうんざりしたように頭をふった。「もう帰れ。三人ともここから消えろ」

連中は動かない。

「帰れと言ったのが聞こえないのか！」

彼らはしぶしぶ退散をはじめた。ディディエは一瞬だけ足をとめて、僕を指でさした。

「これで終わったと思うなよ」

男は去っていく三人をじっと目で追った。「大丈夫か？」

僕はうなずいたが、ふるえを隠すのに噴水に寄りかからなくてはならなかった。殴られた頬がひりつき、腹も痛むが、怪我はたいしたことはない。

　僕は競技にもどる老人に手をあげて挨拶したあと、杖をひろって身体を起こし、窮地を救ってくれた男に向き合った。三人が退散したのも無理はない。背丈は僕と変わらないが、岩のように頑丈そうで、手の皮は硬く分厚くなって、血も出ないように見える。

「ありがとう」僕は言った。

「いや、たいしたことじゃない。むしろ、おれのほうが謝らないといけない」彼は不快そうに首をふった。「ディディエはおれのいとこだ。あいつが馬鹿をやると、家族に跳ね返ってくる」

「とにかく助かった」僕は水のしたたるクロワッサンの袋を噴水から引きあげた。ごみ箱に捨てるときも、濡れたパンからちょろちょろ水が流れていた。「今の男とアルノーとのあいだには、何があるんだ？」

　大男の視線が僕のつなぎに流れる。必死に見ないようにしている印象があった。「家の作業をしてるのか？」

「それで、必要な材料を調達しにきたんだ」

　相手が答えをはぐらかしたことに、僕は気づいていた。やはりミシェルの父なのだと一瞬確信したが、もしかしたら、この男の仕事を僕が奪ってしまったとも考えられる。けれども、つぎの発言を聞いて、その可能性は消えた。

「あの資材屋はおれの店だ。あんたが来てたとは気づかなかった」またしても、僕のつなぎに目が流れる。「どうやってアルノーのところに行き着いたんだ？」

「ヒッチハイクをしていて、一家の森にはいって怪我をした。それでマティルドが手当てしてくれたんだ」

「釘を踏んだと聞いた気がしたが」

　今度はこっちがはぐらかす番だった。この相手には嘘をつきたくはないけれど、面倒を大きくしたくもない。

「どうしてアルノーの話になると、みんな過剰に反応するんだ。アルノーは何をした？」僕は代わりに質問した。

ジャン＝クロードの表情がよそよそしくなった。

「あんたには関係のないことだ」

「ディディエはそうは考えてないらしい」

「ディディエはガキだ。だが、忠告させてもらえるなら、町には来るな。もっと言うなら、あそこ以外で仕事を見つけたほうがいい」

「理由は？　そこまで言っておきながら黙ってるのはないだろう」去ろうとするジャン＝クロードに、僕は言った。

一秒か二秒のあいだ、心が揺れているのがわかった。あごをこすりながら、頭のなかで何かを考えている。少しして、僕にというよりは自分に対して首をふった。

「マティルドに伝えておいてくれ。ジャン＝クロードが甥っ子は元気かと聞いてたと」

僕を噴水の前に残し、彼は広場から歩き去った。

11

太陽の熱にあぶられて、乾きかけのモルタルは焼きたてのパンを思わせるにおいを放った。僕は金属の桶で砂とセメントを混ぜ、バケツ一杯分を足場の一番上まで運んだ。物置で見つけた三十センチ角ほどの木の板にそれを少量取り、これまでに掻きだした石のあいだの目地をこてで埋めていった。

壁の目地塗りは時間のかかる作業だが、妙に心が安らいだ。こての平らな面で湿ったモルタルをならすときの、シュッというやわらかな音は、どこか心地よかった。少しずつ、壁がきれいにつくりなおされていく。石をはずした場所までくると、それをもどす作業もした。重たいブロックをもとの位置にはめて周囲をモルタルで埋めていくと、やがてまわりとほとんど区別がつかなくなった。町に買いだしにいってから数日が経ったころには、家の上の階は、くずれかけの廃墟というよりも、丈夫でまともな建物らしく見えてきた。毎晩、仕事を終えてはかどり具合を確認するたびに、僕は小さな興奮をおぼえた。建設的な何かをするのは、相当久しぶりだった。

　何かをして誇らしく思えるのは、それ以上に久しぶりだった。

　モルタルが底をついたので、補充するためにバケツを持って物置におりた。頭の上では、目が眩むような午後の太陽が照り、ぎらつく熱で青い空が白く見える。こんな気候だと、季節が冬に変わって、この同じ風景が茶色く枯れて、白い霜に閉ざされるとは想像もできない。けれども、いつか冬はおとずれるのだ。

　亜鉛めっきの桶に残ったわずかなモルタルは、すでに固くなっていた。僕はそれをこそげ取って、物置の外の山の上にあけたあと、もう一桶分をまぜる前にいったん休憩することにした。日陰に腰をおろし、たばこに火をつける。下から見あげると、まだどれだけ仕事が残っているかがよくわかる。僕はそれを見て、なぜだかほっとした。そのことについて考えながら、もう一度たばこを吸い込んだ。

「おまえが休憩するのに、金を払ってるんじゃないぞ」

　アルノーが家の角をまわって姿をあらわした。僕はのんびりとたばこを吸った。

「まだ金は一度も払ってもらってない」

「三度の飯と部屋を与えられてるだろう。支払いはそのぶん働いたあとだ」アルノーが目を細めて家を見あげた。ついさっき確認したときより、仕上がった範囲がさらに狭く見えた。「まだたいして終わってないじゃないか」

「丁寧にやりたいと思って」

「たかが壁だ。ミロのヴィーナスじゃない」

だったら町のだれかにやらせればどうだ、と舌の先まで出かかったが、僕はこらえた。町でのディディエらとの事件が話題に出たことはないが、たぶんマティルドかグレートヒェンから聞いて、今ごろは知っているにちがいない。ディディエに殴られた顔の痣を見たマティルドは、僕に事情を聞いた。案の定、彼女はそれに対してなんの感想も言わなかったが、ジャン＝クロードの言葉を伝えると動揺を見せた。それに、案の定、グレートヒェンは僕が喧嘩をしたと言うと喜んだ。とくに相手の名を聞くと、嬉々として言った。

「ディディエはなんて？　わたしのこと、何か言ってた？」

「とくには」あの男が自慢げに吹聴していた中身を知ったら、あまり喜びはしないだろう。「むかし付き合っていたとか？」

「やめてよ。ときどき会うってだけ」グレートヒェンは小ずるそうに肩をすくめた。「でも、しばらく会ってないわ。きっと、やきもちを焼いてるのね。だからあなたに喧嘩をふっかけたのよ」

それはどうかと思うが、はじめて農場に来たときにゲートがあいていた理由が、わかってきた気がした。つねにアルノーの監視の目があるグレートヒェンにとっては、地元少年のだれかと会うのも、簡単なことではないにちがいない。

「それより、きみのお父さんとの何かが原因だという感じがした。みんなを怒らせるような何かをしたんじゃないか？」

「パパは何もしてない。したのは向こうよ」そう言うと、グレートヒェンはいつものように不機嫌になった。

それ以来、町での一件が話題になることは一度もなかった。僕の顔の痣さえなければ、そんなことは最初から起こらなかったと錯覚しそうなほどだ。もっとも、僕にもだんだんわかってきたが、この農場はさまざまな出来事を覆い隠すのが得意だった。湖に放った石のように、どんなものも深く呑み込んでしまう。

あとには小波がいくらか立ち、そして消える。

アルノーはもうしばらく壁を見てから、僕にあごをしゃくった。「こっちはあとでいい。来るんだ」

「どこへ?」

彼はすでに歩きだしていた。僕はここにとどまってやろうかと思ったが、すぐに折れ、あとからついていった。アルノーは中庭をわたっていって厩舎にはいり、アーチ天井の下においてあるトラクターの背後にまわった。僕がトラクターの横を苦労してすり抜けていくと、すでに奥の壁から何かを下におろしていた。

「こいつはまだ動くんですか?」僕はトラクターの車体で擦りむいた肘を手でさすった。

厩舎の奥から声がする。「だれかがタンクに砂糖を入れてからは、動かない」

「だれがそんなことを?」


「そいつは名刺をおいていかなかった」

ふとディディエのことが頭にうかび、罠を仕掛けているのはそれが理由かもしれないと思った。「外に出せないんですか」

アルノーが奥から出てきた。何かを持っているが、暗すぎてよく見えない。「おまえはエンジンのことがわかってるのか?」

「あんまり」

「だったら、馬鹿な質問はするな」

そばまで来て、持っているのはチェーンソーだとわかった。油で汚れた大きな機械で、細長い金属板にぎざぎざの刃がはめてある。僕は道をあけたが、アルノーはこっちではなく、ガソリンの容器のところに歩いていった。チェーンソーについたキャップをはずして給油をはじめる。

「それで何をするんです?」ガソリンのにおいが漂ってくる。

「薪をストックしておかなきゃならん」

「夏のあいだに？」

「生木は乾燥に長い時間がかかる」

僕は厩舎のアーチ屋根の向こうに母屋を見た。「家の壁は？」

「壁はあとになってもなくならない」別の容器からさらにガソリンを足し、ふたたびキャップを閉め、片手でチェーンソーを持ちあげた。「手押し車を持ってこい」

手押し車は作業台のとなりにあった。僕がそれを運んで、苦労してトラクターの横を通って床におろすと、その上にアルノーが無遠慮にチェーンソーをのせた。つぎに言われることについて嫌な予感がしたが、それは裏切られなかった。

「おまえがこれを運べ」

それだけ言うと、アルノーは先に立って厩舎から出ていった。僕は手押し車に杖をのせ、取っ手をつかんだ。持ちあげると、重いチェーンソーのせいでバランスが取りづらく、危うくひっくり返しそうになった。慌てて手押し車をいったん床におろし、チェーンソーを真ん中にずらした。それから片足を引きずるようにぎこちなく歩きながら、車を押してアルノーのあとを追いかけた。

前を歩くアルノーは、中庭をつっきって、森に向かってぶどう畑を進んでいった。彫像の近くの木のまばらな場所でアルノーがとまり、そこで僕はようやく追いついた。太い木の幹のあいだに、折れた歯のように小さな切り株がのぞいている。僕が手押し車を地面におろすと、アルノーは腰を揉みながら、一本の木に近づいていった。

「こいつだ」木をぴしゃりとたたいて言う。「これがいい」

太い栗の木のあいだに隙間を見つけて生えた、白樺の若木だった。アルノーはポケットからパイプを出して葉を詰めはじめ、僕はぽかんとした顔でそっちを見た「僕は何を？」

「きまってるだろう、木を切るんだ」

「僕が？」

「連れてきたのは見物させるためじゃない。どうした？　まさか、チェーンソーを使ったことがないなんて言いださないだろうな」

「いや。その、つまり、ない」

「なら今から学ぶんだ。とにかく、そいつで木でも骨でも簡単に切れることを忘れるな。うっかりすると、幹（みき）じゃなく、自分をすぱっとやることになる」アルノーはにやにやと笑った。「おれたちゃ、もう事故はたくさんだろう」

僕は最初に思いついた口実を口にした。「彫像から近すぎる気がする」

「今まであたったことはないし、おまえがちゃんとやれば、あたりようがない」幹の地面から五十センチほどの場所を足で蹴る。「このあたりに切れ込みを入れて、反対側から鋸（のこ）で切断する。それだけだ。おまえでもなんとかなるだろう」

それだけ言うと、アルノーは歩いていって切り株にどっかりとすわった。ふたりのあいだの手押し車の上で、チェーンソーが待っている、その横に杖があるが、足を言い訳にするなら、ここまで手押し車でやってくる前にそうすべきだった。アルノーが待ちくたびれたように手をふった。

「さあ、どうした？　そいつは嚙まないから安心しろ」

その代物には一歩も近づきたくはないけれど、拒否することはプライドが許さなかった。かがんでチェーンソーを持ちあげた。見た目どおりの重量があり、古くて不格好で、オイルで汚れている。うなりをあげて勝手に動きだしそうな気がして、僕はおそるおそるそれをかかえた。ガードや安全装置のようなものは見あたらず、スタータらしきコードがぶらさがっている。僕はアルノーに見られていることを意識しながら、足を踏んばり、ひもを引っぱった。何も起こらない。

「試しに電源を入れてみろ。それに、まずは下においたほうがいいかもしれないぞ」アルノーは言った。あの男は楽しんでいる。

機械の横にトグルスイッチがあった。それをあげ、もう一度コードをつかんだ。今回は、引っぱるとエンジンはプスプスと音をあげ、やがて黙り込んだ。

「この道具は、ちゃんと使えるんでしょうね」僕は言った。

「ああ使える」

コードをしっかりにぎり、思いきり強く引っぱった。チェーンソーは息を吹き込まれてがたがたと揺れ、安定したうなりをあげはじめた。

何も聞こえなくなるほどのすごい音だった。振動するチェーンソーを両手で持ち、木に近づいた。細い木で、白い幹に垂れかかるやわらかな葉は、透きとおった緑のコインのように見える。アルノーが示した場所にチェーンソーをおろしたが、切り込む勇気が出なかった。

「さあ、やれ!」アルノーが騒音に負けじと叫んだ。

僕は悪いほうの足にあまり体重がかからないように体勢を整え、深呼吸をして、木に刃をあてた。

チェーンソーのうなりは甲高い悲鳴に変わった。白い生木や樹皮の欠片があたりに飛び散って、僕は身を引いた。音が低いうなりにもどる。アルノーがにやにやしているところを想像し、僕はもう一度木に刃をあてた。

チェーンソーが振動して、刃が木にはいっていく。僕は必死に揺れに耐え、顔に飛んでくる木っ端や木くずを、目を細くして防いだ。アルノーの指示どおり、V字に刃を入れて楔(くさび)形の木片を切りだし、つぎに幹の反対側から切りはじめる。自分が正しい手順を踏んでいることを願ったが、アルノーに聞いて確認するつもりはなかった。あと少しで完全に切れるというところで、木が軋んで傾きはじめた。

僕は慌ててうしろに逃げた。木が割れる音があがり、白樺が倒れて地面にぶつかり、一度撥ねて、枝をバチバチいわせてから静かになった。アルノーの予測のとおり、彫像まではたっぷり距離がある。僕は不本意ながら感心した。

アルノーはチェーンソーを身ぶりで指した。アイドリングにすると、エンジンの轟音が静まった。

「ほら、どうだ」そう言ってにやりと笑った。「まずまずだったじゃないか」

幹から枝をはらったあとは、木の幹を扱いやすい長さに切り分ける作業にはいった。あたりはじきに製材所のようになり、白い木の破片が紙吹雪のように舞い散った。僕が幹と格闘するあいだ、アルノーははらわれた枝を集め、小さすぎるもの以外はすべて焚きつけに使えるように、だいたいの大きさにそろえてまとめていった。

汗の出る仕事だった。ほどなく僕はつなぎの上半身を脱いで裸になり、袖どうしを結んで腰に縛りつけた。アルノーでさえシャツの前をあけて、毛のない胸を見せている。顔と首は茶色いが、そこはミルクのように生白かった。身体からはつんとする汗のにおいが漂ってくる。われわれのここでのコミュニケーションは、身ぶりと手ぶりだけになった。ふたりでせっせと木をばらばらにするあいだ、チェーンソーの甲高いうなりが森を満たした。

ようやく作業は終わった。機械のスイッチを切ったとき、突然の静寂は、森には重すぎて耐えられないのではないかと思われた。静けさのなかで、あらゆる音が増幅される。

「一休みしよう」アルノーが言った。

僕は彫像の台座にもたれた。肌は油や木くずにまみれている。アルノーは顔をつらそうにゆがめ、さっきと同じ切り株に腰をおろした。

「腰はどうしたんですか」僕は聞いた。

「階段から落ちた」アルノーは楽しくなさそうに笑った。「だれかといっしょだ」

僕は痛ければ痛いほどいい気味だと思いながら、たばこに手をのばした。ライターをさがしていると、アルノーもパイプを出して、親指でたばこの葉を押し込んで準備をはじめた。僕はつなぎを腰まで丸めておろしていたので、ポケットに手を入れるのが面倒だった。

「火、ありますか?」

アルノーがマッチの箱を投げてよこした。僕は驚きつつ、それをキャッチした。「どうも」

たばこに火をつけ、徐々に筋肉がほぐれるのを感じながら、ニコチンのがつんとくる感覚を楽しんだ。アルノーが吸い口から吸うスパスパという音や、空気がパイプのなかを通るかすかな音が聞こえる。最初の鳥が、おそるおそる声をあげた。しだいにふだんどおりの森の息吹がもどってくる。僕はそれをすぐには乱したくないと思いながら、たばこを満喫した。吸い終えたたばこをもみ消し、頭をうしろにあずける。

アルノーの笑い声がした。「何か?」

「いい背もたれを見つけたと思って、感心してたとこだ」

ふり返ると、僕が寄りかかっていたのは牧神の彫像だった。異教の神の股間が、ちょうど僕の頭のうしろにある。

僕はふたたびもたれた。「相手が気にしないなら、こっちも気にしない」

アルノーは鼻を鳴らしたが、おかしがっているらしかった。パイプを口からはずし、靴の踵にたたきつけて中身を空にする。土に捨てた灰を足で踏みつけたが、パイプをしまうことはしなかった。

「どのくらい価値があると思う？」アルノーが急に聞いてきた。

一瞬、木の話かと思ったが、彫像のことを言っているのだと気づいた。

「見当もつかない」

「本当か？　賢いおまえはなんでも知ってるのかと思ってたが、ちがうのか」

「さすがに盗品の彫像のことはね」

アルノーは短い刃のついたポケットナイフを出した。パイプの中身を掻きはじめる。「だれが盗品だと言った？」

「盗品じゃなければ、ここに隠しておく必要はないでしょう」グレートヒェンの名前を出すつもりはなかった。「まだ売らないのには、何か理由でも？」

「おまえは自分の心配だけしてろ」アルノーはナイフでパイプの内側を削っていたが、少しして、散漫になって手をおろした。「売るといったって、そう簡単なことじゃない。だれに話を持ちかけるか、慎重な判断が必要だ」

彫像のまわりの草ののび具合から想像するに、相当に慎重でなければならないらしい。長くおかれていたのは見て明らかだ。「買い手のあてもなしに、なぜこんなたくさん集めたんですか」

「かつては、その……仕事仲間がいた。そいつがまとめて引き取るという仲買人を知っていた」

僕はたばこをもみ消した。「それがどうなったんです？」

アルノーの口が苦々しく引き結ばれた。「あいつは期待に背《そむ》いた。信頼を裏切った」

グレートヒェンがミシェルの父親について言ったのと、似たような台詞だ。その男とアルノーの言う〝仕事仲間〟というのは、賭けてもいいが、同一人物にちがいない——今まさに僕が着ている作業着の持ち主だった男。ジャン＝クロードの無名の兄弟は、とにもかくにも問題だけ残して去っていった。一家がその男のことを語りたがらないのも無理はない。

「だったら、もう処分してしまえばいいのに」僕は言った。

アルノーは鼻で笑った。「持ってみたいなら、どうぞ好きに試してくれ」

「自分でここまで運んだんでしょう」

「おれたちには吊り上げ機があった」

「つまり、仕事仲間がそれを持ってた」

アルノーは腹立たしそうにうなずいた。ふたたびパイプのなかをしげしげと見た。「ひょっとして、あんたにいい案がないかと期待したんだが。つてはないか？」

「つてって、どんな？」

「彫像の出所にあまり興味を持たないような人間だ。こういうものに金を出したがる金持ちのイギリス人は、たくさんいるだろう」目をあげて僕を見たとき、そこには計算高そうな表情がうかんでいた。「あんたも何がしかを手にできる」

「あいにく、そういう知り合いはいない」

アルノーは不快げに顔をしかめた。「おまえのような役立たずに聞いたのがまちがいだった」

僕はつい言った。「ワイン造りを勧めたのも、その〝仕事仲間〟なんでしょうね」

アルノーの顔を見れば、答えは聞くまでもない。彼はナイフを閉じてポケットに突っ込み、難儀そうに腰をあげて立った。

「木を家に運ぶ作業にかかっていいぞ」

「僕ひとりで？　どうやって？」僕は切った木材の山を見た。チェーンソーしか積んでいなくても、手押し車でここまで来るのは大変だった。

アルノーが陰険な笑いをうかべる。「おまえみたいに賢いやつは、方法を考えつくだろう」

切った木すべてを家まで運び終えたときには、夕方になりかけていた。僕は何度も向こうとこっちを行き来し、身体じゅうが痛くなるまで必死に道を往復した。行って帰ってくるたびに、これで最後にして、あとはアルノーに自分でやらせればいい、と自分に言い聞かせた。だけれど、アルノーがやり遂げられなかった僕を笑い、満足感にひたるのは我慢がならない。それに、白樺を森に散乱させておくのももったいないと思った。せっかく切ったのに、それではただの破壊行為で終わってしまう。

そういうわけで、僕は結局薪をひとつ残らず運んで、家の裏手の軒の下に積んだ。手押し車を返しにいくまで、杖を森においてきたことに気づかなかった。わざわざ取りにいくまでもないと思った――午後じゅう、杖なしでなんとかやれたし、足の怪我もだいぶよくなっている。けれども、怪我のことを考えると、また痛みがもどってきた。それに僕は、何かにもたれるのに慣れてしまっていた。

つなぎを脱いで、納屋の水道で身体をできるだけ洗った。水は敷石のあいだを流れて、でこぼこのコンクリートのくぼみに溜まり、表面にできた深い割れ目に吸い込まれていった。僕は身体をこすって洗いながら、今度モルタルを持ってきて、ここをなおそうと頭にメモをした。身が縮むほどの水の冷たさを我慢しているのに、苛性ソーダの手作り石鹸で洗っても、油と木の皮の汚れは取れなかった。

肌がひりつき、しわしわになるまでねばったが、嫌になって石鹸を下に放った。蛇口を閉め、もう一度つなぎを着、きれいな服を取りに屋根裏にあがった。それから母屋にいって、キッチンのドアをノックした。

あけたのはマティルドだった。

「できれば風呂を使わせてもらえないかと思って」

断られる覚悟はしてきたし、もしアルノーがそこにいるなら、確実に反対にあう。だが、部屋のなかから異議はあがらなかった。マティルドは僕の油まみれの姿を見ただけで、一歩さがって道をあけた。

「どうぞ」

キッチンには料理のにおいがたち込めていた。火の上にならんだフライパンがぐつぐついっているだけで、マティルド以外だれの姿もなかった。

「みんなはどこに？」

「父はジョルジュといっしょで、グレートヒェンはミシェルを連れて外にいったわ。歯の生え時で、またむずかって。バスルームはこっちよ」

彼女に連れられて、キッチンの奥の扉を抜け、廊下に出た。この時間帯は外から射す光もなく、明かりもついていなくて薄暗かった。階段は急で狭く、擦り切れた絨毯をくすんだ真鍮の棒で押さえてある。僕はペンキ塗りの木の手摺りにつかまり、マティルドの脚ではなく階段を見るようにして、うしろからついて上にあがった。

キッチンより奥にはいるのははじめてのことだ。妙な気分がした。家はくたびれていても清潔だった。階段をあがりきると、長い廊下が左右にのびていた。どっちにも扉がいくつかあるが、全部閉じてある。左手の扉のどれかが、前に足場からのぞいた、使っていない部屋なのだろう。ただし、どれかはわからないし、ほかの扉も、なかに何が隠されているのか僕には知りようがない。

マティルドは廊下を歩いていって、一番奥の扉をあけた。「ここよ」

バスルームはやけに広く、古いバスタブと洗面台がどこにあるのか一瞬わからないほどだった。床には、バスタブの横に小さな敷物が敷いてあるだけで、あとは床板がむきだしになっている。けれど、ひとつしかない窓は、今の午後の遅い時間には太陽とは別の方角を向いているが、なかは明るくて、風通しもよかった。

「最初にお湯を出して、あとで水を足して。両方をいっぺんに出そうとすると、水道管の具合でうまくいかないの。注意してね。すごく熱いお湯が出るから」彼女は僕のほうをあまり見ず、髪を耳にかけた。「新しいタオルがいるわね」

「なくて平気だ」

「遠慮はいらないわ」

マティルドは静かにドアを閉めて出ていった。思いすごしかもしれないが、ジャン＝クロードの言葉を伝えて以来、態度が微妙に変化したような気がした。彼女はわずかに距離をおくようになった。でも無理もない。僕だって他人に私生活を知られたくはない。とはいえ、やっぱり残念なことだ。

風呂は深さのある鉄製の浴槽で、欠けた白い琺瑯(ほうろう)には、左右の蛇口から水がしたたって錆びた線が二本ついていた。きつい湯の蛇口をひねったが、家の中心部からわきおこるようなゴボゴボという低い音以外、しばらくは何も出てこなかった。やがてしぶきが噴きだし、つづいて大量のお湯がどっと流れてきた。風呂に栓をすると、手にふれた湯はマティルドが警告したとおりものすごく熱かった。

バスルームはたちまち蒸気でいっぱいになった。蛇口を閉めようとしてさわると、金属が火傷しそうに熱くなっていた。なるべく手でふれないようにして蛇口を閉じ、つぎに水を出した。浴槽は深いが、四分の三ほどが満たされたところで耐えられる温度になった。

僕は鍵を閉めにいった。アルノーに——それにグレートヒェンにも——はいってこられたら困る。けれど、閂があった場所にねじ穴のあとがあるだけで、鍵のかけようがなかった。マティルドが人が来るのを防いでくれることを期待しつつ、僕は服を脱ぎ、浴槽にはいった。痛む筋肉と節々に、湯が染みわたる。包帯を濡らさないように片足を浴槽のふちに引っかけ、身体をすべらせていって、あごまで湯につかった。

至福だった。

ぼうっとしていると、ノックの音がした。マティルドのくぐもった声が向こうから聞こえる。

「タオルを持ってきたわ」

僕は身を起こした。湯は表面が石灰質で白くにごり、不透明になっている。「どうぞ、はいって」

一瞬間があって、ドアがあいた。片腕にタオルをかけている。マティルドは風呂のほうを見ずに、壁ぎわの古い曲げ木の椅子にそれをおいた。

「ここでとどく？」

「大丈夫だ」

ぎこちない空気が流れた。彼女は背を向けて去ろうとした。

「包帯を取ろうかと思って」僕は言った。「傷をお湯につけたいんだ」

「いいと思うわ」

マティルドは浴槽のふちに垂らした足に目をやった。

僕は待った。つぎにどうなるかは読めていた。

「さあ」彼女が言う。「やってあげるわ」

マティルドは風呂のふちに腰かけ、僕は包帯をほどきやすいように足を持ちあげた。綿の擦れる音と、ときどき蛇口からしたたる水の音だけが、あたりに響く。包帯から出てきた足は白く貧弱で、他人の足を見ているような違和感があった。罠でできた傷はすっかりふさがって、かさぶたが口をすぼめているように見える。見た目はまだひどいものの、炎症はない。抗生物質はだいぶ前からやめていたし、最後にのんだ鎮痛剤は、二日酔いのためだった。

マティルドは身をのりだして、優しい手つきで傷を調べた。シャツのコットンの生地が、僕の爪先の上で衣擦れの音を立てている。

「そろそろ抜糸できそうかな」

「まだよ」

僕には大丈夫そうに思えたが、彼女の判断を受け入れた。「あとどのくらいかかるだろう」

「もう少しね。でも、夜のあいだは包帯を取ってもいいわ。空気にあてたほうが傷にもいいでしょうから」

マティルドが風呂のふちから立ち、僕は足を湯のなかにおろした。横にいる彼女の存在が意識される。ふちにかけた僕の腕は、彼女の脚からほんの十センチほどのところにある。おたがい顔を見ようとしなかったが、彼女のほうも意識しているのだと、僕はふいに確信した。

「夕食の支度をしないと」マティルドはそう言ったものの、行動に移そうとしない。湯気がふたりをつつみ、家のなかでこの場所だけがほかから隔絶されているような感じがした。手を動かしさえすれば、彼女にふれられる。マティルドは今も顔をそむけているが、唇がごくかすかにひらいて、熱気のせいだけでなく頬が赤くなっている。僕は腕をあげかけ、ふたりが見えない何かで連動しているかのように、同時にマティルドも反応した。

彼女はうしろにどいた。

「明日、新しい包帯を巻いてあげるわ」

僕はさも最初からそのつもりだったかのように、風呂のふちをつかんで、湯のなかで少し身体を起こした。

「ああ。ありがとう」

マティルドは出ていき、ドアの開け閉めで湯気がかきまわされて渦を巻いた。去ったあとも、彼女のにおいが残っていた。僕は深く身をしずめて、頭までお湯にもぐった。家の静けさが消えて、扉や金具の音がガチャガチャと水のなかに響いてくる。目を閉じている僕は、マティルドがもどってきたのかと思った。彼女が立って見おろしている姿を想像する。あるいはグレートヒェンかもしれない。

あるいはアルノーかもしれない。

僕は水をしたたらせて、勢いよく顔をあげた。バスルームはなおも空っぽで、見えない空気の流れに渦を巻く、湯気のお化けがいるだけだった。熱くなりすぎているのは、お湯だけではないらしい。

僕は石鹸を取り、身体を洗いはじめた。

ロンドン

「ジュールというのは、だれなんだ?」

ジェズは口にベーコンサンドを運ぶ途中で、動きをとめた。僕を横目でうかがい、それからサンドイッチを皿にもどした。

「どこのジュールだ?」

僕らは語学学校のとなりのカフェにいた。学校とはいっても、一階に保険屋がはいっているビルの、二階の部屋をいくつか使っているにすぎない。狭いカフェは揚げ物と煮出したお茶のにおいがこもっているし、窓の前を幹線道路が走っていて騒々しかった。それでも便利だし、ジェズは食べ物が安ければ、雰囲気は気にしない。

「クロエと関係のあるジュールだ」

彼は顔をくしゃくしゃにした。困った表情をつくろうとしているらしい。「ええと、ああ……おれはそんなやつは……」

ジェズは嘘が下手だ。僕は自分の考えちがいかもしれないと、まだいくらか希望を持っていたけれど、それもこれで消えた。「だれなんだ？」

「なぜおれが知ってると思うんだ？」

「おまえはヤスミンと同棲してる。ヤスミンはクロエの親友だ」

「クロエに聞けばいいじゃないか」

「何も言おうとしないんだ。頼むよ、ジェズ」

ジェズは嬉しくなさそうに首のうしろをこすった。

「ヤスミンに話すなと約束させられてるんだ」

「彼女には言わない。ここだけの話にする」

納得したようには見えなかった。「お願いだ」ジェズはため息をついた。「クロエの元彼だよ。とんでもないクソ野郎だけど、クロエはとっくのむかしに別れてる。もう過去の話さ」

僕はコーヒーに目を落とした。「また会ってるようなんだ」

ジェズが顔をしかめる。「まじか。ひどいな」

「ヤスミンは知ってるか？」

「クロエがまた会ってることを？　知らないだろう。知ってたとしても、おれは聞いてない。それに、ヤスミンはジュールを徹底的に嫌ってる」

受け持ちのクラスの生徒たちが外を通りかかり、窓の向こうから手をふった。店にはいってくるのでないとわかり、ほっとして、僕は彼らに手をふりかえした。

「何があったのか教えてほしいんだ」僕は言った。

ジェズはそわそわとカップをもてあそんだ。「あいつは本当に腐った男だ。ドックランズに高級ジムを持ってて、まわりには自分のことを起業家だと言ってる。見た目はちゃらちゃらしてるが、じつは、血も涙もないひどいやつだ。いるだろう、そういうのが」

　僕はうなずいた。「一度会った」

「じゃあ、話は早い。あいつのせいで、クロエは一時期地獄を見た。あの男にとってクロエは自慢だった。見栄えもするし、芸術家だし。ふだん付き合う女とはちがうタイプだった。絵を何枚か買って、それが出会いのきっかけだったらしい。だけどあいつの支配欲は異常だった。人を貶めて快感をおぼえるようなタイプだ。クロエにコカインをやらせて、美術学校をやめさせたのも、あいつだよ」

「なんだって？」

　ジェズはしょげ返ったように見えた。「なんだよ、知ってるのかと思ってた」

　何もかも初耳だ。パラレルワールドに足を踏み入れたようだった。「つづけて」

「おれはヤスミンに殺されるぞ」ジェズはため息をついて顔をこすった。「ジュールはドラッグシーンが大好きだった。VIPラウンジ、クラブ、パーティ。それに、あいつのジムにいけば、ステロイド以外のものも手に入る。まあ、想像がつくだろう。でっかい男がいて、そいつがジュールに流してたんだ。絶対に関わりたくないような、ろくでもないワルだ」

　レニーのことのように聞こえた。感情が麻痺した。ジェズが心配そうにこっちを見ている。

「本当に聞きたいのか？」

「とにかく話してくれ」

「ヤスミンは助けようとしたが、クロエのほうが……わかるだろう。そしたらある夜、クロエがジュールにもらった薬をくらって、過剰摂取でつぶれた。ヤスミンが発見して病院に連れてって、そのあとは更生施設に入れた。電話番号も変えさせて、ひとりで生活できるようになるまで引っ越していっしょに住んだ。そうやって完全にジュールを排除したんだ。そしたら、あの男はかんかんになった。クロエの居場所をさぐろうとして、あらゆる脅しをかけてきたけど、ヤスミンは負けなかった。それで、あいつとの関係が完全に切れたあとは、クロエもがんばって更生した。それからまた絵を描くようになって、おまえと出会った」肩をすくめた。「以上だ」

別のだれかの話を聞いているようだった。クロエの祝いでカラムがコカインを出したときに、ヤスミンが妙に怒っていたわけが、今やっとわかった。それに、ギャラリーのことでクロエが期待をふくらませすぎるのを心配していた理由が。絵を描くことはクロエには支えだった。むかしの中毒に代わって、それが新たに夢中になれる対象となった。そして、その絵が彼女から奪い取られてしまったのだ。

椅子の脚でタイルをこすりながら、僕は席を立った。

「ショーン？　どこへいく？　ショーン！」出ていこうとする僕にジェズが呼びかけた。

僕は無視した。アールズコートへいく地下鉄に乗ったが、もう手遅れだという予感がしていた。フラットに帰るとクロエはいなかったので、すべての部屋をさがし、服から本からDVDから、全部ひっくり返した。それはバスルームのゆるんだ羽目板の下から出てきた。密閉蓋のついた、ごくふつうのプラスチック製の容器だ。

なかには白い粉のはいった袋と、剃刀の刃と、手鏡がはいっていた。

クロエが仕事から家に帰ってきたとき、僕はキッチンのテーブルにすわっていた。彼女は僕の前にある容器を見て一瞬動きをとめたが、すぐに玄関を閉めてコートを脱ぎはじめた。

「何か言うことはないのか」僕は言った。

「疲れてるの。別の機会にしてもらえない？」

「たとえば、いつだ？　もう一度、更生施設にはいったあとか？」

彼女はためらいを見せ、それから背中を向けてケトルに水を入れはじめた。「だれから聞いたの？　ヤスミン？」

「だれから聞いたかは問題じゃない――どうして自分から話してくれなかった」

「なんで話さないといけないの？　ずっとむかしの話よ」

「じゃあ、これはなんだ」僕はテーブルの向こうにプラスチックの容器を押しやった。「これもむかしのものか？」

「わたしはいい大人よ。自分の好きなことができるの」

「だったら、〝ごめんなさい、もう芝居はしない〟と言ってたのは、どうした？」

彼女は口だけで笑った。「こういうのを芝居って呼ぶの？」

僕は声を荒らげたかったが、それを自分に許したら歯止めがきかなくなりそうで怖かった。「これをどこで手に入れた？」

「どこだと思ってるの？」

わかっていたことだが、そのひとことを聞いて殴られたような衝撃があった。どうしても、僕はジュールの名を口に出すことはできなかった。「なあ、どうしたんだ、クロエ。なぜなんだ？」

「なぜ？」ケトルを乱暴において、調理台の上に水がこぼれた。「こういう思いに四六時中悩まされるのが嫌だからよ！　こんなダメな自分に我慢できないの！　ダメじゃないと自分を騙すのも、もう疲れた！　それに、わたしたちはここで何をしてるの？　わたしはバーで働いて、あなたは現実を生きてさえいない！」

「なんの話をしてるんだ」

「自分で気づいてもいないんでしょう。映画を見ることが、現実を生きることだと思うの？　自分でつくるわけでもなく、ただ他人(ひと)のを見てるだけじゃない！　他人のつくった映画、他人の生きる暮らし。それしか知らないのよ。フランス映画やフランスを褒め称えるくせに、実際にはちっとも足を運ばない。最後にいったのは、いつよ！」

僕はテーブルのプラスチック容器をはらい落として、勢いよく席を立った。目の奥でどくどくと血管が打っている。

「やってみなさいよ！」クロエは叫んだ。「人生一度でいいから、何かをやったらどうなのよ！」

だが僕はすでに彼女の横をすり抜けようとしていた。クロエのすすり泣きをうしろに聞きながら、ただやみくもに部屋を出ていった。

12

「わたし、飽きた」グレートヒェンが、さっきから花びらをむしっていた黄色い花の残骸を投げ捨てた。僕はため息をこらえた。

「ほら、思いだして」フォークを持ちあげる。「これを英語でなんて言う？」

「知らない」

「知ってる。前にやった」

彼女は目もあげなかった。「ナイフ」

僕はフォークを皿にもどした。グレートヒェンに英語を教えるという試みは、成功しているとは言いがたかった。もっとも白状すれば、僕自身、彼女より熱心かというとそうではない。アルノーの末娘と会話をするのは、いいときでさえ面倒な仕事で、少しでも無理をさせようとすると、彼女はすぐに例のごとく臍をまげる。でも、僕はどうにかやってみると、マティルドに約束してしまった。

とはいえ、今日はもともと教える予定ではなかった。僕は母屋に昼食を取りにいく前に、身体を洗おうとして納屋の一階におりた。朝のうちは、昨日のバスルームでの出来事をずっと考えていた。マティルドとのあいだに流れた緊張した空気の意味を、僕は読みちがえているのだろうか。それとも、最初からそんなものはなかったのだろうか。もしかしたら、今日の彼女に何かの変化が見られるかもしれないと思ったが、まだそれを確認するチャンスがなかった。この日も朝食は屋根裏の階段においてあったし、皿を返しにいったときも、キッチンにマティルドの姿はなかった。ともかく僕は、昼食を取りにいくときには顔を合わせられるだろうと期待していた。

ところが、納屋から出ようとしたとき、グレートヒェンがトレイを持ってやってきた。マティルドに運ぶよう頼まれたのだと、彼女ははにかんだ笑顔をうかべて言い、その瞬間、僕は平和な昼食のひとときを失ったことを知った。ともかく、英語を教えていれば、気まずい沈黙を埋めることができる。一方のグレートヒェンは、沈黙などちっとも気にしていないようではあったが。

彼女は腹ばいになって、脚をぶらぶらさせながら、地面の石のあいだから生えた別の花を摘んだ。黄色いタンクトップに色の褪せたカットオフ・ジーンズという格好で、日焼けした長い脚を丸出しにし、汚れた足にピンクのビーチサンダルを引っかけている。僕は地面に指で円を描き、そのなかに十二と九の方向を指す二本の線を足した。

「この時間は?」

「退屈時間」

「考えもしないで言うな」

「いいじゃない。だって退屈なんだもん」

「少なくとも努力してみろ」こういう教師にはなりたくないと思っていたそのものの口調になったが、そんな自分の嫌な面が出てくるのはグレートヒェンのせいだ。

彼女はむっとした顔をした。「なんのために？　イギリスにいくことなんか、絶対ないのに」

「いくかもしれないだろう」

「連れてってくれるの？」

彼女は――願わくは――冗談を言っているのだ。そうだとしても、イギリスにもどるという話題が出ただけで、僕の胸のなかの何かが締めつけられた。「お父さんは気に入らないだろうね」

父親を持ちだすと、いつものように彼女はおとなしくなった。「別にいいわ。どっちみちいきたくないから」

「いずれにしても、学んで損はない。きみだって人生ずっと、農場で過ごすつもりじゃないんだろう？」

「過ごしちゃいけない理由でもあるわけ？」

彼女の声には警告するような響きがあった。「いや、そうじゃない。だけど、いつかはここを出るか、結婚するかしたいんだろう？」

「なんであなたにわたしの希望がわかるの？　それに、結婚するにしたって、相手はイギリス人じゃないんだから、こんな言葉を勉強する必要なんてないでしょう。わたしと結婚したがる男は、このあたりにもいくらでもいるわ」

現実がどうなっているか、見てみるがいい、と僕は思った。だが、そろそろ折れるべきタイミングだ。

「わかったよ。ただ退屈かと思って言っただけだ」

「今が退屈」片肘をついて身体を持ちあげ、含みのある目で僕を見た。「でも、もっと楽しい遊びを思いつくこともできるわ」

　僕は食べ物に気を取られて聞いていないふりをした。今日の食事は厚く切ったパンに、白っぽい豆とソーセージの煮込み(カスレ)だった。ソーセージはところどころに白い脂肪が散っている以外、ほとんど真っ黒に見える。僕がフォークで刺すと、グレートヒェンは大げさに嫌な顔をした。

「よくそんなものが食べられるわね」

「何がいけない？」

「何もいけなくないけど。わたしは血のソーセージは好きじゃないってだけ」

「血のソーセージ？」

　僕の表情を見て彼女はにやりと笑った。「知らなかったの？」

　知らなかった。練った黒っぽいものと脂肪の小さなかたまりを見る。気絶して逆さに吊るされた豚の喉に、ジョルジュがナイフをあてる映像が目にうかんだ。金属のバケツに血がどっと流れでる音が、記憶によみがえる。さらにその先には、また別の、もっと思いだしたくない映像が待っている。

　僕はソーセージをおろして、皿をわきに押しやった。

「わたしのせいで、食欲が失せちゃった？」

「腹が減ってなかった」

　水を飲んで風味を洗い流した。何かが腕をくすぐり、僕はそっちに気を取られた。一匹のアリが、肌の上を探索している。それをはらった。見てみると、草のなかにはアリがぞろぞろいて、地面の石のあいだの巣穴に、パンくずをせっせと運んでいる。

　僕が何に気を引かれたのかと、グレートヒェンが首をのばした。「どうしたの？」

「ただのアリだ」

　彼女はアリをよく見ようと近くに移動した。それから土をつかんで、通り道にぱらぱらと落としはじめた。アリは触角を動かしながら大慌てでぐるぐるまわり、やがて障害物を迂回する新たな列ができあがった。

「やめるんだ」

「どうして？　ただのアリじゃない」

グレートヒェンは土を手に列を追いかけている。僕は彼女の無神経な残虐行為に嫌気が差して顔をそらし、たぶんそのせいだろうが、唐突に切りだした。

「お父さんの仕事仲間っていうのは、だれだったんだ？」

グレートヒェンはこぶしの隙間から土を落としつづけ、アリの上にもわざとかけた。「パパに仕事仲間がいたことはないわ」

「本人がいたと言ってた。彫像の件でお父さんに協力してた相手のことだ」

「ルイはうちで雇った人よ。仕事仲間じゃなかった」

はじめて名前を聞いた。「そうか。だけど、その人がミシェルの父親なんだろう？」

「あなたに関係があるの？」

「ない。忘れてくれ」

グレートヒェンはもう一度土をつかんで、今度は巣の入り口に撒いた。「マティルドのせいよ」

「何が？」

「全部が。妊娠して、騒ぎを起こして、それでルイが出てった。マティルドさえいなければ、ルイはまだここにいたでしょうね」

「その人物がみんなをがっかりさせた、と前に言ったね」

「そう。でも彼が悪いんじゃない」肩をすくめた。頭のなかで何かのスイッチが切り替わったように、グレートヒェンは遠くを見るような目をした。「かっこいい人だった。それに面白い人だった。いっつもジョルジュをからかってたわ。豚と結婚したらどうかとか、そんなことを言ってね」

「とても楽しそうだ」

グレートヒェンはそれを言葉通りに受け取った。

「すごく楽しかった。あるとき子豚をつかまえて、自分の古いハンカチをよだれかけみたいにつけたの。それを見つけたジョルジュはかんかんになった。ルイが落っことして子豚の足を折っちゃったから。ルイはパパに話す気でいたけど、マティルドが事故だったと言えって約束させたの。パパを怒らせるだけだからって。でも、そもそもサングロションはジョルジュの所有物じゃないんだから、ジョルジュには怒る権利なんてないのよ」

「その後、子豚はどうなった？」

「ジョルジュが仕方なく殺したわ。でも乳飲み子豚だったから、いい値段で売れた」

聞けば聞くほど、ルイという男が嫌なやつに思える。マティルドがそんな男といっしょにいるところは想像できない。けれどそう思ってすぐ、馬鹿な考えだと気づいた。彼女のことは、じつは何も知らないのだ。

「それで、ルイは今はどこに？」

「言ったでしょう。マティルドのせいでここを出てった」

「でも、まだ町に住んでいるのかい」

グレートヒェンの表情が険しくなった——父親と瓜二つに見える。彼女は残りの土をアリの上に投げた。

「なぜ、そんなに興味があるの？」

「疑問に思っただけだ。マティルドが——」

「マティルドはもういいでしょう！　どうしていつもマティルドのことを聞くの？」

「聞いてな——」

「聞いてる！　マティルド、マティルド、マティルド！　あんな女、大っ嫌い。何もかもめちゃくちゃにして！　マティルドはわたしに嫉妬してるのよ。老けてしなびて、わたしのほうが男にもてるのを知ってるから！」

僕はグレートヒェンをなだめようとして両手をあげた。「わかったから落ち着いて」

だが、彼女は落ち着くにはほど遠かった。鼻のまわりの皮膚が白く引きつっている。「姉とやりたいんでしょう？　それとも、もうやってるの？」

もはや手に負えない。僕は地面から立ちあがった。

「どこいくのよ」

「家の作業をはじめる」

「マティルドに会うってこと？」僕はあえて返事をしなかった。皿をひろおうとして腰をかがめたが、グレートヒェンが横からそれを奪った。「無視しないで！　聞こえてる？　無視しないで！」

彼女がフォークをつかんで乱暴にふりまわす。僕は慌ててよけたが、フォークが腕に刺さって、皮膚を切り裂いた。

「いたっ……！」

フォークを奪って、投げ捨てた。濃い色の血が、腕を伝って流れている。僕は傷に手をあて、何よりも驚きの感情が勝って、グレートヒェンを茫然と見た。彼女はたった今目を覚ましたように、瞬きをくり返している。

「ごめんなさい。わたし――そんなつもりじゃ……」

「いいから、あっちにいってくれ」僕の声は揺れていた。

「謝ってるじゃない」

何かを言う自信がなかった。少しして、グレートヒェンは髪をカーテンのように顔に垂らし、悔いているような態度で皿とナイフとフォークを集めた。無言でそれを持ち、中庭のほうへ消えていった。

僕はその場にじっとして、動悸がおさまるのを待った。フォークは二の腕に平行した四本の傷を残した。血は出ているが深くはない。もう一度、手で押さえた。足もとでは、アリがこぼれた食べ物に群がり、右往左往の大騒ぎをくりひろげている。グレートヒェンが殺したアリはすでに忘れ去られている――大事なのは生き残ることなのだ。

ご馳走に狂喜するアリを残し、僕は腕を洗うために納屋にはいった。

夕焼けはみごとだった。昼間、湖をパトロールしているトンボや蜂に代わり、今ではユスリカや蚊があたりを飛びまわっている。僕はいつもの栗の木にもたれ、たばこの煙を宙に吐きだした。虫がそれを嫌うと何かで読んだが、ここらへんの虫はそれを知らないようだ。すでに何か所か刺されたが、本格的に痒くなるのは朝になってからだろう。明日の心配は明日に任せればいい。

僕はマティルドの本を持ってきていた。あたりは静けさに満ちているけれど、今日は『ボヴァリー夫人』を読む気にはなれない。閉じたままの本を横におき、残照を受けた湖面が暗い鏡に変わっていくのをながめた。

フォークでやられた腕は、痛みはあるが傷は浅かった。僕は腕を蛇口の下において、冷たい水で血を丹念に洗い流した。血は石敷きの床にピンク色の筋をつくり、コンクリートにあいた大きなひび割れに流れていった。これもまた前任者の遺産だ。マティルドには足場で引っかいたと言って、脱脂綿と絆創膏をもらった。こんな等間隔の切り傷をどうやってつくったか説明するより、自分で手当てしたほうがいいと思った。じつはね、グレートヒェンにフォークでやられたんだよ。なぜかというと、きみがミシェルの父親と喧嘩別れしたことに、いまだに腹を立てているからだ。たぶんグレートヒェンは、その相手のことがちょっと好きだったらしい——。

そんな会話はできれば避けたい。だがともかく、グレートヒェンがルイに片思いしていたとすれば、彼女とマティルドとの仲がよそよそしいのにも納得がいく。それに、もしかしたら片思いの域を越えていた可能性もある。僕はメモ帳のスケッチを思いだして、そんなことを思った。裸の女性はふたりのどちらともとれるし、ルイは話を聞くかぎりでは、姉妹の両方と寝ることに良心の呵責（かしゃく）をおぼえるような男ではなさそうだ。さあ、今はだれが嫉妬している？

栗の木には毬（いが）のついた丸い実がたくさん生っている。実はまだ大きくはなっていないが、はやばやと落ちてしまったひとつが、そばの草のあいだに転がっていた。それをつかむと、棘（とげ）でちくちくした。すでに太陽は森の下にしずんで、湖は暗い夕暮れにつつまれた。僕は腰をあげて、崖のふちに立った。栗を湖に投げると、小さなしぶきがあがった。栗は小さな機雷のように湖面を漂い、水中に潜んでいる岩の黒っぽい影の上で、ぷかぷかと揺れた。

僕は居ても立ってもいられなくなって、崖をおりていって、湖に沿って歩きだした。ここまで来るのは、はじめてだ。これまでは、奥にいきたいという気は起きなかった。それが今、農場の境界を確かめずにはいられない気持ちになっている。

道は崖で終わっていて、森づたいに少しいくと湖畔に出る。僕は湖に沿って対岸まで歩き、そこからさらに奥へ進んでいって、農場の境界にたどりついた。錆びた有刺鉄線が端に生える木々に巻きつけられ、幹に釘で固定してあった。その向こうには、小麦畑以外に見るものはあまりない。このあたりには人や車の通る道はなく、ここに有刺鉄線をつける意味が存在するのだとしても、僕にはそれがわからなかった。小麦が不法侵入してくるはずもないが、問題はそこじゃない。アルノーは自分のテリトリーを主張しているのだ。

そのさらなる証拠が、ほんの数分後に得られた。僕はフェンスに沿って歩きだし、危ういところで、角ばったものが草に埋もれているのに気づいた。口を大きく広げて待っているアルノーの罠だ。こんなところにまで罠を仕掛けているとは想像もしなかったが、アルノーは慎重を期したいのだろう。それは僕も同じだ―

―あたりを見まわし、見つけた長い棒を罠の口に挿し込んだ。木が割れるほどの力で、口が勢いよく閉まった。

あたりにもっと潜んでいるかもしれないと思うと、これ以上先まで探索したいという気が失せた。僕は薄暮れのなか、杖を使って歩く先を確かめながら湖にもどった。崖の対岸まで来ると、しばしそこにたたずんで、これまでとは別の角度から湖をながめた。湖のほとりには葦が群生しているが、ここに立つと、こんもりと茂る緑の先に、砂利の浜があるのが見えた。僕はそこまで歩いていって、薄く堆積した砂利を足でざくざくと踏みしめた。湖は少し先から急に深くなっていて、深さが増すにつれて緑の色合いも濃く見える。しゃがんで、手をひたした。水は冷たくて、指が底にふれると、堆積していたものが巻きあげられて白くにごった。

泳ぐのにちょうどいい場所だ。湖のほとりは泥でぬかるんでいるところばかりだが、ここからなら歩いて水にはいっていける。指で水をかき混ぜると、乱された表面が銀色に輝いた。空気にはまだ日中の暑さが残っていて、服を脱ぎ捨てひんやりした湖にとび込むという考えが、とても魅力的に思えた。僕を思いとどまらせるものは包帯を巻いた足のみだが、せっかくここまで待ったのだ。抜糸まではあと少しで、その日が来たら、待ちに待った水浴びをして祝えばいい。

そのときもまだここにいるならば。

立って手の水をはらうと、小さな波紋が湖に広がった。崖にマティルドの本を取りにもどるころには、代わり映えのしない月が顔を出していた。僕は森を抜けて、家へもどった。今夜のサングロションはおとなしく、彫像はいつもどおり静かだった。見られているようで無気味に感じるのは、ただの気のせいだが、それでも森を出るとほっとする。

夕闇深まる空には、粉を散らしたような星が一面に輝いて、われわれ人間がいかにちっぽけな存在かをはっきりと教えてくれる。納屋についても、すぐに屋根裏のむっとする暑さのなかにはいっていく気になれず、僕はしばらく外にたたずんだ。アルノーのワインをもう一本飲もうか悩んでいると、母屋のほうからガラスの割れる音が響いてきた。

さらにもう一度。叫び声とヒステリックな笑い声があがるなか、僕は急いで中庭に向かって走っていった。ちょうどそのとき、キッチンの扉が大きくあいてアルノーがとびだしてきた。室内からこぼれる光で、ライフルを手にしているのがわかる。僕は動きをとめた。暗闇で動くものがあれば、まちがいなくそこを狙って撃つだろう。

「お願い、やめて!」

マティルドが慌ててあとから出てきた。アルノーは娘を無視し、公道に向かう道を大股で進んでいった。下品な歓声があがり、さらにガラスの割れる音がする。窓を割っているのだ、と僕はようやく気づいた。マティルドはアルノーをとめようとしたが、アルノーがそれをふりほどき、やがてふたりとも僕からは見えなくなった。中庭の向こうへ急ごうとすると、グレートヒェンが戸口にあらわれた。ミシェルを抱いていて、蒼白な顔に不安そうな表情をうかべている。

「そこを動くな」僕はグレートヒェンに告げた。

彼女が従うか見とどけることはせずに、僕はなかば走り、なかば跳びはねるようにして石畳を横切り、急いでマティルドとアルノーのあとを追った。叫び声は、家の裏の森から聞こえてくる。数人の声が野次ったり歓声をあげたりしていて、今では言葉の中身が僕にもわかった。

「こっちだ、子豚ちゃん! おい、アルノー、娘たちを出せよ!」

「ほら、子豚ちゃんが一匹いるぞ。挨拶にこいや!」

だれかが豚の鳴き真似をし、声をかすれさせた甲高い笑いがあがった。道の淡い色を背景にして、前方にアルノーとマティルドの影が見えた。マティルドがアルノーの腕をつかんで、必死にしがみついている。

「やめて！　ほっとけば、そのうち帰るわ！」

「家にはいってろ！」

アルノーは娘を押しのけ、その勢いのままライフルを上に向けて発射した。銃声とともにアルノーの顔が照らしだされ、野次がぷっつりやんだ。悪態と警戒した叫びがあがり、つづいて、下草が乱される音がする。アルノーは長い銃身を黒い森に向け、銃声がつぎの銃声とまじり合うほどボルトを素早く立てつづけに操作して、何度もくり返し銃を放った。音が聞こえなくなると、ようやく撃つのをやめ、しぶしぶといったようすで銃をさげた。

離れた場所でエンジンのかかる音がし、すぐに遠くへ消えていった。夜を毛布でつつみ込むように、静寂があたりをおおった。

アルノーは動かなかった。マティルドは父に背を向け、両手で耳をふさいで立っている。ふたりとも顔のないただの黒い影にしか見えず、暗闇のなかでは木と変わらなかった。ようやくアルノーが家をふり返ったが、マティルドは動きをとめたままだった。足が地面を踏む音がする。アルノーは僕がいないかのように、近くを通り過ぎていった。僕はマティルドに顔を向けて、待った。彼女はようやく手をおろした。鼻をすする小さな音がする。片手が顔にあがり、涙をぬぐうような仕草をした。そして、ゆっくりと道をおりてきた。

「大丈夫？」僕は声をかけた。

その声に、彼女はびくっとした。今では表情を見ることができたが、暗い色の髪にふちどられた顔は、青白く、怯えている。マティルドはうなずいた。頭を垂れて、肌がこすれそうなほどそばをすり抜けていった。彼女は家の角をまわって姿を消し、少しして、キッチンの扉が静かに閉まる音がした。

僕は道に残って、今は静かになった森のほうに目をやった。心臓が激しく打っている。しだいにコオロギの声がもどってきた。

虫の歌にともなわれて、僕は納屋へもどった。

ロンドン

天窓は湿気でくもっていた。雨がドラムのような音をたてて、窓にたたきつけている。ベッドに横たわるふたりのにじんだ姿が、そこに映っている。ガラスのなかに閉じ込められた、かすんだドッペルゲンガーだ。

クロエの心はまたしても遠くへいってしまった。こういう気分のときには、無理にどうこうしないほうがいい。自分からもどってくるまで放っておくほうがいいのだ。天窓を見つめるクロエの金髪が、蚤の市で彼女が買ってきた貝殻のランプの明かりで光っている。青い瞳は、瞬きさえしない。目の前に手をかざしても気づかれないかもしれないと、僕はいつもながらに思う。何を考えているのかと聞きたいが、聞かなかった。

彼女が何を言いだすか、怖かった。

裸の胸に感じる空気は、ひんやりとして湿っている。部屋の向こうにあるクロエのイーゼルの白いキャンバスは、手をふれられていない。もう数週間も、まっさらのままだった。油絵具とテレビン油のにおいは、この狭いフラットとはセットのように長らく思っていたが、それすら消えて感じられなくなっていた。

横でクロエが身じろぎする。

「死ぬことについて、考えたことある？」彼女が聞いた。

なんてこたえていいのか、わからなかった。僕がコカインを見つけてから、ふたりのあいだには緊張した空気が流れていた。クロエは今回は魔が差しただけで、もう二度としないと誓い、僕は彼女を信じようとしている。おたがいジュールのことは口に出さなかった。毎日が、ふたりして努力しなければ倒れて壊れかねない、微妙なバランスの上に成り立っていた。

それでも、クロエがこのところさらによそよそしくなったことに、僕は気づいていた。疑うべき理由があったわけではないが、数日前、彼女が出かけているあいだに、もう一度フラットを家捜しした。何も出てこなかったので、ただの考えすぎだと自分を納得させた。単にもっといい隠し場所を見つけただけかもしれないが。

「何が知りたくて、そんなことを聞くんだ」

「死ぬのは怖い？」

「頼むよ、クロエ……」

「わたしは怖くない。前は怖かったけど、今はそうは感じない」

首のうしろの筋肉が凝って硬くなった。クロエの顔が見えるように身体を持ちあげる。「なんの話をしてる？」

彼女は天窓の先を見つめていて、影になった青白い顔のなかで、目だけが明るく光っていた。こたえる気ていた。

「あなたの子じゃないの」

はないらしいとあきらめかけたそのとき、彼女が口をひらいた。

「妊娠したの」

最初、どう感じていいのかわからなかった。いろんなことを覚悟し、あらゆるシナリオを想定していたけれど、これだけはそこにはいっていなかった。少しして、幸福感と安堵がすべてを追いはらった。何かが変だと感じていた原因はここにあったのだ。

「ああクロエ、すごいじゃないか！」僕は言って、彼女を抱きしめようとした。

けれど、彼女はじっと横になったまま動こうとしない。相変わらず天窓の向こうを見つめていて、そのうちに光るものが目からこぼれ、頬をつたって流れた。冷たさが全身に広がって、僕はクロエから離れた。

「どうした？」僕は聞いたが、すでに答えを知っていた。

涙で顔を濡らしているのに、クロエの声は淡々とし

13

翌朝、警察がやってきた。僕が足場からおりている最中に、中庭から足音が聞こえてきた。マティルドかグレートヒェンだと思ってふり返ったが、そこに軍警察の警官がふたりいるのを見て、僕は衝撃のあまり凍りついた。下に落ちずにすんだのは、梯子に片手を引っかけていたおかげだ。

まずいことになった。そう思った。

太陽の下で、彼らの白いシャツがまぶしく光っている。黒いサングラスをかけていて表情はわからないが、ふたりはこっちを向いて、蜘蛛の巣にかかった蝿のように梯子の途中でとまっている僕を見た。上官の雰囲気を漂わせた背の低いほうが、最初に口をひらいた。

「アルノーはどこにいますか」

その言葉は僕には伝わってこなかった。僕は馬鹿みたいに相手の顔を見つめた。

「われわれはジャック・アルノーをさがしている」警官はいらいらしてくり返した。「アルノーはどこにいますか」

背の高いほうがひさしのついた帽子を脱いで、額の汗をぬぐった。シャツの脇の下に、濡れた丸い染みができている。なぜだか僕は、それを見て緊張から解かれ、ようやく言葉を奥から引っぱりだすことができた。

「家のなかかもしれない」

ふたりは礼も言わず、ドアのほうへ歩いていった。僕はなおも梯子の途中で動けなくなっていたが、どうにか自分の尻をたたいて中庭におりた。脚に力がはいらず、その使い方さえ忘れてしまったような感じがした。

僕の知るかぎり、アルノーは狩りに出ている可能性もあったが、警察がノックする前にドアがひらいた。

アルノーが無言のまま、挑戦的な態度で出迎えた。背の低いほうに「ムッシュー・アルノー？」と問いかけられても、ごくわずかに首を動かしてうなずいただけだった。警官は気にしなかった。

「ゆうべ、ここで発砲があったと報告を受けています」

シャツに汗染みをつけたもうひとりのほうが、見ている僕に気づいた。僕は慌てて顔をそらし、家の横にまわった。見えない場所にはいり、すぐに地面にすわり込んだ。

警察は僕のことで来たのではなかった。ぐったりと頭を垂れて、深呼吸した。中庭からは今も声が聞こえてくるが、何を話しているのかはわからない。僕は揺れて軋むのもかまわず足場に手をかけ、巨大なジャングルジムの要領で内側からよじのぼった。どうにか作業床に身体を引きあげ、キッチンに近い一番端まで静かに移動した。ふたたび声が聞こえてくる。

「……正式な苦情は出してない」下でアルノーがしゃべっている。「こっちは自分の家を守ろうとしただけだ。犯人がわかってるなら、連中のほうを逮捕すべきだろうが」

「だれを逮捕する予定もないが、警察は――」

「じゃあ逮捕すべきだ。何者かに家を襲撃されて、犯人を追っぱらうのに宙に数発撃ったせいで、おれが警察から嫌がらせを受けなければならんのか。正義はどこにある？」

「宙に向けて撃ったとは聞いていません」

「聞いてない？　怪我人でも出たか？」

「いや、しかし――」

「だから、そういうことだ。それに、おれがどこを狙っていたか、あいつらに証言できるはずがない。一目散に逃げてったからな」

「なかで話を聞けませんか？」

「話すことはないだろう」

「長くはかかりませんよ」

警官の声には引かない意志が感じられた。アルノーの返事は聞こえなかったが、家にはいっていく足音がした。ドアが閉まった。僕はバックパックに入れてある、ビニールでくるんだ包みのことで頭がいっぱいになった。処分せずに取っておいたのは、まともな神経のなせるわざだとは思えない。ましてや、それを古い服の下に隠して放っておくとは。

もはや手遅れだ。

割れた親指の爪を噛んでいることにふと気づいて、やめた。今いる場所からは、森の梢の上に湖の姿がかろうじて見える。なんなら警察が帰るまで、あそこに身を隠していてもいい。有刺鉄線を越え、小麦畑をつっきって別の道路をめざすこともできる。運がよければ、僕が消えたと気づかれるころには、何キロも先まででいっているだろう。

けれど、そんなことを思うのは正気を失っているせいだ。警察は僕には興味はない。ゆうべの発砲沙汰に関して、アルノーに警告をしにきただけなのだ。少なくとも僕はそう期待している。ここで逃げたりすれば、かえって無駄に警察の注意を引くだけだろう。

それに、逃げてどこへいく？

僕は気もそぞろに、板の上の乾きかけのモルタルをこてで練った。自分のしていることをあまり意識しないまま、少量をすくって壁にあてた。それを、もう一度くり返す。金属と石のこすれる優しい音には心を落ち着かせる効果があって、だんだん手のふるえもおさまってきた。しばらくして、床から立ちあがった。僕は無心になってこてを板から壁へ、そしてまた板へと動かす作業を機械的にくり返した。ひと塗りごとにアルノーのことを忘れ、警察のことを忘れ、すべてのことを忘れた。

ふたたびキッチンの扉があく音がしたことさえ、気づかなかった。

「上の作業は順調ですか」

手をとめて、下を見た。大きいほうの警官が中庭に立ち、目を細めてこっちを見あげている。サングラスをかけておらず、それがないと、小さな豚のような目をしているのがよく見えた。

「それにしても暑そうな仕事だな」警官が下から話しかけてくる。

僕は作業をつづけるふりをした。「たしかに」

彼は汗で濡れたシャツを引っぱって、胸からはなした。「まったく、とんだ一日だ。車を道路において、そこから歩いてこないといけなかった。ゲートがしまってたんでね」

「なるほど」

「この陽射しは耐えがたい。暑さが大の苦手なんですよ。四月から十月までは、わたしにとっては地獄だ」

「気持ちはわかります」

「肌の色からして、そちらもだいぶつらそうに見える」

こてからモルタルが垂れて、作業床に散った。警官は家をながめながら、いったん帽子を脱いで、髪を指ですいた。濃い口ひげで、口もとはほとんど見えない。

「もう、だいぶ長いことやってるんでしょう」

「ええ……朝の九時ごろから」

相手は表情をくずした。「今日の話じゃなくて」

「ああ。数週間ほどだ」

板の上にはもう何も残っていなかった。バケツにはいったモルタルは乾きすぎていたが、ともかく、そこから一盛り分を板にすくった。そうでなければ下に取りにおりるしかない。警官が重心を動かしてブーツが軋んだ。

「イギリス人でしょう?」

僕はうなずいた。

「フランス語が上手だ。どこで学んだんです」

「耳で聞いて」

「本当に？　語学の才能があるにちがいない」

「学校で習って下地があったから」

「なるほど。それならわかる」ハンカチを出して顔をぬぐう。「名前は？」

　出まかせを言おうかと思ったが、万が一パスポートを求められたら、ことが面倒になるだけだ。僕が名前を告げても、とくに反応はなかった。

「それで、ショーン、フランスへは何の目的で？」警官が聞いた。

　僕はこてを壁にあててすべらせ、必要以上にモルタルをきれいにならした。「ただの旅行です」

「観光客なら、働くのはまずいでしょう」僕は首から血があがって、顔が火照るのを感じた。少しの間のあと、警官は笑った。「大丈夫。ただの冗談ですよ。ところで、ゆうべの騒ぎのときは、ここにいたんでしょう？」

「一部分だけ」

「一部分だけ？」

「騒ぎは聞こえました。でも、実際に目で見たわけじゃない」

「だけど、何かが起こっているのは気づいていた」

「あれに気づかない人はいないでしょう」

　警官はハンカチで首のうしろを拭いた。「何があったか教えてください」

「窓の割れる音が聞こえました。それから叫び声も。森のほうからです。感じとしては、何人も森に潜んでいるようでした」

「どんなことを叫んでいましたか」

「アルノーと娘たちのことを」

「口汚い罵り言葉を？」

「きれいな言葉ではなかった」

「じゃあ、アルノーは銃を何発撃った？」

「さあ……」僕は記憶をたどるように顔をしかめた。

「わかりません」

「一、二発？　六発？」

「定かじゃありません。騒然としていたから」

「森のほうを狙って撃っていましたか？」

「僕にはわかりませんでした」

「騒ぎのあいだ、あなたはどこに？」

「母屋の端です」

「なのに、何が起こっているのかは見えなかった」

「暗すぎて。僕がそこにいったころには、すべて終わっていました」

「何事かと思って駆けつけはしなかったんですか？」

　僕は包帯が見えるように、足をあげてみせた。「こんな状況なのでね」

　と同時に、まちがったことをしたと気づいた。警官はとくに驚くようすもなく、僕の足を見た。「どうしました？」

「釘を踏んづけた」余計な話をしたことを後悔しながら、僕はこたえた。

「釘ね。なるほど」

　表面的な愛想の良さが消えて、警官の顔つきがいくらか厳しくなった。僕は背を向け、乾燥しすぎのモルタルで壁を埋めるふりをした。

「だれだかわかっているんですか？」僕はできるだけさりげない口調で質問を投げた。「ゆうべの犯人は」

「たぶん、地元の若い連中の仕業だ」あまり興味のなさそうな言い方だった。石をいくつか投げたくらいでは、ディディエとその仲間たちを逮捕しようと考える者はいないような印象だ。警官はサングラスをかけて小さい目を隠した。「ここにはあとどのくらいいる予定ですか」

「たぶん、この家の修理が終わるまで」

「その後はまた旅をつづけるわけか」

　質問なのか、そうでないのか、よくわからなかった。

「そのつもりです」

サングラスは相変わらず僕を見あげている。まだ何か聞かれるのかもしれないと思ったが、ちょうどそのときキッチンの扉がまたあいて、もうひとりが出てきた。ふたりは言葉を交わし、何を言っているのかは声が小さくて聞こえなかったが、小柄なほうがさも不愉快そうに頭をふった。それから背の高いほうが何かを言い、ふたりしてこっちを見あげた。

僕はふたたび背を向けた。少しして、彼らが中庭を歩いていく音がした。僕は作業をしているふりをし、完全にいなくなったと確信が持てるまで、ほとんど乾いたモルタルを石に塗りつづけた。

脚の力が抜け、作業床にしゃがみ込んだ。頭を両膝ではさみ、吐き気をこらえる。

「上にいるの？」

マティルドだ。僕は深呼吸して立ちあがった。彼女は足場の下にいて、食事を盛った皿を手にしていた。横にはスパニエルがいて、物欲しそうに料理を見ている。

「昼食を持ってきたわ」

「ああ、ありがとう」

食欲はないが、これ以上、足場の上にいたくはない。だれの目からも丸見えの場所だ。マティルドがいつものように窓枠に皿をおいていってくれることを期待して、時間をかけて梯子をおりた。けれど、下に着いたときも、彼女はまだそこにいた。顔は青白く、目の下のくまがいつもよりも目立っている。

「警察が来たわ。ゆうべのことで」

「知ってる。僕も片方から質問を受けた」

マティルドは僕の顔を素早くうかがい、すぐに目をそらした。手があがり、耳に髪をかけた。すでに気づいたことだが、神経質になっているときにこの癖が出る。

「罪に問われる？」

「いいえ。ただ、銃を撃つときは、今後は気をつけるようにと。ただそれだけ」
僕はできるだけ無関心そうに言った。「警察は、また見にくるのかな」
「そういうことは言っていなかったわ。たぶん、もう来ないでしょう」
僕を安心させるために言っているようにも聞こえた。マティルドが去ると、僕は中庭をつっきった。最初はなるべくふつうに見えるように歩いたが、納屋につくころには、杖を三本目の足のように地面について、ほとんど小走りになっていた。階段まで来て、ようやく皿を手に持っていることを思いだした。パンと肉がこぼれるのも気にせず床におき、大急ぎで屋根裏まであがった。バックパックをベッドに引きあげ、ひもをほどきはじめる。グレートヒエンにMP3プレーヤーをあさられて以来、いつも締め具できっちり閉じるようにしていたのだが、それが仇となり、警察の再来を告げる足音が聞こえないか耳をそばだてながら、ほどくのに手こずって悪態をついた。

ようやくなかに手を入れて、包みをつかんだときには、喉の奥に苦い味が広がった。なめらかな包みの重みが、できることなら忘れたい事柄をことごとく心によみがえらせる。どう処理するか考える時間はたっぷりあったのに、僕は楽な道を選んで考えるのを放棄した。今はもう選択肢はない。いい隠し場所はないかと、屋根裏に積みあげられたがらくたを必死になって見まわしたが、どこもわかりやすすぎる。ちょっとさがしたくらいでは見つからないような、そして、何かの拍子に発見されないような、安全な隠し場所でないといけない。

いくらか時間はかかったものの、僕はついにいい場所を思いついた。

落ちかけた飛行機のように、一匹の蜂がぶどうの木の上を飛んでいる。照りつける太陽が静けさをふるわし、空気がうなっているのが聞こえる気さえした。熱そのものに、みなぎる意志と力だけでなく、重みがあるように感じられる。

納屋の入り口から、日中の外の景色をながめた。僕はコンクリートを敷いた上にすわって、古いワインのタンクにもたれていた。この場所は屋根裏よりずっと涼しい。もっとも、〝涼しい〟というのは、あくまで比較の概念だ。包みを隠してもどってきたあとも、昼食は階段においたままになっていた。正確には、昼食ではなく皿だったが。ルルが僕のいないあいだに、嗅ぎつけたのだ。

どっちみち腹は減っていない。

そのスプリンガー・スパニエル犬は、横に寝そべって、僕の昼食を消化しながら日陰を楽しんでいる。そろそろ仕事にもどらないといけないが、やる気が起きなかった。午前中の一件で、力が抜けきってしまったのだ。警察の来訪を受けて、僕は広場で暴行されたときより動揺していた。あのときはともかく農場という安全な場所に逃げ帰って、ゲートの内側に退避することができた。それが今度は、外の世界がなかまで追いかけてきて、安全な場所に避難しているという感覚もただの幻だということを僕に思いださせた。永遠にここに隠れていることはできない。

問題は、ここからどこへいくかだ。

僕は陰にとっぷりつつまれ、太陽の照るぶどう畑を納屋の内側からながめながら、ぼんやりとコンクリートの表面のひびを指でつついた。割れた角は簡単にぼろぼろとくずれた。ビーチの砂でやるように、指のあいだから小さな欠片を落としたが、なぜだかそれには催眠効果があった。混ぜたモルタルの量が少なすぎる、と思った。ひび割れは、僕が階段にいくのに何度も上を通ったせいでだいぶ大きくなっている。一番大きなひびは、亀裂が数センチほどもひらいていて、そこに指を這わせると、かさかさとしたものが手にふれた。

動くのも億劫で、顔だけでふり返った。納屋は暗くて何かは見えないものの、手ざわりは布切れのようだ。コンクリートに混ざっていたのだろう。とても素晴らしいとはいえないルイの仕事ぶりを、ここにも見ることになった。適当に引っぱってみたが、うまくつかめず力が入らない。

僕は興味を失い、布切れのことは終わりにして、両手の砂をはらった。穴ぐらのような納屋の内部は、古い木材と発酵（はっこう）したぶどうのにおいがする。あんな出来事のあとで眠気がおとずれるとは考えられなかったが、暑さと反動というのは、強力な組み合わせらしい。ごつごつしたタンクに頭をあずけ、納屋の扉の外をながめているうちに、暗闇にうかぶ明るい光の長方形が……

何かが足にあたって、一瞬、また罠にはまったのかと思った。少しして眠りが完全に解け、僕は目の前に立つぼんやりした姿を見た。

「なんだ？」驚いて、慌てて身を起こした。

アルノーだとわかって、ほっとしたのかそうでないのか、自分でもわからない。彼は冷酷な目で僕を見おろし、脚をまげてもう一度蹴ろうとしていた。ルルが必死になってアルノーに尻尾をふり、服従と疚しさをあらわそうとしている。

「何をしてる」アルノーが言った。

僕は寝起きの目をこすった。「昼休み中だ」

「四時過ぎだぞ」

相手のうしろに目をやると、たしかに外の光が変化していた。もやが出て、モスリンの布が一枚かかったように空一面が白っぽくなり、太陽はただのにじんだ光と化している。

それでも、僕は謝罪したい気分ではなかった。「大丈夫。その分あとからがんばりますよ」

アルノーが言い返してくるだろうと思ったが、あまり聞いていないらしかった。気がかりなことがあるような渋面をしている。

「マティルドから聞いたが、警察に話しかけられたそうだな」

「ひとりのほうに」

「何を聞かれた？」

「ゆうべの出来事について」

「それで？」

「それでというのは？」

「相手に何を話した？」

少しじらしてやりたい気持ちもあったが、それも面倒だった。「暗くて何も見えなかったと」

アルノーは嘘を言っている証拠がないか、僕の顔をさぐった。「知りたがったのは、そのことだけか」

「足をどうしたのかと聞かれた」

苦々しい笑いがうかんだ。「で、罠のことを話したってわけか」

「釘を踏んだと言っておきました」


「それで相手は納得したか？」

僕は肩をすくめた。

今の会話を噛みしめるようにあごが動き、アルノーは背を向けて歩きだした。いや結構、礼にはおよばないさ——背中を見ながら、僕は心のなかで言った。警察に周辺をさぐられたくないのは僕だっていっしょだが、ひとこと礼を言ったって死にはしないだろうに。

ところが、アルノーは数歩進んだところでこっちをふり返った。

「今夜、マティルドは特別な料理をつくる予定だ」アルノーはしぶしぶといった感じで話した。「いっしょに来て食ってもいいぞ」

僕が何かをこたえる前に、彼は去っていった。

14

陰につつまれた中庭を、僕は母屋のほうへ歩いていった。一羽の鶏がどうしても前をどこうとしないので、杖でわきに追いはらった。鶏はコッコッと鳴いて羽をばたつかせ、ふたたび冷静になって見えない何かをつきはじめた。洗った髪とひげはまだ湿っているし、僕は新しいTシャツと一番きれいなジーンズにわざわざ着替えることまでした。どうも落ち着かず、見慣れた風景さえ、今はちがって見える。

ただの夕食だ、と何度も自分に言い聞かせる。

ルルは中庭に出されていた。期待するようにキッチンの外をうろうろしていて、僕が近づいていくと一瞬じゃれついてきたが、家にふたたび入れてもらうことのほうが、ルルには大事なようだ。あいた窓から肉の焼けるにおいが漂ってくる。僕は手をあげ、一瞬ためらい、そして扉をノックした。

あけたのはグレートヒェンだった。うしろにさがって僕を通し、「だめ、ルル！」と短く命じて、すり抜けようとする犬を締めだした。

料理中のキッチンは、あたたかく湯気がこもっていた。古いレンジの上ではソースパンがぐつぐついっている。マティルドはひとつの鍋を手早くスプーンでかき混ぜた。おざなりの笑顔を僕に向ける。

「どうぞすわって」

テーブルには四人分の席が用意されていて、僕は不ぞろいの椅子のうちの一脚を引いた。

「そこはパパの席よ」グレートヒェンが言った。

僕が別の席に移っても、彼女はそばから離れなかった。ゆうべ、家から動くなと注意した以外は、納屋の外で癇癪を破裂させた――ほかにどう表現していいのかわからない――あの一件以来、グレートヒェンとは口を利いていなかった。今の彼女の態度には、悪びれたところも、冷ややかなところも見られない。まるで何事もなかったかのようだった。

「食前酒がほしいか聞いて」マティルドがグレートヒェンに言った。

「わかってる。今聞こうとしてたところじゃない」彼女は言い返した。もじもじとこっちを向く。「食前酒は飲む？」

「嬉しいね」

今夜をのりきるには酒の力が必要だ。ただでさえ、神経がぴりぴりしている。選べる種類を教えてくれるのかと思ったが、グレートヒェンは問いかけるように姉を見た。マティルドはソースパンから目をあげなかった。

「パスティスがあるわ」

その先を待ったが、それで終わりらしい。

「じゃあ、パスティスで」僕は言った。

グレートヒェンが棚からボトルを取ろうとしているところに、アルノーがはいってきた。眠くて不機嫌そうなミシェルを抱いている。

「なんの真似だ」グレートヒェンのしていることを見て、アルノーは顔をしかめた。

グレートヒェンはリカールのキャップをひねる途中で手をとめた。「マティルドに食前酒を出すように言われたから」

アルノーはここではじめて僕のほうを見た。瓶をもどせと娘に言うかと思ったが、肩をすくめただけだった。

「胃が腐ってもいいなら、好きに飲めばいい」

グレートヒェンは小さなグラスに酒をなみなみと注ぎ、別のグラスに水を入れ、両方をテーブルの僕の前においた。僕は礼の代わりに笑いかけ、茶色い透明な液体のなかに少量の水を入れた。中身が渦を巻いて、白くにごる。一口飲むと、甘草(リコリス)風味の熱が、喉を焼きながら落ちていった。

グラスをおろすと、アルノーが見ていた。「胃が腐るぞ」もう一度同じことを言った。

僕はグラスをあげて、わざとらしく乾杯の真似事をした。胃が腐ろうが、アルノーのワインよりはいける。

ミシェルがむずかって身をよじりはじめた。アルノーが上下に揺すってあやした。

「ほら、ほら、泣くな」

「ベッドに寝かさないと」マティルドがかき混ぜている鍋から目をあげた。

「まだ寝たがらない」

「眠いのよ。ベッドに入れたらすぐ――」

「聞いただろう。まだ寝たがらないんだ」

一瞬にして、鍋の煮える音以外が、部屋から消えた。マティルドは顔を伏せたままだ。頰が赤いのはレンジの熱のせいかもしれないけれど、ちょっと前までは赤みはなかった。アルノーはしばらくマティルドを見ていたが、やがてミシェルをグレートヒェンに押しつけた。

「ほら。おむつ替えの時間だ」

「でも、パパ――」

「言われたとおりにしろ」

マティルドがスプーンをおく。

「わたしが連れていくわ」

「おまえは料理中だ。グレートヒェンがやればいい」

「でも、やっぱりわたしが――」

アルノーは指をあげて黙らせ、マティルドが顔を伏せて料理にもどるまで、その指を銃のように向けつづけた。グレートヒェンに合図する。

「連れていけ」

グレートヒェンは赤ん坊を抱いて、足音荒くキッチンから出ていった。アルノーはレンジの前にいって、湯気のあがる鍋に鼻を近づけた。マティルドからスプーンを受け取って、ソースを味見する。

「胡椒が足りない」

彼女は素直に胡椒を足し、アルノーはテーブルにもどって、うなり声のようなため息とともに椅子に腰をおろした。もちろん、自分の椅子に。

「壁の上のほうは、もうすぐ終わりそうだな」席につくと言った。

僕はリカールの酒をすすった。「ええ、ぼちぼち」

「あとどのくらいかかりそうだ」

グラスをおいた。あまり先のことは考えたくない。

「壁一面を終えるまで？　さあ、二、三週間くらいか」

「家の残りの壁は？」

「それ以上でしょう。でも、なぜ？」

「知っといたほうがいいだろう」

僕らが話しているあいだに、マティルドはソースの鍋を火からおろして、そっと外へ出ていった。アルノーは気づいたとしても文句は言わなかった。テーブルの真ん中にあった、栓のあいたワインの瓶を取り、自分のグラスに注いだ。一口飲んで、顔をしかめる。ワインの横にはパンを入れたかごがあった。アルノーはちぎったパンを噛みながらワインを飲んだ。

僕らは無言でテーブルにつき、ときおり鍋の煮える音がするだけで、あとは静かだった。なぜ夕食に招かれたかは、いまだ不明だ。警察の前でうまくごまかした礼かと想像していたが、今になり、別の理由があるのではないかと、僕は疑いはじめていた。アルノーは恩義を感じるような柄じゃない。

グレートヒェンがキッチンにもどってくる。何も言わずに真っすぐレンジのところへいって、ソースをふたたび火にかけた。アルノーはそっちを見ることもしなかった。娘同士が密かに結託していることに気づいてないか、あるいは見逃すことにしたのだろう。マティルドとグレートヒェンは、ふだんは仲がぎくしゃくしていても、必要なときには協力し合えるらしい。

僕はパスティスを飲み終えていた。アルノーは空のグラスを見て、ワインのボトルを前に押した。「さあ。くつろいで、好きにやってくれ」

冗談のつもりなのか、僕にはよくわからなかった。

マティルドの〝特別な料理〟というのは、塩とローズマリーを擦り込んで巻き、皮つきのにんにくといっしょに焼いた、骨なしの豚のロース肉だった。マティルドが熱々の料理をオーブンから出すと、キッチンいっぱいに濃厚なにおいが広がった。レンジの横で切り分けて皿に盛り、その皿をグレートヒェンがテーブルに運ぶ。テーブルにはすでにエシャロット、栗のピューレ、サラダ菜、ポテトソテーの皿がならんでいて、いずれもアルノーが最初に手をつけた。

グレートヒェンが自分の皿を持ってテーブルにやってきた。すわるときに、僕に向かって笑いかけた。僕は気づかないふりをし、父親も同じであることを祈った。だが無駄な祈りだった。

「何をにやにやしてる」

「別に」

アルノーは娘をにらみつけた。「おれには何も聞こえなかったぞ。だれかがジョークでも言ったか？」

「言ってない」

「じゃあ、どうして間抜け面して笑ってる？」

「笑ってない」

「目が見えないと思ってるのか」アルノーの顔つきがみるみる険しくなったが、何かを言いかけたとき、皿をテーブルにおこうとしたマティルドがワインを倒した。

「あ、ごめんなさい！」

マティルドは急いで瓶をもどしたが、すでに中身がこぼれて、真っ赤な液体が流れた。ワインがテーブルの端から垂れ、アルノーは自分にかからないように椅子を引き、マティルドは慌てて雑巾を取りにいった。

「もっと手もとに気をつけろ」ワインを拭くマティルドをアルノーがしかりつける。

だが、これでアルノーの気がそれた。マティルドは別のボトルを持ってきて僕と父親のグラスを満たし、それから自分と妹にも少量注いだ。グレートヒェンが不満顔をする。

「これだけ?」

「まずは、いいでしょう」マティルドは言って、ボトルをおいた。

「パパ！」グレートヒェンが抗議する。

アルノーは甘やかして短くうなずいた。グレートヒェンは姉に勝ち誇ったような目を向けたあと、自分でふちまでなみなみと注いだ。

マティルドは静かに席についた。

アルノーがテーブルの上座にいて、向かいが僕で、両側にグレートヒェンとマティルドがすわった。アルノーはすでに食べはじめていたが、僕はマティルドを待ってから手をつけた。ソースはマスタードとクリームを混ぜたもので、辛さもちょうどよく、肉汁で煮てあった。豚はとても美味しかった。

「すごくうまい」

マティルドを褒めたつもりなのに、アルノーが横から割り込んだ。

「うまいはずだ。これよりいい豚は、どこをさがしてもないぞ」

アルノーは肉をフォークで刺した。嚙んであごが動き、耳の下の筋肉が盛りあがる。僕を見ながら口のなかのものを呑み込んだ。

「わかったか?」

なんの話をしているのか見当もつかない。アルノーはまた別のかたまりをフォークで刺して、僕にふってみせた。

「これだよ。わからないか。そんなはずはなかろう。殺すのを手伝ったんだ」

マティルドをかばうつもりで言ったのではなかった。とにかく食事を片づけて、屋根裏にもどりたかった。アルノーが僕をしげしげと見る。

「正論だな」そっけなく言って、ワインの残りを飲み干した。

ボトルにあった残りも、同じようにあっという間に消えた。アルノーは攻撃的なほどの態度で脇目もふらずに飲み食いし、食卓を一触即発のぴりぴりした雰囲気でつつんだ。だが、何も爆発することなく、主菜は無事に終わった。そのあとはヤギのチーズが出た。いつものマティルド手製の、強烈なにおいのするやわらかいチーズだ。僕は遠慮したが、アルノーはそれを自分のナイフでパンにたっぷり塗りたくった。

室内はだいぶ暗くなった。マティルドが背の高いフロアランプをつけると、外の夕暮れはすっかり夜の景色に変わった。グレートヒェンとふたりで食卓を片づけはじめたので、僕も皿を持って立ったが、アルノー
肉を切る僕の手が途中でとまったが、一瞬のことだった。アルノーを嬉しがらせたくはない。「どうりで、見憶えがあると思った」

「ますますうまく感じるだろう。どこから来た肉かわかると、なんとも言えず風味が増す」アルノーはだれにも勧めずに、自分のグラスにだけお代わりを注いだ。

「もっともマティルドの意見はちがうらしい。豚はきれいじゃないと思ってるんだ。そうだろう、マティルド?」

このときはじめて、彼女の皿に野菜しかのっていないことに気づいた。マティルドは目を伏せたままだ。

「ただ好きじゃないというだけよ」静かに言った。

「ただ好きじゃないだけだとさ」アルノーは一口でグラス半分のワインをあけた。意地の悪い顔つきをしている。「鶏と鴨とウサギはいい。なのに豚はだめ。理由はなんだ、え?」

「人の好みはそれぞれだ」僕は口をはさんだ。

が席にもどれと手で合図した。

「任せておけ」

アルノーはパンとチーズの最後の一口を食べ、指の先で口をぬぐった。だが、くつろいだ姿を見せているわりには、どこかそわそわした感じを受ける。とそのとき、唐突に椅子を引いた。

「さあ。居間に移ろう」

僕を連れてキッチンを出ていこうとする父を、マティルドとグレートヒェンのふたりともが、驚いた目でうしろから見ている。今度はいったい何がはじまるのだ？　僕はしぶしぶあとからついていった。

アルノーは廊下の一番奥のドアをくぐった。家の幅いっぱいを使っていると思われるような、長細い部屋だった。僕がはいっていくと、アルノーは暖炉の前に膝をついていた。半分燃えた薪の下に手を差し入れて、丸めた新聞紙にマッチを近づける。火がつくと、それを火床に放り、膝を銃声のように鳴らして立ちあがった。椅子のひとつをぞんざいに指した。

「かけてくれ」

僕はそうすることにしたが、勧められた椅子にはすわらなかった。比較的暖炉に近いところに、ソファがひとつと、椅子数脚があった。そのうちのすわり心地のよさそうな、カーブした肘掛けのついた古い木の椅子を選んだ。あたたかい晩ではあるけれど、部屋のなかは冷えていて、古い家具のかび臭いにおいがこもっている。隅には白黒だと聞いても驚かない、いかにも年代もののテレビがあった。よく見ると、窓のひとつが板でふさいである——ゆうべのディディエ襲来の爪痕だ。

アルノーはランプをつけて、キャビネットに近づいた。蛇腹蓋のついた台の両側には、小さな棚がある。その片方をあけ、ボトルとグラスをふたつ出した。

「コニャックは好きか？」

僕は驚きを抑え、好きだとこたえた。アルノーはふたつのグラスに少量を注ぎ、ボトルをしまった。ひとつを僕によこし、自分は暖炉の反対の、背もたれの高い肘掛け椅子にすわって、コニャックを口にした。

「ああ」

アルノーは満足げに椅子にもたれた。僕も飲んだ。淡い金色をした酒はなめらかで、喉の奥にたどりつく前に蒸発してしまうようだった。

「三十年ものだ」アルノーが言う。

「なかなかだ」

少なくともアルノーのワインよりいい。もっとも僕は気もそぞろで、味を楽しむどころではなかった。こうしたもろもろにどんな対価がつくのか、まだ知らされていないのだ。ぎこちない沈黙が流れた。アルノーが何を胸にしまっているのかは知らないが、僕がそれを聞きたいかは、まったく疑問だ。コニャックをもう一口飲んで、部屋を見まわした。暖炉の横の折りたたみ式のテーブルに、額入りの写真がいくつか飾ってある。新しめのものはどれも、グレートヒェンが幼いころの写真だ。一番大きい一枚は、うしろにあってもよく見えたが、濃い色の髪の女性と女の子の写真だった。

それを見ている僕を、アルノーが見ていた。「妻とマティルドだ」

「よく似てる」

アルノーは写真を見てうなずいた。「グレートヒェンのほうがおれに似た」

「奥さんは教師をしていたとか」

怒らせるつもりで言ったのではないのに、アルノーの鋭い目が僕に向いた。なぜそれを知っているのかと考えているようだが、僕を問いつめることはしなかった。シャツのポケットからパイプを出して、葉を詰めはじめた。

「ああ、そうだ。出会ったときはマリーは教師だった。だが、やめたよ。ここの仕事が山ほどあった」

「でも、マティルドに教えたんでしょう」

ふたたび鋭い目が向いた。「妻は教えたがった。ドイツ語、英語、イタリア語。マティルドは全部を学ぶべきだと考えていた。とくにイタリア語だ。イタリアには文化がある」小馬鹿にしたような顔でパイプに火をつけ、空気を吸い込んだ。「いったい、農場のどこに文化がはいり込む余地がある？　妻はすぐにそのことを学んだ」

アルノーはパイプの柄を口にくわえた。同情や愛情といったものは感じられない。僕は使われていない寝室に置き去りにされた結婚写真を思い、その女性を気の毒に思った。

アルノーの妻と娘がいっしょに写っている一枚を、僕はあごで指した。「あのマティルドはいくつですか」

「十か十一だろう。マリーが病気になる前の写真だ」口からパイプをはずして、糾弾するように柄を僕に向けた。青い煙がゆらゆらと立ちのぼり、甘い濃厚な香りが部屋に広がった。「その話も聞いたんだろう。え？」

「亡くなったことは知ってます」

「ああ、死んだよ。しまいにはな。何かの病気で、徐々に弱って死んでいった。最後の半年はベッドから出られなかった。おかげでこっちは、寝たきりの妻と、ふたりの幼い娘の世話をしながら、ひとりで農場を守らなきゃならなかった。医者連中はああだこうだ言ったが、結局、病名をつけることもできなかった。そんな調子じゃ、治せないのも当然だろうよ。お節介な役立たずどもめが」

アルノーは怒りにまかせて残りのコニャックをあおり、立ちあがった。何も聞かずに僕のグラスを取って、キャビネットにいった。

「世のなかには、自分のほうが賢いと思っている人間がいっぱいいる」お代わりを注ぎながら言った。僕にグラスをよこして、ボトルを持って自分の椅子にもどった。不愉快そうな顔でふたたびパイプをくわえる。

「他人に指図する権利があると勘ちがいしている連中が、いつも必ずいる。医者に隣人、それに警察」

僕を一瞬見た。

「権利と自由がどうだの、社会に属せだの、どいつもこいつも馬鹿のひとつおぼえのように言う。社会だとよ！　笑わせるな！　社会ってのは自由とはちがう。言われたことをやるのが社会だろう！」

大きく一口飲んで、三十年ものの酒が椅子の外にはねるほど、グラスを強く肘掛けにたたきつけた。

「人間は自分にいいように人生を生きる権利がある。おまえを見てみろ。フランス人でさえない。外国人だ。イギリス人だが、だからといって、おれはとやかく言わないだろう。ほかにおまえの何を知ってる？　何もだ。何かを隠しているということ以外はな」

僕はこれほど酒を飲んだことを悔やみながら、どうにかポーカーフェイスをつらぬこうと必死になった。アルノーがにやりと笑う。

「心配するな、おれには関係ないことだ。それがなんだろうと、こっちは気にしない。おまえは自分の問題を自分のなかにしまっている。いいことじゃないか。しかしな、何を隠して、何から逃げているかは知らんが、おまえもおれといっしょで、社会からはみだしているんだ」

アルノーが僕を見すえたまま、酒を口にする。

「なぜ、警察に嘘をついた？」

急に話の方向が変わって、不意をつかれた。「嘘をつかないほうがよかったですか」

「そういう話じゃない。罠のことで騒ぐこともできただろうに、そうしなかった。なぜだ？」

無難で適当な答えをさがそうとしたが、見つからない。僕は肩をすくめ、アルノーに望むように解釈させた。

アルノーは表情をくずした。「あんたが思っている以上に、おれたちは似てるんだ。ルイについては何を知ってる？」

話がどこへ進むのか不安になりながら、コニャックを一口飲んだ。「あまり多くは知らない」

「しかし不思議に思ってただろう。なぜ、みんなあの男のことを話したがらないのか。それに、町のクズどもが、なぜうちの家族を目の敵にするのか」

僕はさらに居心地が悪くなって、もう一度肩をすくめた。

「安心しろ、責めてるんじゃない」口からパイプを取り、まずい味がしたように顔をしかめる。「ルイは与太者だった。建設現場で気まぐれに働いて暮らしを立てていたが、頭のなかは壮大な計画でいっぱいだった。ぶどうの木を安く買う話だとか、彫像の話だとか。あいつには吊り上げ機とピックアップトラックがあり、うちには売るまでおいておける場所があった。もちろんあの当時は、あの男が上の娘とできてるとは知らなかった」

アルノーはパイプをにらんだ。

「マティルドが悪いんじゃない。ルイの魅力には、牛の尻にとまってた蠅だって寄ってきただろうさ。妊娠するような馬鹿をやったのはまずかったが、ともかく、子供ができたとわかったとき、ルイはそれを大きなチャンスと見たんだ。やつはマティルドに結婚を申し込んだ。もちろん、律儀に責任を取るためじゃない。結婚すれば、ここのすべてが手に入ると思ったのさ」

アルノーは手を動かして、家とそのまわりの土地を示した。

「ただし、あの男は知らなかった。じつはおれが死んだら、すべてはミシェルが相続することになっている。もちろんグレートヒェンとマティルドが困るようなことにはならないが、農場は娘たちにはわたらない。ふたりの結婚相手にもな。そうなるよう、おれが抜かりなく手を打っといた。しかし、それをルイに話したのが大きなまちがいだった。やつはそのとき、ものの みごとに本性をあらわした。あいつは、彫像の買い手はすでに見つけてあるが、もっと大量に売りたがっている人がリヨンにいると、おれに言った。どうせなら儲けを二倍にしようじゃないかと持ちかけられて、馬鹿なことに、おれは口車に乗った。それでルイに現金をわたした。ルイの出張費までついでに上乗せしてな。それがあいつを見た最後だった。やつはおれの金を盗み、ごみ同然に自分の息子の母親を捨てたんだ！」

気の毒なマティルド。だいたいの経緯は想像がついていたが、アルノーが自分にいいように話に色づけしていると考えたとしても、彼女にとって屈辱的な経験だったことには変わりないだろう。

「言うまでもないが、その直後に誹謗中傷がはじまった」アルノーが悔しそうに先をつづける。「彫像のことは人に訴えるわけにもいかなかったが、どっちみち、訴えたところで何も変わらなかっただろう。ルイは町の人気者だった。あいつはあの町の出だ。だから、何が理由でルイがここを出ていこうが、あいつが悪いという話にはならない。娘を犯そうが、おれを裏切ろうが、そんなことは知ったこっちゃないんだ。あいつを責める者は、だれひとりいなかった！　それどころか、悪いのはルイが出ていくように仕向けたうちだという話になった！」

お代わりを注ぎ、ボトルとグラスがぶつかった。アルノーはむさぼるように酒をあおった。

「それが卑劣な連中にいい口実を与えたんだ。町へいくと、マティルドはもちろん、グレートヒェンまでが嫌がらせを受けるようになった。町に出ていくのをやめると、向こうからやってくるようになった。いたずら電話もかかってきた。夜に納屋に火をつけられたこともあった。トラクターの燃料タンクには砂糖を入れられた。それで、電話をはずして、有刺鉄線を張った。

罠を仕掛けたことも隠さなかった。そうすりゃ、うちの土地に足を踏み入れればどんな目を見るか、あの連中にもわかる」

あの連中にかぎった話ではないが。だが、アルノーは皮肉に気づいていないようだった。「どうして僕にいろいろ話をするんですか」

「どういう状況になっているのか、教えてやろうと思ってな。あんたが警察に聞かれても口を閉じていたからだよ」

僕は信じなかった。何かほかにも考えがあるにちがいない。でも、それがなんにせよ、まだすぐには教えてもらえないらしい。アルノーは椅子から立って、会見が終わったことを伝えた。

「話はもういいだろう。明日は、朝早くからはじめないといけないからな」

「はじめるって、何を?」

「罠の撤去だ。警察から質問を受けた。ゆうべのやつらが何か言ったにちがいない」アルノーがいきなり疑いの目で僕を見た。「本当にだれにも話してないんだな?」

「さっき、そう言ったでしょう」

ジャン=クロードには森で怪我をしたと話したけれど、それ以上のことは言っていない。アルノーは自分がこれほど見下している町人たちが、果たして彼の秘密を守るほど義理堅いかということは、考えないらしい。銃を向けられたあとなら、なおさらだろうに。だが、そういう矛盾はアルノーにはどうでもいいのだ。

「警察の太ったほうが、罠は不法だと説教をたれた。不法だ? ここはおれの土地だろう!」怒りで声がふるえる。「あんたらには関係のないことだと言ってやった。捜索令状を持ってこないかぎり、話を聞く気はないってな」

それを聞いて寒気がした。「警察はそのつもりですか?」

「知るか。だが、何かを発見してやつらがほくそ笑む顔は見たくない」

「それで僕に手伝えと？」

「そういうことだ」

　アルノーが顔をあげてコニャックをあおると、段のない梯子のように喉の両側に筋がうきでた。うまそうに唇を鳴らし、グラスをおいて笑った。暖炉に照らされたその顔はたぬきおやじといったふうに見えたが、目は相変わらず鋭かった。

「それとも、おまえも警察に嘘をつくことにした理由を、あいつらに説明したいか？」


　納屋にもどるころには、アルノーのコニャックで頭ががんがんしていた。ぼんやりした脳とは対照的に、夜の空は異様に澄んでいた。僕は地面の丸い石の上で杖をすべらせながら、いくらか千鳥足で中庭をわたった。納屋の奥は暗く、ランプは上の階においたままだ。手さぐりで空のワインボトルをさがし、ついでに何本かを倒した。氷のようなしぶきを床に飛び散らせながら瓶に水を入れ、それから手で顔を洗った。

　いくらかましになった。

　重い身体を引きずって階段をあがり、慣れた屋根裏にたどりつくとほっとした。落とし戸を閉めることさえ億劫（おっくう）で、そのままあけておくことにした。壁に立てかけた杖がすべって床に倒れたが、ひろう気にもなれない。どうにかTシャツを脱いだところで、僕はジーンズのままベッドにばったり倒れ込んだ。本当は脱ぎたかった。そうするつもりだった。けれど、たらふく食べた料理とアルコールのせいで、まぶたに錘（おもり）がのっているようだ。一瞬だけ目を閉じる。あと少ししたら起きあがって、ズボンを脱ごう。

　あと少ししたら……

　僕はむかしの部屋の、むかしのベッドにもどっていた。マットレスが動き、それから彼女のぬくもりを横に感じた。唇が僕の口をこすり、頬にそっとふれる。彼女がそばにいる、またすべては元どおりになったのだ。そう思って、胸が幸福感であたたかくなった。けれども、彼女に応じながら、何かがおかしいと気づいた。身体を押しつけられて、違和感が大きくなった。においも、身体のラインもちがう。垂れた髪が肌にふれ、手でなでられ、まぶたをあけるとそこはふたたび屋根裏で、グレートヒェンの顔がほんの十センチほどの目の前にあった。

一瞬かそこら、本能に負けそうになった。だが、つぎの瞬間、はっとして目が覚めた。とび起きて、上にいるグレートヒェンをマットレスに押しのけた。

彼女はおかしそうに笑った。「怖がらせちゃった?」

頭も心臓も激しく鳴っている。身体を引きずって彼女からさらに離れた。「何してる?」

「なんだと思う?」暗闇で歯と目が光っている。着ているのは丈の短い白いTシャツだけだった。「わたしを見て喜ばないの?」

「ここにいちゃいけない」

「どうして? みんな寝てるわ。それにあなただって喜んでるのがわかる」

彼女の手がジーンズにのびた。僕はその手をどけた。

「帰るんだ」

「本当はそれを望んでないくせに」

「いや、本気だ」

僕はマットレスから足をおろして立った。グレートヒェンともつれたことになるのは死んでも避けたいが、彼女が横に寝ていては、それを思いだすのもむずかしくなる。

月明かりのなかでも、顔に戸惑いがうかんでいるのが見える。「どうしたの? わたしのことが嫌い?」

「きみのことは……」後悔するようなことを口走る前に、自分をとめた。「そういう話じゃないんだ。とにかく、きみはここにいちゃいけない」

沈黙が流れた。ほかに何か言えることはないか、前のような癇癪を起こさせずに彼女を追いはらう方法はないか、必死に考えた。もしまた彼女がマティルドのことを言いだしたりしたら、厄介なことになりかねない。そのとき、笑いがうかんだのが見えた。暗いなかで歯が光っている。

「パパが怖いの？　そうなんでしょう？」

僕はこたえず、彼女に勝手に解釈させた。そう思わせておくほうが簡単だし、まるきり嘘なわけでもない。グレートヒェンはベッドの上に膝をついた。

「さっきはなんの話だったの？　取っておきのコニャックを飲ませるくらいだから、怒ってたんじゃないわね。グラスを洗ったから、わたし知ってるの」

「農場についての話をしただけだ」

「嘘つき」笑い声をあげた。「大丈夫よ、パパには悪いようにはさせないから。わたしに意地悪しないかぎり」

冗談なのか本気なのか、わからなかった。「罠のことで手伝えと言われているんだ。もうあと数時間したら、起きて……」

「ならたっぷり時間はあるじゃない」

「グレートヒェン……」

「わかった、いくわよ。またパパに階段から蹴落とされたらかわいそうだから」機嫌がもどった。グレートヒェンはベッドから立ちあがり、僕は落とし戸のほうにいった。髪が月光を受けてつややかに光り、短いTシャツからはすらりと長い素足がのぞいている。彼女はかわいかった。ジーンズのまま寝入って、むしろよかったと僕は一瞬思った。

グレートヒェンは前に立ち、いたずらっぽい笑顔をうかべて僕の腕をなでた。「お休みのキスもだめなの？」

「今夜はね」

「つまらない人」

唇をとがらせる。まだ解放してくれる気はないらしい。彼女の手が絆創膏のところでとまった。それが何か確かめながら眉をひそめている。

「腕、どうしたの？」彼女はたずねた。

ロンドン

バー〈ゼッド〉のカウンターの裏でグラスを洗っていると、客がはいってきた。どこか見憶えのある気もしたが、深く考えるほどの何かがあったわけでもない。相手もこっちを気にするようすはなく、ディーからビールを受け取ると、一番奥のテーブルに歩いていった。

男のことはすぐに忘れた。僕はカナリーウォーフの近くにあるこの〈ゼッド〉で数か月前から働いていて、もう数えきれないほどの客にカウンターごしに酒を出した。語学学校に辞表を出して、ここの仕事を得たのだ。きれいさっぱり過去と決別したいと思った僕にとって、あの学校にはクロエとの日々を思いださせるものが多すぎた。家を出たあとは、ハックニーにワンルームのフラットを見つけるまで、しばらくカラムのところに厄介になって、ソファで寝かせてもらった。新居はたいしたところじゃないが、映画のポスターが貼れて、DVDがおければいいのだ。それに、金を貯めてフランスにいくまでの仮の住まいにすぎない。それが僕の新しい計画だった。まずはそうして再出発を切ろうと考えていた。

なのに、まだここにいる。

なぜだかわからないが、今は行動を起こすタイミングじゃないといつも思うのだ。それで、つぎの週、つぎの月、つぎのなんとか、といったふうに、ずっと先延ばしにしていた。一方、〈ゼッド〉での仕事は、まずまずよかった。高級な店で、昼にはランチタイムのメニューに金を出せるような、経費に余裕のある金融系が集まってくる。夜の客層も同じくリッチで、そうした客はたいてい、ステンレスのカウンターのうしろに大きな鏡があるのが好きだった。オーナーのセルゲイにも、文句はない。セルゲイとボーイフレンドのカイは、店が忙しいときには手伝ってくれる。もっと悪い働き場所はいくらでもある。

ここを定職にしたいというわけではないが。

さっきの男がビールのお代わりを取りにカウンターにやってきた。今度は僕が注文に応えた。まだだれだかぴんと来なかった。大きな男で、ごつい見た目が〈ゼッド〉のふつうの客とは違和感があって、うい ている。ビールが注がれるあいだ、男は入り口を見て、それから時計に目をやった。

それで、だれだかわかった。

僕は顔をあげないようにして釣りをわたした。男はテーブルにもどっていった。僕はほかの客の相手をしながらも、その男をずっと見張っていた。だれかを待っているのは明らかだが、待つのを楽しんでいるふうではない。

相手はだれであってもおかしくない。けれども、めまいを感じるほどはっきりと、待ち人がだれだか、僕にはわかった。

ジュールがはいってきたのは、僕が厨房から氷を運びだしているときだった。酔ってふらつく派手な美人をふたり連れて、笑い声をあげながらレニーのいるテーブルに歩いていく。ジュールの姿に、僕の足がとまった。怒りと、憎しみと、動揺がないまぜになった感情がどっとわいて息苦しくなり、僕は背を向けて厨房にもどった。

「おい、ショーン、歩くときはちゃんと前を見てくれよ！」いきなりドアからはいってきた僕に、セルゲイが文句を言った。トレイにのったものがこぼれないように、どうにかバランスをとっている。

「すみません」僕は横にどいた。手足が固まって妙な感じがする。「できたら、カウンターの仕事から今だけはずしてもらえませんか。皿を洗うとかなんでもしますから」

「冗談だろう？　なんならコーヒーを持っていってやるから、足をあげて一休みするか？」

セルゲイはなおも愚痴をこぼしつつ、腰でドアを押しあけてカウンターに出ていった。

「くっそ」揺れて閉まるドアを見ながら、僕は言った。

「何かあった？」ディーがオリーブを盛りつけていた小皿から顔をあげる。

「いや、なんでもない」

彼女が顔をそらすまでどうにか笑顔を保ち、それから力なく壁にもたれた。ジュールはドックランズでジムを経営していると、ジェズから聞いていたのに、クロエと別れたごたごたですっかり忘れていた。僕はふたりでよく通った西ロンドンの地区から離れることばかりに必死で、まさか自分があの男のテリトリーで働いているとは一度も想像しなかった。

深呼吸して、ふたたびカウンターに出る。店はこんでいて、しばらくはなんとかしのげそうに思えた。レニーがまたカウンターに来たが、今度はディーが注文を受けた。さっきと同じで、僕にはまったく注意をはらわない。ひょっとしたら、彼らはこのまま酒を飲み終え、気づかずに出ていってくれるかもしれない、と僕は期待を持ちはじめた。

連中が帰ろうとするころ、運は尽きた。僕は混雑した客の隙間から席を立つ四人を目でうかがった。そしてちょうどそのとき、呼びかけに応えたかのように、ジュールが目をあげてこっちを見たのだ。

僕は顔をそらして、別の客の相手をした。何事もなかったよう振る舞おうとしたが、棚のグラスをつかんだときに、別のグラスを倒してしまった。グラスは床に落ちて割れた。

「くそ!」

大きすぎる声が出て、近くで給仕をしていたセルゲイが僕をにらんだ。よくあるように、ガラスの割れる音に店内の喧騒が一瞬やんだが、すぐに会話がもどった。僕はカウンターの下からちりとりを出して、身を隠す口実に喜んでとびつき、しゃがみ込んで割れたガラスを集めた。

つぎに立ちあがると、カウンターにジュールがもたれていた。

僕はそれを無視して、ごみ箱にガラスを捨て、ふたたび客の対応にもどった。そのあいだじゅうずっと、ジュールがこっちを見ていた。間もなく、カウンターの僕の側にならんでいるのは、彼だけになった。もはやいないものとして無視することはできない。

ステンレスのカウンターごしにジュールと向き合った。日焼けして健康そうに見えたが、頭を動かすと、バーの照明に目の下の黒いくまがうかびあがった。まるで痣のようだ。だが、顔には記憶にあるとおりの薄笑いがうかんでいる。

「教師をやめたらしいな」ジュールはわざとらしく店を見まわした。「なかなかのこみ具合だ。ここの客はチップがいいんじゃないか？」

「なんの用だ？」

「おい、もっとましな口が利けないのか。何を飲みますかと聞くのが礼儀だろう。〝お客さま、ご注文はなんでしょう〟とか、なんとか」

僕は痛いほど歯を食いしばった。ジュールがもう一度僕に微笑みかける。瞳孔が針の穴のようになっていた。僕は相手にする必要はないと自分に言い聞かせた。言いたいことだけ言わせて、帰らせればいい、と。けれども、つぎの言葉を聞く心の準備はできていなかった。

「きみに会ったとクロエに伝えておこう」眉をあげる。「知っていたかな。彼女は今、うちに住んでいるんだ」

知らなかった。家を出て以来、クロエとは会っていない。堕胎するまでいっしょにいようと申してることも考えたが、結局そうしなかった。彼女がどう生きるかは、もはや僕には関係のないことだと、クロエははっきり態度で示したのだ。それで、きっぱり縁を切ることが最善なのだと、僕は自分を納得させた。

だが、まさか彼女がジュールと縒りをもどしているとは思わなかった。僕の知るかぎりでは、中絶は彼女ひとりが決めたことで、つまりジュールとも決別したのだろうと思い込んでいた。僕の感情は、はっきり顔に出ていたにちがいない。

「どうやら、知らなかったようだな」ジュールは笑った。

「彼女はどうしてる？」

「知る必要はないだろう。彼女を捨てて出ていった男が」

グラスをつかんでいる手の甲が白くなったが、そのとき、レニーがやってきた。ジュールも長身だが、レニーはさらに大きかった。

「いかないのか？」

「クロエのむかしの友人にちょっと挨拶してただけだ。ショーンを憶えてるだろう」

レニーは興味なさそうに僕を一瞥(いちべつ)したが、彼が何かを言う前に、洒落た身なりの男女がカウンターにやってきた。男のほうが僕に合図する。「シャブリのグラスと、それから――」

「話の最中だ」レニーはふり返りもせずに言った。

「そうは言っても、こっちも注文を――」

レニーが顔を向けてにらみつけると、相手は言いよどんだ。レニーの表情に変化はなかったが、空気が一瞬にして張りつめた。

「失せろ」

男も負けずに文句を叫んだものの、腰が引けていた。結局、女に引っぱられて去っていった。レニーは僕が見えていないような態度で、ジュールをふり返った。

「早く済ませろ」

要求というより命令だった。ジュールは顔を赤くし、レニーはふたりの酔った女のいる場所にもどっていった。

「仕事があってね」ジュールは涼しい顔を取りもどそうとして、ぎこちなく笑った。「会ったことをクロエに伝えよう。きっと大興奮する」

彼が去ったあと、僕は同じ場所で立ち尽くした。客の男が僕に向かってクレジットカードをふっている。

「おい、仕事をしてるのか、そこに立っているだけなのか？」

僕は背を向けて厨房にはいった。セルゲイが何かを言ってきたが、聞こえなかった。非常口を抜けて、裏路地に出る。ごみと尿の香(かぐわ)しいにおいがする。

うしろのドアを閉めて、壁ぎわでくずれるようにしゃがみ込み、目を閉じた。

15

「おい、起きてるか？」

その言葉が、引き綱となって意識の世界へと僕を導いた。起こされながら目をあけたが、だれの声かわからず、夢だったのかもしれないとも思った。けれども、だれかが落とし戸をたたく音がして、現実だと知った。

「おい、起きろ、怠け者！」

アルノーだ。最初に頭にうかんだのは、グレートヒェンのことだった。ベッドからとび起き、彼女がまだそこにいることを半ば覚悟した。だが、ありがたいことに、僕はひとりだった。箪笥は今も落とし戸の上にある。ゆうべ、そこまで引きずっておいたのだ。十八歳の娘の侵入を防ぐ方法としてはやりすぎだったかもしれないが、父親が相手でも同じように効果を発揮した。起き抜けの混乱のなか、グレートヒェンがここに来たことがばれたにちがいないと考えたが、そういえば、罠の撤去を手伝うことになっていたのだった。

「今いきます」僕は叫んだ。雑なワインとアルノーのコニャックで頭ががんがんし、いきなりたたき起こされたことで、痛みがいっそうひどくなった。

「遅いぞ！」体重で木の階段が軋んでいる。「とっとと、そこからおりてこい！」

「五分ください」

「二分だ！」

重たい足音が落とし戸から遠ざかる。僕は頭を垂れてうめいた。まだ夜が明けて間もないはずだ。屋根裏にはいってくるのは、明け方の灰色の光だった。できるならもう一度マットレスに倒れ込んで、あと一時間眠りたかったが、僕はつなぎを着て、下におりていった。水道に立ち寄り、乾ききった喉を潤して、顔と首に水を浴びせる。ひげから水がしたたり、冷たさがつかの間、頭痛をやわらげてくれた。

アルノーは外でルルと待っていて、労働者用のキャンバス地のナップザックを肩からさげていた。腕には折りたたんだライフルをかかえている。二日酔いで顔色が冴えず、茶色い顔に霜が降ったように白いひげがういている。アルノーは僕をにらんだ。

「早いうちから支度をしとけと言ったはずだぞ」

「夜明けからはじめるとは思ってなかった。朝食はどうするんですか？」

「朝食がどうした？」

アルノーはすでに中庭を歩きだしていた。あとを追うと、ルルが久々に再会した友のように僕にまとわりついてきた。道路に向かう道をいくのかと思っていたが、アルノーは厩舎の横にはいっていった。僕は今では農場のことを熟知している気になっていたけれど、そこには存在さえ知らなかった通り道があった。この農場には、僕の知らないことが、ほかにどれだけあるのだろう。

僕は足取りも重く、うしろからついていった。鳥がさかんに歌をさえずり、霧の垂れ込めた冷たい朝にくっきりとした声を響かせる。僕はつなぎの下にTシャツを着てくるべきだったと考えながら、腕をこすり、絆創膏を指でなぞった。これを忘れていたゆうべのグレートヒェンの態度を思いだすと、一瞬、朝がさらにひんやりと感じられた。攻撃されたこと自体より、そっちのほうがなぜだか気にかかる。ただの演技だったのかもしれない——彼女が芝居上手なのはまちがいない。でも、こういうことがあったのは、ゆうべの一度きりではなかった。写真に火をつけたあとも、彼女はそれについてふれることさえしなかった。あのときは、都合よく記憶を書き換えて、気まずい事件は忘れることにしたのだと思った。

だが、何かそれ以上のものがあったのかもしれないと、今にして思えてくる。

　僕らは道を進んで母屋を見おろす深い森にはいっていった。ここはいわば、農場と外界を隔てる緩衝地帯だ。僕はグレートヒェンのことを頭から追いだして、木の根につまずかないように慎重に歩いた。前をいくアルノーの首はかたく頑丈そうで、横にしわが寄って段になっている。銃を見て、僕はふたりだけでこの無人の森に来てよかったのだろうかと、今さらながらに思った。グレートヒェンが父親に何を話し、何を話さなかったかはわからないが、アルノーは疑わしきは罰せずですます男じゃない。ここまで来れば、銃声はだれの耳にもとどかず、死体はいつまでも木々のあいだに埋もれさせておくことができる。

　僕は妄想をふりはらった。アルノーは何がなくとも直情的なのが取り得だ――危害を加えるつもりなら、僕もとっくにそれに気づいているだろう。それに頭痛があまりにひどく、このつらさから解放してもらえるなら、それも悪くないとさえ思えた。

　森は静けさにつつまれていた。研ぎ澄まされた静寂のなかでは、音のひとつひとつが大きく響く。道の横数メートルほどのところで、何かがガサガサと音をたてた。ルルが逆毛を立てて跳びかかろうとしたが、アルノーが短く命令を発し、制止する。犬は残念そうにふり返り、しぶしぶアルノーのうしろについた。

　道はまがりめにさしかかり、アルノーはそこから森のなかに分け入っていった。草には露がついていて、ズボンのすれたところが濡れて黒くなる。ルルが先に出て走りだそうとするが、ふたたびアルノーが制止し、首輪を持って乱暴に自分のうしろに押しやった。

「ルルが罠にかかることは心配してないんですか」僕は聞いた。

「そばには寄らせない」

「勝手に森にはいっていったら？」

「そうなったら、自分の責任だ」アルノーは前の地面を目でさがした。「ここだ」

草のなかに、口をあけた罠が隠れていた。アルノーがひろった枯れ枝で真ん中の四角い板をつつくと、勢いよく口が閉まって、枝が折れた。彼はナップザックを肩からおろし、むかし軍で塹壕掘りに使ったような、二つ折りにした道具を出した。僕はとっさにあとずさろうとしたが、アルノーはそれをひらいて僕によこしただけだった。

「杭を掘りだせ」

僕はその道具を受け取って、杖を木に立てかけた。杖はもう必要ないのではないかと思うこともあるが、まだ手放す自信がわかない。罠は、埋め込んだ杭に長いチェーンでつないであった。塹壕掘りの道具は、一方が先のとがったシャベルで、反対がつるはしになっている。土が割れるまでつるはしで表面をたたき、シャベルを差し入れて杭を掘りだすとともに、派手に黒土の雨を降らせた。

アルノーが袋を手にして待っていた。僕はなかに罠を落とし、道具を返した。

「持ってろ」アルノーはそう言って、道のほうにもどっていった。

われわれはさらにふたつ罠を掘り、やがて、森のなかの見憶えのある場所に来た。僕は風景を見おろした。農場と森と湖の景色は、脳に悪夢のようにこびりついている。アルノーが一本の木の前で待っていた。地表に露出した根には、ナイフで突いたところに裂け目が残っている。そばには空になった水のボトルが転がっていた。罠は木の根元で今も口を閉じていたが、がっちり噛み合わさった歯の先には、黒っぽいものがこびりついている。

「どうした?」アルノーが言った。「何をもたもたしてる」

僕は道具を地面においた。「これは自分でやってください」

目に意地の悪い表情がよぎった。「嫌な記憶がよみがえるか？　心配するな。もう挟まれる心配はない」

僕はこたえなかった。アルノーは顔から笑いを消した。ナップザックと銃を地面に落とし、僕から道具をひったくって、土も木の根も区別なく道具でえぐり、杭のまわりの地面を掘りはじめた。力のある男だが、僕が経験から知っているとおり、杭はしっかりと埋まっている。抜くまでにほかの罠より時間がかかり、アルノーは作業の途中ですでに汗をかきはじめた。彼はシャツをひらいて、毛のない白い胸を出した。罠をひろおうとしてかがみかけた途中で、ふいに動きをとめて、腰に手をあてた。

「こいつを袋に入れてくれ」青ざめた顔で腰をのばした。「それもあんたの主義に反するか？」

アルノーはあとを僕に任せ、そろそろと歩き去った。僕は杭をつかんで罠を持ちあげた。この前こじあけようとしたところに、光る新しい傷が残っている。チェーンからぶらさがった罠は、血のついた邪悪な鉄のペンダントのように、ゆっくり回転した。

僕はそれを袋に落とした。

罠は、森のあちこちにあった。アルノーが持参した袋が満杯になるたびに、あとでまとめて回収できるように、道端においていった。どの罠も、木の根や草の茂った陰においてうまく隠してあったが、わざわざ浅く穴を掘って、木や枝でたくみに偽装したものもひとつあった。

アルノーは迷うことなく場所を特定し、ひとつずつ的確に罠を見つけだしていった。僕は半分までいっぱいになった袋を脚にぶつけながら、アルノーについてつぎの罠のところに移動した。罠はこんもりとのびた下草に隠れて、チェーンしか見えない。アルノーは草を掻き分けるのに、枝をさがした。

「なんの意味があるんです？」僕はたずねた。

「何がだ」

罠の詰まった袋を地面に落とした。「この全部のことです」

「きまってるじゃないか、人を寄せつけないためだ」

「この前の晩は、防げなかった」

頬の筋肉が盛りあがった。「連中は運がよかった」

「あなただって」

「何が言いたい」

「もしだれか罠を踏んでいたら、警察の警告を受けるだけですんだとは思わないでしょう」

「そんなことをおれが気にするか」

「じゃあ、どうして罠を撤去するんですか」

「罠を発見する喜びを与えたくないからな。一、二週して、ほとぼりが冷めたら、またもどすつもりだ」含みのある目つきで僕を一瞬見た。「それに、罠にかかったとして、そいつは警察に事情を説明しにいけると思うか?」

残る草を掻き分け、アルノーは短く笑った。

「こいつは罠を閉じる手間がいらんようだ」

ウサギの死骸が罠の閉じた口にぶらさがっていた。おそらく何か月も前にかかったものだろう。蠅や蛆(うじ)がすでに仕事を終えて、ただの干からびた毛皮と骨になっていた。

アルノーは死骸を足で蹴った。

「ひろってくれ」

アルノーがようやく一息入れようと言ったときには、朝の冷たさと霧は、すでに暑さのなかに消えていた。枝葉からこぼれる陽射しは、まだ不快ではないが、やがて来る暑さを想像させる。われわれは平らな岩が地面から突きだして天然の椅子のようになっているところを、休憩場所にした。アルノーは銃を岩に立てかけ、みずからそこに腰をおろした。僕は一息つけてほっとし、地面にすわった。

「罠はあとどのくらいあるんです」

「湖に近い森のなかに、まだたくさんある。どうした？　疲れたか？」

「いや。楽しくてしょうがない」

アルノーは鼻を鳴らしたが、応じるまでもないと思ったらしい。僕がいつ朝食にありつけるのかという疑問を頭から追いだそうとしていると、アルノーが自分のナップザックに手を入れ、なかからワックスペーパーでくるんだ包みを出した。ルルと僕がじっと見ているなか、包みをあける。出てきたのは二枚の冷製の鶏の胸肉だった。アルノーは、なんとそのひとつを僕に差しだした。

「ほら」

アルノーの気が変わらないうちに受け取った。もう一度ナップザックに手を入れると、今度は水を入れたペットボトルと長いパンが出てきた。

「パンは昨日のだ」アルノーは軽蔑するように言って、半分に割った。

僕は気にしなかった。われわれは黙って食べ、同じボトルから水を飲んだが、もちろんふたりとも、そのつど飲み口をぬぐった。飢え死にしそうだと訴えるルルにも、僕はときどき欠片を放ってやった。アルノーはルルのことを無視している。

食べ終わると、アルノーはパイプを出して葉をつめた。僕もそこにまざりたかったが、大慌てで屋根裏を出てきたため、たばこを持ってこなかった。

「腰の具合はどうです？」僕は聞いた。

食べ物を分けてくれたので、こっちからもそのぶんの歩み寄りを示したつもりだった。アルノーがパイプをくわえ、煙の向こうから僕を見る。

「土掘りをして、よくなるわけがない」

その後は会話はなかった。アルノーは腰かけている岩にも負けず頑固に見えた。あるとき、こっちを見ているのに気づいたが、目が合うとアルノーは無言で顔をそらした。張りつめたものが伝わってきて、あの妄想がふたたびよみがえってきた。

「ところで、娘のもてなしは嬉しいか」

ついにきた、と僕は思った。グレートヒェンはどんなことを言ったのだろう。「どういうことですか」

アルノーがいらついた目で僕を見る。銃を下に寝かせて、パイプを手でいじった。「マティルドだ。生まれたての赤ん坊みたいに、かいがいしくおまえの世話をしてる。食事をつくったり、包帯を替えたり」

「たしかに。彼女はいつもよく……もてなしてくれてます」

アルノーは口からパイプをはずして見えない埃を取り、ふたたびくわえた。「娘をどう思う？」

「いったい、なんの話ですか」

「じつに簡単な質問だろう。マティルドのことをどう思うかと聞いてるんだ。魅力的な女じゃないか？」

どうこたえたところで、アルノーは腹を立てたいときには腹を立てる。だから本音を言うことにした。

「ええ、そうですね」

それが聞きたかった答えのようだ。口からパイプをはずした。「マティルドは苦労が耐えない。家の切り盛り。母親が死んでからは、グレートヒェンの世話。あげくに、ひとりで赤ん坊を背負うことになった。楽なことじゃない」

少しでも娘に楽させようとアルノーが気遣うところは、これまで見たことがない気がするが。

「おれだって大変だった」アルノーがつづける。「ふたりの娘を育てたんだ。こういう場所に必要なのは息子だろう。いっしょに働いて、ゆくゆくはあとを継ぐ。おれはずっとマリーが息子を生んでくれることを願ってた。だが、見ろ、みんな女だ。ミシェルが生まれたときには、心から神に感謝したよ。女にかこまれた暮らしなど、冗談じゃすまんぞ」

アルノーは岩にパイプをあてて中身をあけ、僕の顔ではなくそっちを見つづけた。

「そうは言っても、マティルドのほうが哀れだ。見てくれだって悪くないし、まだ若い。男が必要だろう。理想をいえば夫って話だが、現実を見ないわけにはいかない」パイプを見たまま、口を引き結んだ。「おれの言わんとしていることはわかるだろう」

僕はどうとでも取れるように、首を傾けた。

「問題は、ここいらにはろくな男がいないということだ。どいつもこいつも、けちな心しか持ってない。そのうちの半分は、台にする椅子があれば牛だろうと相手にする連中だが、ほかの男の赤ん坊のいる未婚の女となると……」

アルノーのため息は、若干芝居がかっていた。

「偏見をいだくんじゃなく、もっと賢くなっていいだろうに。おれは永遠に生きるわけじゃないし、マティルドは長女だ。ミシェルが跡を継げるようになるには何年もかかるし、そうなったときに、おれが生きていて世話を焼ける保証もない。農場に手がかかることはもちろん認めるが……どれだけの価値を秘めているかは、見りゃ想像がつくだろう。言ってることがわかるか？」アルノーははじめて僕の目を直接見て、質問した。

「ええ、たぶん」もちろんわかっていた。アルノーがこのような話を切りだしたことより、その話を僕に持ちかけたことが驚きだった。

アルノーが満足そうにうなずく。「相手がだれであれ、すぐに決断してくれとは期待してない。だが、ちょうどいい人間にとっては、一考に値する話だと思わないか？」

「どういう人間がちょうどいい人間なんですか？」僕はできるだけ何気ない声で言った。だが、アルノーの鋭い視線がこっちに向いたところからすると、あまり何気なくなかったにちがいない。

「チャンスを見てそれをチャンスだと認識する人間のことだ」アルノーはこたえた。それからもう少し穏やかにつけたした。「おれが信用できる人間のことだ」

「ルイを信用したみたいに?」

罠の口が閉じるように、アルノーの表情が一瞬にして他人を寄せつけないものに変わった。ポケットにパイプを突っ込んで、立ちあがった。

「さあ。時間を無駄にするのは、このくらいで十分だ」

僕は重い腰をあげ、袋をひろいあげようとしてかがんだ。銃のボルトをスライドさせるカチッという音は、静寂のなかでは聞き逃しようがなかった。ふり返ると、アルノーが銃身をこっちに向けて立っている。

僕は動きをとめた。それから、アルノーがルルに意識を向けているのがわかって、緊張を解いた。ルルは耳をそばだてて、森のなかをじっと見ている。

「ルルは何を――?」

「しっ!」

アルノーが横へどけと身ぶりで命じた。犬は緊張が昂ぶるあまり小刻みにふるえている。アルノーが銃床を肩にあてて構えた。

「いけ」

ささやくような命令だったが、ルルはスローモーションめいた忍び足で森のなかへ移動しはじめた。少し進んだところで、前足の片方を宙にあげたまま動きをとめた。依然として僕には何も見えない。するといきなり、ルルが跳びかかった。それと同時に前の茂みから二羽の鳥が勢いよくとびだして、ばさばさと羽ばたいて空に舞いあがった。

アルノーの銃が炸裂し、僕はぎょっとした。一羽が空から落ちてくる。再度、銃声が響いた。残る一羽は反対へ逃げて、空をあがっていった。三度目に銃が鳴ったが、獲物はすでに高い枝の先に姿を消していた。

アルノーの口から悪態がもれた。悔しそうに舌打ちし、銃をおろした。ルルが頭を高々とあげて、だらりとした鳥を口にくわえて軽快にもどってくる。アルノーは獲物を受け取り、耳をなでた。

「いい子だ」

すべてがうまく運んだわけではないが、銃を放ったことでアルノーの機嫌がいくらかよくなった。彼は獲物——たぶん鶉だろう——をナップザックにしまった。

「若いころは二羽とも仕留められたんだがな。むかしとはもう反射神経がちがう。狙ったら撃つ。要はそれだ。本能に支配させる。大事なのは最初の一撃だ」こっちを冷ややかに見た。「ぐずぐず考えていると、チャンスが逃げていくぞ」

僕は文字通りの意味に受け取ることにした。「ショットガンを使えばいいのに」

「あれは下手なやつが使う銃だ」アルノーはライフルの銃床を手でさすった。「こいつは六ミリのルベルだ。祖父が使ってた。おれより古いが、まだ弾が出る。二二口径の弾が五十メートルは真っすぐに飛ぶ。ほら、持ってみろ」

僕はしぶしぶ受け取った。驚くほど重かった。木の銃床は、使い込まれてなめらかなサテンのような艶を帯び、そこに一本のひびが中ほどまで走っていた。花火のあとを思わせる、硫黄のようなにおいが漂ってくる。

「撃ってみるか？」アルノーが言う。

「いや、いいです」

アルノーは神経を逆なでする自信満々の笑みをうかべ、僕の手から銃を受け取った。「また恐れをなしたか。それとも単に大きな音が怖いのか？」

「両方です」僕は袋を持ちあげた。「つづきにかかりますか？」

家にもどったのは昼前だった。六袋ほどが罠でいっぱいになったが、まだ湖の周辺には、手をつけてさえいない。

「あっちはまた別の機会だ」アルノーが腰をさすって

言った。「警察がまた来たとしても、道路に近いほうから調べるだろうからな」

袋はかさばって重いので、残りは森に残して、それぞれひとつずつを手に持ってもどってきた。アルノーは派手な音をたてて袋を中庭におろすと、あとの袋はひとりで運んでくるようにとぞんざいに僕に命じた。今さら驚くことじゃない、と家にもどっていくアルノーを見ながら、僕は苦々しく思った。すべて持って帰ってくるのには、くず鉄のサンタクロースといった感じに一度に袋ひとつを肩にかついで、数回行き来しなくてはならなかった。最後の一袋を無事に厩舎におさめたころには、全身が痛みを訴え、汗だくになっていた。僕は擦りむいた甲を口で吸いながら、中庭に立って一息ついた。キッチンの戸口で何かが動き、マティルドが外に出てきた。

「今ので最後？」太陽に手をかざしてたずねた。

「今日のところはね。湖周辺の森がまだ残っているけど、それ以外は終わった」

マティルドが喜んでいるのかそうでないのかは、わからない。「よかったら、コーヒーをどう？」

「ありがとう」

僕は彼女について家にはいった。ミシェルが木のベビーサークルにいる以外は、僕らはキッチンにふたりきりだった。僕はテーブルについたが、アルノーの椅子にすわってはいけないことを寸前になって思いだした。

「気にしないで。父は横になりにいったから」アルノーの椅子を避けた僕を見て、マティルドが言った。

「腰が悪くて」

同情する気持ちは、僕のなかには見つからない。

「グレートヒェンは？」

「卵を採りにいっているわ。もうもどってくるでしょう」コーヒーの粉をアルミのパーコレーターに入れて、火にかける。「妹の英語は進んでる？」

マティルドがそのことを聞くのははじめてだ。僕はできるだけ無難にこたえた。「どちらかと言うと、彼女はあまり関心がなさそうだ」

マティルドはなんの感想も言わなかった。流しのところで忙しくしていて、パーコレーターが音をたてはじめると、火からおろし、コーヒーをカップに注いだ。

「きみは飲まないの？」持ってきてくれたマティルドに、僕はたずねた。

「今は」

そうは言ったが、彼女はテーブルから去ろうとせず、驚いたことにいっしょに席についてすわった。疲れた顔をしているのを見て、僕はつい、父親の申し出を思いだした。そこから頭を切り替えるため、熱いコーヒーを飲みながら何か言うことを考えた。

「罠が撤去されて淋しくなった？」

会話のきっかけとしてはまったく最高ではなかったが、マティルドはごくふつうに受け答えした。「いいえ。最初から望んでいなかったから」

「お父さんは、農場を何かで守らないといけないと考えているみたいだけど」

僕を見て、すぐに目をそらした。灰色の瞳は無表情だった。「外の世界と完全に縁を切ることは、だれにもできないわ」

なぜだか、非難の言葉のように感じられた。沈黙をやぶってくれるのを期待するように、ふたりして柵のなかのミシェルをじっと見た。ミシェルは何も気にせず、遊びに夢中になっている。

「この――」僕は言いかけて、やめた。

「何？」

「いや、なんでもない」

僕が聞きかけたことを察したように、彼女はミシェルに目をやった。「言って」

「ちょっと気になって……この子の父親から何かしら音沙汰は？」

マティルドはむっとするかもしれないと思った。彼女はミシェルに目を向けたまま、ただ首をふった。

「ないわ」

「今はどこに？」

ごく小さく肩をすくめる。「わからない」

「自分の息子なのに、会いたがらないなんて」口にした瞬間、言ったことを後悔した。僕のような他人が口出すことじゃない。一瞬の間があり、マティルドがこたえた。

「ミシェルは予定外の子だったから。それにルイは責任を負うことが大嫌いな人で」

立ち入ったことを聞いてしまった。それでも、僕の想像などではなく、僕らはたしかにたがいに親密なものを感じている。そこにすわっているマティルドのようすの何かのせいで、僕は手を差しのべたくなった。だがそれをこらえ、代わりに両手でカップをつつんだ。

「ここを出て暮らすことを考えたことは、一度もないのかい？　ミシェルとふたりで」

僕の率直すぎる質問に驚いているようだった。僕もだ。けれど、父親と妹——それを言えばジョルジュもだが——を知れば知るほど、この農場で唯一まともなのは、マティルドただひとりという気がした。彼女はもっとましな人生を生きていいはずだ。

「ここがわたしの家だから」彼女は静かに言った。「実家を出るのはふつうのことだろう」

「父が——」彼女は言いよどんだ。それから先をつづけたが、言おうとしていたこととは別のことを話している印象があった。「父がミシェルを溺愛しているから。よそへ連れて行くことはできないわ」

「グレートヒェンがいるじゃないか」

マティルドは窓の外を見た。「それとは別なの。父はむかしから息子をほしがってた。娘たちは……ただの落胆の種よ。グレートヒェンでさえね。孫息子ができた今は、当然その子が農場で育つものと期待しているわ」

「必ずしもそれに従わないといけないことはないだろう。きみの人生なんだから」

彼女の胸が静かにあがり、さがった。心の動揺を示すものがあるとすれば、首の細かな脈の動きだけだ。

「グレートヒェンをおいていくことはできないわ。でも、あの子はわたしといっしょには出たがらないでしょう」

たぶん、そうなのだろう。僕はグレートヒェンが姉のことをどんなふうに言っていたかを思いだした。そうだとしても、マティルドがあきらめなくてはならないというのは釈然としない。もし逆の立場なら、グレートヒェンはマティルドのために同じ判断をしたと思うかと質問したかった。あんなろくでもない男の言いなりになるなんて、きみは人生を無駄にしていると告げたかった。ついさっきも傷物か何かのように娘を交換に出そうとしたというのに。だが、僕はすでにしゃべりすぎていたし、ちょうどそのときキッチンの扉があいて、グレートヒェンが外からはいってきた。

「目の悪いあの鶏が、どんどん弱ってきてる」彼女は卵のはいったボウルをお腹の前に持っていた。「たぶん、そろそろ――」

彼女は僕らを見てかたまった。マティルドは椅子から立って、急いでテーブルから離れた。僕はまずい現場を見つかったかのように、自分の顔が赤くなるのを感じた。

「この人はここで何してるの？」グレートヒェンが聞いた。

「ちょっと休んでいただけだ」僕は言って、腰をあげた。

マティルドはパーコレーターを洗いはじめた。「それで、鶏がどうしたって？」

グレートヒェンは無言だが、表情がすべてを語っていた。

「仕事にもどらないと」僕はそばをすり抜けて、ドアに向かった。「コーヒーをごちそうさま」

　マティルドは返事の代わりに小さくうなずいたが、ふり返りはしなかった。グレートヒェンは僕を完全に無視し、姉の背中をじっと見つめている。僕は外に出たが、まだいくらもいかないうちに、キッチンのあいた窓から大声でやりあうのが聞こえてきた。最初はどっちの声も区別がつかなかったが、片方の声——グレートヒェンだ——がより甲高く、大きくなって、言っている言葉がはっきり聞こえてきた。

「……言われたとおりにしないといけないの？　どうしていっつも何もかも壊そうとするのよ！」

　マティルドの返事は、冷静な声だというのはわかったが、中身までは聞こえない。グレートヒェンの声が一段ときつくなった。

「だって、そうじゃない！　なんの権利で、わたしにあれこれ指図するわけ？　もううんざりよ。こんなふうに——」

　肌と肌があたるパチンという鋭い音が響いた。その直後、ドアが乱暴にあいて、グレートヒェンがとびだしてきた。僕が急いで厩舎のなかに隠れると、マティルドが戸口に出てきた。

「グレートヒェン！」

　声に苦悶がにじんでいる。姉をふり返ったグレートヒェンの頬には、赤いあとがくっきりと残っていた。

「あんたなんて大っ嫌い！」

　グレートヒェンは中庭を駆けていった。マティルドは追いかけようとしたが、ミシェルの泣き声がして足がとまった。顔には悲しみがはっきり出ていたが、すぐに僕に気づいた。彼女は背を向け、家のなかの息子のところにもどっていった。

　僕はグレートヒェンがいないことを確認してから、安全な厩舎から出た。マティルドとのあいだにどんな問題があるかは知らないが、できれば巻き込まれたくはない。農場にはいつもどおりの静けさがもどった。

僕は手持ち無沙汰になって、納屋に帰った。今からモルタルを混ぜてもしょうがない。そろそろ昼食の時間だし、今日は明け方から働いたので、すぐに足場にあがる気にはなれなかった。コーヒーでかえって喉が渇いたので、水道に水を飲みにいった。いつもながら納屋はひんやりして、古い木と酸っぱいワインのにおいがする。蛇口をひねり、冷たいしぶきの下に手をおいた。水の流れる音が響いたが、それにまじって別の音が聞こえてきた。蛇口を閉め、濡れた手を作業着で拭きながら、納屋の外に出た。湖の近くの森が、何やら騒がしい。遠すぎて詳しいことはわからないが、甲高い鳴き声が聞こえるところからすると、豚がまた一頭、天に召されたのだろう。

そのとき、悲鳴がした。

グレートヒェンだ。

僕は杖を地面に突き刺しながら、小走りとスキップがまざったような足取りで道を急いだ。サングロションの囲いが近づくにつれて、騒ぎの音がしだいに大きくなる。怒号、吠え声、甲高い鳴き声。森のなかの飼育場に着くと、ジョルジュとオス豚とルルが奇妙な輪舞を踊っていた。ジョルジュが豚を囲いにもどそうとし、そのとなりで、ルルが気がふれたように豚に襲いかかろうとしている。怒った豚はルルを捕まえようとして向きを変え、ジョルジュの持つ板に体当たりして、老人を跳ねとばしそうになった。

そのすぐ近くで、グレートヒェンが口に手をあてて立ちすくんでいた。

「犬をあっちにやってくれ!」ジョルジュがグレートヒェンに叫んでいる。必死になって豚を阻止しながら、スパニエルを足で追いはらおうとした。「犬を押さえなさい!」

グレートヒェンは動かない。老人の力が尽きかけているのは一目瞭然だった。疲れてきて二頭を引きはなすのが難しくなっている。敷地にはいってきた僕をジョルジュがふり返り、その隙にルルが脚のうしろをすり抜けた。ジョルジュはよろめいて板を手からすべらせ、そのとき、素早く身をかわそうとする犬に豚が襲いかかった。鋭い悲鳴があがり、豚のあごが犬の後ろ足を噛み砕くバリバリという音がした。

僕は体当たりして犬から追いはらおうと、スピードをゆるめず真っすぐにオス豚に向かっていった。まるで木の幹に突っ込むようだった。僕は勢いあまって豚の背中から向こうに転げ、地面に落ちて肺から息が押しだされた。こっちを向いた豚の牙を無我夢中で蹴りながら、慌ててその場から逃げ、そこへすかさずジョルジュがあいだを遮るように板を立てた。

「もう一枚を取れ！」ジョルジュが叫ぶ。

板は柵に立てかけてあった。僕はそれをつかみ、落とした杖をひろいながら急いでもとの場所にもどった。ジョルジュにならんで板を押さえ、杖を豚の頭にたたき込んだ。

「強すぎる！」ジョルジュから声があがる。

どっちみち豚は何も感じないようだった。豚は僕らの板を押したり突いたりし、ルルは片足を引きずって這っていって、ぱったり倒れた。するとそこにアルノーがあらわれ、僕らといっしょになって体重をかけた。

三人がかりで豚を押し、たたき、板で視界をふさいで誘導しながら、ようやく囲いのなかにもどすことができた。豚は柵に体当たりしたが、アルノーがいち早くゲートを閉じて固定していた。

アルノーは激しく息をしながら、恐ろしい顔でジョルジュを見た。「どうやって外に出たんだ」

「ゲートがあいていた」ジョルジュはぶっきらぼうにこたえた。三人のうち一番息があがっていないのが、このジョルジュだった。

「閉まっているか、ちゃんと確認しなかったのか？」

老人は非難がましい目でアルノーを見た。「もちろん、した」

「ひとりでにひらくはずはない」

「そのとおりだ」ジョルジュも同意見だった。

アルノーの顔がこわばる。「グレートヒェンはどこだ？」

姿は消えていた。だがマティルドがいて、ルルのところでしゃがみ込んでいた。犬はショックで呼吸を乱し、後ろ足の片方は、血まみれの皮膚と筋でかろうじてつながっている。アルノーは口をきつく結んで、犬を見おろした。

「銃を取ってくる」

マティルドは犬をどうにかかかえあげようとした。

「なんのつもりだ」アルノーが言った。

「獣医に連れていくわ」

「そうはさせない。一発で終わらせてやるのが一番いいんだ」

マティルドは返事をしなかった。どうにかルルを胸にかかえて、立ちあがる。足がマティルドにぶつかって、ルルは悲鳴をあげた。

「聞いてなかったのか」アルノーが厳しい口調で言う。

「聞いてたわ」

彼女は一歩前に出た。アルノーが行く手をふさいだ。

「どこへもいかせないぞ！　ルルをおろして——」

「いやよ！」

拒絶の言葉に、アルノーがぴたりと動きをとめた。マティルドが父親に反抗するのを見るのは、はじめてだった。アルノーは娘を恐ろしい目で見たが、マティルドもにらみ返し、怒りでまだらに赤くなった父の顔に、青白い顔で面と向き合った。

「絶対にルルを殺させない」

今度は声を荒らげはしなかったが、まぎれもない固い決意がにじんでいた。一瞬僕は、アルノーは彼女を殴るのではないかと思った。だが、やがて横にどいた。

「勝手にしろ。獣医代をおれが出すとは期待するなよ」

マティルドは弛緩（しかん）した犬の重みに苦労しながら、アルノーの横をすり抜けた。

「手を貸そう」僕は言った。

「なんとかなるわ」

そう言ったものの、彼女は折れた。僕に手わたされて、ルルが悲痛な鳴き声をあげる。アルノーの視線を感じた。自分の言ったことが効いて僕がマティルドを助けているのだと考えているかもしれない、とふと思った。暗黙の了解のうちに、さっそく僕が自分の役割を果たそうとしているのだ、と。そう考えると腹立たしかった。ふり返ると、そこにグレートヒェンが立っていた。

顔が涙で汚れている。ルル以外の場所を見ようとしているが、どうしても犬の足に目が向いてしまうらしい。

アルノーが僕を押しのけて、グレートヒェンの腕をつかんだ。

「おまえがゲートをあけたのか」グレートヒェンは首を垂れて自分の胸を見ている。アルノーが肩をつかんで揺すった。「こたえるんだ！　おまえがゲートをあけたのか？」

「ちがう！」

「じゃあ、どうやって豚が外に出た？」

「知らない！　わたしをほっといて！」

彼女は身をふりほどこうとしたが、アルノーが無理やり犬に顔を向けさせた。「見ろ！　自分のしたことを見てみろ！」

グレートヒェンは乱暴に身をよじって、森に逃げていった。アルノーは目で追っていたが、やがて僕たちをふり返った。

「いくならいけ！」そう吐き捨てて、豚の囲いのほうに歩いていった。

杖をマティルドに持ってもらい、僕はできるだけ犬を揺らさないようにして中庭まで運んだ。杖がないにしては、足はよく耐えた。バンに着き、マティルドは助手席に古い毛布を広げた。その上におろしてやると、ルルはふるえながらも僕の手を舐めた。後ろ足はミンチにされたようだった。血みどろの肉からとがった白い骨が突きだしていて、一瞬、アルノーのほうが正しかったのではないかという思いが、ふと心をよぎった。僕らは無駄にルルの苦しみを引き延ばしている。とはいえ、ルルは僕の飼い犬ではないし、僕が口をはさむことでもない。

マティルドはドアを閉めて、運転席にまわった。

「なんなら僕が連れていこう」マティルドが町へいくことをどう感じているのか、僕はよく知っている。

「大丈夫よ」

「いっしょにいこうか？」

「ありがとう。でもルルとふたりだけで平気です」

他人みたいな態度だった。起伏のたびにスピードを落としながらしだいに遠ざかるバンを、僕は見送った。車はまがりめにさしかかって森に消え、立てていった土埃も、ゆっくりとおさまった。とうとうエンジンの音がしなくなると、まるで何事も起こらなかったかのようだった。

ロンドン

ジュールは翌週、ふたたびバーにやってきた。まだ時間が早く、店は閑（ひま）だった。セルゲイのボーイフレンドのカイが僕にコーヒーを持ってきて、ライスケーキの最適な作り方についてディーとおしゃべりをしていた。僕は半分聞き流しながら、入り口に気を配っていた。コーヒーに口をつけようとしたそのとき、ドアがひらいてレニーがはいってきた。

僕はコーヒーのカップを下においた。レニーはひとりだが、あの男が来たということは、高い確率でジュールも来るということだろう。レニーは何気なく、だが、おまえのことは知っているぞという目で、僕を見た。それから、ディーのいるほうに酒を注文しにいった。

「ステラのボトル」もはや僕を眼中から消して言った。釣りをもらうのに手を出したとき、手首に金の時計が見えた。ロレックスかその偽物で、分厚い時計には宝石がちりばめてある。レニーが僕の視線に気づいた。

「なんだ？」

「いい時計だと思って」

僕はクロエといっしょにいるときに暗い夜道でこの男に出くわし、時間を聞かれたことを思いだしていた。レニーがあのときのことを記憶しているとは思えないし、憶えていたとしても、時計からそれを連想することはないだろう。だが、僕はこの男を見くびっていた。無精ひげの顔でにらまれ、背筋が凍りついた。

「おまえには用はない。ちょっとでも知恵があるなら、引っ込んでろ」

最後にもう一度僕を見て、言いたいことが伝わったかを確認すると、飲み物を持ってテーブル席へ歩いていった。

「今のはなんだったの？」ディーが横にやってきた。

「内輪のジョークだ」

といっても、面白さは欠片ほどもない。ふつうの人なら、自分から進んでレニーのようなやつの前に立つことはしない。なぜそんな真似をしたのか、自分でもわからなかった。

それから僕は待った。あとは時間の問題だとわかっていた。さっき飲んだコーヒーが胃で酸っぱくなっている。覚悟しているつもりだったが、ジュールがドアからはいってきたときには、激しく心臓が鳴った。連れている女の子を見て、最初に感じたのは安堵だった。クロエではなかった。やがてふたりが照明の下にはいってきて、僕は殴られたような衝撃を受けた。それはクロエだったのだ――ただし、僕の知っているクロエではなかった。念入りに整えられた髪形をしていて、しかも前よりはっきりしたブロンドに変わっている。着ているのは真っ赤なミニのワンピースで、ハイヒールをはいた脚をさらけだしていた。僕が知っていたクロエは、化粧をすることさえほとんどなかった。それが今は、アイライナーと口紅で、本人とはわからないほどだ。

彼女はジュールの少しうしろを歩いて、レニーのいるほうに挨拶しにいった。こっちを見ることはなく、ぼんやりした表情を見るかぎり、僕がここで働いていることをまだジュールから知らされていないにちがいない。僕は自分でも気づかないまま目で追っていたが、セルゲイが未開封のアブソルートを二本持って厨房から出てきたのでわれに返った。

「ショーン、冷凍庫に入れておいてくれ」彼はボトルを突きだして言った。僕の顔に目をやる。「おい、笑顔を忘れるな！　今から人を殺そうって顔をしているぞ」

僕はウォッカを受け取り、カウンターの下の冷凍庫のほうに移動した。けれど、それをあけることはしなかった。ジュールとクロエが、まさに今、こっちに歩いてこようとしていた。

ジュールは真っすぐに僕を見ていたが、クロエは自分がどこに連れていかれるのか気づいていない。近くまで来ると、ジュールは彼女の肩に腕をまわした。クロエは驚いて目をあげ、その顔にうかんだ嬉しそうな表情に、僕は胸がつぶれた。

それから、クロエは僕を見て凍りついた。ジュールは顔に笑いをうかべたまま、さらに肩をきつく抱いて、クロエを前に押しやった。

「サプライズだ。ほら、だれがここにいると思う」ジュールが言う。

僕はボトルをおいた。クロエは目を伏せてカウンターを見ている。喉が動いたが、声は出てこなかった。クロエは痩せた。むかしから細かったが、今はがりがりだ。一目見ただけで、また薬に手を出していることがわかった。

「挨拶くらいすればいいだろう」ジュールが肩にまわした腕に力を込める。「さあ、いい子だ」

クロエは素直に顔をあげた。

「こんにちは、ショーン」ささやくような小声だった。視線がどこか定まっておらず、コカイン以外にも手を出しているのではないかと、僕は不安になった。

「やあ」

顔が石に変わってしまったような感覚がした。ジュールが何も見逃すまいとして、じっと見ている。

「久々の再会ってやつだな。わたしは、片づけないといけない用事がある。よかったら、ふたりで近況報告でもしあったらどうだ？　おたがい、話すことが山ほどあるだろう」

「ジュール、わたしは――」

「ああ、それから、ウォッカのロックを二杯。わたしのぶんは、テーブルに持ってきてもらえるとありがたい」

　彼は僕にウィンクをし、クロエの肩をいかにも自分の女だという手つきでなでてから、レニーのいるほうへ悠然と歩いていった。

「で……最近はどうしてる？」僕はなんとかしゃべった。

「うまくやってる。とっても」クロエは自分自身に言い聞かすようにうなずいた。「あなたは？」

「最高だ」彼女を見ているのはつらかった。せめて店がこんでいれば、ほかの客の相手をすることができるのに、今は逆にまだがらがらだった。「絵はどうしてる？」

　残酷な質問だ。彼女の顔に傷ついた表情がうかぶのを見て、一瞬胸に満足感が広がり、すぐにそんな自分が不快になった。

「じつは、絵は……今はジュールの仕事の手伝いみたいなことをしているから。人手が足りなくて、それで……。でも、そのうち落ち着いたら、ジムにわたしの絵を飾ろうかってジュールも言ってるし……だから、そんな感じ……」

　どんな感じかよくわからないが、僕はうなずいた。

「それはよかった」

　顔は笑っているのに、目から涙があふれてきた。

「大丈夫よ。わたしは元気にやってるわ。本当に」クロエは言った。「ただ……」

　彼女の涙を見て、僕のなかの何かがくずれるのを感じた。プライドと手を差しのべたいという衝動とがぶつかり合う。それほど長い時間ではなかったが、時間としては十分に長かった。

「クロエ！　こっちに来るんだ」

　ジュールから声がかかった。クロエは手のつけ根で涙をぬぐい、そして、僕が何かを言ったりしたりするタイミングは、もはや去った。

「ごめんなさい」彼女は顔をそらして、急いで歩き去った。

僕はディーに彼らのドリンクを運ぶのを頼んで、厨房にはいった。ふたたび出てくると、店は客でにぎわいはじめていた。しばらくは、ありがたいことに忙しかった。つぎに店の奥に目をやったときには、クロエとふたりの姿は消えていて、そのテーブルには別のグループがすわっていた。

16

石のブロックをはめなおすのは、時間のかかる作業だ。僕が手をつけた領域は、湖からの風雨にもろにさらされる場所で、壁全体のなかでもとくに傷みがひどかった。かなりたくさんの石を壁からいったん完全に抜き取って、いちいち古いモルタルをきれいに除去しなければならなかった。ブロックは大きくて重さがあり、もとの隙間に入れると、コーヒー色の糖衣のような湿ったモルタルが外に押しだされてくる。重みで沈みすぎることもあり、そうすると左右の石との高さが不ぞろいになった。そのたびに僕はもう一度石を出して、最初からやりなおした。地面にいる人は気づかないかもしれないし、気づいても気にしないかもしれない。

でも僕自身が気になった。

つぎの石の上と横にモルタルを塗って、持ちあげる。もどす穴は肩の高さにあるので、重量挙げのような要領であげなくてはならなかった。胸でいったん支えて、石をゆっくり穴に押し込み、今度こそ平らにおさまりますようにと祈り、うまくいってほっとする。はみでたモルタルをこそげ取り、痛む肩の筋肉の凝りをほぐした。今朝はだいぶはかどったし、ふだんならそれだけで嬉しい気分になるはずだ。けれども、今日はちがう。

バケツが空だった。それを持って梯子をおり、暗い物置にはいる。僕は空になったビニール袋の山と対面した——砂は最後の一袋まで使いきってしまった。

もう一度、町に買いだしにいかなくてはならない。愚痴りながら、バケツを床に落とした。こうなることは何日か前からわかっていた。石をはめなおすのには大量のモルタルが必要で、セメントはまだ十分に残っているが、もともと物置にあった砂はほぼ使いきっていた。足りなくなることがわかっていれば、前にセメントを買いにいったときに、ついでに買い足したのだが、あのときは前任者はちゃんと計算しているのだと思っていた。誤解だった。

ルイは欠点がいろいろあるが、石積み職人としてもろくなものではなかった。

マティルドは家の裏手の菜園にいた。小さな花壇の前に膝をついて、その後またのびてきた雑草を抜いている。近づいていくと彼女は顔をあげたが、僕はまたしても個人的な時間をおかしてしまったような気分になった。

「砂が足りなくなったんだ」

今度はマティルドは何も言わなかった。もはや何を言っても、何をしても、だれも彼女を驚かすことはできないと思えるような、達観した表情をしている。マティルドはただうなずいて、静かに立ちあがった。

僕はいっしょについていって、彼女が財布を取ってくるのをキッチンで待った。ミシェルを抱いたグレートヒェンがテーブルにすわっている。僕には挨拶もしない。オス豚が逃げたあの一件以来、彼女は自分のなかに引きこもっていた。僕を無視しているというよりは、いるのがもはや目にはいらないといった感じだ。

正直なところ、僕にはありがたかった。

「これで足りるかしら」マティルドが数枚の紙幣をくれた。どれも小額紙幣だ。

「たぶん足りると思う」

「キーは車のなかにあるわ」

マティルドは菜園にもどり、僕はルノーのほうに歩いていった。車内は温室のように暑かったが、涼しくなるのを待たずに乗り込んだ。ゲートの鍵をあけて閉めるという例の儀式を終えたあと、しばらくそこに立って、外の道路をながめた。一台の車が通り過ぎる。町のほうからやってきて、目的の場所に向かって走り去った。その車を見ているうちに、心の奥のほうで何かがうごめいた。あまりにぼんやりしていて、それがなんなのか一瞬わからなかった。

不安と焦りだ。

警察が来て以来、その感覚がだんだんふくらんできている。彼らがふたたびやってくることを心配しているのでは、もはやなかった。来るつもりなら、もう来ているだろう。だが、警察とともに持ち込まれた混乱は、その後完全に消え去ることはなかった。

僕は気乗りがしないまま、ふたたびバンに乗り込んだ。町まではあっという間に着いてしまった。道路沿いのバーが過ぎたと思ったら、もう広場に出ていた。前と同じメンバーかはわからないが、すでにブールを楽しむ人たちが集まっている。噴水は今も陽を浴びて、楽しそうにしぶきを散らしている。汗で湿った手でハンドルを切り、建築資材屋の敷地に車を入れた。がたがた揺れてエンジンが切れた。大きく深呼吸して、外に出る。

ジャン＝クロードの姿は見えなかった。

僕はいくらか肩から力を抜いた。車内に身をのりだして杖を取ろうとしたが、考えなおした。足はほぼよくなった。そろそろ抜糸もできそうで、仕事のとき以外は、もう包帯もしていない。今もマティルドお手製のゴム長をはいているが、自分の靴だと傷が擦れるからという理由にすぎない。杖は必要というよりは、このごろでは癖になっている感じで、そろそろ頼るのをやめなければと思ってはいた。

でも、まだいい。僕は杖を手にし、それにもたれながら格納庫のような建物へ歩いていった。

砂を注文して支払いをすませると、もう一度おもてに出るように指示された。そこには小石や砂利や砂を盛った、大きな木枠がいくつもあった。あたりに係りはいないが、砂にシャベルが挿してあり、そばに空のビニールの袋が積んであったので、僕は自分で砂を袋に詰めはじめた。

敷地に背を向けて作業をし、うしろをふり返りたい衝動をこらえて、機械的に砂の山にシャベルを突き入れる。ビニール袋がいっぱいになると、車を前まで運んできた。ルルを寝かせた毛布がうしろに丸めておいてあり、血のあとが黒く乾いて染みになっている。それをわきにどけ、砂がこぼれないように袋を縦にして積み込みはじめた。あと少しで終わるというところまで来て、気力が失せてくる。いったん休んで、額の汗をぬぐった。

「手伝うか？」

前と同じ胸当てつきのオーバーオールを着たジャン＝クロードが、バンの横に立っていた。大きな身体のわりに、やけに動きの静かな男だ。

「おかげさまで、なんとかやれているよ」

僕は背を向けて、残りを積み込もうとした。ジャン

＝クロードはともかく僕を手伝い、軽々と袋を車に放り入れ、つぎの袋を持ちあげた。最後の数袋は、ものの数秒で車におさまった。

僕はしぶしぶ、ありがとうとうなずきかけ、荷室のドアを閉めた。当然ながら、ジャン＝クロードはそう簡単に僕を逃がしてはくれなかった。

「人から聞いたが、マティルドが数日前に町に来たそうだな。怪我した犬を獣医に連れてったとか。犬に何があったんだ？」

「豚のそばにいってしまったんだ」

「そうか。もしかして犬も釘を踏んだのかと思った。具合はどうなんだ」

ルルのことを聞いているのだと思うことにした。

「あまりよくない」

「苦しみから解放してやったほうが犬のためだ。マティルドはむかしから情が深いが、それがいつもだれかの役に立つとはかぎらない。生きられそうか？」

「生きられたとしても、三本足になる。手を貸してくれて助かったよ」

僕は運転席に乗り込んだ。ジャン＝クロードがドアを押さえて閉めさせてくれない。

「話がしたいんだ」

どんな話か知らないが、あまり聞きたいとは思わなかった。「僕は帰らないと」

「手間は取らせない。それに、ちょうど昼飯の時間だろう。近くにまあまあな飯を出すカフェがある。おごるよ」

「遠慮しておく」

「どっちみち食べるんだろう。ちょっとだけ付き合ってくれればいいんだ。それもむずかしいというなら……」

ジャン＝クロードは手をはなして、ゲートを身ぶりで指した。ドアを閉めて車を出したいのはやまやまだが、ディディエらからかばってくれた借りがある。

「乗ってくれ」僕は言った。

われわれはほかの客から離れた、カフェの奥の席にすわった。僕は小さなプラスチックのメニューをおざなりに見た。

「オムレツがうまい」ジャン＝クロードが勧める。

そうだとしても、このところ卵は十分食べている。僕は日替わりメニューと、ビール一本を注文した。神経を落ち着けるために、何かが必要だった。

「それで？」僕は言った。

ジャン＝クロードはプラスチックのメニューをおいた。「アルノーのところに警察がいったと聞いた」

「そのとおりだ」

ジャン＝クロードはそこでしばらく待ったが、僕が何も言わないので先をつづけた。「自分の土地を守りたいというのは、もっともな権利だと思うが、アルノーは行き過ぎだ」

それについては反論できないけれど、アルノーが一方的に悪かったという話でもない。「ディディエはどうしてる？　銃で撃たれた謎の傷を負ってないことを願ってるよ」

「ディディエは馬鹿だ。ビールを何本か飲むと、ますます調子にのる。そろそろ大人になってくれることを期待したいんだが」

「賭けたくはないな」

僕の言葉は相手の苦笑いを誘った。「大丈夫だ。これ以上あいつが問題を起こすことはない。おれがこってりしぼっておいた」

その表情を見るかぎり、穏やかな方法ではなかったにちがいない。僕は手持ち無沙汰になってビールを口にした。ジャン＝クロードはまだ自分のワインに手をつけていない。しかも妙にそわそわしていて、不本意ながら僕はだんだん好奇心をそそられた。

「おれの弟について、どんなことを知ってる？」

ついに来た、と僕は思った。「多くは知らない。彼らはあまり話そうとしないから」

「でも、ミシェルの父親だということは知ってるんだろう？　それに、アルノーといっしょにいくつかの……ビジネスの計画とでも言っておこう、そういうものに関わっていたことも」

「そんなような話は聞いた」

「なら、ルイが行方不明だということは、知ってたか？」

奇妙なことに、最初に感じたのは後悔だった――やはり、ここに来たのがまちがいだった。

「知らなかった」

ジャン＝クロードはポケットの革の財布を取って、しわしわの写真を出してテーブルの僕の前においた。緑のピックアップトラックの横で、ジャン＝クロードが年下の男とならんで写っている。そっちの男は背は高いが、身体はそこまで大きくない。ジャン＝クロードの髪は頭に張りついて、顔と胸は水で濡れているようだ。彼は引きつった笑顔をうかべているが、となりの男のほうは、おどけて空になったビールをカメラに向かってあげていた。

「これがルイだ。おれよりがさつなユーモアのセンスをしてる」いらだちと愛情が半々にこもったような声だった。「ルイは一年半前に姿を消した。仕事がらみでリヨンにいったらしいが、それきり帰ってこなかった。あれ以来、だれもルイと会ってないし、連絡も受けてない。おれも、友人も。だれひとりだ」

ジャン＝クロードといっしょに写っている男の何かが引っかかったが、理由はわからなかった。でも、すぐに気づいた。僕が今着ている赤いつなぎを着ている。無意識に自分を見おろした。ジャン＝クロードがうなずいた。

「ルイがアルノーのところにおいてた、古いつなぎだ。豚のにおいを家に持ち帰りたくないと言ってね」

今でなければ、僕はそれを侮辱の言葉と取ったかもしれない。テーブルの上の写真を押しもどした。「どうして、こんな話を僕にするのか、よくわからないな」

「ルイに何があったのか突き止めたいんだ。それにおれは、アルノーはじつはもっと多くを知ってるはずだと考えてる」

料理が運ばれてきて話が中断された。僕は頭を整理する時間ができてほっとし、目の前のステーキとポテトフライののった皿をつついた。本当なら豚以外のものが食べられて嬉しいはずだが、今は食欲が失せていた。

「アルノーが何かを知っていると考える理由は？」僕は質問したが、その答えを本当に聞きたいかは疑問だった。

ジャン＝クロードは、パンの切れ端でオムレツの油をぬぐった。弟が話題でも、食欲は影響されないらしい。

「仕事がらみの旅というのは、アルノーといっしょに練っていた何かの計画に関係していた。おれは詳しいことは知らない。ルイは最後まで自分の手のうちを隠したがるやつでね。だけど、ルイがそれに関わっていたのはたしかだ。それに、アルノーの話にはどうも納得がいかない点がある。ルイがマティルドを妊娠させて、それで結婚することになったと、アルノーから聞かされてないか？」

僕はうなずいた。今もまだ、自分から進んで話す気にはなれなかった。

「マティルドのことを悪く言いたいんじゃない。彼女は立派な女性だ。だけど、弟をよく知るおれに言わせれば、あいつは所帯を持つような柄じゃないんだ。話のほかのところは信じたっていい。だが、弟がいきなりまともになって、マティルドにプロポーズする？　ありえんな。あいつはむかしから我が身が一番かわいいんだ。女を妊娠させた責任を取って町を出ていこうとするようなやつなら、もうとっくのむかしに出ていってたさ」

「たぶん農場を手に入れたかったんだろう」僕はアルノーの受け売りを言った。そうしてから、多くを語らないつもりでいたことを思いだした。

ジャン＝クロードは鼻で笑った。「ああ、あそこはたいした宝の山だからな。だがルイは、ちょこちょことうまいことをやって金を稼ぎたかったんだ。楽なら楽なほどいい。農場なんてものを持つことには興味はなかったし、まちがっても、抵当に入れられた経営不振の農場をほしがったはずはない。アルノーは妙に自信満々だが、冷静に考えれば、まともな頭の持ち主はあんな場所と関わりたがらないとわかるだろうに」

「じゃあ、なぜアルノーは嘘をつこうとする」

「問題はそこだ。だろ？」オムレツを一口食べ、テーブルの向こうから僕を見た。「たぶんアルノーにとっては、ルイが一家を騙してマティルドを捨てたとまわりに信じさせるほうが都合がいいんだろう。おれにはよくわからない。アルノーもそのことについて話そうとしない」

「直接アルノーに聞いたのか」

「もちろんだ。少なくとも聞こうとした。アルノーはルイのことで喚き散らし、二度と一家に近づくなとおれに警告した」表情がくもる。「ミシェルはおれにとっても血のつながった家族なのに、あの男は甥の顔さえ見せようとしない。アルノーはなんでもかんでも、あの場所に埋もれさせて隠してしまう。子供にとって、それがどんな暮らしだと思う？　それをいったら、娘たちもそうだ。アルノーは常にふたりを手もとにおいて出そうとしない。グレートヒェンはとくに。まあ、妹のほうに関しては仕方ないだろう。一時は、町の半分の少年に追いかけさせてた。あんな調子じゃ……」

「あんな調子じゃ？」先をつづけないので、僕は言った。

だが、ジャン＝クロードは首をふっただけだった。

「どうでもいい話だ。とにかく、アルノーはルイが行方不明になったあとで、あの農場と町とのつながりを完全に絶った。何か隠したいものがあるのでなければ、なぜそんなことをする？」

「ディディエのような連中がいるからかもしれない」アルノーの肩を持つつもりはないものの、僕にはジャン＝クロードの言うような一方的な話でもないように思えた。彼はオムレツを食べ終えて、紙ナプキンで口を拭いた。

「まあな。ディディエを弁護する気は、おれにはない。それにしても、アルノーがやってることはまるで籠城じゃないか。もとから攻撃的な男だったが、有刺鉄線に、人捕り罠？」ナイフで僕の足を指した。「ただの事故だったという茶番をつづけるのは、もうよそうじゃないか。おれもこれまでは、罠の噂は本気では信じてなかったが、まさか本当だとはな！　そんなことがあって、なぜまだあそこにいるんだ？」

本気で不思議がっているようだったが、その方面の扉は、僕はあけるつもりはない。「何を求められているのか、まだよくわからないんだが」

「言ったとおり、アルノーはまわりに話している以上のことを知ってるはずだ。さもなきゃ、あんな馬鹿げた話をでっちあげる必要もないだろう。農場にいるあんたなら、見たり聞いたりできる。たとえば、あのジョルジュ老人が知っていることで、まだ人に話してないことがないか、確かめてもらえないだろうか。アルノーが何を隠しているのか、突き止めてほしいんだ」

言い換えれば、スパイをしろということだ。そんなことをすれば面倒な立場になる。でも僕は、ジャン＝クロードの言った別の言葉に気を取られていた——〝アルノーはなんでもかんでも、あの場所に埋もれさせて隠してしまう〟。ジャン＝クロードが言っていたのはアルノーの家族のことだが、僕の頭にうかんできたのは、まったく別の光景だった。

納屋の、コンクリートで埋めたあの一画。

皿を押しやった。料理にはほとんど手をつけていなかった。「アルノーが嘘をついているとそこまで確信しているなら、警察に相談すればいいのに」

「しなかったと思うか？　ここの軍警察にもリヨンの国家警察にもかけあったが、なんにもならなかった。あいつらは証拠がなければ聞く耳を持たない。ルイは自分のしたいことのできる年齢だと言われたよ」

それが示唆することに気づいたのは、一瞬後だった。フランスのここのような田舎は、軍警察の管轄下にある。国家警察が担当するのは都市部だけだ。ジャン＝クロードがその両方に訴えた理由は、ひとつしか考えられない。僕はそれを見逃さなかった。

「ルイの姿が最後に目撃されたのは、いつだって？」

ジャン＝クロードは躊躇した。目をグラスに落とし、それを両手でまわした。「リヨン郊外のガソリンスタンドだ。ここを出て二日後のことだ。給油に立ち寄った姿が、防犯カメラに写っていた。だけどそのことはなんの証明にもならない」

それはちがう。そのことは弟が行方不明になったのは、町を出たあとだということを証明している。ジャン＝クロードの話しぶりから、僕はルイは実際にはリヨンに向かっていなくて、アルノーや農場が失踪と直接関係しているという印象を受けていた。けれども、国を半分ほどいった都市で最後に目撃されていたのなら、話はまったく変わってくる。

肩の重荷が消えたような気分がした。

「警察の言うことが正しいと考えたことは？　もしかしたら、何かやむにやまれぬ理由があって、自分から行方を消したのかもしれない」そう言いながら、僕はその言葉の皮肉に気づいた。情けない思いがちくりと胸を刺したが、気にしないようにした。

ジャン＝クロードがたくましい両腕をテーブルにのせ、僕をじっと見ている。値踏みして、あらためて僕をどうするか考えているような気がして、落ち着かない気分になった。

「おれと妻は、まだ子供に恵まれない。妻をのぞけば、ルイはおれの一番近い家族だ。そして、逆もおなじだ。これまであいつは何かしくじるたびに、遅かれ早かれ、おれに頼ってきた。兄としては、それに応えるのが当然だろう。だが、今回だけはちがう」

「ちょっと待って――」

「ルイは死んでる。警察に言われなくてもわかる。もし生きていれば、今ごろは連絡があったはずだ。それに、アルノーが関係しているのもたしかだ。ルイが最後に目撃されたのがどこであろうと、あの男は何かを隠している。教えてくれ、あんたは弟の身に何があったか突き止めるのを、手伝ってくれるのか、くれないのか？」

ぶっきらぼうな態度だが、喪失の痛手ややるせなさがにじみでていた。責任を負わせる相手を見つけたい気持ちは僕にも痛いほどわかるが、だからといって何も変わらない。「やっぱり、僕にできることがあるとは思えない。あとどのくらいあの場所にいるかも、わからないくらいだ。申し訳ない」

自分にさえ、いかにも言い訳をしているように聞こえた。ジャン＝クロードは椅子から立ち、財布を出して、昼食代として紙幣を一枚テーブルにおいた。

「いいんだ――」

「おごると言っただろう。手間を取らせたな」

彼は背を向けて出ていき、広い肩が、一瞬戸口をふさいだ。

バンのなかはオーブンのようで、熱せられたビニールとオイルのにおいでむっとしていた。うしろに積んだ砂袋に錨（いかり）のように引っぱられ、車はのろのろとしか進まない。僕はアクセルを踏みつづけ、重みをふりきって無理やりスピードを出した。バンががたがたいいだしたのでアクセルをゆるめ、その後はひかえめに踏んだ。ほとんど空っぽの道路に出てからも、エンジンは振動して不満を訴えつづけた。

僕は腹を立てていたが、その理由も、だれに対し怒っているのかも、わからなかった。たぶん、自分に対してだろう。——そもそもジャン＝クロードの話を聞くべきじゃなかった。それでも、少なくともアルノーに敵意が向けられている理由はわかった。町にしてみれば、美味しいスキャンダルの種を与えられたようなもので、アルノーのような社会からはみでた好戦的な人間は、格好の標的となる。

とはいえ、アルノーがルイの失踪にどう関係があるのかは、よくわからない。聞いたかぎりでは、ルイ自身、敵をつくるのが大得意という感じの人物だ。怒らせてはいけない相手を怒らせたか、あるいは、損害が小さいうちに手を引いて、方向転換をはかったのかもしれない。

もしそうなら幸運を祈ろう、と僕は暗い気持ちで思った。

農場が近づいてきても気分は明るくならなかった。前回出ていったときは、早くなかにもどりたくて気が急いたほどだった。それが今は、ゲートが見えてきて、無意識にスピードを落としている。道路のわきに車をとめたが、外には出ずに、エンジンをかけたままシートにもたれた。道は僕がもときた方向に向かって、はるか先までつづいている。この場所にやってきてからはじめて、僕は帰るということについて真剣に考えていた。

だが、どこへ帰るというのだ。

車を降りてゲートをあけ、車を入れ、逆のことをくり返す。わだちのついた道を進んでいって、中庭に乗り入れた。うしろの荷室をあけ、一度にひとつずつ、砂袋を物置へ運びはじめる。かなりの数があった。また足りなくなるのが嫌で、積めるだけ買ってきたのだ。

こうして見ると、買いすぎた気がする。

荷おろしをしているうちに、だんだん焦る気持ちがわいてきた。最初は理由がわからなかったが、そのうちに砂が床にこぼれて、そこから思考がつながった。ジャン＝クロードが言ったことに悩まされる理由は、もはやない。結局ルイはリヨンへいっていたことがわかったのだ。

それでも、納屋のコンクリートの補修のあとが、どうしても頭から離れなかった。僕はそこに埋め込まれていたものが、気になって仕方がなかった。

バンの積み荷がほぼ空になったころ、マティルドが家から出てきた。ミシェルが腰に抱きついている。

「何か問題があったの？」

「いや」僕はバンの荷台にある最後の砂袋を、自分のほうに引きずった。

「長くかかったわね」

「途中で昼食を食べたんだ」

マティルドは砂を持ちあげる僕を見ながら、その先を待っているようだった。「今晩、またうちで夕食を食べていいと、父が言っているわ」僕が無言でいると、彼女は言った。

「わかった」

重い袋を身体で支え、彼女の横をすり抜ける。ひんやりした物置にはいって、ほかの袋のところにおきながら、僕は早くもぶっきらぼうだった自分の態度を後悔しはじめた。アルノーとまた夕食の席をかこむのが楽しみでないとしても、マティルドに不機嫌な態度をしてもしょうがない。この件で犠牲者が出たとすれば、それはマティルドだ。

謝ろうと思って外に出たが、中庭は空だった。

バンの扉を閉めて、足場を見あげる。けれど、今すぐあがるつもりはなかった。その前にやることがある。

僕は中庭をつっきって納屋に向かった。

穴ぐらのような屋内は、暗くてひんやりしていた。なかにはいっていって、床のコンクリートのひび割れを見た。何週間ものあいだ、あまり気にすることなく、その上を毎日歩いていた。縦二メートル弱、横はその半分ほどの、長方形をしている。人間を埋めるには十分な大きさだ。ジャン＝クロードの言葉がふたたび思いだされた。

〝アルノーはなんでもかんでも、あの場所に埋もれさせて隠してしまう〟

ぞっとする恐怖がわいてくる。馬鹿な考えはよせと自分に言ったが、確かめずには気がすまない。周囲を見てだれもいないのを確認すると、僕はそこにしゃがんだ。割れ目からのぞいているのは、何かのほんの一部だった。なんであってもおかしくない。お菓子の包み紙、ボロ布。可能性はいくらでもある。

なら、確かめたらどうだ。

親指と人差し指を割れ目に押し込んだ。それは表面はぱりぱりになっているが、何かやわらかいもので、しっかりと埋まっている。指先でつまんで、前後に揺する。指の皮がこすれて、コンクリートがさらにくずれた。そこに挟まった何かは、なおも数秒抵抗したが、やがてコンクリートの欠片を散らしながら外に出てきた。

立って、光の下に持っていった。それはコンクリートと同じ汚れた色をした、破れた布切れだった。光にあててひっくり返し、やがて手にしたものの正体に気づいて、笑いが出た。布ではなくて紙だ。厚みのある紙。

セメント袋の一部だった。

度が過ぎる想像力のなせるわざだ、と手の埃をはらいながら、僕は思った。

この日の午後は、いつもより遅くまで仕事をした。時間をほかに取られた埋め合わせのためでもあり、なおも残る緊張を追いはらうためでもあった。太陽が木の梢までおりてきたころになって、ようやく切りあげた。痛む背中と、重たい腕と脚を引きずって、僕は梯子をおりた。とぼとぼと納屋にもどり、氷のように冷たい蛇口の水で手を洗う。つなぎを脱ぐとき、ジャン＝クロードが言った別の言葉を思いだし、脱ぎかけのそれのにおいをかいだ。埃と汗はわかるが、豚のにおいは感じられない。

もう、鼻が馬鹿になっているのかもしれない。

自分の服に着替え、それから夕食のために母屋にいった。ドアがあいていたので、そのままキッチンにはいった。テーブルにはすでに四人分の食卓がととのっている。僕は前と同じ席についた。僕の席だ。アルノーはいつもの上座にすわっている。ワインを抜栓し、無言で僕のほうに押した。グレートヒェンが料理を配るマティルドを手伝いながら、僕に笑いかける。これまで引きこもっていたどこか遠い場所から、またもどってきたようだ。姉妹が加わり、われわれは食事をはじめた。

ごくふつうの家族のように。

ロンドン

デートに出かけたのは、純粋にカラムのためだ。

「いいじゃないか。ずっと前からイルサを飲みに誘ってるのに、彼女は友達をひとりいっしょに連れていきたいって言うんだ。おまえも気に入ると思うよ。ニッキーはいい子だ」

「会ったことがあるのか」僕らはカラムの行きつけの飲み屋のカウンターにいた。大きなスクリーンでいろいろなスポーツを流している、人でにぎわうパブだった。カラムにとって静かに飲むというのは、こういう場所のことをいう。

「いや、会ったことはないが、イルサがそう言うんだ。しかも、ニッキーはオーストラリア人だ。おい、しっかりしろよ、ショーン。これは落馬みたいなもんだ。すぐにまた鐙(あぶみ)に足を入れないと、あっという間に乗り方を忘れるぞ。一度そうなったら、やっと鞍(くら)にもどってもまた落馬する。おれたちそんなのは嫌だろう」

「いったいなんの話だよ」僕は言ったが、声をあげて笑っていた。

「外に出て楽しむ話をしてるんだ。おまえに何を失うものがある？　それに、実際楽しいかもしれないじゃないか」

「さあ、自信はないけど……」

カラムはにやりと笑った。「じゃあ、きまりだ。予定を入れるぞ」

僕らはレスター・スクエア近くのバーで待ち合わせた。一杯飲んでから、タランティーノの新作の試写を観にいくという計画だった。カラムの案だったが、僕はタランティーノの最近の作品はあまり好きじゃなかったし、最初のデートに観るものとして、血と暴力の映画を選ぶのはどうかと思った。バーで待っているうちから僕は落ち着きを失い、早くもこの計画に賛成したことを後悔しはじめた。女性ふたりが到着すると、自分の失敗をますます強く確信した。ニッキーは広告代理店のコピーライターで、彼女も僕と同じくこの会に乗り気でないのが、すぐに明らかになったのだ。けれども妙なことだが、それでかえってやりやすくなり、おたがいに何も期待していないという共通認識ができると、ふたりとも肩の力を抜くことができた。

一杯のつもりが二杯、三杯になり、僕らは大慌てで映画館に向かうことになった。カラムがすでにチケットを買ってあったので、ロビーを素通りしながら、僕は電源を切ろうと携帯電話を出した。ちょうど手でつかんだ瞬間に、電話が鳴った。

クロエの番号だ。

僕は画面をじっと見つめた。ジュールが〈ゼッド〉に連れてきたあの晩以来、姿を見ることも連絡を受けることもなかった。それが今さらなんの用なのか、見当もつかない。

「ショーン、もうはいるぞ」カラムがこっちを見て言う。

親指が〝応答〟と〝拒否〟のキーの上でとまった。どちらも押せずにいるうちに、呼び出し音がぷっつり切れた。〝クロエ〟の文字が画面から僕を一瞬長く見あげ、そしてすぐに消えた。

僕は一抹（いちまつ）の罪悪感を胸に、携帯をオフにして、しまった。だが、みんなが待っているし、それにクロエは自分から切ったのだ。もし重要な用事なら、伝言を残すか、もう一度かけなおすかするだろう。

彼女がそうすることはなかった。

もう、潮時だ。

家に朝食を取りにいったついでに、僕はマティルドに聞いてみた。彼女は落ちてきた髪をうしろにかきあげ、ただ、うなずいた。

「あなたさえよければ、あとでやりましょう」

僕は礼を言い、納屋にもどった。けれども、朝食がすんでも、僕は抜糸を先延ばしにした。一桶分のモルタルを混ぜて、足場にあがった。日付の感覚を失っていても、今日が日曜日なのはたしかだ。アルノーでさえ週に七日働けとは言わないが、どのみち仕事が癖になっていた。働いていればひまを埋めることができる。このごろは、日に日に時間がずっしりと重いものに感じられる。

モルタルで目地を埋める作業をはじめたが、どうも気分が落ち着かず、いらいらした。抜糸のことが頭にあるせいだけではない。最近はずっと、ここ何年かよりも熟睡していた。肉体労働と充実した食事と太陽は、

17

ある日の午前中に、無事、抜糸がすんだ。罠の鉄の歯による傷痕は、包帯をしなくなってから硬化して治ってきたので、傷を縫った糸は、僕をいらいらさせる以外、もはや役割を果たしていなかった。もっと早くに抜いてもよさそうだったが、マティルドは何も言わなかったし、僕から急かすこともしなかった。どういうわけだか、僕はぶつぶつした醜い黒い糸をはずすのに、うしろ向きだったのだ。

けれど、今日の朝は特別に痒みがひどかった。無意識に掻きむしったり、糸のゆるんだところを自分で引っぱったりしているのに気づいて、これ以上放っておくわけにはいかないと思った。

不眠症にはいい薬だった。少なくともこれまでは。グレートヒェンの夜の来訪以来、ふたたび箪笥を引っぱってきて落とし戸をふさぐのが習慣になっていたが、眠りが中断されるのは彼女のせいではない。

雑木林で手を洗っている夢を、また見るようになったのだ。

石を隙間に入れて、湿ったモルタルをこてでこそげ、まわりと一体化するまでならした。家の上部はもう少しで終わる。あと数日したら、足場の床を一段低くして、ふたたび最初から同じ作業をはじめることになる。目地を掻きだして埋めなおさないといけない場所が、この農場の大きな家にはまだまだたくさんあり、あと数か月は仕事をつづけていられるだろう。

僕がそれを望むとして。

額に落ちてきた汗をぬぐい、時間を確かめようとして腕時計を見た。だがもちろん、時計はバックパックのなかだ。家の作業をはじめたときから、ずっと入れっぱなしにしてある。これまで時計がなくて困ることはなかったけれど、今になり、僕は何かに遅れているような、説明のつかない焦りを感じていた。

モルタルがなくなって、ちょうどいいので休みをとることにした。空のバケツを持って梯子をおり、それを足場の下においてキッチンにいった。ドアはあいていたが、ノックに応えたのはグレートヒェンだった。

「マティルドはいる？」僕は聞いた。

グレートヒェンの笑顔が消える。「どうして？」

「午前中に抜糸をしてもらうことになってたんだ。でも、いないなら、かまわない」

先送りにできてほっとする気持ちが内心わいたが、すでにグレートヒェンが戸口までやってきて、僕を招き入れようとしていた。薄手のコットンのワンピースから日焼けした脚がのぞいている。「マティルドはミシェルと二階にいるわ」

一瞬迷ったが、僕はキッチンにはいった。石の床と、磨り減ったテーブルと椅子は、僕にとってすっかり馴染みのものだったが、キッチンにマティルドの姿がないと、どうもしっくりこない。流しの横には、羽根をむしられた裸の鶏が見える。

「あとでまた来るよ」僕は背を向けて去ろうとした。

「待ってればいいじゃない」

気を使ったというより、命令だった。僕はドアの向こうの太陽に照らされた中庭をながめ、グレートヒェンは鶏の前に移動して、黄色い足を持ちあげた。まな板の上に広げると同時に、頭があたってゴンと音がした。片方の目が白くにごって失明している。僕が覚悟してこらえていると、彼女はのばした鶏の首に、大きな包丁をふりおろした。

「すわって待てばいいのに」

「いいんだ、ありがとう」

彼女は切断した頭を流しによけて、鶏を返して、手際よく両足を落とした。「このごろ、ほとんどあなたを見かけない気がするけど」

「ゆうべ、ここに食べにきただろう」最近では夕飯をいっしょに取ることがあたりまえになっている。ほかの食事はひとりで自由にできたが、納屋の外でひっそりと食べる夕食が、だんだん恋しくなってきた。例の酸っぱいワインをアルノーがせっせと口に運び、ボトルが空くごとに不機嫌になっていくのを見るのは、いいかげんうんざりだ。

グレートヒェンが肩ごしに僕をふり返る。「そういう意味じゃない。わたしを避けてるんじゃないでしょうね」

「もちろん、そんなことはないよ」

「ならよかった。もしかしたら、何かのせいでわたしに腹を立ててるんじゃないかと思ってた」

なんとこたえていいか、僕にはわからなかった。フォークの先で引っかかれたところには細いかさぶたができ、痒くて、たった今も掻いていたところだった。

キッチンの低い天井とどっしりした家具が、急に重苦しく感じられた。

「今日はお昼ごはんもいっしょに食べれば？」鶏の首から何か赤いものを引っぱりだした。「英語ももう少し教えてもらおうかな」

僕は階段に通じる扉に目をやったが、マティルドの気配はない。「てっきり興味がないのかと思ってた」

「興味を持つようにするから。約束する」

「ああ、でも、たぶん……」

扉がひらいて、ミシェルを抱いたマティルドがはいってきたのを見て、僕はほっとした。彼女は僕たちの姿を見て、なかにはいる前に一瞬躊躇したようにも見えた。

「音がしなかったから、来ていたことに気づかなかったわ」そう言いながら、ハイチェアのほうへ歩いていった。

「抜糸してもらうのをここで待ってたの」グレートヒェンが姉に告げ、鶏を蛇口の下に無造作においた。切断した首から、流しに血が広がった。

「あとでまた来ようか？」僕は言った。

「大丈夫よ」椅子にすわらせようとすると、赤ん坊は真っ赤にした顔を涙で濡らし、身をよじって喚いた。

マティルドは妹のほうを向いた。「グレートヒェン、ミシェルを頼めない？」

「だめ、今忙しいの」

「お願い。歯が痒い時期で、椅子にじっとしていないの。長くはかからないから」あやしながらマティルドが言う。

「自分の子じゃないの。なんでわたしがいっつも抱っこして連れ歩かないといけないのか、わけがわからない」グレートヒェンは文句を言いながらも、手を拭いて甥を抱きにいった。

「糸はバスルームで見るわ」マティルドはそう言うとすぐに背を向けたので、グレートヒェンが鋭い目でうしろからにらんだことには気づかなかった。

僕は包丁のそばにいるグレートヒェンには近づきすぎないようにして、テーブルをまわった。扉を閉め、マティルドについて二階にあがる。バスタブのふちに腰をおろして、マティルドが棚から必要なものを集めるのを待った――ピンセット、小皿、タオル。靴下を脱ぐと、僕の足がその生白い姿をあらわした。傷口はまだところどころにかさぶたが残っているが、治りかけの薄いピンクの皮膚ができてきて、そこから剛毛のような糸がのぞいている。

マティルドが僕の前にしゃがみ、お湯にひたした布でかさぶたのついた傷口を洗ってふやかした。それから膝にタオルを広げて、僕の足を上においた。親密で気まずかった。

「それほど痛くないはずよ」

彼女が縫い目の端をピンセットでつかむと、引っぱられる感覚がしたが、それだけだった。糸が抜け、それを皿に捨てて、つぎの傷口に移る。すんなり出てこようとしない糸を引っぱる彼女の手は、冷たくて優しかった。僕は作業をじっと見守った。手の動きにすっかり目を奪われ、いつしか僕はアルノーの暗黙の提案を思いだしていた。頭を別のことに向けた。

「ルルはどうしてる？」僕はたずねた。

「変わりはないわ。つけ根から黴菌がはいってしまったらしいの」

何かありきたりすぎない言葉をかけたかったが、何も思いつかなかった。これまで以上にジャン＝クロードの意見に同意したい気になった。マティルドの情の深さは、必ずしもだれかのためにはならない。とりわけ、ルルのためには。

「この前はジャン＝クロードに会ったんでしょう？」

僕の考えを読んだように、マティルドが聞いてきた。

「ジャン＝クロード……？」

「町に出かけたとき」

「ああ……建築資材屋にいたよ」悪いところを見つかったような気分だった。「どうしてわかった？」

「長いこと帰ってこなかったから。もしかしたら彼と話をしていたのかと思って」

なんの目的でそんなことを言いだしたのかはわからないが、話をしたいのでなければ、彼女はあえて話題にはしないだろう。「ルイが行方不明だと、彼から聞いたよ」

マティルドの表情からは何も読み取れなかった。前にミシェルの父親のことを質問したときは、居場所はわからない、としか言わなかった。もちろん、僕に話す義理はないのだが。

髪を耳にかけた。「そう」

「何があったんだ」

彼女の息が足にかかる。「ルイの話では、リヨンで仕事の用事があるということだった。父を説得してお金を借りて、出かけていった。一年半前のことよ。それからなんの音沙汰もないの」

ここでも彼女は、僕が何かを言うのを待っているようだった。「金を持ち逃げすることにして、それでもどらないのかもしれない」

「そうは思わないわ。もし生きているなら、今ごろだれかに連絡をしているでしょう。わたしじゃないにしても、たぶんジャン＝クロードに」

すでにルイの兄から聞いたことでも、マティルドの口から語られると、いっそうの重みがある。「ジャン＝クロードの考えでは――」

「ジャン＝クロードがどう考えているかは知っているわ」顔をあげて僕を見る。灰色の目は穏やかで、悲しげだった。「父はルイを殺してない。だれかが悪いとしたら、それはわたしよ。ルイは妊娠を知って喜ばなかった。それに、ルイと顔を合わせた最後のときも、わたしたちは言い合いをしたの。それがなかったら、状況は変わっていたかもしれないわ」

「きみのせいじゃない。お父さんが直接ジャン＝クロードと会って話せば――」

「無理よ」彼女は頭をふった。「父はプライドが高いの。考えを変えることは絶対にないわ」

「だったら、きみ自身がジャン＝クロードと話をするのは？」

「そんなことをしても、なんの意味もないでしょう。あの人はうちのせいだと思っているから。わたしが何を言っても変わらない」

マティルドはふたたび注意を糸にもどし、話はこれで終わりだと僕にわからせた。新たに抜いた一本を皿に捨て、僕の足の位置を変えた。タオルごしに彼女の体温が伝わってくる。

「これで最後よ」

糸が抜けるとき、わずかにちくっとした。マティルドは皿にピンセットをおいて、糸が抜けた穴に消毒薬を塗った。糸がないと、ひもを通していない靴のように間が抜けて見える。

「どんな感じ？」彼女がたずねる。

「悪くない」

足はまだ彼女の膝の上にあった。マティルドはその上に手をおいていて、急に僕は、そうしてふれられていることが気になって仕方なくなった。素肌に感じる彼女の手から、電流が伝わってくるようだった。首が赤くなってきたところからして、マティルドもやはり意識しているにちがいない。

「マティルド、ミシェルが泣きやまない！」

グレートヒェンの不機嫌で催促めいた大声が、一階から聞こえてきた。マティルドはすぐに僕の足をどけて椅子から立った。

「今いくから」叫び返し、ふたたび目の奥に疲れた色をうかべ、ピンセットと皿を手に取った。「糸を抜いたところは、一日、二日は敏感になっているかもしれないわ。まだしばらく気をつけてね」

「そうするよ。ありがとう」僕は言った。だが、彼女はもういなかった。

立ちあがると、洗面台の上のまだらにくもった鏡に自分の姿が映った。記憶にあるよりも細かった。それに日に焼けて皮がむけかけ、まぶしさに細めていた目の端が、白く筋になっている。変身の総仕上げが、ひげだ。もはや自分には見えなかった。

見知らぬ男を見つめ返し、僕は下にもどっていった。

怪我をした足にふたたびブーツをはくのは、妙な感覚だった。革についた血は何度こすっても取れず、靴の両サイドには、同一の弧を描く穴が点々とあいている。そのうち新しいブーツを買わないといけないが、今のところは、上から見おろして、両方の足がほぼ左右対称に見えるだけで満足だった。

けれど、新鮮味は消えつつある。僕は早くも、足を巻いたり縛られたりしていたときの気持ちを忘れかけていた。すべてのものが罠を踏む前の世界に回帰していくような、いったん途切れた人生が、ふたたびそこからやりなおそうとしているような、そんな奇妙な感覚があった。

それでも、足にあまり体重をかけるのは気が引けて、午後の散歩に湖まで歩くときも、まだ杖を使った。身体より心のための杖になっているのはわかっているけれど、あえてそのことは深く考えなかった。足がすっかりよくなってしまえば、もはやここにとどまる理由はなくなるが、僕にはその心の準備はできていない。

今はまだ。

崖の上のいつもの場所にいって、栗の木にもたれた。湖は穏やかで、この時間には水面を乱す鴨もいない。それでも、この場所では変化は明らかだった。僕の知らないうちに、季節は移り変わっている。まわりの木々の葉は、僕がはじめて来たときよりも濃い緑色になっているし、今もまだ暑いけれど、陽の光が前より心なしか澄んでいるように見える。季節は変わり目に近づいている。そして、天気もまた変わりそうに見えた。僕は手首の、むかし腕時計をつけていた場所をこすって、地平線にうかぶ黒い雲をながめた。

以前は、この場所に冬が来ることは想像できなかった。今ならできる。

道をもどりはじめるころには、雲の層がだいぶ厚さを増して、早くも霞がかかって太陽の姿がぼやけてきた。森を抜けるときには、一雨来そうな気配さえしてきたが、少なくとも彫像にはなんの変化も見られなかった。パンは相変わらず陽気に跳びまわり、ヴェールの婦人は悲しげに頭を垂れたままだ。暗くなりかけた空の下では、磨り減った砂岩についた血のような汚れが、一段とどす黒く見える。

「こんにちは」

僕は跳びあがった。前にアルノーと白樺を切り倒した森のひらけた一画に、グレートヒェンの姿があった。今回はミシェルもルルもいない。彼女はひとりで、草地のあちこちに生えている小さな白い花で鎖をつくっている。どこか嬉しそうな顔つきをしているので、僕はなぜだか待ち伏せされていたような気になった。

「いるのが見えなかった」僕は言った。「こんなところで何をしてるんだ」

「あなたをさがしにきたの」グレートヒェンは花をつないで輪にしながら、立った。「午後に英語のレッスンをすると約束したでしょう。忘れたの？」

キッチンでそんな話になったのは憶えているが、僕はまちがってもなんの約束もしていない。「悪いけど、今度にしてもらえるかな。仕事にもどらないといけないから」

「今すぐってわけじゃないでしょう？」

彼女はこっちに近づいてきたが、顔には今も不安を誘う笑みをうかべている。一瞬、花輪を僕の首にかけようとしているのかと思い、無意識に一歩うしろにさがった。だがグレートヒェンは、薄地の服がふれるほど近くを過ぎていった。手を高くあげて、石のニンフの首に花飾りをかける。

「ほら」と彼女は言った。「どう思う?」

「いいね。でも、とにかく、僕は帰らないと」

けれども、言うは易《やす》しだ。グレートヒェンが行く手に立っていて、横を抜けようとすると、動いて道をふさいだ。彼女はにっこり笑った。

「どこにいくつもり?」

「言ったじゃないか。仕事があるんだ」

「ダメダメ」首をふる。「あなたは英語のレッスンをするんでしょう」

「できれば明日にのばそう」

「待つのは嫌だと言ったら?」

いたずらっぽい笑みには、かすかに脅しが感じられる。あるいは、ただの勘ちがいかもしれない。もう一度彼女からあとずさりたいのを、僕はどうにかこらえた。

「お父さんに、どこで何してるのかと疑われる」そう言ったが、今回は父親を持ちだしても効果はなかった。

「パパは眠ってる。あなたの帰りが遅くなっても、気づかないわ」

「マティルドが気づくだろう」

姉の名を出したのはまちがいだった。「なんでマティルドがどう思うか、いつも気にするのよ」

「気にしてるわけじゃない」慌てて言った。「さあ、仕事にもどるよ」

グレートヒェンはしばらく不機嫌そうに僕をにらみ、それから、わざとらしく口をとがらせた。「わかったわ。でも、ひとつお願いがある。あの首飾りを取ってきて」

彼女は彫像の首にぶらさげた花輪を指差している。

「どうして」

「いいから」

僕はため息をつき、ニンフのところにいって花に手をのばした。うしろで衣擦れの音がして、ふり返ると、グレートヒェンの服が地面にすべり落ちた。

その下は裸だった。

「どう？」彼女は笑って言った。森の空気が、急にこれまでより息苦しく感じられた。一歩近づいてくる。

「マティルドはこんなふうじゃないでしょう。ね？」

「グレートヒェン……」言いかけたとき、エンジン音が聞こえた。

グレートヒェンの向こうを見ると、ジョルジュの古い2CVが、あえぐような音とともに道の先にあらわれた。僕は驚きのあまり動けずにいたが、どのみちもう手遅れだ。ジョルジュは顔がしわくちゃの男子生徒のようにハンドルにしがみついて運転していて、僕らが見えていないはずはない。けれども、道の真ん中で素っ裸で立つグレートヒェンを見て驚いたとしても、そのようすはこっちからはわからなかった。シトロエンががたがたと近づいてきたが、ジョルジュの顔は豚を殺したときのように無表情だった。やがて車はサングロションの囲いのほうへいく道にはいっていって、木々のあいだに姿を消した。

エンジンの音が小さくなっていく。グレートヒェンはその方向を見ていたが、やがてまんまるの目をしてこっちをふり返った。

「わたしのこと、見えたと思う？」

「目をあいていたならね。服を着るんだ」

彼女はおとなしくなって従った。僕は待つこともしなかった。グレートヒェンを森に残して、わだちのついた地面に杖をつきながら、家に向かって歩きだした。今起こったことの深刻さが、ようやく頭に染みてくる。このことを知ったら、アルノーは何をするかわからない。僕がそそのかしたのでもなく、ふたりのあいだには何もなかったと言っても、絶対に信じようとしないだろう。ただし、ぶどう畑のあいだを歩くあいだ、僕が一番心配していたのはアルノーの反応ではなかった。

マティルドがどう思うかだ。

僕はほとんど一直線に母屋に足を向けた。自分から話すほうが、ジョルジュやアルノーの口から聞くよりましだろう。あるいはグレートヒェンの口から――彼女がどんなふうに話をねじまげて伝えるかと思うと、空恐ろしかった。

けれど、納屋につくまでに自分を説得して、話をしにいくのはやめることにした。マティルドに言いつけて、自分からことを大きくしたがっているみたいに思われる。それにジョルジュは謎そのもので、あの老人がどうするつもりかはまったくわからない。もしかしたら、豚以外には関心がなくて、だれにも何も言わないことだって考えられる。

そこで僕は、代わりにもう一桶分のモルタルをつくることにし、怒りをぶつけながら砂とセメントとバケツ一杯の水をかき混ぜた。足場にあがるころには、早くも首の筋が張って、頭が痛かった。やる気も起こらず、手にしたバケツさえ、いつもより重く感じられる。それでも、ほかに何をしていいかわからないし、どうせなら、どんな災難が降ってくるか待つあいだに、少しでも壁を仕上げたほうがいい。

けれど、別のものが降ってきた。石の隙間に機械的にモルタルを詰めていると、濡れたものを頬に感じた。見あげると、空はどんよりした灰色に変わっている。ペニー貨をばらばら落とすような音とともに、雨粒が足場をたたきだす。

ついに天気が荒れてきた。

ロンドン

ある日の午後、フラットのソファに寝転がって、『悪魔のような女』のDVDを鑑賞しているところに、携帯電話が鳴った。この映画はすでに数え切れないくらい観たが、退屈だったし、〈ゼッド〉に出かけるまでほかにやることもなかった。時間があるときには何か建設的なことをして、人生を前に進めるべきだと、ずっと自分に言い聞かせている。けれども、このごろでは何をするのもかったるい。

映画を一時停止にして、電話に出た。カラムだった。

「ショーン、たった今、新聞を見たよ。こんなことになっていたなんて、全然知らなかった」

カラムとはしばらく会っていなかった。正確にいえば、あのダブルデートのとき以来だ。またやろうという話も出たが、結局実現していない。じつは僕が、前の人生とつながりがあるものを断とうとしているせいだ。もっとも〝断つ〟といえるほど積極的に動いてきたわけでもない。勝手に縁が切れていくのを待っている、といったほうが近いだろう。

僕は静止したままの白黒のテレビ画面をなおも見ていた――シモーヌ・シニョレが、浴槽にいるスーツ姿のポール・ムーリスの死体におおいかぶさっている。名シーンだ。「何を知らなかったって？　なんの話だ？」

間があった。「クロエのこと、聞いてないのか？」

そのことは〈イブニング・スタンダード〉に出ていた。手もとに新聞はなかったが、記事がウェブサイトに載っていた。短い文章で、写真もついていない。その程度の扱いで十分な事件だと判断されたのか、あるいは新聞社は、クロエの死体がテムズ川から引きあげられてから、写真をさがすひまがなかったのだろう。

麻薬常用者だった、と紹介されていた。自殺か他殺かは不明だが、二日前にウォータールー橋の手すりから転落するところを目撃された若い女性と、人物像が一致する。薬か酒でひどく酔っていて、落ちたのか、飛び降りたのか、見ていた人もわからなかった。事件がニュースになったのは、桟橋の杭にぶつかっているクロエの死体を発見したのが、ボートの遠足にやってきた小学生の一行だったからだ。記事はクロエよりも子供たちに同情的に書かれていた。

クロエは大勢いる麻薬常用者のひとりにすぎない。

ヤスミンの家に電話をすると、ジェズが出た。語学学校を辞めてから口を利くのははじめてだった。ジェズとのあいだにはなんのわだかまりもないが、クロエの親友と同棲しているという事実のせいで、たがいに気まずくなっていた。

だが、そんなことは今はどうでもいい。「ショーンだ」僕は告げた。

「ショーン」ジェズはいつもよりもさらに低い声を出した。「聞いたんだな」

「たった今。カラムが電話してきた」

「大丈夫か？」

僕は聞き流した。「ヤスミンは？」

「いるけど、ただ……今は話さないほうがいいと思うんだ」

窓の外にとまった鳩を見た。首をかしげて、ガラスの向こうから僕を見ている。「何があった？」

「詳しいことは知らない。ただ、クロエはまた薬をやってたんだ。ヤスミンがきっぱり手を切らせようとして、必死にがんばったけど、ああいうのは、そう簡単にはいかない。最近じゃ、もっと本格的なやつにも手を出しはじめてたらしい」間があった。「ジュールに捨てられたのは知ってるか？」

僕は壁に頭をつけた。「いつのことだ？」

「二、三週前だ。ジュールがまずいことになったと、クロエがヤスミンに言ってきた。あの男がドックランズにジムを持ってる話は、前にしただろ。どうやらジュールはジム一帯の古い波止場が再開発されることを見越して、建物を丸ごと一棟買ったらしい。ボロ儲けをあて込んで、ぎりぎりのところまで借金したが、そのあとで、再開発計画が白紙になった。それで、今度はレニーに金を借りた。ジュールのジムに薬をまわしてた、あのでかい男だ。それ以外にも、レニーの商売仲間数人に借金した。絶対に借りをつくりたいとは思わないような連中だ。詳しいことは知らないけど、クロエは……いや、おれからこんな話をするべきじゃないな」

「聞かせてくれ」

ため息が聞こえた。「クロエによると、ジュールは借金を返すために本格的に麻薬商売にのりだした。それで、何かの計画を立てて、クロエに運び屋をさせようとしたんだ。費用は全部負担するから、タイにいけってね」

「信じられない」僕は目を閉じた。

「クロエはいかなかった。断ったんだ」ジェズが急いでつづける。「でも、それがジュールの逆鱗にふれた。おまえは寄生虫だとかなんだとか言って、家からクロエを追いだして、捨てた。その後は、クロエと関わることをいっさい拒絶した。前にクロエに絶縁されたお返しっていうのも、多少はあったかもしれない。けど、とにかくそれがきっかけで、クロエは壊れてしまった。ヤスミンはできるだけのことをしたけど、それでも――」

電話の向こうで急にガサガサと音がした。くぐもった声が行き交ったが、片方は怒鳴り声で、少しして電話にヤスミンが出た。

「これで満足した？」ヤスミンが大声で言った。彼女は泣いている。「いったいどうして、クロエをあんな男のところにもどらせたりしたの」

僕はこめかみをこすった。「本人がそれを選んだんだ、ヤスミン」

「あんたは彼女が助けを求めているときに、クロエを捨てたのよ！　クロエがその後どうするか、考えなかったわけ？」

「あの男と寝て、妊娠してくれとは頼んでない！」僕は言い返した。

「クロエを支えてあげないといけなかったのよ！　自分の子だったかもしれないのに、無責任にクロエを捨てて出ていくなんて！」

「なんだって？」思考がぐるぐるまわりだす。「それはちがう。クロエはあいつの子だとはっきり言った——」

「そう聞いて、そのまま信じたの？　まさか、そこまで馬鹿な男だったの？　クロエは重荷にならないように気を使ったんじゃない。そして、あんたは放っておいた。ちがう？　あんたが橋から突き落としたも同然よ、この自分勝手な——」

ジェズが電話を奪おうとして、もみ合う音がする。茫然としながら耳をあてていると、ジェズがおろおろした声で電話口にもどってきた。

「悪いが、ショーン、ヤスミンが……わかってくれ」

「さっき彼女が言ってたことだけど……」

「それについては、おれは何も知らない」ジェズは急いで言った。「なあ、切るぞ。できれば、もうかけてこないでくれ。当分のあいだは。ごめんな」

電話は切れた。ヤスミンの言葉が、僕のなか深くにもぐり込んでくるようだった。〝自分の子だったかもしれないのに〟——。まさか、本当に？　クロエの死を知ったばかりだというのに、追い討ちをかけるようにそんなことを聞かされて、僕はとても受け止めきれなかった。だがヤスミンは、その手の作り話をするようなタイプじゃない。しかも、ふたりは親友だった。

クロエはだれにも話さないようなことも、ヤスミンには話していた。

僕にも話さないようなことを。

自分を苦しめるだけだとわかっていながら、携帯電話の着信履歴をスクロールした。ジェズの話からすると、ジュールがクロエと縁を切ったのは、彼女があの最後の電話を僕によこしたのと同じころだ。そして僕はそれを無視した。観たくもない映画を、ろくに知りもしない人たちと今から観るために。今も彼女の名前が、履歴の最後のほうに残っている。光る画面にあらわれたそれを見ていると、発信したいという異様なほどの衝動に駆られた。だがそうする代わりに、伝言を聞き逃しているかもしれないと思い、メッセージをチェックした。もちろん、何もはいっていなかった。

息が苦しくなってくる。僕は大急ぎでフラットをとびだし、ただあてもなく歩いているだけだと自分を騙しつづけ、やがて、必然として、ウォータールー橋にたどりついた。実用主義のコンクリートの橋で、歩道の横を車の列が流れている。橋の真ん中まで歩いていって、欄干(らんかん)から身をのりだし、ゆっくりと流れる川を見おろした。無に向かって足を踏みだすときには、どんな気持ちがしただろう、と想像した。暗い水を打ったあとも意識があったとしたら？ 怖かっただろうか。

僕のことを考えただろうか。

その日は、あとは飲んだくれて過ごした。ときどき携帯を出して、小さな光る画面にうかぶクロエの着信履歴をじっと見つめた。何度か削除する寸前までいったが、どうしてもそれができない。あたたかな晩で空は明るく、僕はパブのテラスにいるほかの客から離れた場所に、ひとりですわっていた。あるときは無感覚に陥り、あるときは悲しみと、罪悪感と、怒りに呑み込まれた。一番向き合うのが楽なのは怒りで、いつの間にか、今からすべきことについて、頭のなかに決断ができあがっていた。暗くなりはじめたころ、僕は立ちあがって、おぼつかない足取りで最寄りの地下鉄駅へ歩いていった。ジュールのジムはドックランズにある。住所は知らないが、かまわない。見つけてやる。

あいつを見つけてやる。

18

雨が絶え間なく屋根をたたいて、壊れたラジオの雑音のような音が聞こえてくる。外を見ると、ガラスビーズのカーテンのように、キッチンの窓の前を水がつらつらと流れ落ちている。土砂降りのため窓や扉はすべて閉じてあり、部屋のなかは暑くて、むっとしていた。雨で気温がさがることはなかったようで、風の通らない室内は息苦しくて、料理のにおいが濃く立ち込めている。

マティルドは今夜の夕食はとくに腕をふるい、前菜にはバターで調理したアーティチョークまで出てきた。「今夜は何か特別な日なのか」アルノーが非難がましく言った。口とあごがバターでぎとぎとになっている。

「とくに理由はないわ」マティルドはこたえた。「たまには変わったものがいいと思って」

父は鼻を鳴らし、ふたたびアーティチョークに歯をあてて、広げた萼の真ん中に下品にむしゃぶりついた。グレートヒェンは僕をまるきり無視し、料理を出す姉を不機嫌そうに手伝っている。

ジョルジュはさっき僕らを森で見たことを、アルノーに報告してはいないらしい。少なくとも今のところは。グレートヒェンの言うとおり、本当に豚のことしか頭にないのか、自分に無関係なことは見ないようにすることを経験から学んだのか、そのどちらかなのだろう。とにかく、僕はほっとしていいはずだった。

それなのに、落胆に近いものを感じている。

午後はずっと妙な心境でいた。いったん雨が降りだすと、もはや仕事をつづけるのは論外だった。モルタルはあっという間に泥水になり、さらにそこに風が加わって突風のたびに足場が大きく揺れるようになると、とにかく下におりるしかなかった。ずぶ濡れになった僕は、納屋にもどってつなぎを脱ぎ、そのあとは、屋根裏の窓から嵐をながめた。外の風景は一変し、いつものどかな田園風景は荒々しい一面を見せていた。風で揺れる森の先の麦畑は、ぼやけて存在さえ見えず、湖もなんとなくしか確認できない。遠くで鳴る雷を聞きながら、今、泳いだら、どんなふうだろうかと想像した。湖面には雨が激しくたたきつけて、小波が立っているだろう。

だが、僕はそのまま屋根裏にとどまって、打ちつける雨の音を聞き、来るべき稲妻を待った。結局、空が光ることはなく、いくらもしないうちに嵐の目新しさも薄れた。残り少なくなったたばこを、うまいとも思わずに吸いながら、『ボヴァリー夫人』をもう一章読もうとした。けれども、身がはいらない。土砂降りはおさまることがなく、昼が夕方になるにつれ、気持ちがますます落ち着かなくなった。数週間ぶりに腕時計をはめて、母屋にいかなくてはならない夕食の時間まで、時がのろのろと過ぎるのを見守った。不安もあったが、僕は同時に奇妙な予感めいたものを感じていた。

ところが、実際母屋に来てみると、まったくの拍子抜けだった。すべてはいつもどおりに進んでいる。マティルドが鍋を手にやってきて、それぞれに二個目のアーティチョークを配った。小ぶりだがやわらかく、肉厚な萼はみずみずしくて食べやすい。僕はあまり食欲はないものの、とにかくお代わりをもらった。マティルドは鍋の熱いバターを上からかけていってくれたが、いつものように無表情だった。

アーティチョークの萼をはがして、なかに噛みついたとき、腕時計が目に入った。腕にはめたそれは懐かしいような、見慣れないような感じがし、さっき確認したときからたった数分しか経っていないのを知って、胃がずっしりと重くなった。時計の針は蜂蜜のなかを動いているようで、農場が自身のテンポに合わせて相対性の法則を遅らせてしまった感じがする。それとも、そう感じるのは、僕が何かが起こるのを待っているからだろうか。

「出かける用事でもあるのか」アルノーが言う。

僕は時計をおろした。「ただ、何時くらいなのかと思って」

「どうして？　もう疲れたとは言わさんぞ」食いつくしたアーティチョークをこっちにふって、しわがれた声で笑った。「今日は、ほとんど何もしてないだろう。雨のおかげで休日になったんだ。疲れる理由などあるか」

目が鋭く光っている。機嫌のいい証拠だ。部屋のなかで上機嫌なのは、アルノーただひとりだった。グレートヒェンはむっつりを決め込み、マティルドはいつにも増して静かだ。今日の午後のことについて、妹が何かを話したのかもしれない。僕はその可能性を考えると、会話をしようという気がますます失せた。

アルノーは今は食欲を満たすことに夢中になっていて、テーブルを取り巻いている暗い雰囲気に気づいていない。マティルドとグレートヒェンがメイン料理――ケッパーのソースをかけた、細く切った豚肉だった――を用意しているあいだに、アルノーがふたたび僕に話しかけてきた。

「足の糸が取れたんだってな」

「ええ」

「じゃあ、ちんたらしてる理由は、もうないってことだな」

「そういうことだと思います」

「おたがいに、めでたいじゃないか」アルノーはワインボトルを取って、僕のグラスにお代わりを注ごうとした。

「いりません」

「空じゃないか。ほら」

僕はグラスを遠ざけた。「もう十分です」

アルノーは眉をひそめた。ボトルを傾けたまま動きをとめていて、中身が口からこぼれそうになっている。

「どうした？　これが気に入らないのか」

「ただ、飲む気がしないだけです」

アルノーの口が不満げに結ばれた。すでにボトルのほとんどをひとりで飲んでいたし、これが最初の一本だとも思えない。アルノーはテーブルにこぼしながら、自分に注ぎ足した。ボトルを乱暴におく音が響いて、レンジの前のマティルドが身をすくめた。

「なんだ」アルノーが突っかかる。

「なんでもないわ」

アルノーは娘をじっと見たが、マティルドは目を伏せたまま自分の席にもどった。アルノーはワインを大きくあおると、肉をフォークで突き刺し、口を動かしながらテーブルをかこむ顔をにらみつけた。

「今夜はいったいどうした？」

だれも何もこたえない。

「葬式で食ってるみたいじゃないか！　おれの知らない何かがあったのか、え？」

その質問は沈黙で迎えられた。僕はテーブルの向こうからグレートヒェンに見られているのを感じたが、気づかないふりをした。アルノーがグラスを干した。彼の上機嫌は、結局長くはつづかなかった。ふたたびボトルに手をのばし、自分を見ているマティルドをにらみつける。

「言いたいことでもあるのか？」

「いいえ」

「本当だな？」

「ええ」

アルノーは文句をつけるところをさがして、じっとにらみつづけた。何も見つからないとわかると、ふたたびナイフとフォークを取って食事にもどった。豚肉はほとんど嚙む必要がなかった。ほろほろとやわらかく、にんにくとケッパーのソースがよく効いている。

「味つけが足りない」アルノーが不満をもらした。

だれも反応しない。

「味つけが足りないと言ってるんだ」

マティルドが無言で塩と胡椒をわたした。アルノーは料理に胡椒をたっぷりひいて、さらに塩をぶっかけた。

「料理のときにもっと入れろと、口が酸っぱくなるほど言ってるだろう。あとから足すと風味が台無しになる」

「なら、足さなければいいのに」僕はつい言った。

アルノーが憎々しげにこっちを見る。「足せば、少なくとも味がする」

「僕にはちょうどいい」僕はマティルドに話しかけた。「美味しいよ」

マティルドはほんの一瞬、神経質に笑った。父親が口のなかのものをゆっくり嚙みながら、テーブルの反対から僕を見ている。それを呑み込み、たっぷり間を取ってから言った。

「おまえは美味しいものがわかるのか」

「自分の好きなものはわかる」

「ほう、そうか？　そんな美食家だとは知らなかった。うちの納屋に居ついてるのは、ただの未来のないヒッチハイカーだとずっと思っていたよ」嫌みたらしくグラスを挙げて敬礼する。「意見を押しつけられて、大変光栄だ」

沈黙がおり、雨音が急に大きく響いた。グレートヒエンは目を見ひらいて、われわれをじっと見ている。マティルドは席から立ちあがろうとした。

「鍋にソースがまだ残っているから――」

「すわってろ」

「ちょっと取ってくるだけのこと――」

「すわれと言ってるだろう」

アルノーが手をテーブルにたたきつけ、皿が跳んだ。反響が消える間もなく、二階からミシェルの泣き声が聞こえてくる。けれども、だれも動こうとしなかった。

「どうしてマティルドの好きにさせないんですか」気づくと僕は言っていた。

アルノーの目がゆっくりこっちに向いた。すでにワインで赤くなっていた顔が、さらに赤くなる。「なんだと？」

斜面を駆けおりるようだった。このままでは転げ落ちるとわかっているのに、勢いがとまらない。「だから、なぜマティルドの好きにさせないのかと聞いてるんです」

「やめて――」マティルドが言いかけたが、アルノーが手をあげて黙らせた。

「聞いたか、マティルド？　おまえに擁護者があらわれたぞ！」アルノーは僕から目をはなさなかった。声が危険なほど低くなる。「そこにすわっておれのワインを飲み、おれの食べ物を食べて、おれに難癖をつけるのか。おれのこの家で」

マティルドの顔は蒼白で、一方、グレートヒェンのかわいい顔は醜くねじれていた。僕はふだんならそれを警告として認識できたかもしれないが、今はアルノーのほうに気を取られていた。殺気立った顔つきをして、こめかみが激しく脈打っている。そばに銃がなくてよかった、と思った。

そのとき、何かが急に変化した。目に企みをふくんだ光がともった。アルノーは肩をすくめ、あごから力を抜いて、無理に笑顔をつくった。「まあ、どうでもいい。豚料理ひとつで言い争うつもりはない。だれだって、自分の意見があって当然だ」

一瞬、僕は戸惑ったが、すぐに理解した。アルノーは森でした話とつなげて考えているのだ。僕にマティルドを引き受けてくれ、というあの話だ。一日じゅうかかえていた緊張が急にしぼんだ。

アルノーはふたたびがつがつ料理を食べはじめた。

「そうか、マティルドの料理が好みに合うか。それはよかったな。おれはうかつなことを言った。そら、よく言うだろう、男の胃袋をつかむ女は、別の方面でも男の心をつかむってな」

何を言いだすのだ。アルノーが勝手に言っているだけだと理解してもらいたくて、僕はマティルドを見た。彼女は目をそらしたが、妹のほうはちがった。皮が引きつって骨がうきでるほどの怒りの形相で、こっちをにらんでいる。その荒々しさで僕に平手打ちにも負けない衝撃を与えてから、父親に顔を向けた。

「パパ、わたし、話があるの」

アルノーは顔もあげずに、鷹揚にフォークをふった。

「言ってみろ」

僕はグレートヒェンをじっと見た。まさかそんな行動に出るとは、信じたくなかった。けれど、もちろんそのまさかだ。

「今日の午後、ジョルジュと森で会ったの。ジョルジュは何か言ってなかった？」

「なんでいちいち報告しないといけないんだ」

グレートヒェンがこっちを見る。天使のような顔に意地の悪い笑くぼがうかんだ。「ショーンが説明するわ」

アルノーはナイフとフォークをおいた。甘やかすような表情から怪訝(けげん)な顔に変わった。「何を説明するんだ」

「グレートヒェン、悪いけど――」マティルドがどうにかあいだにはいろうとしたが、父親は今すぐ答えを聞きたがった。

「何を説明するんだ」

全員が僕を見ていた。三人三様の表情をしている――アルノーは怒り、マティルドは怯え、グレートヒェンは言いだしたことを今さら後悔するような、不安そうな顔をしている。奇妙なことに、僕の心は穏やかだった。ずっとここにいたる道をさがしていて、今の今、やっとそれが見つかったというように。

「ここを出ます」

そう告げたが、みんな無言だった。沈黙をやぶったのはアルノーだった。

「出るってのは、どういうことだ？」

「そのままの意味です。僕にはやらないといけないことがある」いったん口にすると、優柔不断や不安がすべて消えた。重荷が取り除かれた気分だった。

アルノーは不吉な顔つきをしている。「ずっとここにいながら、なぜもっと前にそれを言わなかった。今すぐしないといけないほど、何がそんなに緊急なんだ？」

「個人的なことです。唐突なのはわかっているけど、これ以上、先延ばしにはできない」

「ここでの務めはどうなる？　そっちは先延ばしでいいってことだな？」

「壁は前よりましにはなった。でも、あと数日残るくらいなら、別にかまわない。たとえば――」

「結構だ！」アルノーが怒鳴った。「われわれを放棄するってんなら、もう一日たりとも、うちの屋根の下で過ごすんじゃない。出てけ、裏切り者め！　荷物をまとめて、とっととといけ！」

「だめ！」グレートヒェンが叫んだ。怒りと落胆の表情がうかんでいるように見えるが、単にいらついているだけかもしれない。「いかせない！」

父親が手でふって異議を却下する。「いや、この男は出ていくんだ！　せいせいする。こいつには、もう用はない！」

マティルドはこれまではずっと口を閉じていた。心から動揺しているらしい。「待って、お願い――」

「だめだ！」アルノーが吼えた。「おい、聞こえなかったのか、この恩知らず。出ていけと言っただろう！」

僕は椅子を引いて、ドアに向かおうとした。マティルドが慌ててとめにくる。「せめて明日まで待って、ゆっくり話しましょう。どうかお願い！」

僕と父のどっちに向けられた懇願なのか、よくわからなかった。アルノーが娘をにらみつける。骨をかじるようにあごが動いている。

「お願い！」マティルドはもう一度くり返したが、今度はだれに言っているかは明らかだった。

アルノーはどうとでもしろというふうに手をあげ、そのままワインのボトルをつかんだ。「この男の好きにさせるがいい。とどまろうが、出ていこうが、おれにはどっちだって同じだ」

アルノーはグラスにワインを勢いよく注いだ。マティルドが僕の腕をつかんで中庭に急きたてる。外に出て彼女が扉をしめたとき、最後に隙間から見えたのは、僕らを引きつった顔で食い入るように見ているグレートヒェンの姿だった。

外に出ると雨はやんでいたが、今も細かい霧雨が宙を舞っていた。身体がふるえるほど、空気が冷たく湿っている。マティルドは話を聞かれないように、すべる石畳の向こう側まで僕を連れていった。

「ごめん」僕は言った。

マティルドは首をふった。霧雨で、髪に細かな水滴がういている。「なにも出ていく必要はないから」

「いや、ある」

「父はかっとしただけよ。本気で言ってるんじゃないわ」

僕の意見はちがったけれど、もうどうでもいいことだ。「お父さんに言われたからじゃない。純粋に、僕はここに長くいすぎた」

マティルドが母屋を目でふり返る。何を考えているのかはわからなかった。「考えは変わらないの？」

「変えられない。残念だけど」

彼女はしばらく黙っていたが、やがてため息をついた。「どこにいくの？　イギリス？」

僕はうなずいただけだった。今になって、ようやく事態が胸に重く響いてきた。マティルドは雨で湿った髪を耳にかけた。

「またもどってきてくれる？　この家に？」

「さあ、どうだろう」そんなことを聞かれて、驚き、心動かされた。何かこたえたかったが、もどってこられるかどうかを決めるのは、僕じゃない。

「少なくとも、朝まで待ったほうがいいわ」

「あまりいい案だとは思えないな」

「父も落ち着くでしょう。それに、こんな遅い時間じゃ、道路に出ても車はほとんど通らないわ」

そのとおりだ。今出ていけば、夜どおし歩きつづけるか、朝になってもまだゲートの外にいるかのどっちかだろう。家をふり返った。「これ以上、問題を起こしたくはないけど……」

「大丈夫よ。それに、発つ前に、あなたに話があるの」

「何について？」

「あらためて話すわ」マティルドは僕のすぐそばに立っている。灰色の瞳がやけに大きく見えた。「あとで屋根裏をたずねてもいい？　真夜中を過ぎたころに？」

「それは……ああ、いいよ。わかった」

彼女の手が僕の胸に軽くおかれた。「ありがとう」

マティルドは小走りで足場でおおわれた家へもどっていって、なかに消えた。そして僕は雨上がりの静けさのなかに、ぽつんと取り残された。弱い風が吹いて、母屋のてっぺんの古い風見鶏が、向きを変えて軋んだ。その風が、遠くから木のそよぐ音を運んでくる。まだ明るさの残る空を雲が流れ、昇ってきた月をときおりうっすらおおった。僕は濡れた中庭を歩いて納屋に向かったが、頭のなかは激しく動揺していた。ほんの数分前までは、何もかもが明瞭だった。今は、どう考えていいのかわからない。

マティルドが何を望んでいるのかも、わからない。

ふいに自信がなくなって、脚の力が抜けた。ああ、僕は何をしているのだろう——？　納屋の壁にもたれてむさぼるように息を吸い、そのときはじめて、杖をキッチンにおいてきたことに気づいた。一瞬パニックになったが、すぐにおさまった。取りにもどるのはよそう。いったんあきらめがつくと、ふたたび心は穏やかになった。最後にもう一度深呼吸して、真っすぐに立ち、荷造りをするために屋根裏へあがっていった。

自分のしたことに向き合う時が来た。

ロンドン

ドックランズに着いたとき、あたりは真っ暗だった。何時かはわからない——腕時計の文字盤は、解読不能な暗号のように見えた——が、とにかく遅かった。通り過ぎるバーやレストランはどこも閉店し、聞こえるのは自分の足音だけだった。

僕は偽りの心境に達し、自分が冴えている気になっていた。ジムは開発中の埠頭の近くにあるとジェズは言っていたが、適当に歩きまわったところ、結局は完全に道に迷っただけだった。このエリアはまるで迷路だ。頓挫した再開発計画によって見捨てられた照明の消えたビル、お上品になった埠頭の建物、さびれた倉庫が、そこかしこにあらわれる。

自分の馬鹿さ加減を、僕はだんだん実感しはじめた。ジュールを見つけたとして、その後どうする？　復讐してやるという考えは、今ではおのれの罪悪感を薄めるための、酒に煽られた愚かな妄想に思えた。人気のない通りを歩きながら、ヤスミンの非難の言葉が、ループ再生のように頭のなかでくり返される。〝クロエは重荷にならないように気を使ったんじゃない。そして、あんたは放っておいた。ちがう？〟。そうなのだろうか？　本当に、そういうことなのだろうか。今さら、もうわからない。妊娠したのが僕の子だったかもしれないと思うと、あばら骨の下のあたりに、本当の痛みが走った。クロエが言った言葉のひとつひとつを、僕はすでに何度もくり返しなぞって、真実を突き止めようとした。答えはわからない。ヤスミンはああ言うことで僕を攻撃したかっただけだと思いたいが、すべてはジュールひとりの責任だったと片付けることができないのは、僕にもわかっている。

二日酔いがはじまって、こめかみがずきずきいいだした。疲れを感じ、後悔と自己嫌悪でうんざりした。とにかく今は、フラットにもどりたいという気持ちしかなかったが、どうやって帰っていいのかわからなかった。通りはどこも同じに見える。レンガとクロムとガラスのトンネルばかりで、最後にはたいてい暗い水辺と眠ったボートのところに出て行き止まりとなる。

やがて角をまがると、ある倉庫の入り口から光がもれているのが見えた。車が一台、道の反対側にとまっているが、それ以外は、通りにはなにもない。だれかに道が聞けるかもしれないと期待して、僕は足を速めた。ドックランズの比較的栄えたエリアから、ずいぶん離れた場所までさまよってきてしまった。この倉庫だけが例外で、一帯の建物はすべてさびれている。フェンスで囲った荒れ地の先には、水の黒いきらめきと、荒廃した波止場が見えた。けれども、倉庫の外に掲げられた不動産業者の看板と、一階の窓から見えるエクササイズマシンのフレームに気づいたとき、遅ればせながら、頭のなかですべてがつながった。僕は足をゆるめつつも、まだ自分の考えを疑っていたが、そのとき、入り口から人が出てきて、車に向かって道をわたりはじめた。

ドアロックを解除する電子音が、静かな通りに響いた。立ちどまって見ていると、男は車のうしろにまわって、トランクをあけた。一瞬姿が見えなくなったが、やがてトランクが乱暴に閉じられ、人影は運転席側に移動して、なかに乗り込んだ。僕は立ったまま凍りついた。薄暗い室内灯のなかにジュールの姿がうかびあがり、僕はそこからほんの十メートル足らずの場所にいる。僕がどれだけの意気込みでこの対決に臨んだにせよ、ハンドルにつっぷしたジュールを見ているうちに、すべてが消えていった。気取りや傲慢さは、もはや欠片もない。ひげのういた顔には疲労と敗北感がただよい、目にはくまができている。

僕は気づかれないようにじっと動きをとめ、ジュールが車を出すのを待った。だが、ジュールは見えない何かをさがしている。顔を下にさげたので、何をしているのかわかった。鼻の片側を指で押さえ、手の甲から何かを吸い込んでいる。ふいに、さっきよりしゃんとしたようすで身体を起こし、エンジンをかけた。一瞬後、ハロゲンのヘッドライトが道路を煌々と照らしだした。

僕のいる道路を。

まぶしい光に手をかざしながら、僕はなおも正体に気づかれないことを祈った。しばらくは何も起きなかった。やがてエンジンとヘッドライトが切られた。光の残像を消したくて激しく瞬きしていると、車のドアがあく音がした。そして閉まり、出てきたジュールが車の前に立った。

「こんなとこで何をしてる」

僕はちかちかする目で、闇にいるジュールを必死に見ようとした。「クロエが死んだ」

それしか言うことを思いつかなかった。間があった。一瞬かそこら、たがいに今だけ敵対心を忘れることができるかもしれないと、僕は愚かにも期待した。

「で？」

「知ってたのか？」

「ああ。だから、教えてくれるために来たんなら、回れ右して失せろ」

消え去ったはずの怒りが、また徐々にもどってくる。

「クロエに何をした？」

「別に何も。クロエが自分でしたことだ。でなければ警察は自殺と呼ぶか？　さあ、悪いことは言わないからさっさと帰れ。こっちは説教を聞くような気分じゃない」

「あんたは彼女を捨てた」

「それがなんだ。橋から飛び降りろとは頼んでない」

攻撃的なわりに、どこか自分を守ろうとするところが感じられる。「いずれにしたって、おまえになんの関係がある？　クロエを捨てて出てったとき、そこまで彼女を心配してたとは気づかなかった。だれかを責めたいなら、鏡に向かって文句を言ったらどうだ！」ヤスミンの非難と重なるようだった。「中絶のことは知ってるだろう」

　相手は無言だった。目が慣れてきて、ジュールが肩をすくめるのが見えた。「だからなんだ？」

「クロエはあんたの子だと言った」

「それで？　気をつけなかった本人が悪い。まあ少なくとも、クロエには処理するだけの分別はあった」無理に冷たく言っているようにも聞こえたが、それはすぐに怒りの声に変わった。「なぜクロエを追いだしたか、理由が聞きたいか？　足手まといだからだ。どうしようもない厄介者だ！　コカインでおかしくなりやがって。生きられなくなったのは、おれのせいじゃない」

「そんな彼女にだれがした？」

　今度の沈黙には脅しの意味が込められていた。「おい、口に気をつけろよ」

「あんたが薬漬けにしたんだろう。そして、運び屋をするのを拒否すると、クロエを捨てた！」

「これが最後だ。うるさい口を閉じて、失せろ。いけ」

「そしてまた別のだれかを食いものにするのか？　おまえなんか、ただのクズだ！」

　ふたりの呼吸の音だけが、あたりに響いた。数秒後、ジュールは車にもどっていった。そのまま走り去るのかと思ったが、助手席のほうにまわってドアをあけた。奥に身をのりだし、ふたたび外に出てきたときには、細長いものを手にしていた。

「警告はしたぞ」そう言って歩いて来る。

　持っているのは野球のバットだ。

　これが現実に起きていることだとは思えなかった。

僕が一歩さがったのに反応したように、ジュールが突進してきた。僕はふりおろされたバットを夢中でかわしたが、それが楯にした腕にあたって、痛みとショックで息がとまった。逃げようとする僕に向かって、ジュールがめちゃくちゃにバットをふりまわしてくる。あたるより空振りのほうが多かったが、そのときガラスのぶつかる音があがり、僕は空き瓶の箱に蹴つまずいた。バランスをくずしながら、ぎりぎりのところで脳天を直撃しようとするバットを腕でかわす。バットが肩の上をすべって頬にあたった。痛みと光がはじけ、そして身体が傾いた。僕は無様に地面に打ちたおれ、その勢いでいくつものボトルが舗道を飛んでいった。パニックで我を失い、必死に逃げようとする僕の真上で、顔をゆがめたジュールがバットをふりかぶる。

「なんの騒ぎだ？」

道の反対から大声がした。大きな人影が、ジュールがさっき出てきた入り口の光をさえぎっている。道路におりてきたところで、いかつい肩からレニーだとわかった。

「〈ゼッド〉の女々しい男だ」ジュールがあえぎながら言う。バットはいつでもふりおろせるようにあげたままだが、もう一人の男の顔をうかがっているのは明らかだった。

暗闇にいる僕を確認しようとして、大きな頭が動いた。「そいつがここで何をしてる」

「クロエのことを聞いたらしい。おれに言いがかりをつけにきて――」

「くだらん」レニーは吐き捨て、僕に向かってきた。

そのゆったりとした態度は妙に恐ろしく、僕はジュールがまだそっちに気を取られている隙をついて、そばに転がった瓶を取って頭に投げつけた。気づいたジュールが首を引っ込め、そのすぐうしろで瓶がはじけると同時に、僕は夢中で逃げだした。すり抜ける横から怒号があがり、髪が揺れるほど頭のそばを、バットが猛スピードでかすめた。僕は死に物狂いで地面を蹴って、通りを駆けた。ジュールの足音はすぐうしろに迫り、レニーは道を斜めにわたって行く手をふさごうとしている。もはや逃げ道はない。だが、ジュールの車がすぐ前にあった。助手席のドアがあいたままで、僕はそこからなかにとび込んだ。ジュールがつかまえようと手をのばしてきたが、かまわずにドアを閉め、腕をはさまれたジュールから悲鳴があがった。そのままドアを押さえていると、野球のバットが舗道に落ちて転がった。ドアの角が食い込んで、腕から血が出ている。ジュールは僕をつかもうとシートの上で手をのばし、レニーも車のすぐそばまで来ている。両方に一度に対処するのは無理だ。そこで、ジュールが腕を引き抜こうとしたのに合わせ、ドアを思いきり押しだした。ジュールはうしろに倒れ、腕が消えた瞬間に僕はドアを力いっぱい閉めた。

集中ドアロックボタンを押すと、カチャッという心地いい音がして、鍵が閉まった。すぐにジュールが体当たりしてきて、車が揺れた。

「この野郎、ドアをあけろ!」叫んでガラスをたたいている。「ただじゃすまないぞ、聞こえるか、おい?殺してやる!」

僕はフロントシートの上でのび、あえぐように呼吸した。やっとの思いで身を起こしたとき、なぜジュールがキーを使って車をあけないのか、その理由に気づいた。

キーがささったままだ。

運転席に這っていくと、ジュールが助手席の窓をたたいた。「おい、やめろ!」

ふるえる手でキーをまわし、アクセルを床まで踏み込む。車ががくんととびだし、そしてとまった。すぐ横のドアからふいに大きな音がして、僕はひるんだ。レニーが窓に肘を打ちつけている。もう一度キーをまわすと、ジュールが叫びをあげてドアを引っぱって、車が揺れた。

「やめろ、よすんだ！　おい――！」

エンジン音がジュールの声をかき消した。レニーはバットを手にしていたが、車はすでに発進していた。レニーはうしろにとびのいたのに、ジュールはまだ横を走りながらガラスを激しくたたいている。こっちに向かって今では喚き声をあげていたが、アクセルを強く踏み込むと、彼の姿がふいに消えた。ほっとしたのもつかの間、つぎの瞬間、車が大きく跳ねて揺れ、手からハンドルが奪われそうになった。何かを巻き込んだように、助手席のほうからカタカタと音があがる。ブレーキを踏むと揺れはおさまり、車はタイヤを軋ませ、がくんととまった。うしろをふり返ったが、近くにはだれもいない。バックミラーごしに、レニーが道路の後方にいて、じっと動かずに立っているのが見える。

ジュールの姿はどこにもなかった。

エンジンの音が静かに響いている。助手席のほうを見た。シートベルトがドアに挟まっていて、のびてよじれたそれは、小さな首吊りの縄のように見えた。身をのりだしてドアをあけると、ベルトは巻きもどろうとして、のろのろとのたくった。けれども、機械部分が破損していて、途中でとまった。僕はその切れかけた帯をじっと見ながら、ジュールがシートの上に手をのばして僕をつかもうとしたときのことを考えた。僕がスピードをあげると、ジュールは必死に窓をたたいた。

エンジンをかけたままにして、車を降りる。

レニーが側溝に横たわる何かを見ている。動きはない。街灯の明かりで、手足がふつうとは逆の方向を向いているのが見えた。まわりには、黒っぽいどろどろしたものが溜まり、それが油のように光っている。慌てるようすのないレニーを見て、一抹の希望は消えた。

思わず前に出たが、自分をとめた。レニーが顔をあげて、僕を見る。手には今もバットがにぎられていて、あとずさる僕のほうへ、彼は恐ろしいほどのゆっくりした足取りで近づいてくる。足に運転席のドアがあたり、僕は慌てて車に乗り込んで、ギアをがちゃがちゃと動かした。

うなりをあげて遠ざかりながら、バックミラーに目をやった。レニーは道の真ん中でとまっていた。最後に見えたのは、なおもバットをにぎり、僕をにらみつけているレニーの姿だった。

車を運転していって、安心できる場所まで離れた。道端にとめ、込みあげるものを寸前でこらえ、ドアをあける。僕はドアにぶらさがるようにして、胃のなかの苦いものを路上に吐いた。発作がおさまると、救急車を呼ぶために携帯電話を手さぐりした。もうジュールの役には立たないが、良き市民としてのパブロフの条件反射で、僕は今や自動的に動いていた。それに、ほかに何をしていいのかも思いつかない。

けれど、電話は壊れていた。画面は割れ、今にも手の上でばらばらに崩壊しそうだった。いつ壊れたのかは知らないが、もう使い物にはならない。公衆電話を見つけしだい寄るつもりで、僕はふたたび車を出した。だが、ひとつも見あたらない。突然の土砂降りにガラスがぼやけ、ワイパーを動かした。雨は外の景色を印象派の絵のようなかすんだ世界に変えた。悪夢のなかに閉じ込められたような気分がしたが、徐々に頭がふたたびまわりだした。少しすると、物事がはっきり考えられるようになった。少なくとも、そのときにはそう思えた。

雨は降りやまないが、フラットの前に車を駐車したときには、夏の夜明けの光で空が白みはじめていた。僕は急きたてられる思いで無我夢中でフラットに駆け込んだ。ふるえがおさまらず、身体じゅうが痛むけれど、ぐずぐずしてはいられない。レニーは僕が何者か知っていて、あいつや商売仲間が僕をさがしだすのは時間の問題だ。警察に出頭することもできない。刑務所のなかのほうが安全だとも思えないからだ。考えられる道はひとつしかなかった。

そのへんに投げてあった服や現金をバックパックに詰め込み、ぎりぎりのところでパスポートのことを思いだした。古いDVDの詰まった棚と、額に入れた映画のポスターのある狭いフラットを、最後にもう一度見まわした。『男の争い』の希少な復刻版。それに、息遣いも生々しいバルドーが出ている、ヴァディム監督の『素直な悪女』の上映用プリントは、あと少しで僕を破産に追い込むところだった。けれども、今はどれも大事だとは思えない。

玄関を閉めて、ジュールの車をおいた場所に急いでもどった。ぴかぴかの高級なアウディだ。僕は高級車を運転するような人間には見えないが、とにかく僕はここから逃げたかった。

目的地については、なんの迷いもない。

バックパックをトランクに投げ入れ、運転席へまわろうとして、足をとめた。助手席側がどうなっているのか見たくはないが、確認せずにそのままにしておくことはできない。道に人がいないのをたしかめてから、思いきって車の反対側にまわった。後輪の上の黒い塗装がはげてへこんでいる。それでも、人目を引くほどひどくはないし、ついていたかもしれない血も、雨できれいに流された。

僕のしたことを示す痕跡は何もない。

まだ早朝で車は少なく、ドーヴァーのフェリーターミナルまでは思ったより早く着いた。そのころにはだんだん身体に影響が出はじめた。二日酔いで、くたくたで、さっきの殴り合いで身体が痛かった。何もかも、現実のようには思えず、チケットを買うときになってやっと、車の登録番号で引っかかるおそれがあることに思いいたった。車を捨てて、身ひとつで乗ることにしなかった自分の愚かさに、僕は驚かされた。

だが、サイレンも聞こえなければ、警報も鳴らなかった。僕は死んだ男の車を運転してボートの鉄の腹のなかにはいり、それから甲板にあがって、白い崖がゆっくりとうしろに遠ざかっていくのをながめた。

そして数時間後、僕は白い太陽の下、土埃の立つフランスの道路でヒッチハイクをしていた。

19

荷造りには時間はかからなかった。僕の少ない服と所持品は、すぐにバックパックのなかにしまわれた。朝まで待ってもよかったが、今やるのが、いわば意思の表明だという気がした。今回は、絶対に考えを変えるつもりはない。

だからこそ、マティルドが来ることについて、僕はなおさら不安をおぼえた。

荷造りがすむと、あとは待つくらいしかやることがなかった。まだ九時にもなっていないのに、外はすっかり暗い。このことも夏の終わりが近づいている証拠だ。マティルドが来るまでは、まだ三時間ある。借りていた『ボヴァリー夫人』の本は、マットレスの横においてあった。これもまた、中途半端なまま残していくことになる。ランプの光のなかで、僕は影に沈んだ屋根裏を見まわした。がらくただらけで、蜘蛛の巣がかかっているが、今では自分の家のような愛着がわくようになった。ここを去れば、きっと淋しくなるだろう。

ベッドに転がって、残りわずかとなったたばこに火をつける。ライターの火を消しながら、ブライトンの写真が燃えて丸まり、灰になったことを思いだした。グレートヒェンに燃やされたのが悔やまれるが、悔やまれることは、ほかに山ほどある。クロエの身に起こったことは、僕には変えようはなかったのかもしれないけれど、今後もずっと、僕はそのことで悩みつづけるだろう。それに、仮にクロエを見捨てた罪から逃れられたとしても、僕はあの夜、だれかに頼まれてドックランズにいったわけじゃない。僕が行動したせいで、人がひとり死んだ。故意ではなく、ただ逃げるためだったといったって同じだ。僕は人をひとり殺した。その事実からは逃れられない。

天井に煙を吐いた。帰らなくてはいけない。それはわかっている。その後どうなるかと考えると、やはり恐ろしいが、自分の心の平安のためにも、おのれが為したことに責任を取らなくてはならない。それでも、マティルドのことや、彼女の望みはなんなのかということを考えるたびに、自分の決意が揺らぐのが感じられる。

それから、もうひとつ面倒の種があった。ジュールの車から持ってきたビニールの包みは、警察が来たあとで隠した場所に今もそのままになっている。残しておくわけにはいかないが、一キロものコカインをイギリスに持ち帰れるはずもない。

ならば、どうしたらいい？

屋根裏は風が通らず湿気がこもり、考えるには暑すぎた。あけた窓のほうに移った。ぶどう畑と森の先に、暗闇のなかで銀色に光る湖がかろうじて見える。それをながめているうちに、急に目的意識が芽生えた。マティルドはまだしばらくここには来ないし、足の抜糸がすんだらあそこで泳ごうと、僕は前から自分に約束していた。

これが最後のチャンスだ。

ランプも持たず、慣れを頼りに木の階段をくだって、屋根裏からおりていった。納屋の入り口からはいる月光が、以前気になって仕方なかった、割れたコンクリートの床を照らしている。僕はその存在をほとんど気にもせず、横を通って外へ出ていった。

霧雨はやんでいた。気持ちのいいそよ風がぶどうの葉を揺らし、夜の空気は信じられないほど甘いにおいがした。空には満月がうかんでいるが、千切れ雲がその前をよぎって、麦畑の上を影がそそくさと駆けていく。森にはいると、つねに何かがかさかさと動いていた。枝からは滴が垂れ、木々のあいだに隠してある彫像は、濡れて黒くなっている。グレートヒェンがニンフの首にかけた白い花が月影に淡くうかびあがったが、つぎの雲が月にかかるとともに、そっと姿を消した。

石の像をあとにすると、すぐそこが湖だった。空気は鉄っぽいにおいを帯び、黒い湖面は風に吹かれて揺れている。ふいに何かが動いてぎょっとしたが、鴨が羽をばたつかせただけだった。ふたたび月が顔を出すと、ほかに何羽もいるのが見えた。湖のほとりのあちこちに、石のような姿でうずくまっている。僕は砂利の浜のほうまで歩いていって、服を脱いだ。靴を脱いだ両足は、ちぐはぐな姿をしている。片方は傷のない見慣れた足だが、もう片方は白く細って、みみず腫れのようなあとが縦横に走っていた。

湖にはいると、氷のような冷たさに息がとまった。水が腰まで寄せてくると、つい、爪先立ちになったが、さらに先のほうまで歩いていった。湖底が急に落ち込んだところで足をとめ、いったん自分に気合いを入れてから、僕は水にもぐった。

氷のなかに飛び込むようだった。耳のなかに冷たいものが押し寄せるのを感じながら、頭まで水にもぐり、それからぎこちないクロールで泳ぎだす。怠惰な手足に無理やり血液を送り込んで、湖の真ん中をめざして水を掻いた。息が切れて、立ち泳ぎをしながらまわりをながめた。通ってきたところは、湖面がぎざぎざの裂け目のように波立っている。ここまで来ると、何もかもちがって見えた。怪しさと静寂。水は足がつかず、深い。下のほうで銀色のものが光った。月光に反射した魚だ。自分を見おろすと、真っ黒いなかに身体が浮いていて、血が通っていないように見えるほど白々しかった。

素晴らしく気持ちがよかった。今度は平泳ぎでのんびり泳ぎだした。どれだけの午後を過ごしたかわからない、あの崖が目の前にそびえ、空を背景にした栗の木が、翼を広げるように枝葉をのばしている。それを見ていると、もうあの上に立つことはないのだという実感がわいて、その途端に胸にあった喜びが消えた。

僕は湖で泳ぎたいと思っていた。今、それを実行した。もはやここに長居する意味はない。向きを変え、もどろうとしたが、足で水を掻いたときに何か硬いものがあたった。慌てて足を引っ込めたが、なんのことはない、崖から見えていたあの水中の岩だった。おそるおそる、もう一度足をのばしてみる。

そして、すぐに引っ込めた。

なめらかな岩だった。藻や水草でぬめっていると想像したが、そうではなく、硬くてつるつるとした表面をしている。片足をつき、反対の足もおろし、そうやって上に立った。水があごのところまで来た。足の下の表面は、平らでなだらかなふくらみがあり、腐食してぼこぼこと小さな穴があいている。けれど、それらがなくとも、自分が立っているのは岩の上ではないとわかる。

車の屋根だ。

爪先でさぐりながら、だいたいの形を読み取っていった。片足が端ですべり、いきなり、足の下のものが消えた。僕は頭の上までごぼごぼと湖に沈み、もがいてふたたび屋根に立って、咳き込んであえいだ。少なくとも、これが乗用車でないのはわかった。乗用車にしては、屋根が狭くて、急に途切れている。むしろトラックの運転席といった感じだ。

寒気をおぼえながら、湖の岸に目をやった。あまりに距離があるし、どっちみち、やわらかい泥の上を運転するのは無理だ。ちがう。車がここに沈むにいたった経緯としては、崖の上からやってきたとしか考えられない。突きでた崖を見あげ、トラックがそこから事故で転落するようすを思いうかべる。だが、それにしては遠すぎる。足の下のものがここまで来るには、車を走らせて故意に突っ込ませたとしか考えられない。

岸に泳ぎ帰って、服を着たい気持ちは強かった。けれど、それはできない。まだだ。大きく息を吸い込んで、水にもぐる。冷たい水が耳にはいってくる。どこを見ても真っ暗だ。何ひとつ見分けることができない。けれどそのとき、月が雲のうしろから顔を出して、ふいに湖面を通して幻想的な光が射し込んできた。僕の下に、トラックの大きな姿がうかびあがる。視界はにごっているが、まちがいなくピックアップトラックだ。運転席のうしろの平床の荷台が、空っぽの姿をさらしている。さらに水を蹴って深くもぐったが、早くも息が苦しくなってきた。たばこの吸いすぎだ。僕は浮きあがろうとする身体と格闘しながら、ドアハンドルをつかんだ。ドアがスローモーションであきだして、危うく手をはなしそうになった。

心臓がティンパニーのように打ちはじめたが、身体を手のほうに引き寄せた。運転席のなかはかすんでいて、ほとんどが影になっている。心臓があと二、三度打つあいだ、我慢してなかをのぞいていたが、月が雲に隠れてふたたびあたりが暗くなった。ドアから手をはなし、水面めざして水を掻いた。僕は夜の空気のなかに勢いよくとびだし、むさぼるように息を吸い、こめかみの脈がおさまるのを待った。

何もなかった。

水がにごっていたので断言はできないが、運転席のなかには何の姿も見えなかった。ずんぐりした影も、ゆらゆらと揺れる手足もなかった。再度確かめてみようかとも思ったが、それを想像しただけで鳥肌が立った。もう一度もぐる気には、どうしてもなれない。

歯をガタガタいわせながら、僕は岸にもどりはじめた。急ぎたいのをこらえ、着実に泳げと自分に言い聞かせる。けれど、何かが——水草か枝の先が——足首をかすめた瞬間に、自制心が崩壊した。僕は無我夢中で岸をめざし、浅瀬で激しくしぶきをあげて、ようやく浜にたどりついた。ふるえながら両腕をこすり、湖をふり返る。自分が乱した湖面は早くも波がおさまってきて、ふたたび静かな黒い水面があらわれた。水の下に何かが潜んでいるとは、もはやわからない。

僕は服を着はじめた。あのトラックがだれのものかは、僕のなかではっきりしている。色は言いあてようがないが、おそらく緑だろう。ジャン＝クロードに見せられた写真に写っていたのと同じような。ルイの姿が最後に目撃されたのはリヨンだと聞いていたので、彼の身に何があったにせよ、それは向こうでの出来事だと思っていた。まちがっていた。

ルイは帰ってきていたのだ。

必死に生地を引っぱって濡れた脚にジーンズをはいた。どんなに考えても、ルイのピックアップトラックが湖にある無難な理由は思いつかない。ジャン＝クロードは、アルノーが弟の失踪の鍵をにぎっていると僕に伝えようとしたが、僕は聞く耳を持たなかった。聞きたくなかった。こうなった今でさえ、マティルドが何かを知っているとは信じられないが、ここでぐずぐずずしてそれを確認している場合じゃない。農場は少なくともひとつ、秘密を隠していた。

僕はふたつめの秘密にはなりたくない。

足がなかなかブーツにおさまろうとしない。目を光らせている恐ろしい森に見張られながら、必死になって足を靴に押し込んだ。今にもライフルを持ったアルノーが陰からあらわれるのではないかという気がして、何度も周囲を見まわした。だが、ぽつんとおかれた彫像をのぞけば、僕はひとりだった。ブーツのひもを結ぼうと手をおろしたとき、湖のこんなに近くに彫像はなかったことを思いだし、と同時に、それが森のあいだから抜けでてきた。

月明かりに照らされたグレートヒェンは、肌の色が石のように白く褪せて、雪花石膏(アラバスター)のように白々と見えた。近づいてこようとはせずに、その場からじっと僕を見ている。

「屋根裏を訪ねたの。あなたはいなかった」

僕はどうにか声を出した。「ああ、僕は、その……外の空気が吸いたくて」

「バックパックを見たわ。すっかり荷造りしてあった」

それには、どうこたえていいのかわからない。彼女は湖に目をやった。さっきの怒りは消えて、今は妙に穏やかで、それがかえって僕の不安をあおった。

「湖にはいったのね」

「暑かったから。身体を冷やしたかった」

「ずいぶん長いこと水にもぐってた。何してたの?」

「泳いでただけだ」

グレートヒェンがどの程度のことを知っているのか、なかにあるものを知らない可能性はあるか、僕はどうにか判断しようとした。けれど、身体がふるえて、まともに頭が働かない。

「言ったはずよ。パパはあそこで泳いだらいけないと言ってるわ。安全じゃないから」安全というのは、いったいだれにとっての話だ？　「パパに話したら、怒るでしょうね」

「じゃあ、話さないでくれ」

「いいじゃない。どうせ、明日でいなくなるんでしょう」グレートヒェンの目つきは冷たく、よそよそしかった。「わたしのことなんて、どうでもいいのよ。そうじゃなければ、わたしたちを見捨てて出ていくはずはないわ」

「だれを見捨てるわけじゃない」

「いいえ、見捨てるのよ。あなたはそういう人とはちがうと思ってたけど、いっしょだった。みんなで信頼してたのに、今になって、わたしたちを裏切った」

彼女はルイについても同じことを言った。「そんなふうに感じるのだとしたら、悪かった――」

「嘘。悪いなんて思うはずない。あなたはわたしをそそのかしたんだから」

「それはちがう――」

「だったら、ここにいると約束して」

「グレートヒェン――」

「約束して。じゃないと、パパに言いつける」

よしてくれ。僕は湖をふり返った。グレートヒェンがトラックのことを知っているかどうかはわからないが、アルノーには何も告げずにいてほしい。僕がこの場所から十分に離れるまでは。

「わかった」僕は言った。「とどまるよ」

グレートヒェンがじっとこっちを見ている。僕は首のうしろの毛が逆立ってくるのを感じた。

「嘘つき」

「ちがう、とにかく――」

「もうあなたなんて好きじゃない」

「グレートヒェン、待って――」叫んだが、彼女はすでに道の先を走っていた。一瞬、僕は立ち尽くしたが、すぐにあとを追った。追いかけてどうするかは自分でもわからないが、ここでもたもたしていては父親に告げ口されてしまう。けれど、本調子ではない足で、ほどけた靴ひもをぶらぶらさせながら走るのは、悪い夢のなかを駆けているようだった。先をいくグレートヒェンは、木のあいだを縫って走り、幽霊のように月明かりにあらわれては消える。彫像の近くを通るころには、胸と脚が焼けるようで、そのとき、ブーツの片方が足から脱げて、僕は道に転んだ。身体から空気が押しだされる。ぜいぜい息をしながら身を起こし、森を抜けてぶどう畑に出ていくグレートヒェンを、かろうじて見とどけた。月に雲がかかって姿は見えなくなったが、今さら追いつけないのは明らかだ。彼女は先に家に着くだろう。

僕は腰を折って、空気を求めてあえいだ。くそ。くそ！　どうにか冷静に考えようとした。きっと僕が過剰反応しているだけで、どうということのない理由が別にあるにちがいない。湖に捨てられた、ただの古いトラックかもしれない。それを信じたい気持ちは大きいが、湖で見たものの記憶が強烈すぎた。それに、危険な賭けには出られない――もしあのピックアップトラックがルイのものだとすれば、アルノーはその話を僕に外でされたくないはずだ。

僕はこの農場から出してもらえない。

そう思ったまさにそのとき、遠くの中庭のほうから、アルノーが大声で何やら叫んでいるのが聞こえてきた。それと対をなして、マティルドの嘆願する声が聞こえる気がする。そしてドアが乱暴にたたきつけられ、静かになった。

アルノーがやってくる。

僕は脱げて転がったブーツをさがしたが、月は今も雲に隠れていて、見えるのは影ばかりだった。時間がない。石や枝が素足に――治ったばかりの足に――刺さったが、急いで道から離れて森に隠れた。アルノーをやりすごしたあとで、道路までつっきって出ていけばいい。荷物の心配はあとでもできる。

森にはいって間もなく、ふいに何か鋭いものを踏んで、はじけるような音があがった。僕はうしろにとびのいた。心臓が大きく跳ね、鉄の歯が嚙みつくのを覚悟した。でもそれは起こらなかった――ただの枯れ枝だった。だが僕は慌てるあまり、このあたりにはまだアルノーの罠がたくさん残っていることを忘れていた。これ以上深く森にはいってはいけない。今は暗すぎて、自分の足の踏み場さえ見えないのだ。

木々の先のほうで、何かがちらりと動いた。僕はうしろをふり返って、ぶどう畑のほうをじっと見た。月には雲がかかり、一瞬すべてが闇につつまれた。やがてまた月が出て、急いで道をやってくる、まぎれもないアルノーの姿が見えた。持っている何かが月明かりにきらめいて、それが何かに気づくとともに、アルノーと冷静に対話するという希望は完全に消えた。

いつものライフルだ。

月がまた雲のうしろにはいり、カーテンを引かれたように何も見えなくなった。けれど、アルノーは思っていたよりずっと近いところまで来ていた。ここから引き返して湖に逃げるには、もう遅い。罠をうまく避けられたとしても、この距離では向こうからよく見えるだろうし、道を走れば格好の標的にされる。僕はあたりを見まわして、必死に隠れ場所をさがした。今いるのはこの前、白樺を切った場所から遠くないところで、周辺にあるほとんどが若木と切り株だった。どれも身を隠せるほどの大きさはないが、そのとき枝のあいだから月光が射して、彫像が姿をあらわした。

付近に罠が仕掛けられていないことを祈りつつ、明かりがあるうちにそっちへ駆けていった。濡れた地面に身を伏せ、修道僧の石のローブのうしろで丸くなる。息が切れ、ブーツをはいていない足が脈打って痛んだ。それにぬるぬるしたものを感じる――枯れ枝を踏んだときに切ったか、古い傷がひらいたのだろう。けれど、それはたいした問題じゃない。彫像のうしろをのぞき込んだ。月がないと、森はただの黒の濃淡にしか見えない。動くものは何もない。とそのとき、道をやってくる人影が見えた。

慌てて顔を引っ込め、冷たい石に身体を押しつける。頭上の空は雲と星のパッチワークのようだが、僕のいる地面の上は、何もかもが真っ黒だった。木々の先を見あげながら、月がこのまま雲に隠れていることを祈った。もう一度うしろをうかがって確認したいが、アルノーに見つかるおそれがある。そこで、地面に寝そべって、近づいてくる気配に耳をすました。弱い風が葉や枝を揺らし、ほかの音をかき消した。目を閉じて、アルノーがどれだけ進むか、頭のなかで想像してみる。三十を数えたころには、きっと通り過ぎているはずだ。

だが、三十秒経っても、僕は動かなかった。もし、予想がまちがっていたら？　どこかでアルノーが立ちどまっていたら？　両手を固くにぎりしめ、僕は自分に決断を迫った。永遠にここにいることはできない――

アルノーが湖にいっているあいだが、道路まで逃げきる一番のチャンスだ。もう通り過ぎているにちがいない。意を決し、もう一度うしろをのぞこうとした。

小枝が折れる小さな音がした。

僕は横になったまま動きをとめた。呼吸するのも怖くて、息をつめた。そよぐ木々の向こうの音に耳をすまし、月の前の雲がもうしばらくそこにいてくれるよう念じた。けれども、強い風が雲をわずかずつ追いたてて、その黒い輪郭に輝く銀色のふちどりがあらわれてくる。僕がなすすべもなく見あげている前で、月は雲のうしろからゆっくりと顔を出し、世界をオパール色の光で照らした。そのとき、ほんの一、二メートル先で、ふたたび枝の折れる音がした。

「ショーン？」

押し殺したマティルドの声。緊張が流れるとともに、力が抜けた。

「ここだ」

マティルドは別の彫像のほうを見ていた。僕のささやき声を聞いてこっちをふり向き、森の先の道のほうをうかがいながら、急いでそばにやってきた。裏切り者の月はふたたび顔を隠し、森は闇に呑まれた。

「ここを出て」横にしゃがんだマティルドが声をひそめて言った。「父は、あなたはまだ湖にいると思っているわ。もどってくる前に、いって」

なんの心配もいらない、ただの誤解だとマティルドが安心させてくれることを、僕はこの期におよんでも期待していた。立とうとすると、引っぱられた。彼女の姿も、ただの影にしか見えなかった。暗くて表情も何もわからない。

「まだよ。見えないところにいくまで待って。さあ、これを」

何かを押しつけられた。見えなくとも感触でブーツだとわかった。

「道で見つけたの」マティルドはささやいた。「それで、きっとここにいるんだと思った」

「グレートヒェンはどこにいる?」僕は見えないなかでどうにかブーツをはこうとした。血ですべりやすいはずだが、腫れてきて、どうしても足がはいらない。

「ミシェルといっしょよ」

「お父さんに何を話した?」

「その話はいいから。それよりこれを持っていって」マティルドがまた別のものを押しつけた。キーと、もうひとつは丸めた紙幣のようだ。「多くはないけど、手持ちのすべてよ。それに、これも要るでしょう」

薄い平べったいものをよこした。少しして、パスポートだと気づいた。

「バックパックのなかから取ってきたのか?」頭はまだのろのろとしか動かないが、彼女には屋根裏にいっている時間はなかったはずだ。

「今夜じゃないの。あなたが最初に町にいったときよ」

マティルドがパスポートを取ったことと、自分がなくなっていたことにずっと気づかずにいたことと、どっちが驚きだろう。「なんのために？」

「わたしに黙って出ていってほしくなかったから。あなたにお願いしたいことがあるの。でも、そろそろ、いったほうがいいわ。準備はいい？」

お願いしたいこと？「ブーツに足がはいらない」僕はますます混乱してきた。

「はくのはあとにして。急がないと」

マティルドはすでに彫像のうしろから僕を追いたてようとしている。僕は仕方なくブーツを手に持った。でこぼこの地面が素足に突き刺さる。

「気をつけて」マティルドが暗い場所から僕を引っぱった。はじめ、なんのことを言っているのかわからなかったが、目を凝らすと、角ばったものがそこに隠れているのが見えた。

やはりアルノーは、彫像の近くにも罠を仕掛けていたのだ。

それでも、僕を道へ引っぱっていくマティルドは、どこを歩けばいいかわかっているらしい。僕は足を引きずりながら、精いっぱいのスピードでいっしょに駆けた。地面を踏むたびに足の裏に痛みが走る。月にかかった雲がちぎれて、青白い光がもれてくる。思いきって湖をふり返ったが、アルノーの姿は見えなかった。

「お願いしたいことというのは？」僕は声をひそめて聞いた。

耳に髪をかけるいつもの仕草をするのが、暗闇のなかで見えた。表情は見えないものの、動揺が感じ取れる。

「グレートヒェンをいっしょに連れていってほしいの」

「なんだって？」

「しぃ。とにかく聞いて」マティルドは僕の腕をつかみ、低い声でささやいた。「あの子をどうしてもここから出したいの。あなたとなら、グレートヒェンもいっしょにいくわ。大変なお願いなのは承知のうえだけれど、生活の面倒までは期待しないわ。お金は送ります。できるだけたくさん」

「マティルド……」

「お願い！　わたしは荷物にあった麻薬のことを、警察に黙っていたでしょう」

やはり知っていたのだ。麻痺していてショックさえ感じなかった。僕は三日間、熱で朦朧としていた。見ず知らずの他人だ——自分がだれの世話をしているのか知るために、彼女が荷物を詳しく調べることをしなかったと、僕は本気で思っていたのか？　唯一驚きといっていいのは、それでもなお僕を家においてくれたことだ。

だが彼女には理由があったのだ。

月が雲のあいだから顔を出し、頭上の葉がマティルドの顔に影絵のような模様をつくった。僕らの前後の道に、ふたたび命が吹き込まれる。森の先にはぶどう畑がはっきり見え、そこに木炭で引いた線のようにくっきりと、わだちのついた道が通っている。何かがその上で動いたように見えたが、マティルドがもっと速く歩けと僕を急かした。

「急いで、もう——」

突然の銃声が響き渡った。僕らの後方の、湖の方角からだ。さらに二発目が響き、ふたりして身をすくめた。マティルドが僕を道の外に引っぱった。

「こっちよ！」

トンネルのように閉ざされた森のあいだを抜けて、マティルドはサングロションの囲いに向かう別の道のほうに僕を導いた。すぐうしろを走る僕に、枝が跳ね返ってくる。切り傷を負った足をかばいながら走りつづけると、やがてアンモニア臭漂う敷地に出た。満月が頭の上でかがり火のように輝いて、毛の生えた枕のような姿で寝ている豚を照らしだしている。豚が目を覚まさないことを祈りながら、僕はマティルドのうしろをついていった。敷地の向こうの森をめざすのかと思ったが、彼女はコンクリートブロックの作業小屋に向かった。

「さあ、なかに」あえぎながら扉を押しあける。

反論しているひまはなかった。僕は急いでなかにはいり、上下の扉が揺れて閉じるとともに、外からの光が遮断された。腐肉と古い血のにおいがたち込めている。なかは真っ暗で、息を切らしたふたりの呼吸の音が、閉じた空間にやけに大きく響いた。窓はないが、目が慣れてくると、モルタルの隙間からはいってくる光が見えた。マティルドが僕のわきをすり抜けて、隙間から外をのぞいた。

「近くにいる?」僕はささやき声で聞いた。

「わからない。たぶんいないと思うわ」

自分で見にいこうとしたとき、肩が何かにあたって小さな音がした。はっとしたが、天井の滑車から吊るされたチェーンだった。暗闇に手をのばして揺れを押さえ、中央にある石の作業台を手でつたって反対側にまわった。ざらざらした壁の隙間に顔を押しつけると、吐いた息で埃と砂が舞って、僕は目をしばたたいた。小さな隙間からは狭い範囲しか見えず、ふたたび雲がかかって、敷地は早くもまた暗くなってきた。だが、アルノーの気配はない。

「姿を見られたのだとしたら、もう来ていていいはずよ」マティルドが声をひそめて言った。小屋の壁のおかげで、少なくとも声は外にはもれない――すぐ真裏にいるのでなければ、アルノーに僕らの声は聞こえない。「きっと影に向けて撃ったんでしょう」

「なら、いこう」僕はここにはいったことをすでに後悔していた。上下に分かれた扉の細い光の線のほうへ移動しようとしたが、マティルドが手をのばして僕をとめた。

「まだよ」

「どうして？　お父さんが湖にいっているあいだに、逃げたほうがいいだろう」

「ちょうどもどってくるころかもしれないわ。そしたら、鉢合わせになってしまう」

そのとおりではあるけれど、この場所にとどまるのは気が進まない。コンクリートブロックの壁は、小さな口径の弾は防いでくれるかもしれないが、ここにいるのがアルノーにばれたら、僕らは袋の鼠だ。

「敷地の反対の森は？　そっちを通って外に出られない？」

「だめよ。危険すぎる。道がないし、父はあそこにも罠を仕掛けてるわ」

ああ、くそ。僕は必死に考えた。「じゃあ、今からどうする？」

「待つの。数分したら、わたしが出ていって、安全か確かめるから」

「安全じゃなかったら？」

「そうしたら、湖にいっているあいだにあなたが逃げていったと、父に話すわ。父が寝入ったあとで、わたしがまた迎えに来る」

マティルドの話し方は、いつもと変わらず落ち着いている。じつは父親を呼んでくる気かもしれないと思って、一瞬怖くなったが、もちろんそんなはずはない。最初から僕を追いつめるつもりなら、こんなまわりくどいことはしないだろう。彼女を信じるしかない。

マティルドはふたたび外をうかがい、僕はブーツに足がはいることを期待して床にしゃがんだ。生傷ができて腫れている。汚れをはらい、裂けた傷口に手があたって、つい息がもれた。

「大丈夫？」マティルドが聞いた。

僕はうなずいたが、考えれば彼女に見えるはずはない。「足が痛かっただけだ」

「貸してみて」

彼女がしゃがむ音がする。暗いなかで、マティルドの冷たい手がそっと足にふれた。痛い場所をさわられて、僕は息を呑んだ。

「傷がところどころひらいて、甲にも切り傷ができているわ。何か巻くものは持ってない？」

「ない」

「ならいいわ。ブーツをはくのを手伝ってあげる」

髪が腕にふれ、彼女は足の上にかがみ込んで、ブーツをはかせはじめた。「なぜそうまでしてグレートヒェンをここから出したいんだ？」僕は嫌な感覚を意識しないようにして聞いた。「湖にあるもののせい？」

ほんのわずかに間があった。「それも理由のひとつよ」

つまり、マティルドは知っているのだ。こんな会話をしているのが、妙に非現実的に思えた。顔が見えればいいのにと思ったが、暗闇のなかのマティルドはただの黒い影だった。

「ルイの身に何があったんだ、マティルド？」

彼女はブーツをはかせる手をとめなかった。一瞬、こたえる気がないのだと思った。口をひらいたとき、彼女の声は静かで、あきらめがにじんでいた。

「妊娠がわかったのは、ルイがリヨンにいっているときだった。帰ってきたら伝えようと思って待ってた。わたしには自分のお金が少しあったから、ルイを説得して、ここから連れだしてもらえないかと期待したの。グレートヒェンもいっしょに。あの子は……ルイに懐（なつ）いていたから。でも、わたしが馬鹿だった。グレートヒェンがそのことを父に言わないと期待するなんて。それで大騒ぎになった。父とルイは喧嘩をして……」

足がすっぽりブーツにおさまって、僕は顔をしかめた。「そして、お父さんはトラックを湖に沈めた」

「父はルイが農場に来たいっさいの証拠を消したかったの。ルイはリヨンから真っすぐにここに帰ってきた。夜だったから、彼がもどったことはだれも知らなかった。その後は……わたしたちは何もなかったように装

った
の」

心がすでに別のところにあるかのように、彼女の手がブーツから離れた。マティルドは立ちあがり、僕はかがんで靴ひもを結びはじめた。

「死体はどうした？」トラックの運転席は空だったが、僕はあらためて納屋の床の、あのぼろぼろのコンクリートの一画を思いださずにはいられなかった。

「父がここに運んだわ」

「ここ？」

「サングロション用に」

意味が頭にとどくまで、一瞬かかった。なんてことだ。僕はぞっとして、狭い作業小屋のなかの闇を見まわした。気絶した豚が床から引きあげられる音や、バケツに血がほとばしる音が記憶によみがえってくる。アルノーが言ったあるひとことが、急に恐ろしい意味を帯びた。

〝豚はなんだって食う〟


「グレートヒェンはどこまで知ってるんだ」

「わからないわ」マティルドはくたびれた声で言った。「あの子はその一件のあと放心して、興奮状態に陥って、結局一度も、そのときの話にふれたことがないの。小さいときから、考えたくないことを頭から追いだすことのできる子だった。最初から何もなかったみたいに」

僕自身もそのようすを目撃した。だが、グレートヒェンの奇妙な記憶喪失を見た思い出は、それどころではないぞっとする想像によってかき消された。僕はルイを殺したのはアルノーだと思っていた。

もしかしたら、ちがったのかもしれない。

立つと足に痛みが走ったが、いざというときに走れないほどじゃない。壁の隙間から外をのぞいた。そこから見える敷地は、まだらの月影で見るかぎり、空っぽだった。

「お父さんはルイを殺してない。そうなんだな？」僕はふり返らなかった。

ごく短い間があった。「ええ」

「グレートヒェンは病気だ。治療を受けさせないと」

「病気？」

「きみがずっとかばいつづけるのは無理だ。ルイを殺したのが故意じゃなかったとしても、彼女は遅かれ早かれ、別のだれかを傷つける。それか、自分を」

「あなたはわかってないわ」マティルドは子供に説明するような口調で言った。「グレートヒェンはルイを殺していない。殺したのは、わたしよ」

胃のなかに冷たい何かが広がった。「まさか」

「ルイは父を殴った。痛めつけたの」感情のすべてが流れでてしまったような、淡々とした声だった。「グレートヒェンがとめにはいろうとすると、ルイは今度はあの子をこぶしで殴った。顔を思いきり。それでわたしは鋤をひろって、ルイに打ちつけた」

グレートヒェンのまがった鼻のことを、僕はぼんやり思った。暗くて姿はほとんど見えないが、マティルドはふれられそうなほど近くにいる。

「事故だったのなら、なぜ警察にいかなかった？」

「わたしは刑務所にはいるわけにはいかないの」会ってからはじめてマティルドが怯えた声を出すのを聞いた。「ミシェルも苦労したでしょうけど、それより、グレートヒェンをここに残していくことはできなかった。父とふたりきりで」

「どうして？　妹だからって、そこまで――」

「妹じゃない。グレートヒェンはわたしの娘よ」

一瞬、何かを聞きまちがえたのかと思った。そして、はっとした。アルノーが？　立ち込めた濃い空気が、僕らのまわりで固まってしまったような感じがした。

マティルドが頬をぬぐう小さな動きがあった。

「わたしは十三だった。町の少年の子だと、父は母には説明したわ。わたしの将来を守るために、ふたりの子だということにしないといけない、と。学校には病気だと言って、グレートヒェンを産むまでわたしを家から出さなかった。疑う人はだれもいなかったわ。その後は、両親の実の子のように育てられた」

「どうしてだれかに相談しなかったんだ」僕は愕然（がくぜん）として言った。

「だれに？　母はたぶん知っていたけれど、父に歯向かえるほど強くなかった。それに、母が死んだあとは、ほかにだれに言える？　ジョルジュ？」

「グレートヒェンはそうしたことを知ってるのか」

「やめて！」マティルドの突然の激しさに、僕は驚いた。「知ってはならない。絶対に。それに、あの子の人生まで壊すようなことも、絶対にさせないわ。父には言ってあるの。もしグレートヒェンに指一本でもふれたら、殺してやると。一度、手を出そうとしたときには、二階から思いきり突き落として、一か月間ベッドに寝たきりにさせたわ」

声には残忍な満足感がにじんでいた。僕の知っているマティルドとは別人のように聞こえる。あるいは、知っていると思っていたマティルドとは。

「ミシェルは？　やっぱり……？」

「あの子はルイの子よ。でも、父は自分の息子のように思ってるわ。むかしから息子をほしがっていたから。この農場を継がせる息子を。娘はそういう存在じゃないの。グレートヒェンでさえね。だからあのときも……」

「あのとき？」マティルドが黙ってしまったので、僕は聞いた。

彼女のついたため息は、遠く離れた場所から聞こえてくるようだった。「母が死んだあと、また子供ができたの。女の赤ちゃんよ。父はわたしに一度も見せてくれなかった。死産だったって。でも……泣き声が聞こえた気がした」

この農場は、まるで無気味なマトリョーシカだ。最後の秘密にたどりついたと思うたびに、またつぎの、さらにおぞましい秘密がなかからあらわれる。「どうしてこんな場所にいられるんだ？　なぜ出ていかない？」

「そう簡単にはいかないわ」

「いや、簡単だろう！　荷物をまとめて出るだけだ。あの男はとめることはできない」

「グレートヒェンをおいてはいけないわ」

「だったら、いっしょに出ろ！」

「話を聞いてなかったの？」マティルドは内側に抑え込まれた激情をふたたびのぞかせて、激しい口調で言った。「わたしがルイと出ていこうとした話は忘れたの？　グレートヒェンは父をおいて出る気はないわ。少なくとも、わたしといっしょには」

これでまた話の最初にもどったというわけだ。僕はうしろを向いて、ともかく時間稼ぎをするために、もう一度外をのぞいた。千切れ雲が月の前を動いている。ここから見える敷地の小さな一部は無害で平和そうだが、そのまわりには森が真っ黒い壁となって立ちはだかり、奥を見通すことはできない。

「グレートヒェンをここから出したい理由が、わかってもらえたでしょう」暗がりからマティルドの声がする。「手段も行き先も選ばない。ここよりましなら、なんでもいいの。あなたとなら、グレートヒェンもここを出るわ」

この狭い小屋の暗闇がありがたかった。マティルドと対面せずにすむ。すべてを打ち明けたにもかかわらず、まだ僕を説得して娘を連れていってもらおうとするのは、彼女の必死さのあらわれだろう。それか、秘密を明かせば、僕が義理を感じるとでも思っているのだろうか。いずれにしても、答えは変わらない。

「僕にはできない。申し訳ない」

背後で音がした。ふり返ると、マティルドが前を通ってドアから漏れ入る細い光がさえぎられた。そして、また別の音がした。ほんのかすかな、ささやきのような音――鋼(はがね)が石をそっとこする音だ。ジョルジュが作業台から取りあげた解体ナイフのことを、僕はふいに思いだした。

「考えなおしてはもらえない？」暗闇にいるマティルドが言う。

時がとまったようだった。同じ台にあったハンマーのことを思いだした。僕の手が動こうとしたのか、筋肉が収縮した。だがそのとき、外から音がした。すぐにさえぎられたが、それはたしかに聞こえた。

赤ん坊の泣き声。

慌ただしい動きがあり、マティルドが扉を引きあけて小屋のなかが月明かりで満たされた。とびだしていく彼女は、手には何も持っていなかった。僕は急いであとを追い、アルノーがライフルを持って待ち構えていることを半ば覚悟した。

けれども、外に立っていたのは彼女の父親ではなかった。グレートヒェンだった。

ミシェルを楯にするように抱きかかえている。口を手でふさいで、もがこうとする赤ん坊を押さえ込んでいる。どこまで話を聞いたのか、たずねる必要はなかった。

マティルドは口ごもった。「グレートヒェン……」

「嘘。わたしの母親なんかじゃない」

「そうよ、あたりまえじゃないの」マティルドはどうにか笑おうとした。

「パパがそんなことをしたはずはないわ。信じない。嘘を言ってるのよ！」

「ええ、そのとおり。今のは作り話よ」マティルドは両手を差しだした。「ミシェルが痛がってる。さあ、こっちに――」

「近寄らないで！」グレートヒェンはあとずさった。ミシェルが手から顔をそむけ、大声で泣きだした。マティルドが一歩前に出る。

「わたしはただ――」

「こっちに来ないで！」

グレートヒェンはミシェルを抱いたまま向きを変えて駆けだした。僕は足の痛みをこらえ、妹を追うマティルドを走って追い抜いたが、グレートヒェンはすでにサングロションの囲いの前にいた。彼女はオス豚のいる柵の内側に向かって、ミシェルをふりあげた。

「来ないで！　わたしは本気よ」

柵の向こう側に宙吊りにされたミシェルを見て、マティルドはよろめきながら僕の横で立ちどまった。オス豚の姿は見えないが、赤ん坊の喚く声に、となりのメス豚の囲いが騒然となった。混乱した状況に、興奮した豚の鳴き声が加わりだす。

「ほら、グレートヒェン。ミシェルを傷つけたいわけじゃないだろう」僕は言った。

「黙って！」彼女は涙で汚れた顔で叫んだ。「わたしのことなんか、どうでもいいくせに。みんな、最低よ」

うしろの囲いで動くものがある。ぽっかりあいた小屋の入り口からオス豚の鼻先があらわれた。垂れた大きな耳の下から、小さい陰険な目で僕らのようすをうかがっている。

「グレートヒェン、お願いだから話を聞いて！」月の光の下でも、マティルドの顔から血の気が引いているのがわかる。「あなたには謝らないと――」

「心にもないことを！　嘘よ！　パパはそんなことはしない。わたしのお母さんは死んだの。でもあんたは死んでない」

グレートヒェンの後方に豚があらわれる。うろうろしながら僕らを観察している。

「ミシェルが怖がってるわ」マティルドは言った。「わたしによこして。話はそれから――」

「いやよ！」グレートヒェンは叫び、するとオス豚が甲高い鳴き声をあげて前に突進した。豚は柵に体当たりし、グレートヒェンがひるんだ隙に、僕は前にとびだした。けれど、彼女は僕を見ると、ふたたびミシェルを柵のなかに突きだした。「近寄らないで！」

僕はさがった。怒った豚が板に突進する。ミシェルは宙で足をばたつかせて泣き喚いている。

「やめて！」マティルドは手で口を押さえていた。「お願い、よして！　ミシェルにひどいことをしたいとは思ってないんでしょう。ミシェルはあなたの――」

「あなたの何？　弟？」マティルドがこたえずにいると、グレートヒェンの顔が徐々にくしゃくしゃになった。「嘘！　わたしは信じないから！」

グレートヒェンは泣きだして、ミシェルを胸に寄せてかかえた。助かった。となりにいるマティルドからも緊張が流れでるのがわかった。

「家にもどりましょう」マティルドがそう言って前に出た。「わたしがミシェルを抱っこするから――」

グレートヒェンがふいに面をあげる。「不潔な女は来ないで！」

顔が醜くゆがみ、ふたたびミシェルを高々とあげた。豚の攻撃に、木の板が揺れて軋んでいる。まずい。僕はいつでもとびだしていけるように身構えたが、僕もマティルドも、走っても間に合わないことはわかっていた。

マティルドは手を前に出したまま立っている。月が雲をはらい、投光照明をあてるようにこの光景を照らしだした。「お願いだから、話を聞いて――」

「不潔よ！　不潔な嘘つき女！」

「グレートヒェン、聞いて――」

「うるさい！　あんたなんか嫌い。大っ嫌い！」

グレートヒェンは囲いのほうにくるりと向きを変え、そのとき、鞭《むち》が鳴るような音が響いた。グレートヒェンはよろめいて、脚の力が抜けると同時にミシェルのことがおろそかになった。僕は倒れかけた彼女に向かって駆けだしたが、マティルドのほうが早かった。彼女はミシェルをすくいあげ、怪我がないか急いで確かめて僕に押しつけ、娘をふり返った。

グレートヒェンのTシャツの前に、黒い染みが広がっている。今なお僕は、何が起きたのかわからなかった。だが、うめき声が聞こえ、そっちをふり返って理解した。森の端にアルノーが立っている。ライフルの銃床はなおも肩にあてたままだが、やがて、銃口がおりて、安全な地面に向けられた。

アルノーはこっちに向かって転げるように駆けだし、マティルドはグレートヒェンの横にひざまずいた。グレートヒェンは地面に仰向けになって空を見あげていた。手足が痙攣するように動いている。

「マティルド……?」混乱してまごついた幼い女の子のような声だった。「マティルド、わたしまだ……」

「しぃ、大丈夫よ、しゃべろうとしなくていいから」

マティルドが片方の手をにぎり、そこへアルノーがやってきた。アルノーはミシェルに手をおいたあと、グレートヒェンの横にどっさりとくずれた。

「ああ、なんてことだ！　おい、まさか……！」

僕の頭は動きをとめてしまったようだった。何もできずにただ突っ立って、ぎこちなくミシェルを抱いている。僕は自分に言い聞かせた。あのライフルは口径が小さくて、たいした威力はないはずだ、あれで死ぬのはウサギや鳥だけだ、と。けれども、グレートヒェンのTシャツにはさらに血が染みだし、今では彼女は咳き込んで血を吐きはじめた。

「やめて」マティルドが責めるかのようにグレートヒェンに言った。「だめよ！」

グレートヒェンは、大きく見ひらいた怯えた目でマティルドを見あげている。マティルドは手をにぎっているのと反対の手で、胸にあいた小さな穴を押さえた。グレートヒェンは何かを言おうとしたが、口から血をほとばしらせて、咽せはじめた。痙攣して足が土を蹴り、背中がそりあがる。一瞬、それに逆らうように、身体が突っ張った。そしてほどなく、身体からすべての力が抜けて、事切れた。

静けさがおりたようだった。ミシェルの泣く声も、オス豚の甲高い鳴き声もとどかない、何かで守られたような静寂だった。マティルドは半ばしゃがみ、半ばくずおれ、そのせいで片脚が自分の下に挟み込まれていた。手は今もグレートヒェンの手をにぎっている。彼女はその手をおろし、アルノーは涙を流して娘の顔をなでた。

「悪かった。ミシェルを投げようとしていたから、あするしかなかったんだ」号泣して訴える。「ああ、こんなことになるとは。悪かった」

マティルドはグレートヒェンの亡骸(なきがら)をはさんで父親を見ていたが、やがて、銃声よりも大きな音をあげて父の顔をたたいた。アルノーはそれにさえ気づかないように、頬に血の手形をつけて前後に揺れた。

うしろでは、血のにおいに熱狂した豚が柵に体をぶつけている。マティルドがよろよろと立ちあがった。上の空で髪を耳にかけたが、その中途半端で無意識の仕草は、黒い汚れをそこに残しただけだった。彼女は酔ったような足取りでアルノーがライフルを落とした場所へ歩いていった。

「マティルド」僕はかすれた声で言った。

声をかけても無駄だった。マティルドは銃をひろい、さっきよりもしっかりした足取りでもどってきた。両手は肘まで血に染まっている。

「マティルド」僕はミシェルを苦労して抱きかかえながら、もう一度言った。だが、僕はもはやただの傍観者にすぎなかった。彼女はグレートヒェンの横でひざまずく父親の前に立った。薬室に弾を込め、肩に銃を構えたが、アルノーは顔をあげなかった。

銃が火を噴き、僕はひるんで顔をそむけた。ふり返ると、つづいて、オス豚が甲高い叫びをあげた。銃声にアルノーは今もグレートヒェンの横で涙を流している。

マティルドはもう一度銃を放った。今度は、豚の肉に弾がめり込む鈍い音が聞こえた。豚はうなり声をあげて、その場をぐるぐるまわり、もう一度柵に突進した。マティルドは冷静にボルトを操作して給弾した。近づいていって、豚の背中の真上から狙いを定める。柵への攻撃をやめない豚に向けて弾が放たれるつど、怒りの鳴き声があがった。豚は濃い灰色の毛皮を血で黒くし、痛みと怒りで金切り声をあげている。

やがて、マティルドが銃を豚の耳にあてて引き金を引くと、悲鳴はぷっつりと途切れた。

まるで何かでおおったように、飼育場の一帯を静寂がつつみ込んだ。アルノーのさめざめと泣く声だけが、その静けさを乱していたが、次第に外からほかの音がはいり込んできた。怯えた豚の甲高い鳴き声、ミシェルの泣き声、木々のそよぎ。まわりの土地は息を吹き返し、マティルドはライフルを手から取り落とした。彼女はどこでもない遠くを見つめ、父親はグレートヒェンの亡骸の前にひざまずき、そして僕は、ふたりから離れた場所に立って、この一瞬が永遠につづくことを確信していた。

エピローグ

雨と呼ぶにはあまりに軽い細かな霧雨が、垂れ込めた灰色の雲と地面との境を曖昧にしている。道路端の木々は、まばらになった葉のあいだから裸の枝が透けて見えて、木そのものの形があらわになり、一方、小麦畑だった場所は、収穫後の株が畝に残るだけで、あとは鋤き込まれるのを待っている。

僕は農場までの残りの一キロを徒歩で進んだ。ここまで運んでくれた車が去っていったあとでようやくふと気づいたが、ヒッチハイクで乗り継いだ最後の数台の気まぐれな偶然によって、僕ははじめて来たときと同じルートをたどっていた。有刺鉄線をつけたゲートの前に着くと、足をとめて、森のあいだに消えていく懐かしい道をその向こうにながめた。〝アルノー〟と書いた郵便受けが、今も門柱に釘で打ちつけたままになっている。けれども、白い文字は記憶していたよりも色褪せ、侵入者を防ぐのに使われていた錆びた南京錠は、真鍮と鋼のいかめしい作りのものに替えられていた。ゲートの真ん中には、もっとさりげない警告が貼ってある——今では銀行の所有地となったという、印刷された通知だ。

僕はゲートの風化した木目を手でなでたが、乗り越えることはしなかった。いざ来てみると、これ以上先へいくのは気乗りがしない。やってきた一台の車が通り過ぎるのを待ち、それからようやくバックパックを反対に投げ落とし、よじのぼって錆びた鉄線をまたいだ。以前は乾いて土埃がひどかった道は、今はぬかるんで水たまりができている。目隠しとなる葉がないために、森の先の農家がすぐに見えてきた。やがて中庭に出ると、この数か月間にあった変化が目の前に明らかになった。

農場はひっそりしていた。中庭を横切っても、逃げていく鶏の姿はなく、バンとトレーラーも処分されている。ただし、厩舎のとまった時計は、今も何時かの二十分前を指し、大昔のトラクターもそのままにされていた。壊れて朽ちたそれらは、住み慣れた我が家から引きはなすまでもないと判断されたのだろう。錆びた足場のかかる母屋は、戸がきっちり閉まり、窓は鎧戸でふさがれていて、前よりもいっそうさびれて見えた。僕が補修した壁の一部は、憶えているよりも面積が小さくて、表面だけの修繕では、根本的な傷みをまったく隠せていなかった。

僕はここをもう一度訪れることに不安を感じていた。でも、実際に来てみると、とくになんとも思わなかった。移り変わった季節と寒々しい風景は、僕の記憶とはあまりにかけ離れていて、かつて見慣れていた景色には、もはや訴えてくる力はなかった。ふたたびこうしてながめていると、熱に浮かされた夢のなかにもう一度足を踏み入れるような、幻想的で不思議な感覚がした。

アルノーが末娘の心臓に弾丸を撃ち込んだあとの数日間、僕はフランスの警察に同じ説明を何度もくり返させられた。やがてとうとう、知っているすべてを話したと納得してもらえて、イギリスに帰る許可が出た。僕は裁判にはもどってくるつもりでいると言質（げんち）を残していったのだが、その時点では偽りのない言葉だった。もどってこられるかを決めるのは僕ではないことを黙っていただけだ。

緑あふれる農場から帰ってきた僕には、ロンドンは灰色ですすけて感じられた。僕がいないあいだも、世界はちゃんとまわりつづけていた——街は変わらずに騒がしく、道は変わらずに渋滞し、テムズ川は変わらずに流れている。僕の帰国は、僕にとってだけに重大事だった。帰ったら指名手配されているか、最低でも逮捕状が出ているにちがいないと思っていた。現実はそこまでドラマチックではなかった。

警察はドックランズでの事件を――僕が人をひとり殺して逃げたということを――当然知ることになると、僕は罪悪感に苛まれた頭で思い込んでいた。警察に通報できる唯一の人間が、そうしない選択をする可能性があるとは、考えもしなかった。レニーはその手の注意を自分に引くことを嫌って、ジュールの死体を側溝に放置し、死体は夜が明けてしばらくたつまで、そのまま発見されなかった。損傷の状態から轢き逃げが疑われたものの、証拠も証人もないため、ジュールの死は未解決のままになっていた。

もし僕が自首しなければ、ずっと未解決のままだったかもしれない。

もちろん、自首すればそれで終わりとはいかないことは、わかっていた。レニーの恐怖はそのままに残っている。僕が帰ってきたと知ったら、あの男は何をするかわからない。だが、ジュールの元取引仲間は、今はそれどころではなかった。コーヒーくさい息をさせた刑事捜査課の警官が教えてくれたところによると、あの大男は麻薬の手入れで逮捕され、今は本人が勾留の身だという。A級薬物の供給、販売に加え、警官への暴行の罪で、懲役十年はかたいらしい。

それを聞いたとき、僕は顔に感情が出ないようこらえた。

驚くことはもうひとつあった。僕自身も、少なくとも問われる罪が決まるまでは勾留されるのだと思っていた。でも実際はちがって、取り調べの最後に保釈を告げられた。「自首するためにもどってきたんでしょう」警官は肩をすくめた。「逃亡のおそれがあるとはあまり思えない」

ほかにいくあてもないので、僕は自分のフラットに足を向けた。荷物はとっくに捨てられて、今では別のだれかが住んでいるのだろうと思っていた。けれど、まだ鍵が使え、なかにはいってみると、何もかもが出ていったときのままになっていた。埃と、ドアのうしろにたまった郵便物の山さえなければ、家をあけていたと思えないほどだった。ここでも僕の不在とは無関係に物事が進んでいて、家賃がその後も自動的に銀行口座から引きおとされて、フランス行きのために貯金した金を少しずつ食いつぶしていたのだ。なんという皮肉だろう。だがともかく、自分の事件が裁判にかけられるまでの居場所が、これで確保できた。

それより先のことは、考えても意味はない。

こうして僕は、自分の以前の人生の抜け殻のなかにもう一度もどった。セルゲイに頭をさげて〈ゼッド〉の仕事にもどることさえした。金が必要だったからだが、夏のあいだの出来事がひとつも起こらなかったかのような、妙な感覚がした。ある日、カラムとばったり会ったとき、僕は同じことをあらためて強く感じた。「やあ、ショーン」とカラムは言った。「このとこ見かけなかったな。最近、どうしてた？」

そう言われて察したが、カラムは僕が不在だったことにまったく気づいていなかったのだ。人にはそれぞれの人生があり、自分が他人の人生のなかで端役以上のものを演じていると思うのは、自惚(うぬぼ)れた勘ちがいなのだ。

「バービカンでやってるヌーベルバーグ特集のチケットは、もう買ったか？」カラムは言った。

僕がやってることさえ知らなかったとこたえると、カラムは驚いた顔をした。以前なら急いで予約に走っただろうが、もう聞いても何も思わなかった。そのことについて考えているうちに気づいたが、僕は帰ってきてから一度も映画館にいっていないし、映画も観ていなかった。しかも、意識してそうしたわけでもない。やるべき重要なことが、ほかにたくさんあったというだけだ。
クロエはそれを褒めてくれたにちがいない。
僕の裁判は混雑した法廷で行われた。つぎからつぎへと行われる裁判のひとつにすぎなかった。それまでずっと不安をつのらせていただけに、僕には肩透かしでさえあった。過失致死罪を科すことがいっとき話し合われたが、静かに却下された。ジュール自身の麻薬取引と暴力の前科、さらには彼のクロエに対する扱いが、僕の有利に働いたのだ。それから僕は実際問題としてジュールの車を盗んだわけだが、それについても解釈が割れるためにあえて問題にされなかった。国境を越えて逃げたことは不利な点だったが、僕の弁護士は、自己防衛のための行動であって、しかも命の危険を感じる正当な理由があった、と主張した。たしかに、自首するまでに時間がかかりすぎたかもしれない……だがそこにも、酌量すべき事情はあった。

結局僕は、事故の報告を怠ったことと、事故現場を離れたことで有罪となった。判決は禁固六か月、執行猶予二年だった。

僕は自由の身だった。

仕事を辞めると伝えにいき、数人に別れを告げるために何日かとどまっただけで、その後すぐにロンドンを発った。僕を引きとめるものはそこにはないし、僕にはやり残したことがあった。

それをするために今ここにいるのだ。

濡れた石畳にいくらか足を取られながら、母屋のほうに歩いていった。物置のドアは閉まっている。前に立つと、足場から滴が垂れてきて、きっと鍵が閉まっているにちがいないとふと思った。けれど、ちがった――ここには、だれかが盗みたがるようなものは何もない。ゆがんだドアが軋みをあけてしぶしぶひらく。なかは前にも増して陰気な感じがした。中庭からはいる薄暗い日の光だけでは、窓のない物置はほとんど暗いままだ。赤いつなぎはなくなっていたが、ほかのものは僕がここを出たときから手付かずのように見える。砂の袋が積んであるほうに近づいた。ひとつだけ、他人が見て気づくほどではないが、ほかとわずかに離れておかれた袋がある。僕はバックパックをおろし、腕まくりをして、湿った砂のなかに肘まで手を突っ込んだ。最初はゆっくりと、だが何も見つからないと、いくらか焦って砂をかき混ぜた。床に砂をこぼしながら、さらに奥まで腕を入れる。何もないとあきらめかけたそのとき、手が硬いものにふれた。僕はそれを引っぱりだした。

ビニールでパックされた包みは、隠したときと変わらない姿をしていた。軍警察が来た日の午後に、ここに隠したのだ。フランスの警察でもイギリスの警察でも、僕は何度も説明をくり返したが、この話にはふれなかった。省いたことについては、とくに誇れることだとは思ってはいない。それでも、ほかに話さなくてはならないことが山ほどあって、この件は余計な面倒を招くだけだった。ジュールの車のトランクに何がはいっているのか知らなかったという主張を警察が信じたとしても、それをなぜずっと持っていたのか、厳しく問われたにちがいない。

その理由は自分でもよくわからない。

あのときは、物置はいい隠し場所に思えたが、こんなに長くおいておくことになるとは思っていなかった。僕はあれから毎日のように、いつ発見されるかとびくびくしていた。物置の捜索が行われるのではないか、なかのものが一掃されてしまうのではないか、と。けれども、取り越し苦労だった。

マティルドは僕の秘密を守ってくれた。僕が彼女の秘密を守ったように。

ルイ殺しとグレートヒェンの死のニュースは、当然のごとく町の怒りに火をつけた。ただし、悲劇の経緯はほどなく知れわたったが、その裏に隠された真相はまた別の道をたどった。発砲事件の夜、僕が警察と救急車を呼びにいくのに農場を出ようとしたとき、マティルドは自分がグレートヒェンの母だということは、どうか伏せておいてくれと僕に懇願した。

「お願い、約束して！」彼女の顔には深い悲しみが刻まれていた。「警察には言わないと約束して！」

聞き入れたくなかった。これ以上沈黙することで何が得られるのかわからなかったし、アルノーをかばうのは不愉快以外の何ものでもなかった。けれども、マティルドは灰色の瞳に強い感情をうかべて、僕の腕にすがりついた。

「わたしのためじゃないの。ミシェルのためよ。お願い！」

僕はやっと理解した。彼女は何をするにしても、自分の子供のことを最優先に考える。人殺しの烙印を押された母と祖父を持つミシェルには、ただでさえ今後、困難な道のりが待っているだろう。そのうえ、忌まわしい恥辱を背負わせるのは酷というものだ。せめてそこから守ってやりたいと思う母の気持ちは、僕にも理解できる。それに、勘ぐるに、彼女が沈黙を守りたいのには、たぶんもうひとつ別の理由があるのだろう。グレートヒェンの親子関係が知れたら、もしかしたらミシェルについても同じことが疑われる。ミシェルはルイの子だと僕には言ったが、その真偽が試されるようなことは、彼女は望まないのではないか。

ひっくり返さずにおいたほうがいい石もある。

だから、僕は口をつぐみ、マティルドの秘密を守った。あとはただひとり、農場の闇深い歴史に光をあてられるかもしれない存在として、ジョルジュがいた。僕もはじめは、あの老いた豚飼いは、実際にはどの程度のことを知っているのだろうかと考えたりもした。でも警察ですら、我関せずというジョルジュの態度をくずすことはできなかった。農場で働いた長い歳月のあいだずっとその姿勢を貫いてきたジョルジュ老人は、何も見ず、何も聞かず、何も知らなかった。唯一、感情をおもてに出したのは、取り調べの最後のときだった。

「サングロションはどうなる」彼はたずねた。

すでに処分されたと聞かされると、ジョルジュは肩を落とし、涙を流した。

これだけのことが起これば、農場からはもう新たな事実は出てこないだろうと僕は思った。もはや世間を驚かす力は残っていないにちがいない、と。アルノーは自分に向けられたどんな非難も否認せず、またアルノーの話はマティルドの証言と細部にいたるまで一致した。ただ一点をのぞいて。

彼は自分がルイを殺したと主張したのだ。

アルノーによると、ルイはマティルドに殴られて気絶しただけだった。コンクリートブロックの作業小屋に移したところで目を覚ましたので、父親が手ずから仕事の仕上げをし、そのあと、ルイの死体をばらばらにして、サングロションの餌にした。なぜ生かそうとしなかったのかと問われると、アルノーは例によって露骨にこたえた。

「豚を一頭殺そうが二頭殺そうが、変わらない」

アルノーが嘘を言って、罪を軽くしてマティルドを守ろうとしたという可能性もなくはない。だが、僕にはそれは信じがたい。あの男の性質からすれば、自分で恋人を殺したとマティルドに思い込ませておくほうが好みだろう。そうすれば、マティルドはますますアルノーから離れられなくなるし、そういうちょっとした残酷さは、いかにも僕の知っているアルノーらしい。今になって罪を告白したのは、思うに、告白しないでいる理由がなくなったからではないだろうか。アルノーはもう何もかもを失ったのだ。

マティルドはミシェルをジャン＝クロード夫妻に養子に出すことで、それを成し遂げた。

最初にその話を聞いたとき、僕はかなり驚いたが、考えてみれば、なんとなくわからないでもなかった。

どれだけつらい思いでミシェルを手放したかは想像もつかないが、裁判所がいくら寛大だったとしても、刑期を終えて出てくるころには、息子は母を憶えていないことをマティルドは知っている。だから、今までのように、自分よりもミシェルのことを優先させた。ジャン＝クロードは息子にいい家庭を与えてくれるだろうし、それに何より、ミシェルはそれで再出発ができる。しかも、溺愛した孫がルイの兄の手で育てられると知れば、アルノーにはどんな実刑判決よりもよっぽど響くにちがいない。

何においてもそうだが、マティルドは復讐のやり方すら繊細でわかりにくかった。

法廷に連れてこられた老衰した男は、一見他人と見まちがえるほどだった。だぶついた服のように骨から肉が垂れ、たるんだ皮膚が首にぶらさがっていた。だが、変化の大きさがもっとも感じられたのは目だ。冷酷な眼光鋭い眼差しは消えて、不信感と喪失でどんよりとにごっていた。

一度だけ、僕が憶えているアルノーがもどった瞬間があった。評決が申し渡されたとき、顔があがって、かつてのアルノーをどこか思いださせる軽蔑の目で、彼は法廷の隅から隅までをにらみつけた。そして、娘と視線が合った。娘は容赦のない冷静な目でじっと父を見返し、やがて父のほうが顔をさげた。

アルノーの刑が積みあがったのは当然のことでも、マティルドが同じくらいの非難を受けたのは、僕には予想外だった。自分で致命傷を負わせたのではなくても、殺人の隠蔽（いんぺい）に手を貸した事実にちがいはないということだ。それに、むかしから虐待を受けていた背景が説明されないかぎり、ルイの死に彼女が負った役割に対し、より厳しい目が向けられるのは、仕方がないことなのだろう。評決がくだされたとき、マティルドは外見はいつものように落ち着いていたが、髪を耳にかける手がふるえているのが見えた。僕はやるせない思いを胸に、法廷から連れていかれる彼女を見送った。出口のところで、彼女はほんの一瞬、僕の目を真っすぐに見た。

その後、ドアが閉じられ、姿は見えなくなった。包みから砂をはらい、僕は物置を出た。中庭をつっきって納屋に歩いていったが、霧雨は雨に変わっていた。水のしたたる納屋の入り口をくぐり、僕は内側の壁にバックパックを立てかけた。暗い屋内は、一度も夏を経験したことがないかのように、冷たく湿っている。奥の壁の木の棚に、ワインボトルの鈍い輝きが見える。酸っぱすぎて、だれもほしがらないにちがいない。床のコンクリートの一画は、記憶にあるよりも小さく見え、ひび割れは補修されないまま残っている。僕は最後にもう一度屋根裏にあがってみるつもりでいたが、あまり意味がないように思えた。そこで、バックパックを濡れないように納屋に残して、湖に向かう道を歩いた。

地面はぬかるみ、葉を落としたぶどうの木は、からまった電線の列のようにも見えた。森も、緑の天井のあったあの森だとは信じがたかった。栗の木は裸になって、垂れた枝の下には、枯れ葉と棘々の毬(いが)の絨毯ができている。

今年は栗ひろいが行われることはない。

僕はサングロションの囲いに向かう道の分かれ目を、足取りをゆるめることなく素通りした。もう一度あそこへいきたいという希望も理由もない。彫像の前まで来たところで、ようやく足をとめた。ひょっとしたら撤去されているだろうと思っていたが、まだあった。何も変わっていないし、見たところ、減ってもいない。僕はあの夜、アルノーに見つからないように身を潜めていたときの気持ちを思いだそうとした。あのときの不安や恐怖を、いくらかでももう一度感じてみようと思った。でもできなかった。くもった日光の下では、彫像はただのよくある石の彫り物にしか見えない。僕は背を向け、湖のほうへふたたび歩きだした。

湖は風で波打ち、水は灰色をしていた。崖の上の地面には、太いタイヤでえぐられた跡がついている。僕は葉を落とした懐かしい栗の木の下に立って、雨で表面があばたのようになっている湖を見おろした。水面より下は見えないが、もうそこには何もない。ルイのトラックはとっくのむかしに重機で吊り上げられて、よそへ運ばれた。

手にあるビニールの包みは、中身がつまってずっしり重かった。僕の気持ちは、トランクに隠してあるのをはじめて見つけたときと同じくらい、煮えきらなかった。夏のあいだに捨てる機会はいくらでもあったのに、そうしなかった。単に怖かったからだ、と自分に言い訳することもできるだろう。レニーや、ジュールとつながりのある連中に返してくれと迫られたときの保険のつもりだった、と。だが、それは完全には真実ではない。石をひっくり返して下にあるものを見たように、今ここに来て、ずっと取っておいた本当の理由がようやく見えた。

捨てる気になれなかったのだ。

これにどのくらいの値がつくのかはさっぱりわからないが、僕が今まで手にした全財産より価値があるのはまちがいない。これだけあれば新たな人生をはじめられる。ジュールが死にレニーが刑務所にはいった今、返せといってくる人間はもういない。いたとすれば、僕がしばらくロンドンにいたあいだに近づいてきたはずだ。手で包みの重みを感じ、しわの寄ったビニールのなかにあるものの可能性を想像する。それから、腕をうしろに引いて、湖に向かって思いきり遠くへ投げた。

包みは灰色の空に弧を描き、湖に落ちて、地味な小さなしぶきをあげた。

僕はポケットに手を突っ込んで、波紋が平らになって消えていくのをながめた。クロエにはやりなおしの機会は与えられなかった。グレートヒェンもまた同じだ。僕は自分のチャンスを無駄にするつもりはない。背を向け、森のあいだの道をもどった。納屋に寄ってバックパックを取り、今度は母屋に足を向けた。ここに来た目的は果たしたけれど、帰る前にもうひとつ、やりたいことがある。

菜園はすっかりようすが変わっていた。ヤギも鶏も姿を消し、きちんと列に植わっていた野菜は、あるものは枯れて消え、あるものはのび放題になっている。小さな花壇は野生化して、草が外へはみでていたが、こんな季節を迎えても、あざやかな色がところどころからのぞいている。僕は前に立って見おろしながら、マティルドがこの小さな土の一画を手入れしていたときの、悲しげな表情のことを思った。霊廟（れいびょう）の番をしているようだった。

あるいは墓の。

死産した娘の亡骸を父親がどうしたのか、マティルドは何も言わなかったが、彼女があえてどんなことを信じたかは、想像がつく。警察が把握していた犯罪は、グレートヒェンの死とルイの殺害だけだったため、この小さな花壇が掘り返されることはなかった。だがいくら考えてみても、僕にはアルノーがそう簡単に見つかる場所に別の犯罪の証拠を埋めたとは思えなかった。ルイの例が示すように、アルノーには永久に証拠を消し去る手段があるのだ。自分の血と肉を分けた子だからといって、別の感情をいだいたとも思えない。

しかも、またしても生まれてきた娘に。

もちろん、すべてはただの憶測だ。でも、まだこたえられていない疑問がほかにもあった。あの小屋で一番最後に聞いたのは、実際にマティルドが石の台からナイフを取りあげる音だったのかどうか、僕はまだ結論を出せずにいる。そうだったとは信じたくはないものの、彼女が自分の家族を守るために、これまでどんなことをしてきたかを考えないわけにはいかない。僕が湖でルイのトラックを見つけた以上、マティルドにはもはや残りの秘密を明かしても失うものはなく、その後もなお、僕に期待をかけてグレートヒェンを連れだしてもらおうとした。だが、僕が断ったあとでも、本当に逃がしてくれる気でいたのだろうか？ 知ってしまった僕を？

楽観的な気分のときには、きっと逃がしてくれたはずだと考えて、自分を納得させた。罠を踏んだとき、マティルドはすでに一度、命を救ってくれたのだ。もっとも、彼女はあのとき、僕に脅威よりチャンスを見ていたのだが。暗い気分のときには、もし怪我が回復せずに悪化していたら、どうなっていただろうと考えた。マティルドはそのことがどんなリスクを伴うか承知したうえで、前に言っていたとおり、僕にきちんとした医師の治療を受けさせてくれたのだろうか？ それとも、僕もルイと同じ運命をたどり、父親の飼うサングロションへの捧げ物となったのだろうか？

答えはわからない。たぶん僕は農場の秘密に染まったせいで、秘密のない場所にまでそれを見ようとしてしまうのかもしれない。それにおのれの行動をふり返れば、僕は人を批判していい立場にはないことがわかる。あの夜、小屋で、マティルドが台のナイフを持ったと思ったとき、最初に僕の頭にうかんだのは、ジョルジュが豚を気絶させたあのハンマーのことだった。あの瞬間にミシェルがグレートヒェンの存在を教えてくれなかったら、僕はそのハンマーを実際に手に取っただろうか？

それを使っただろうか？

そう遠くないむかしには、ノーとこたえただろうが、それはジュール以前の話だ。僕にはジュールを殺す意思はなかったとはいえ、そのことがどんなちがいをもたらすのかとずっと自問している。もしも、車を発進したらどうなるかがわかっていて、単純にやるかやられるかという状況だったとしたら、果たして僕は別の行動を取っただろうか？　その問いに対する簡単な答えはない。一皮むけば、人はみな動物だ。アルノーが忌み嫌っていた社会は、その事実をごまかすためにあるが、実際問題として人間にどこまでのことが本当にやれるのか、われわれはだれひとり知らない。運がよければ、ずっと知らずにすむ。

僕は何を考えたわけでもなく、しゃがんで花壇から雑草を抜きはじめた。理由はわからないけれど、正しいことをしている気がした。見た目だけでも前のような小ざっぱりした感じがいくらかもどると、立って、最後にもう一度あたりを見まわした。それから、手の泥をぬぐい、ふたたび中庭に出ていって、鋭く口笛を吹いた。

「ルル！　おいで！」

スパニエルは厩舎の裏でにおいをかぎまわっていたが、そこから跳ねながら走って出てきた。後ろ足が一本になっても、走る速さはほとんど変わらず、その元気いっぱいのようすに、ついこっちも笑顔になる。当初、ルルをもらい受けるつもりはなかったが、ほかに引き取り手はなく、獣医も永遠にはルルをおいておけなかった。あとは処分されるしかなく、僕にはそれは耐えられなかったのだ。それに、三本足の犬を旅の道連れにしていると、ヒッチハイクが驚くほど楽になる。

母屋の前を通ると、ルルはキッチンの扉の前でとまって、哀れっぽい声で鳴いた。けれど、長くとどまることはなく、すぐにうしろからついてきて、中庭を出ていっしょに道をもどった。僕はゲートをよじのぼってまたぎ、ルルは下をくぐりぬける。ゲートの反対側に出ると、僕は道路のずっと先から手前までを見わたした。車の姿はない。ルルは耳を立てて僕を見つめ、身体をわずかにぐらつかせながら、僕がどっちの方向に進むか決めるのを待っている。バランスが問題になるのは、じっと立っているときだけだった。

動きつづけているかぎり、ルルは大丈夫だ。

謝辞

わたしの基準からしても、『出口のない農場』はようやく世に出たという感がある。出版にこぎつけるまでの長い期間、SCF、ベン・スタイナー、代理人のミック・チータムとサイモン・カヴァナー、それにマーシュ・エージェンシーのみなさん、トランスワールドの編集者サイモン・テイラー、母シーラと父フランク・ベケット、そうした大勢の方々に助けられたことをここに記したい。

そして、いつもながら妻のヒラリーには特別に感謝している。彼女の信念と協力と応援なしには、この小説を書きあげることは絶対にできなかった。

二〇一三年九月

サイモン・ベケット

訳者あとがき

サイモン・ベケットという著者を知っているとすれば、それはおそらく〈法人類学者デイヴィッド・ハンター〉シリーズを読んでくださった方だろう。同名の第一作につづき、『骨の刻印』、『骨と翅』が、いずれもヴィレッジブックスより拙訳で出版されている。

イギリス人著者によるイギリス人を主人公にした科学捜査ミステリは、日本では大きな話題になるほどの知名度は得られていないかもしれないが、同シリーズはおよそ三十の言語に翻訳されて、世界で好評を博している。ヨーロッパの一部、特にドイツでの人気は特筆すべきものがあり、大手週刊誌〈シュピーゲル〉のつい最近（二〇一五年四月）のインターネット記事によると、なんと《過去十年（二〇〇五―二〇一五）で最も売れた本四〇冊》の第十一位に、シリーズ一作目のドイツ語版 *Die Chemie des Todes* がはいるのだという。ベケット本人も、なぜ局地的にそこまで人気が出たのかということについては首を傾げているが、ともかくこのデータから、彼がどれだけの売れっ子かご想像いただけるのではないだろうか。

そんなベケットがシリーズのヒット以来はじめて発表した単発作品が、本作『出口のない農場』（*Stone Bruises*, 2014）だ。

〈法人類学者デイヴィッド・ハンター〉シリーズのほうは、ごく大雑把にいえば、そのタイトルのとおり法人類学的知識や手法が事件解決の糸口となる話だ。法医学の分野では対応しきれないような腐った死体や、焼けた死体、崩壊した死体が、裏の主人公となり、読者は生と死の境界を強く意識しながら物語を読み進むことになる。

一方の本作は、わたしも読んで驚いたが、シリーズ作品とは雰囲気がまるで異なるものだった。ここには緻密な科学的知識は登場しない。舞台となるのは〝現場〟でも〝剖検室〟でもなく、文字どおりの出口のない〝農場〟で、足を踏み入れると、そこはまるで現在から取り残されたような一種異様な場所だった。深い森にかこまれた、現実ばなれしたその雰囲気は、魔法のひとつでも出てくれば、幻想的でおとぎ話のようだとでも形容できるかもしれない。だがもちろん、主人公ショーンの迷い込んだこの農場は、おとぎ話だとしても、〝本当は恐ろしい〟という、あっちのほうだろう。ぎらつく太陽の照るフランスの路上を舞台に、本作の幕があく。主人公ショーンは血のついた車に乗って何かから逃げているらしいが、その何かは、読者には知らされない。この作品は、異なる時間軸で書かれたふたつのストーリーから成るのだが、冒頭のシーンはそのふたつの物語の交錯点でもあり、ふたつめの物語の出発点でもある。焦燥感にあおられたようなテンポは、ここから先、うだる暑さに時間さえ止まってしまったような、緩慢としたものに移行する。

逃げているうちに罠を踏んで重傷を負ったショーンは、それを仕掛けた主が所有する農場で看病を受ける。だが、自分は怪我人としてそこにいるのか、あるいは囚人なのか、わからなくなるような出来事が起こる。それでも、逃亡者ショーンにとっては、人里離れたその農場は願ってもない隠れ家でもあった。

そうして、農場のひと癖もふた癖もある家族とともにすごす奇妙な日々がはじまるが、彼らもまたションーンと同様に、人には明かせない秘密を持っていた。真夏のフランスの田舎の風景は止まっているように見えるが、着実に季節は変化している。青い葉は枯れ落ちて、やがて朽ちる。農場もまた、その必然の力に押され、隠していた〝秘密〟を露呈していく。その秘密をひとつ知ったあとは、もはや読者はページをめくる手を最後まで止められないだろう。

ここで少し脱線をお許しいただきたい。日本語のタイトルが『出口のない農場』に決まったと編集部から連絡を受けたとき、わたしはイーグルスの七〇年代の名曲『ホテル・カリフォルニア』を思いだした。のちにメンバーが語ったところでは、この曲は享楽に走りすぎたアメリカのカルチャーシーンを歌っているということらしいが、さまざまな解釈の余地を残す不思議な歌詞は、人々の想像をすてきにかきたてる。その物語風の歌詞のなかで、主人公は一夜の宿を求め、怪しげなホテル・カリフォルニアにたどりつく。一見華やかで魅力的な場所のようでもあるが、逃げたくなって出口をさがそうとすると、夜警に呼び止められ、ホテルはいつでもチェックアウトできるが、ここからはけっして去ることはできない、というような意味深な言葉をかけられる。そう言われて感じる空恐ろしさは、〝出口のない農場〟という響きの無気味さに通じはしないだろうか。その場所がどんなに居心地のいい場所でも、どんなに広い場所でも、そこから出ることができないとわかった瞬間に感じる恐怖と絶望感。あの独特の嫌な感じは、どういう言葉で形容すればいいのだろう。

ちなみに原題になっている〝stone bruise(s)〟という語は、小石などのかたいものを踏んだときにできるような足裏の打ち傷や、それに類する痛みを、基本的にさす言葉だ。ストーリーを読み終わったあと、見えない場所にだれが一番の傷を隠していたと感じるだろうか。

さて、ベケットは二〇〇六年に〈法人類学者デイヴィッド・ハンター〉シリーズの一作目 *The Chemistry of Death* を発表して以降、一、二年おきのペースで続篇を書いていて、四作目の *The Calling of the Grave* が二〇一〇年に出たところで、いったん止まっている。著者インタビューによると、五作目の案を練っていたところ、むしろこっちの『出口のない農場』が形になってきたのだそうだ。ふだんより心理スリラー色の強いものを書いたと語っているが、まさにそのとおりだろう。もとから不穏な空気を描くのが上手い作家ではあるが、本作ではその不穏さが濃くなったうえに、さらに怪しさが加わった。

シリーズ四作目の邦訳は未刊だが、心の意外な場所を動かされるような、それまでとはまた別の味わいをそなえた物語になっている。また、本作も英国推理作家協会（CWA）賞ゴールド・ダガー賞の候補作に選ばれるなどの評価を得ており、今後の単発作品の展開も楽しみになってきた。著者がますます多方面で質の高い作品を出して楽しませてくれることを、一ファンとしても大いに期待している。

シリーズや出版社をまたいで同じ作家の翻訳を担当できたことは、訳者にとって大変光栄なことで、この場を借りて、この仕事に関して縁のあった方々全員に感謝申し上げたい。

二〇一五年六月

HAYAKAWA POCKET MYSTERY BOOKS No. 1897

坂本あおい（さかもと）

青山学院大学文学部卒，英米文学翻訳家
訳書
『ブラウン神父の無心』（共訳）G・K・チェスタトン
『法人類学者デイヴィッド・ハンター』
『骨と翅』
『骨の刻印』
サイモン・ベケット
他多数

この本の型は，縦18.4センチ，横10.6センチのポケット・ブック判です．

〔出口のない農場（でぐちのないのうじょう）〕

2015年7月10日印刷　2015年7月15日発行

著者	サイモン・ベケット
訳者	坂本あおい
発行者	早川浩
印刷所	星野精版印刷株式会社
表紙印刷	株式会社文化カラー印刷
製本所	株式会社川島製本所

発行所　株式会社　早川書房
東京都千代田区神田多町2－2
電話　03-3252-3111（大代表）
振替　00160-3-47799
http://www.hayakawa-online.co.jp

（乱丁・落丁本は小社制作部宛お送り下さい
送料小社負担にてお取りかえいたします）

ISBN978-4-15-001897-9 C0297
Printed and bound in Japan

ハヤカワ・ミステリ〈話題作〉

1888 黒い瞳のブロンド　ベンジャミン・ブラック　小鷹信光訳
フィリップ・マーロウのオフィスを訪れた優美な女は……ブッカー賞受賞作家が別名義で挑んだ、『ロング・グッドバイ』の公認続篇！

1889 カウントダウン・シティ　ベン・H・ウィンタース　上野元美訳
〈フィリップ・K・ディック賞受賞〉失踪した夫を捜してくれという依頼。『地上最後の刑事』に続いて、世界の終わりの探偵行を描く

1890 ありふれた祈り　W・K・クルーガー　宇佐川晶子訳
〈アメリカ探偵作家クラブ賞最優秀長篇賞受賞〉少年の人生を変えた忘れがたいひと夏を描く、切なさと苦さに満ちた傑作ミステリ。

1891 サンドリーヌ裁判　トマス・H・クック　村松　潔訳
聡明で美しい大学教授サンドリーヌは謎の言葉を夫に書き記して亡くなった。自殺か？他殺か？　信じがたい夫婦の秘密が明らかに

1892 猟　犬　J・L・ホルスト　猪股和夫訳
〈「ガラスの鍵」賞／マルティン・ベック賞／ゴールデン・リボルバー賞受賞〉停職処分を受けた警部が、記者の娘と共に真相を追う。